Julie Peters
Käthe Kruse und die Träume der Kinder

atb aufbau taschenbuch

Julie Peters, geboren 1979, arbeitete als Buchhändlerin und studierte Geschichte, bevor sie sich ganz dem Schreiben widmete. Sie lebt mit ihrer Familie im Westfälischen.

Im Aufbau Taschenbuch sind bereits ihre Romane »Mein wunderbarer Buchladen am Inselweg«, »Mein zauberhafter Sommer im Inselbuchladen«, »Der kleine Weihnachtsbuchladen am Meer« sowie »Die Dorfärztin – Ein neuer Anfang« und »Die Dorfärztin – Wege der Veränderung« und »Ein Sommer im Alten Land« erschienen. Bei Rütten & Loening erschien zuletzt »Ein Winter im Alten Land«.

Die junge Schauspielerin Käthe feiert Erfolge am Theater, als sie eines Tages den Bildhauer Max Kruse kennenlernt. Sie verlieben sich, doch Max will nicht heiraten, und auch Käthe träumt nicht vom Leben als Ehefrau. Als sie schwanger wird, muss sie allein Berlin verlassen und zieht auf den Monte Verità. Hier findet sie die Freiheit, nach der sie sich sehnte. Als ihre Tochter sich eine Puppe wünscht, macht Käthe sich ans Werk. Sie soll nicht starr sein wie eine industriell gefertigte, sondern eine Puppe zum Spielen – und sie hat Erfolg, der sich herumspricht. Immer mehr Mütter bestellen eine Puppe für ihre Kinder. Käthe erkennt, wo ihre wahre Bestimmung liegt. Doch gibt es auch einen Markt für ihre Puppen?

Julie Peters

Käthe Kruse

und die Träume der Kinder

Roman

atb aufbau taschenbuch

ISBN 978-3-7466-3630-6

Aufbau Taschenbuch ist eine Marke
der Aufbau Verlage GmbH & Co. KG

2. Auflage 2022
© Aufbau Verlage GmbH & Co. KG, Berlin 2022
Umschlaggestaltung www.buerosued.de, München
unter Verwendung eines Motivs von © Anne Krämer / Arcangel
Satz Greiner & Reichel, Köln
Druck und Binden CPI books GmbH, Leck, Germany
Printed in Germany

www.aufbau-verlage.de

Teil 1

Breslau

·•· 1 ·•·

Breslau, August 1883

Der Korb mit der Wäsche hing schwer an ihrem Arm. Noch schwerer aber fühlte sich der Bauch an, seit Tagen schon hatte sie das Gefühl, einen Felsbrocken verschluckt zu haben, der sie hinunterzog. Christiane Simon blieb auf halbem Weg die Straße runter stehen, sie stellte den Korb ab und stemmte beide Hände ins Kreuz. Vorsichtig nur streckte sie sich und drückte den dicken Bauch nach vorn. Nicht ohne vorher die Straße rauf und runter zu schauen, ob sie auch niemand bemerkte.

Sie redete sich ein, bisher habe niemand ihren Zustand bemerkt, der so blitzartig über sie gekommen war. *Wir haben doch aufgepasst, wieso passiert dir trotzdem was?* Roberts Worte, anklagend und verbittert, als sie im März endlich den Mut gefunden hatte, ihm den Grund für ihr wochenlanges Unwohlsein zu beichten. Nach fünf Jahren, in denen er sich zu ihr schlich, wann immer sein Beruf und das Familienleben mit Frau und zwei wohlgeratenen Söhnen es ihm erlaubten, war *es* nun doch passiert.

Beide waren zu fromm aufgewachsen, um das in Erwägung zu ziehen, was manch andere junge Näherin oder Weißwaschfrau machen ließ, wenn sie dieses Schicksal ereilte. »Wegmachen lassen wir's aber nicht.« Seine Worte. Sie hatte aufgeatmet. Hatte sie doch in Gedanken schon versucht, sich daran zu gewöhnen, dass *es* bald vorbei sei, wenn sie zur Engelmacherin ging. Der Gedanke war zu ungeheuerlich, es ging einfach nicht. Sie wollte dieses Baby nicht abtreiben.

»Aber merken darf's auch keiner, was da bei dir los ist.«

Danach hatte er sie ein paar Wochen lang nicht besucht, und als er wiederkam, hatte er einen Plan, einen ungefähren zumindest. »Du musst aus der Stadt, wenn's so weit ist. Ich suche was, da kannst du es zur Welt bringen.« *Es.* Nie sprach er vom Kind oder ließ sonst irgendwie erkennen, dass da schon bald ein Menschlein in der Welt sein würde, sein drittes Kind, ihr erstes. Etwas, das sie mehr verband als zuvor, dachte Christiane zumindest. Manchmal wirkte er so fern, dann wieder so streng, so zärtlich. Ein ständiges Wechselbad war es mit Robert, doch sie konnte nicht von ihm lassen.

Still hegte sie die Hoffnung, er würde sich mit dem Kind mehr ihr zuwenden. Dass er seine Familie für sie verließ, die Hoffnung hatte sie längst begraben, das würde niemals geschehen. Hatte er ihr auch von Beginn an so gesagt. »Was soll ich denn meine Familie verlassen, wie stellst du dir das vor? Meiner Frau kann ich das nicht antun, sie liebt mich doch.«

Aber ich liebe dich auch, hätte sie gern eingewandt. Spürte zugleich, dass ihre Gefühle nicht zählten. Genauso wenig würde wohl ihr Kind einen Unterschied machen. Dennoch hielt sie sich daran fest, denn an irgendwas musste sie sich an den stillen, dunklen Abenden festhalten, wenn sie mit schmerzendem Rücken und brennenden Augen beim schwachen Funzellicht über die Nähmaschine gebeugt saß.

Heute war also ihr letzter Tag in Breslau. Es war Ende August, kühl und fast schon herbstlich. Erstes Laub wehte über die Straße in den Rinnstein. Fröstelnd zog sie das wollene

Tuch enger um die Schultern, nahm den Korb wieder hoch und ging mühsam weiter.

Als Näherin wurde sie am Dienstboteneingang empfangen. Das konnte ihr nur recht sein.

»Ah, Frau Simon.« Die Haushälterin Anna Schlösser begrüßte sie. »Haben Sie alles dabei?«

Christiane hob den Korb hoch, reichte ihn weiter. Frau Schlösser öffnete die Deckel, zog bestickte und gesäumte Tischtücher heraus, sorgfältig geplättet und gefaltet. Darunter noch Handtücher, zwei Dutzend Taschentücher. Ein großer Auftrag war es diesmal gewesen.

»Das sieht fein aus, danke. Warten Sie, ich hole das Geld.«

Sie klang beinahe freundlich, wo sie sonst für Christiane allenfalls abfällige Bemerkungen übrighatte. Die Dienstmädchen, die in diesem Haushalt in Stellung waren, ließen selten ein gutes Haar an ihr, umgekehrt war's ähnlich, und auch die Frauen, die an die Hintertür kamen und ihre Dienste als Näherinnen und Wäscherinnen anboten, mussten mit Frau Schlössers harschen Worten klarkommen.

Unauffällig glitt ihr Blick über Christianes Körpermitte. Sie bemerkte es trotzdem, weil sie so sehr darauf bedacht war, ihren Zustand zu verbergen. Christianes Wangen wurden heiß. Sie war froh um das schwarze Alltagskleid, es kaschierte. Trotzdem war für den geübten Blick kaum übersehbar, in welchen Umständen sie war.

»Hier.« Frau Schlösser legte ein paar Münzen in ihre Handfläche.

»Ich bin nun eine Weile nicht in der Stadt«, sagte Christiane leise.

»Ach ja. Denk's mir.« Frau Schlösser runzelte die Stirn, als müsste sie angestrengt überlegen. »Da habe ich noch was für Sie.« Sie kehrte mit einem Bündel zurück, das sie der verdutzten Christiane nun hinhielt. »Das hier hatten wir noch übrig. Man könnte vielleicht ein paar Mullwindeln daraus zuschneiden. Sie wissen ja, wie das geht.«

Völlig überrumpelt von so viel Freundlichkeit, stotterte Christiane ein Dankeschön, doch da hatte Anna Schlösser ihr schon das Bündel aus alten Bettlaken in die Hand gedrückt und wieder ihren hochmütigen Gesichtsausdruck aufgesetzt, dass Christiane sich bloß nichts auf ihre Freundlichkeit einbildete.

»Wenn Sie zurück sind, kommen Sie vorbei. Wird sich schon etwas Arbeit finden. Und nun einen guten Tag auch, ich habe hier noch zu tun.«

Rums, knallte sie Christiane die Tür vor der Nase zu, als müsste sie sich selbst davor bewahren, zu viele nette Worte an die junge Frau zu verschenken, als könnte deren Elend auf sie abfärben. Christiane trug das Bündel zur Straße, sie fühlte die Müdigkeit bleischwer in den Knochen. Nicht nur ihre Umstände waren es, weshalb sie so düstere Gedanken hatte, auch die Ablehnung, die ihr von so vielen Frauen entgegenschlug, sobald sie ihren Zustand bemerkten. Dabei tat Christiane alles, um ihn zu verbergen. Als könnte sie damit die anderen vor den unguten Gefühlen bewahren. Aber in wenigen Wochen kam das Baby zur Welt, da ließ sich nichts mehr verbergen, spätestens wenn sie danach wieder auf Arbeitssuche ging. Sie konnte so ein Würmchen ja nicht einfach zu Hause allein lassen. Sie wusste wohl, dass andere Frauen das machten, wenn sie auf sich gestellt waren, weil der Mann weg war oder es nie einen gegeben hatte, der sich verantwortlich zeigte. Aber das brachte Christiane nicht übers Herz.

Es blieb wohl nur eine Möglichkeit, wie sie nach der Geburt ihrer Arbeit nachgehen konnte, ohne dass man sie wegen ihres Kinds schräg anschaute. Sie musste den Säugling weggeben. In Pflege oder in ein Waisenhaus, ihn auf den Stufen einer Kirche ablegen. Möglichkeiten gab's schon. Aber konnte sie denn sicher sein, dass man sich kümmerte?

Für Robert war die Sache klar. Wenn *es* erst vorbei war, sollten sie zu ihrem alten Leben zurückkehren. Und das hieß: ohne das Kind.

Das schaffe ich nicht, dachte sie. Ihre Hand strich verstohlen über den Bauch. Du gehörst doch zu mir.

»Nun stell dich nicht so an.«

»Lass los!«, zischte Christiane. Sie zog ruckartig ihren Arm aus seiner Umklammerung. Robert schnaufte. Seit dem frühen Morgen hatten sie nun diskutiert, immer wieder dieselben Argumente ausgetauscht, bis die Kutsche vor dem Haus vorgefahren war, die Christiane, so sein Wunsch, aus der Stadt bringen sollte. Doch sie ließ sich nicht brav von ihm in die Kutsche setzen, sondern wollte weiter mit ihm streiten. Darum blieb sie davor stehen und verschränkte trotzig die Arme vor der Brust. Da hatte er sie grob angepackt und sie angebrüllt. Jetzt stand er vor ihr wie ein begossener Köter, die Arme hingen herunter. Bestimmt blieb der Aufruhr nicht unbemerkt, und Christiane wusste, genau das hatte er um jeden Preis zu verhindern versucht.

Robert schwitzte, bemerkte sie. Christiane legte den Kopf schief. Beinahe fasziniert beobachtete sie, wie er da vor ihr stand und nach Argumenten suchte, die sie dazu bewogen, sich in die Kutsche zu setzen. Nach Dambrau sollte es gehen – weit weg von Breslau und zu guten Leuten, das hatte er ihr versprochen. Dort sollte sich auch eine Hebamme befinden, die sich gegen Zahlung von ein paar Talern um Christiane kümmerte, sobald die Geburt einsetzte. Das Geld hatte Robert ihr zugesteckt, auch ein Glas Rote Bete hatte er ihr besorgt, dazu eine Wurst, die in ein Stück Papier gewickelt in Christianes Pappkoffer steckte.

Es fiel ihr schwer, etwas von ihm anzunehmen. So war das immer schon gewesen, deshalb hatte er ihr noch ein paar Dinge in einen Beutel gepackt, der bereits im Coupé lag. Dazu eine leichte, karierte Decke, damit sie im Fahrtwind nicht fror. Fürsorglich war er, vielleicht auch ein wenig verzweifelt, immerhin fand der Abschied vor ihrem Haus statt, und jetzt weigerte sie sich auf einmal einzusteigen, weil sie so vieles noch auf dem Herzen hatte. Doch statt auf sie zu hören, beugte Robert sich zu ihr runter, blickte noch einmal links und rechts die Straße entlang, dann küsste er sie verstohlen auf den Mund, dass sein Schnurrbart sie kitzelte. Christiane wich vor ihm zurück, da packte er ihr Handgelenk, dass sie leise aufschrie.

»Hab dich nicht so. Was geb ich mich überhaupt mit dir ab, wenn du dich so zierst?«

»Entschuldige.«

»Nun gut. Und jetzt sei brav, mein Tinchen, ja? Steig ein und fahr nach Dambrau, dort ist für alles gesorgt. Mach mir keine Schande, hörst du?«

Sie schluckte die Tränen hinunter, nickte tapfer. Auch wenn es – wieder einmal – nur darum ging, was für ihn das Beste war.

»Und wenn du zurück bist, kümmern wir uns darum, dass dein Kind einen guten Platz findet.«

Dein Kind. Nicht *unser* Kind.

Nun, wenigstens sprach er endlich mal vom Kind.

»Ich dachte … «

Er lachte, mit der Hand machte er eine wegwerfende Bewegung. »Überlass mir das Denken, Tinchen. So ist's doch immer am besten gewesen, nicht?«

Stumm nickte sie.

»Und nun los. Der Kutscher wartet nicht ewig.« Er half ihr in die Kutsche, legte ihr in einem Anfall von Fürsorge noch die Decke über die Knie.

»Aber kommst du mich denn gar nicht besuchen in Dambrau? Wenn das Baby da ist?«, fragte sie bang, als die Kutsche schon anrollte.

»Wie stellst du dir das vor?« Er winkte zum Abschied. »Ich schau, ob ich einen Sonntag mal kommen kann!«

Seine Worte verhallten unter dem Rattern der Kutschräder, dem Klappern der beschlagenen Hufe auf dem Kopfsteinpflaster. Schon erreichten sie die nächste Straßenecke, der Kutscher tippte die beiden Braunen an, die auf der Hauptstraße in einen zügigen Trab fielen. Als könnte er sie gar nicht schnell genug aus der Stadt bringen, dass keiner ihre Schande sah.

Dambrau, August 1883

Das Zimmerchen war kaum mehr als ein Verschlag, in den sie vorwärts hinein- und rückwärts wieder hinausgehen konnte; ein Bett, daneben unter dem winzigen Sprossenfenster ein Stuhl, der wohl zugleich als Nachttisch dienen sollte. Keine Kommode. Als sie danach fragte, zuckte die Bäuerin mit den Schultern, zeigte unters Bett. »Da kannste den Koffer hintun«, meinte sie.

Christiane packte aus. Ein paar Dinge nur, ein Foto von Robert, das sie auf den Stuhl stellte; die Wurst duftete so herrlich würzig, aber ihr war nicht danach. Die Übelkeit, die sie all die neun Monate nie so ganz verlassen hatte, schwappte wieder hoch, suchend blickte sich Christiane nach einer Waschschüssel um. Die Bauersfrau stand mit verschränkten Armen vor der Brust in der Tür ihrer Kammer und beobachtete sie mit gerunzelter Stirn. Christiane presste die Hand vor den Mund.

»Da entlang.« Endlich trat die Bäuerin beiseite und wies auf die Waschküche, die nebendran lag. Christiane stürzte durch die Tür, draußen zur linken unter ihrem Fenster war der Misthaufen, auf den sie sich übergab. Keuchend blieb sie stehen, die Hände auf die Knie gestützt.

»Bring dir noch 'ne Waschschüssel.« Die Bäuerin zog ab. »Armes Ding«, hörte Christiane sie murmeln.

Sie wischte sich mit dem Ärmel über den Mund und richtete sich auf. Der Hof lag am Rand von Dambrau, ein gutes Stück einen Feldweg herunter. Außer dem Haupthaus mit Ställen gab es noch eine Scheune und eine baufällige Remise. Hinter dem Haus Obstwiese und Gemüsegarten. Zwei Kühe, ein paar Ziegen, ein Kaltblüter. Eine Muttersau mit Ferkeln, die bald schlachtreif waren und sich im Matsch suhlten. Keine erbärmliche Hofstelle wie die, auf der Christiane mit fünfzehn Geschwistern aufgewachsen war.

Sie kehrte in ihre Kammer zurück. Auf dem Boden stand nun eine Waschschüssel mit einem Wasserkrug darin. Sie räumte den Stuhl ab, stellte die Schüssel darauf. Handtuch gab es keins, sie zog eins aus ihrem Koffer unter dem Bett. Wusch sich Gesicht und Hände mit einem Stück Lavendelseife, auch ein Geschenk von Robert, er hatte sie mit in den Beutel gesteckt. Sie schloss verzückt die Augen, schnupperte an ihren Fingern. Redete sich ein, dass es eben seine Art war, ihr seine Gefühle zu zeigen, wenn ein Kuss auf der Straße ihm schon zu viel war. Dabei blieb in Breslau kaum etwas geheim, vermutlich wusste die halbe Stadt, dass der Stadthauptkassenbuchhalter Robert Rogaske mit der Näherin Simon aus der Gartenstraße was Außereheliches trieb. Trotzdem hatte er sie hergeschickt, in dieses Kaff hinter der oberschlesischen Grenze. Dass sie bloß nicht auf die Idee kam, ihn als Vater anzugeben, wenn sie *es* eintragen ließ, hatte er die letzten Tage vor ihrer Abreise bei jeder Gelegenheit betont. War häufiger zu ihr gekommen, als müsste er ihr dies nur oft genug einschärfen, dass sie es unterließ.

Weil Christiane nichts zu tun hatte und mit dieser Tatenlosigkeit nichts anzufangen wusste, schlich sie über den Hof. Sie beobachtete die Bäuerin, die ihre struppigen Hühner fütterte.

Das weckte Erinnerungen an den Hof ihrer Eltern, auf dem sie mit den Geschwistern gelebt hatte, nachdem die Eltern tot waren. Bis ihre ältere Schwester Paula sie an die Hand nahm und sie gemeinsam in die große Stadt zogen.

»Willste nur rumstehen? Gibt hier genug zu tun.« Wenigstens klang die Bäuerin nicht unfreundlich. Christiane trat näher.

»Ich kann im Gemüsegarten aushelfen. Oder im Stall.«

Die Bäuerin schnaubte. »Was denn, mit den feinen Händen?«

»Die können schon zupacken.«

»Na dann.«

So kam es, dass Christiane den Rest des Tags damit beschäftigt war, im Garten zu ernten. Sie band Kräuter zu Sträußen, die im Haus unter die Dachsparren gehängt wurden, neben die letzten Würste und eine Speckseite. Sie zog Möhren aus der Erde, die in Kisten eingelagert wurden für den Winter. Pflückte Bohnen und half der Bäuerin, sie einzukochen. Ihre Hände waren beschäftigt, ihre Gedanken aber wie erstarrt von der Aussichtslosigkeit ihres Lebens. Stundenlang wühlte sie in der Erde, machte sich nützlich, was ihr sogar ein anerkennendes Wort von der Bäuerin eintrug – und zum Abendessen legte sie Christiane eine zweite Scheibe Brot aufs Brettchen, wortlos. Von der Wurst schnitt sie ihr dicke Scheiben ab, die kühle, süße Butter und ein Schälchen Pflaumenkompott rundeten die Mahlzeit ab.

Christiane stellte Teller, Kompott und einen Becher mit Wasser auf ein Tablett. Sie ging in ihr Zimmer, wusste ja, wo ihr Platz war. Nicht bei der Bauersfamilie.

Sie gehörte nirgends hin.

Das Baby trat ihr unter die Rippen.

»Ja, ja«, murrte Christiane. »Du auch nicht.«

Dann wieder strich Christiane über Wiesen und Felder, beobachtete den Bauern mit den Knechten, wie sie sich auf dem Acker abmühten, und trat in den kühlen Wald. Es war noch mal sommerlich warm geworden mit den ersten Septembertagen. Der Druck nach unten, vom Bauch ausgehend, war in den letzten Tagen ärger geworden, sie blieb manchmal stehen, lehnte sich an einen Baum und schnaufte, während leichte Wehen durch ihren Körper gingen. Angst ergriff sie, kam nun das Baby schon? Dann aber ebbte das Gefühl ab, sobald sie auf dem Heimweg war. Sie kehrte um, zurück in die Kühle des Walds. Dort wuchsen Pilze, darüber würde sich die Bäuerin am Abend wohl freuen, dachte sie.

Die Bäuerin lachte sie aus, als Christiane mit der Schürze voll Pilze aus dem Wald zurückkam. »Die sind allesamt nicht gut«, meinte sie, »davon kriegen wir alle nur Bauchweh und Schlimmeres. Wirf sie auf den Mist.«

Am Abend gab's für alle ein Bier, der Bauer hatte seine Getreideernte besser verkaufen können als erhofft. Als Christiane erst ablehnen wollte, drängte die Bäuerin. »Was denn, trinkste nichts? Auch kein Schnaps?«

Da nahm Christiane doch einen Krug Bier, der ihren Durst aufs Feinste löschte. Und der Schnaps kam zu später Stunde auch auf den Tisch. Christiane, die nur an ihrem Pintchen nippte, wurde von den Bauersleuten aufgefordert, ordentlich zuzugreifen. Nach dem dritten stand sie auf. Ihr war schwindelig, das Herz wurde ihr schwer, weil sie wieder an Robert dachte. Kein Wort von ihm, seit er sie in die Kutsche gesetzt hatte. Als hätte er sie vergessen.

Und vergessen, vielleicht war das besser so. Das wollte sie auch.

Sie ging am nächsten Tag noch mal hinaus, in den Wald und zu den Pilzen, den ungenießbaren. Sammelte die Schürze voll damit, wusste daheim aber nicht, wie sie die zubereiten sollte, dass es fürs Vergessen reichte. Schließlich weichte sie die Pilze in der Waschschüssel ein, und abends, nachdem sie aus der Stube den Steinkrug mit Schnaps stibitzt hatte, goss sie das Wasser ab und mischte es mit dem Obstler.

Erdig und brennend. Sie trank so viel, bis sie aufstoßen musste, dann sank sie aufs Kissen, hielt den Krug auf ihrer Brust umklammert und spürte, wie sie ganz dösig wurde im Kopf, vom Alkohol und von den Pilzen.

Sie wachte davon auf, wie es in ihrer Kehle hochstieg. Christiane drehte den Kopf zur Seite und erbrach das Pilzwasserobstlergemisch auf den Boden. Zugleich hörte sie die Bäuerin vor der Tür ihren Namen rufen. Sie klopfte, doch Christiane fühlte sich zu schwach zum Antworten. Sie krümmte sich, ihre Hände umfingen den Bauch. Alles drehte sich, nie hatte sie sich so elend gefühlt wie in diesem Moment.

Danach war es dunkel, und das Nächste, was sie wahrnahm, war die Stimme der Bäuerin dicht an ihrem Ohr. »Bleib wach!«, kreischte die, und dann an jemand anderes gewandt: »Hol die Hebamme, sie kriegt das Kind oder wollt sich umbringen, so genau weiß ich das nicht.«

»Das Kind bleibt, wo's ist«, lallte Christiane.

Danach wieder Dunkelheit. Wohltuend umschloss sie ihren Leib und ihren Geist. Endlich nicht mehr grübeln müssen, keine Sehnsucht mehr, nichts.

In der Nacht oder nur wenige Augenblicke später, so genau konnte sie das nicht sagen, war da die Stimme einer anderen Frau, jung klang sie, eher in Christianes Alter.

»Dem Kind hat's nicht geschadet. Haltet sie warm, gebt ihr zu trinken. Sie soll sich ausruhen. Hat sich überanstrengt, armes Ding.«

Eine kühle Hand umfasste ihre Finger, die erste Berührung seit Ewigkeiten, die nicht von Robert kam. Christiane zuckte zurück. Die junge Stimme verfiel in leisen Singsang. »Schon gut, schon gut. Ich weiß. Du bist nicht allein.«

Wenn es nur so wäre. Aber die Einsamkeit war es, die Christiane trieb, die sie kaum ertrug. Dass sie auf sich gestellt war. Mit dem Baby unter ihrem Herzen hatte sie zum ersten Mal das Gefühl, sie müsste zwar weiter aushalten, dass Robert nie da war. Aber sie wäre wenigstens nicht länger allein. Seine Pläne sahen anders aus, auch das war ihr bewusst. Ging es nach ihm, sollte sie es nach der Geburt in Pflege geben, aus den Augen, aus dem Sinn, dass sie ihr Leben so weiterführen konnten wie bisher.

Was, wenn sie sich gegen seinen Willen auflehnte? Wenn sie das Kind behielt, wie auch immer das gehen sollte. Sie kam jetzt schon kaum über die Runden.

Am nächsten Morgen stand sie auf, der Kopf noch schwer vom Schnaps, das Herz noch schwerer davon, dass sie ihrem Leben lieber ein Ende hatte machen wollen, statt zu Robert nach Breslau zurückzukehren. Sie holte das Schreibzeug aus dem Koffer und saß auf der Bettkante, schrieb auf ihren Knien mit zitternder Hand.

Dass ich nicht mehr leben mag, ohne Dich und ohne das Kind, das sollte mir zu denken geben. Für wen soll ich mich denn entscheiden?

·ı· 3 ·ı·

Breslau, September 1883

Robert war derweil in Breslau unterwegs und nutzte Christianes Abwesenheit, während der sie ihm nicht ständig am Rockzipfel hing und um seine Aufmerksamkeit bettelte. Er sorgte vor. Die Zukunft musste ihre Ordnung haben, bevor Christiane aus Dambrau zurückkam und mit ihrer romantischen Vorstellung alles zunichtemachte.

Lass es mich behalten, Liebster.

Das schrieb sie. Und wie sie versucht hatte, sich mit einem giftigen Pilzsud und Obstler ins Jenseits zu verabschieden. Sündhaft war das, ließ sich nicht mit seiner Auffassung von einem gottesfürchtigen Leben vereinbaren, aber sündhaft war sie ohnehin schon, weil sie mit ihm zusammen war. Glaubte sie allen Ernstes, er würde ein Kind bei ihr lassen, wenn sie sich um den Verstand soff und lieber ihr Leben beendete?

Nein. Er brauchte einen Platz, wo es bleiben konnte, sobald Christiane aus Dambrau zurückkam.

Als Beamter kannte er viele Leute, die ihm auch diskret Tipps geben konnten. In diesem Fall jedoch hatte er es vorgezogen, einen Blick in die Zeitung zu werfen, wo unter der Rubrik »Vermischtes« Anzeigen von Pflegefamilien standen, neben Haushaltsauflösungen und Lumpensammlern. *Freundliches, helles Haus für Pflegekinder. Teichstraße 17.* Das wäre sogar nicht allzu weit weg von der Gartenstraße, das müsste Christiane doch gefallen. Sie konnte es gelegentlich besuchen.

Robert strich über seinen Anzug, bevor er den finsteren Hausflur betrat und den Hausmeister, der gerade einen Riegel an der Tür anbrachte, nach der Familie fragte, die hier Pflegekinder aufnahm. Der Mann starrte ihn an, schob die Mütze in den Nacken und kaute auf der Schnurrbartspitze. »Dachgeschoss.«

Im Dachgeschoss gab es nur eine Tür. Robert klopfte und lauschte. Aus dem Innern drang kein Laut. Er wollte sich gerade abwenden, da ging die Tür auf. Eine junge Frau schaute durch den Spalt, die Haare blond und streng zurückgekämmt, der Mund ein zusammengepresster Strich.

»Wer sind Sie?«

»Guten Tag. Ich habe Ihre Anzeige in der Zeitung gelesen. Dass Sie als Pflegestelle für kleine Kinder dienen.«

Sofort hellte sich ihre Miene auf. »Ja, hereinspaziert, mein Herr. Kommen Sie, kommen Sie. Grad schlafen die Kinder.«

Er trat ein. Die Wohnstube war eng, wirkte auch etwas finster und staubig. »Wie viele Kinder betreuen Sie denn derzeit?«

»Ach, ein paar nur. Platz haben wir noch. Worum geht's denn?«

Sie wies zum Tisch, dass er sich dort hinsetzte. Robert ließ sich auf dem wackligen Stuhl nieder, legte die Hände auf die Oberschenkel und blickte betreten nach unten. Er hatte sich eine Geschichte zurechtgelegt, denn die Wahrheit, die konnte er natürlich niemandem erzählen. Die Frau, die sich als Elisabeth Läuffer vorgestellt hatte, setzte sich mit einem Heft und Bleistift ihm gegenüber.

»Es ist so traurig«, begann er. »Ich habe ein Kind, um das sich keiner kümmern kann.«

»Sind Sie Witwer?« Der geschäftige Stift verharrte.

»Nein, wenn's nur so wäre.«

Sie lächelte verschlagen. »Ach, wenn das so ist … Da kann ich helfen.«

Jetzt galt es, vorsichtig zu sein, er wusste ja, wie schnell diese Kröten wuchsen. »Noch nicht geboren. Bald aber.«

Die Frau nickte. Sie schrieb weiter, als wären das alles wichtige Informationen. »Da ließe sich was regeln, wenn Sie bereit sind zu zahlen.«

»Wie viel verlangen Sie denn?« Seine Hände fühlten sich schwitzig an.

»Ach, nicht viel.« Die Pflegemutter wurde munter. Sie klappte das Heft zu. »Also, ich nehme zwei Taler die Woche für die Versorgung eines Säuglings, da ist ja mehr zu tun als bei 'nem älteren. Später wird's aber trotzdem etwas teurer, die wollen ja so viel essen, man kommt kaum hinterher.« Sie lächelte betont fröhlich. »Drei Mahlzeiten am Tag, es teilt sich ein Bett mit 'nem anderen, so viel Platz ist hier nicht, dass Sie Ansprüche stellen könnten. Außerdem sag ich, wie's ist, so lang halten's die Blagen hier meist nicht aus. Gibt Eltern, denen das ganz recht ist, wegen der Kosten.«

Dabei zwinkerte sie ihm verschwörerisch zu.

»Ich verstehe nicht.« Er blinzelte verwirrt.

»Na, meist sind diese Kinder ja eher schwach auf der Brust. Gedeihen nicht gut, wenn Sie verstehen, was ich meine. Wäre nicht das erste, das … nun ja.« Sie zuckte mit den Schultern. »Aber das soll Ihre Sorge nicht sein, oder?«

Er blickte sich noch mal um. Sein Unbehagen wuchs. Ihm fiel auch auf, dass es kein Spielzeug gab, nichts, mit dem sich kleine Kinder beschäftigen konnten. »Darf ich die Schlafstube sehen?«

»Natürlich, natürlich!« Nun wähnte sie sich auf der sicheren Seite, dachte wohl, das sei nun ein Selbstläufer, sie werde das Kind schon bald auf ihrem Schoß schaukeln.

Sie ging voran, Robert folgte ihr. Die Tür knarzte, und das kümmerte sie genauso wenig wie das Aufheulen eines der Kinder, die in der Kammer dahinter auf verdreckten Matratzen auf dem Boden lagen.

»Ruhe jetzt!«, fuhr sie den Kleinen an, auf zwei oder drei Jahre schätzte Robert das Kind. Der Junge sah sie mit großen Augen an, dann legte er sich still wieder hin. Die anderen lagen einfach da, keins rührte sich.

Es waren insgesamt vier Kinder, zählte er. Keins älter als der Junge, der wenigstens noch den Mund aufgemacht hatte.

»Na ja«, meinte Frau Läuffer, »Sie sehen ja, die halten's Maul, wenn man ihnen mit ordentlich Autorität begegnet oder wie das heißt. Das Wort hab ich von meinem Mann, Gott sei seiner Seele gnädig. Bevor er starb, haben wir das hier gemeinsam gemacht.«

»Schaffen Sie das denn allein?«

Robert bemerkte den Eimer in der Ecke, in den offenbar die Kinder ihre Notdurft verrichteten, ein paar stinkende Windeln quollen über den Rand. Er atmete durch den Mund. Der

Gestank war unerträglich, wie hatte er das nicht vorher schon bemerken können? Frau Läuffer schien sein Unbehagen zu spüren, sie trat zwischen den Matratzen am Boden zu dem kleinen Dachfenster und riss es auf. Eisiger Wind und eine Böe Regen fegten herein.

»Also, schaffen … Was schafft man schon? Bleibt liegen!«, blaffte sie im nächsten Atemzug zwei winzige Kleinkinder an, die sich unter einer Häkeldecke aneinanderkuschelten, die wohl mal bunt gewesen war.

»Ist ja nicht viel Auswahl, wenn man die lieben Kleinen gut untergebracht wissen will. So, jetzt aber genug geglotzt. Ich hab zu tun.«

Sie scheuchte Robert aus dem Zimmer. Ein letzter Blick zurück, der Dreijährige saß auf seiner Matratze und starrte Robert unverwandt an, als könnte er was am Schicksal dieser bedauernswerten Kreaturen ändern.

Nein, hier durfte er sein Baby auf keinen Fall lassen, so viel war ihm klar.

Den Brief an Christiane hatte er am frühen Morgen geschrieben, als Frau und Söhne noch schliefen. An der nächsten Straßenecke riss er den Umschlag auf, aus der Innenseite seiner Anzugsjacke zog er einen Bleistiftstummel, kritzelte ein Postskriptum unter die harschen Worte, nahm ihnen die Schärfe und hoffentlich seiner Liebsten die Angst.

Gruselig, was sie uns hier als Pflege verkaufen wollen, Höllenlöcher habe ich gesehen! Da können wir das Baby nicht lassen, aber sag, was willst Du sonst damit tun, dass es nicht auf mich zurückfällt?

Denn das durfte nicht sein, dass jemand erfuhr, von wem

das Kind war. Das war nun allein Christianes Problem, und er hoffte für sie, dass sich eine Lösung fand.

Eine Pflegestelle, in der die wenigsten überlebten, das war jedenfalls kein rechter Ort für eines seiner Kinder.

Dambrau, September 1883

Nun lass schon los.« Die Hebamme klang selbst erschöpft, fast schon resigniert, während Christiane ermattet in die Kissen sank. Wer eigentlich hatte bestimmt, dass Frauen im Liegen gebären sollten? Das konnte sich nur ein schlauer Doktor der Medizin ausgedacht haben, der meinte, so habe er alles besser im Blick. Sie erinnerte sich an ihre Mutter; sechzehn Kinder hatte sie zur Welt gebracht, beim letzten hatten Christiane und Paula ihr zur Hand gehen dürfen. Was genau da geschah, als sie mit den letzten Wehen das Baby aus sich herauspresste, hatte sie zwar nicht gesehen, denn die Mutter hatte dafür vor dem Bett gekniet und sich mit dem Oberkörper auf der Matratze abgestützt, während sie Christianes und Paulas Hände drückte und die Hebamme hinter ihr hockte und irgendwas zwischen ihren Beinen machte. Damals war Christiane fünf oder sechs gewesen, eine ihrer ersten Erinnerungen. Daran dachte sie nun, und bevor irgendwer sie davon abhalten konnte, stieg sie umständlich aus dem Bett und kniete sich davor. So ging's leichter.

Die Hebamme zuckte mit den Schultern, sie hatte wohl schon einiges gesehen und fand, das eine sei so gut wie das andere, solange es der Gebärenden half. Christiane seufzte, denn es war fast erleichternd, wie der Druck auf ihren Rücken nachließ. Stattdessen lief ein Beben durch ihren Unterleib, sie glaubte zu spüren, wie sich das Baby langsam vorwärtsschob.

»Ich spüre das Köpfchen. Gleich noch mal.« Die Hebamme sprach ganz ruhig. Und dann, mit einem letzten Schieben, war es geschehen. Christiane biss sich in die Faust, ein stechender Schmerz da unten, dann war alles wieder gut, oder auch nicht, einfach leer und schlaff, wo vorher alles noch so erfüllt und prall gewesen war. Sie hörte das Plärren des Babys, mehr ein Maunzen wie von einer Katze.

»Ein Mädchen.« Die Hebamme nabelte den Säugling ab, sie half erst Christiane zurück aufs Bett, dann legte sie ihr das winzige Baby in den Arm, in ein Handtuch gewickelt und noch ein bisschen von weißer Schmiere überzogen. Sofort suchte der kleine, weit aufgerissene Mund; das Baby schien schon die Milch in Christianes prallen Brüsten riechen zu können.

Sie wusste nicht, ob sie lachen sollte oder weinen. Behutsam schnürte sie das Nachthemd auf, dann bot sie dem Säugling die Brust an, der schon bald zufrieden schmatzte. Christiane schloss die Augen und ließ den Kopf nach hinten sinken. Sie fühlte sich erschöpft, aber auf so eine wohlige Art, als hätte sie in dieser Nacht richtig was geschafft.

»Ihr macht das gut.« Die Hebamme kümmerte sich um die Nachgeburt, sie räumte auf und öffnete das kleine Fenster. Besorgt legte Christiane das Handtuch fester um das Babyköpfchen.

»Hast du schon einen Namen für sie?«

»Katharina«, flüsterte Christiane.

Sie wusste in dem Moment, als sie den Namen sagte, dass es nun kein Zurück mehr gab. Sie hatte ein Kind, das Kind einen Namen. Unmöglich, es noch einmal aus den Händen zu geben, da müsste Robert es ihr schon entreißen, und sie würde dennoch bis zum letzten Atemzug drum kämpfen, dass das Kleine bei ihr blieb.

»Eine kleine Käthe, wie süß.« Die Hebamme lächelte.

Christiane verzog den Mund. »Nein. Sie heißt Katharina«, erwiderte sie fest.

Damit war's beschlossen. Und in dieser Nacht schlief sie zum ersten Mal nicht allein in ihrem Bett. Neben ihr lag das kleine Kind, *ihr* Kind. Katharina. Die Reine. Nichts war so unschuldig wie dieses Kind.

Christiane war fest entschlossen, dass es so blieb.

•|• •|• •|•

Der Frieden währte nicht lang. Schon zwei Tage später stand Robert Rogaske in dem Kämmerchen, eine Tüte mit Wurst und Schokolade in der einen Hand, einen zerdrückten Blumenstrauß in der anderen, am Feldrain gepflückt oder am Bahnhof auf dem Weg hierher gekauft.

»Wo ist sie?«, wollte er wissen.

Stumm zeigte Christiane auf den Weidenkorb, der am Fußende des Betts stand. Sie hatte ihn mit einer Decke ausgepolstert. Darin lag Katharina tagsüber und schlief, wenn sie nicht an Christianes Brust ruhte oder trank.

Robert runzelte die Stirn, als er in den Korb auf das zerknautschte Baby blickte, dessen Hände winzig klein und schrumpelig waren, als müsste es erst hineinwachsen. Das Gesicht ein wenig verkniffen, als wäre das Leben außerhalb des Mutterleibs eine Anstrengung.

»Da ist sie also.«

»Sie heißt Katharina.«

»So. Hm.«

Robert zog den Stuhl heran, er breitete schweigend die Geschenke aus und überließ es Christiane, die Zukunft anzusprechen. »Was machen wir nun?«, fragte sie.

»Du wirst dir wohl was überlegen müssen. Ich bring's nicht über mich, sie in so eine Hölle zu sperren. Wenn du das schaffst, wohlan.«

Nein, das brachte sie auch nicht übers Herz. »Ich könnte sie ja behalten …«

Robert schnaubte. »Dass die Leute sich das Maul zerreißen?«

»Das tun sie ohnehin.«

Er schwieg. Packte weiter aus, sogar ein Buch war dabei, das er zwischen Schokolade und ein Päckchen Tee legte. Stumm beobachtete Christiane ihn dabei.

»Was wird dann aus uns?«, traute sie sich endlich, die Frage zu stellen, die sie nicht losließ.

»Was soll schon werden? Du und ich, wir gehören doch zusammen.«

»Auch wenn ich sie behalte?«

»Immerhin spart es mir zwei Taler die Woche, wenn sie bei dir bleibt.« Er seufzte. Setzte sich zu ihr auf die Bettkante und nahm ihre Hände. »Ausreden kann ich's dir nicht. Ach, Tinchen, warum tust du mir das alles an? Wieso konntest du nicht besser achtgeben oder wenigstens was dagegen tun, ohne mich damit zu belasten? Was ist es, dass du es mir so schwer machen musst?«

»Dir?«

»Na, geht's nicht darum? Du willst doch, dass ich bei dir bleibe für immer, oder nicht? Darum diese Tänzchen. Ich hab dich von Herzen lieb, aber wie du mich an dich bindest … erst wirst du schwanger, dann bringst du dich fast um, nun willst du es behalten … Ich sehe, was du da treibst!« Spielerisch drohte er ihr mit dem Finger. »So wird das nichts, meine Süße, meine Gute. Ich bleib bei Frau und Söhnen.«

Seine Worte verletzten sie. Glaubte er denn wirklich, sie tat das alles nur, um seine Aufmerksamkeit zu bekommen? Sie liebte ihn, die Wochen der Trennung waren für sie eine Qual gewesen, und nun meinte er, sie, die sich immer zurückhalten musste, die immer zurückstand, weil er bei jeder sich bietenden Gelegenheit betonte, er würde ja mit ihr zusammen sein, aber es ging nun mal nicht wegen Frau und Kindern, das verstand sie ja – sie hätte sich das Kind herbeigewünscht, dass er zu ihr kam und bei ihr blieb? Aber wie sie es auch versuchte, ob sie sich demütig und still gab oder aufbegehrte, immer verdrehte er ihr die Worte im Mund, dass sie herrschsüchtig sei und ihn nur für sich haben wolle. Ihr die Schuld zu geben, dass es nun dieses Kind gab, war der Gipfel.

Christiane wäre gern stärker gewesen. Mutiger. Sie hätte lieber die Kraft besessen, ihn aus der Kammer zu werfen und damit auch aus ihrem Leben. Aber es würde auch mit seiner Hilfe schwer genug werden, sobald sie zurück in Breslau war. Hilfe, die anzunehmen ihr schwerfallen würde.

»Du musst nichts tun«, sagte sie leise. »Dein Geld will ich nicht.« Das Baby wachte auf und schmatzte leise. Sie beugte sich über den Korb und hob es heraus. Als sie ihr Nachthemd aufschnürte, spürte Christiane Roberts begehrlichen Blick, wie er über ihre Brust glitt. Sie wandte sich halb ab, streichelte Katharinas Köpfchen, die sogleich die Brustwarze fand und sich schmerzhaft festsaugte. Christiane seufzte, spürte das Kribbeln in ihren Brüsten, als die Milch zu fließen begann. Sie spürte, wie das Nachthemd auf der anderen Seite nass wurde.

»Wie willst du es denn ohne mich schaffen? Die Leute werden reden.« Seine Stimme erreichte sie nicht, sie blickte auf Katharina herab und lächelte selig. Sie empfand eine Liebe ohne Bedingungen, ganz anders als die, mit der Robert sie an sich band.

»Die Leute sind mir egal.«

»Du kriegst nicht genug Arbeit, wenn du das Kind hast. Wer soll dir welche geben? Mit Kind bist du unzuverlässig.«

»Ich war immer verlässlich, und das bleibe ich auch.« Notfalls würde sie eben nachts arbeiten, wann immer das Baby schlief. Gegen ihren Willen spürte sie Tränen in den Augen, die sich nicht zurückblinzeln ließen. Wie er immer an ihr herumkritteln musste. Konnte er ihr denn nicht ein einziges Mal Mut machen, ihr versprechen, sich zu kümmern, dass sie nicht ganz allein war mit dieser neuen Situation?

Allein werde ich nun nie wieder sein, fuhr ihr durch den Kopf, und sie neigte sich zu ihrem Baby herunter, küsste es auf den dunklen Flaum, der salzig schmeckte von ihren Tränen. Christiane sog den Babyduft ein, sie weinte, weil ihr dieses Kind zugefallen war, was sie immer hatte verhindern wollen. Und wie glücklich es sie nun machte, das hatte sie nie erwartet. Glücklich und verzweifelt zugleich, weil sie es allein schaffen musste.

Aber wenigstens würde sie von nun an nie mehr einsam sein, nie mehr Tage und Wochen warten müssen, bis Robert sich mal zu ihr bequemte. Sie hatte dieses Kind, sie würde alles tun, damit es ihm gut ging.

»Dann mach halt, wie du meinst.« Er klang unwirsch, fast schon böse. Als spürte er, wie ihre größte Liebe von ihm auf seine Tochter übersprang, als könnte er das nicht verwinden. Nein, wenn die Welt sich nicht um Robert Rogaske drehte, war irgendwas darin verkehrt.

»Wir schaffen das«, flüsterte Christiane ihrer Tochter zu, küsste sie, schniefte und lachte. »Wir beide schaffen alles, uns gehört die Welt.«

·*· ·*· ·*·

Zunächst aber waren große Teile der Welt ihnen verschlossen. Robert kehrte am selben Tag nach Breslau zurück. Christiane blieb noch zwei Wochen in Dambrau, sie erholte sich von der Geburt, doch lange hielt es sie nicht im Bett. Die Bäuerin stellte ihr dreimal am Tag eine gute Mahlzeit hin, und sobald Christiane sich traute, ging sie wieder hinaus über die Felder und Richtung Wald, die schlafende Katharina im Tuch vor der Brust. Die Hebamme hatte ihr gezeigt, wie das ging, und so erweiterte sich ihr Lebensraum wieder. Sie brachte wieder Pilze mit von den Ausflügen, die von der Bäuerin sorgfältig verlesen, auf Fäden gezogen und unter die Dachsparren ge-hängt wurden. Weiter ging es im Garten, Pflaumen einkochen, Apfelkompott aus Fallobst, die heilen Früchte sammelten sie für die große Stiege im Keller. Christiane hatte das Gefühl, sie müsste sich nützlich machen, dabei wusste sie, dass Robert für ihren Aufenthalt bezahlt hatte. Daheim liefen derweil die Mietschulden auf, und sie hoffte inständig, ihr Gespartes würde dafür reichen.

Zum Abschied Ende September schenkte die Bäuerin ihr ein Bündel mit Babysachen, die frisch gewaschen und geplättet waren.

»Wir haben die ja nie gebraucht«, sagte sie. Mehr nicht, dabei lag darin so viel Schmerz und Trauer. Freiwillig war sie nicht kinderlos geblieben, wer tat das schon.

Christiane stammelte ein Dankeschön, dann bestieg sie den Pferdekarren, der Bauer fuhr sie zum Bahnhof und sagte unterwegs nicht viel. Christiane hielt Katharina fest, obwohl der Säugling im Tuch friedlich schlief. Sie wuchtete den Pappkoffer, das Bündel mit Babykleidung und den Deckelkorb mit Leckereien allein von der Kutsche.

»Na dann.« Er tippte an den Schlapphut und ließ die Zügel auf den Rücken des braunen Kaltbluts klatschen.

Breslau erreichten sie nach Einbruch der Dunkelheit. Christiane schleppte Koffer, Bündel, Korb vom Bahnhof zur Gartenstraße. Das Herz war ihr schwer, sie fürchtete, die Hauswirtin hätte ihre Wohnung inzwischen neu vermietet und ihre Sachen an die Straße gestellt. Unbemerkt schlich sie ins Haus, stieg die Stufen im dunklen Treppenhaus hoch. Der Schlüssel passte, alles war noch da. Sie atmete auf, stellte die Sachen ab und holte Katharina aus dem Tuch, die wach geworden war und Hunger hatte. Während sie stillte, ging sie langsam auf und ab, sie überlegte. Katharina konnte mit ihr im Bett schlafen, die Nähmaschine stellte sie ans Fenster, mehr Licht und Luft beim Arbeiten. Wenn sie nachts arbeiten wollte, brauchte sie eine zusätzliche Lichtquelle, sonst ging es nicht. Aber erst wollte sie schlafen. Morgen würde sie sich um neue Arbeit kümmern.

Sie wusste nicht, ob Robert irgendwann noch mal zu ihr kam. Ob es sie kümmerte? Das Herz zerriss es ihr. Sie waren nicht im Guten auseinandergegangen, und nun musste sie wie so oft darauf hoffen, er werde sich schon irgendwann melden, wenn ihm der Sinn danach stand.

»Wir werden nicht auf ihn warten«, flüsterte Christiane und küsste Katharinas Köpfchen. »Wir beide, du und ich, wir halten zusammen bis ans Ende der Welt.«

Die erste Nacht von vielen, in denen sie im Bett lag und erst nicht schlafen konnte, weil das Herz ihr überquoll. Von der Liebe zu diesem Kind, aber auch von der Angst, wie es weitergehen sollte, wie um alles in dieser Welt sie die Mietschulden abtragen, Arbeit finden, sich und das Kind über die Runden bringen sollte.

Sie beschloss in dieser Nacht: Wenn Robert wiederkäme, würde sie ihm die Tür nicht verschließen. Würde ihn willkommen heißen. Zu lebendig war ihr noch der Schmerz, als ihre Eltern starben und keiner mehr für sie da war außer Paula und die anderen Geschwister, die sich redlich mühten, aber nicht die Eltern waren. Ein schlechter Vater mochte da besser sein als gar keiner.

·· 5 ··

Breslau, April 1889

Das Stühlchen auf dem Bürgersteig, ringsum Kisten und Körbe, Stoffbündel und nun zu guter Letzt die Nähmaschine, all die Dinge, die ihre kleine Welt waren. Katharina beobachtete mit leicht gerunzelter Stirn, was da vor sich ging. Ihre Mutter hatte ihr versichert, das sei nun der letzte Umzug, doch an die ersten konnte sie sich gar nicht erinnern, weshalb dieser nichts von seinem Schrecken verlor.

»Aus dem Weg!«

Tante Paula brachte noch mehr Körbe, darunter auch einen mit Katharinas Sachen. Zwei Packer, die ihnen beim Umzug zur Hand gingen und die Tante Paula am Morgen mitgebracht hatte, schleppten gerade die alte Wheeler & Wilson-Nähmaschine nach draußen. Sie war schon in die Jahre gekommen und trotzdem der wertvollste Besitz der Mutter, denn nur mit ihr konnte sie für die zahlungskräftigen Kundinnen all die schönen Dinge fertigen, Abendgarderobe und Spitzenwäsche, Tageskleider, Putz und Aussteuer. Christiane Simon nahm jeden Auftrag an, führte ihn gewissenhaft aus. Aber nun brauchten sie mehr Platz, sie hatte ein Lehrmädchen aufgenommen, und Katharina sollte nach den Osterferien zur Schule gehen. Damit sie nicht so weit zu laufen hatte bis zur Tauentzienstraße, hatte sie die neue Wohnung gesucht. »Du wirst es mal besser haben als ich«, seufzte Katharinas Mutter regelmäßig und strich ihr dabei über die kurz geschorenen Haare. Katharina duckte sich darunter weg. Sie mochte die mütterliche Zärtlichkeit wohl, doch das Gefühl auf ihrem Kopf, das missfiel ihr, wie es ihr auch missfiel, wenn ihr alle paar Wochen die Haare raspelkurz geschnitten wurden. Eine Erklärung, wieso ihre Mutter das tat, bekam Katharina nie.

Zur Schule also, bald schon. Sie sollte es ja besser haben; nur deshalb arbeitete ihre Mutter sich die Finger wund, bis die geröteten Augen brannten und sie sich vor Müdigkeit die Nadel in die Fingerkuppen statt in den feinen Batist stach. Manchmal musste Katharina ihr auch schon zur Hand gehen. Das ersparte Geld legte ihre Mutter auf Mark und Pfennig in eine silberne Dose, die sie oben auf dem Vertiko verbarg. Die Mittelschule sollte es sein, sobald Katharina in ein paar Jahren mit der Volksschule fertig war.

»Jetzt sitz hier nicht länger rum, Katharina.«

Ihre Mutter wuchtete eine Kiste auf den Karren, sie runzelte die Stirn, dachte nach. Was hatte sie vergessen, was musste unbedingt erledigt werden? Sie führte zwar in einem Heft alle Aufträge ihrer Kundinnen sorgfältig auf, doch für all die vielen kleinen Erledigungen, die ihr Haushalt mit sich brachte, verschwendete sie kein Papier, und manches Mal verpasste sie Termine oder Verabredungen.

Katharina stand auf. Stumm sah sie zu, wie der kleine Polsterstuhl mit den anderen Sachen aufgeladen wurde, nun ging alles ganz schnell. Ein letztes Mal folgte sie der Mutter in die Stube unterm Dach, sie sahen sich darin um. Beide ratlos und Katharina unerklärlich müde. Später erst, nachdem ihr das Leben mehrere Ortswechsel aufgezwungen hatte, würde sie dieses Gefühl wiedererkennen. Es war ein vorauseilendes Heimweh, Abschiedsschmerz und Sehnsucht, neue Wurzeln zu schlagen.

Katharina schob die Hand in die ihrer Mutter. »Werden wir es gut haben, dort, wo wir hingehen?«, fragte sie leise.

»Dir wird's mal besser gehen.« Mehr sagte ihre Mutter nicht. Als wäre es ihr unvorstellbar, dass sie selbst irgendwann noch mal bessere Zeiten erleben würde.

•|• •|• •|•

Eine Stube unterm Dach, das Klo im Treppenhaus und so winzige Fensterchen, dass es an Wintertagen kaum hell wurde. Das also war ihr neues Heim, und Katharina versuchte, keine Vergleiche zum alten zu ziehen. Mehr Platz hatten sie wohl, aber alles war etwas schäbiger, der Hausflur feucht und stinkend, die Treppenstufen morsch. Nachts schrien Menschen auf den Straßen, dass sie kaum einschlafen konnte.

»Na, was hat mein Mäuschen?«

Ihre Mutter setzte sich zu ihr. Katharina tastete nach ihrer Hand, war ihr doch die Nähe wichtig, dass sie einschlafen konnte. Sie merkte aber zugleich, wie ihre Mutter unruhig wurde, wann immer Katharina länger zum Einschlafen brauchte. Da ging ihr Blick schon wieder zur Wheeler & Wilson, auf der Platte lag ihre aktuelle Auftragsarbeit. Bei einem Tageskleid sollte sie die Taille auslassen, vermutlich war die Trägerin »in Umständen«, die das erforderten. Das gehörte zu den vielen kleinen Aufträgen, die sie gewissenhaft ausführte, Tag und Nacht, so kam es Katharina manchmal vor.

»Biste aufgeregt?«, fragte ihre Mutter leise.

Morgen ging die Schule los. Katharina schüttelte den Kopf. Doch ihr Blick ging zu dem Lederranzen, in dem Federkasten, Schiefertafel und Fibel steckten.

»Brauchst du nicht sein. Fall nicht auf, dann wird alles gut.« Ihre Mutter zögerte. »Vielleicht machen's dir die anderen Mädchen schwer«, fügte sie leise hinzu. »Weil du anders bist als sie. Aber lass dich davon nicht beirren. Du hast immer noch mich und deinen Papi. Es macht keinen Unterschied, dass er nicht bei uns lebt.«

Es macht doch einen Unterschied, das wusste Katharina ganz genau. Zu oft hatte sie erlebt, wie ihre Mutter sich mit dem Vater stritt, weil er allzu selten bei ihnen war. Nur freitags war er für sie da, wenn Katharina ihn vom Rathaus abholte und sie ein paar Kleinigkeiten kaufen gingen, die er ihrer Mutter mitbrachte. Ergänzungen zur Speisekammer, die Christiane Simon eher widerstrebend akzeptierte, weil sie ohne hätten hungern müssen. So nahm sie die Würste, die großen Stücke Hartkäse, Brot und gelegentlich eine Tüte Pfefferkuchen und versteckte sie fast verschämt in der winzigen Speisekammer.

»Aber ihr habt doch kaum was«, meinte der Vater bei so einer Gelegenheit mal, als er an Christianes Schulter vorbei auf die leeren Bretter blickte.

»Wir kommen schon rum«, beschied sie ihm und knallte die Tür vor seiner Nase zu.

Wir kommen schon rum. Mehr schlecht als recht, so viel wusste Katharina schon. Aber sie musste selten hungern. Lieber gab die Mutter ihr die zweite Scheibe Brot, statt sie gerecht zu teilen. »Bist ja noch im Wachstum«, meinte sie dann lapidar. »Da brauchst du mehr.« Vermutlich war das der einzige Grund, weshalb sie sich vom Vater was mitbringen ließ – damit Katharina wenigstens satt wurde.

Und nun die Schule. Katharina konnte den Blick nicht von dem Ranzen lassen. Das Wenige, was ihr die Nachbarstochter in der Friedrichstraße über die Schule erzählt hatte, trug nicht gerade zu ihrer Beruhigung bei. »Wenn du nicht spurst, kriegst du den Rohrstock vom Lehrer zu spüren«, erklärte Erna ihr. »Und wenn dem nicht passt, wie du guckst, dann auch.« Das war nicht gerade ermutigend, wer konnte schon was dafür, wie er guckte?

»Mama? Bist du noch da?«

Schon fast eingeschlafen, suchte Katharina nach dem Finger ihrer Mutter, an dem sie sich oft festhielt, bis sie eingeschlafen war.

»Schlaf jetzt«, hörte sie die Mutter flüstern, dann ihr Seufzen, als wäre es eine Zumutung, allabendlich beim Kind zu sitzen. Katharina spürte, wie sich der Finger der Mutter langsam aus ihrem Griff zog, dann den harten Löffelstiel aus Holz, der den weichen Finger ersetzte. Und als dann kurz darauf das leise Surren der Nähmaschine einsetzte, konnte sie beruhigt einschlafen.

•ǀ• •ǀ• •ǀ•

»Was bist du denn für eine?« Abschätzige Blicke von den Mitschülerinnen. Vom kurz geschorenen Schädel über das alte Schulkleid, das ihre Mutter von einer Kundin bekommen hatte und für Katharina enger nähen musste, bis zu den braunen flachen Lederschuhen.

»Wo wohnst du denn?« Eins der Mädchen drängte nach vorne. Blonde Korkenzieherlöckchen, hellblaue Samtschleifen im Haar, ein frisches Gesicht mit runden, geröteten Backen und einem roten Mund. Katharina starrte sie stumm an. »Na, welche Straße!«

Bevor Katharina antworten konnte, betrat die Lehrerin das Klassenzimmer. Sofort schwärmten die Mädchen aus zu ihren Pulten, und Katharina war dankbar, dass sie ihre Ruhe hatte. Die Lehrerin hatte eine sanfte Stimme, sie erklärte den Mädchen, was sie im kommenden Schuljahr erwarten würde. »Ihr werdet lesen, schreiben, rechnen lernen. Das genügt für den Anfang.« Und kam Katharina doch vor wie ein unüberwindlich hoher Berg.

Die anderen Mädchen ließen sie in Ruhe, und Katharina, die sich in einer hinteren Bank einen Platz gesucht hatte, strengte sich an, die Worte der Lehrerin zu verstehen, wenn sie an der Tafel auf die Buchstaben zeigte, die alle Mädchen getreulich wiederholten. »A, E, I, O, U«, so erschloss sich ihr die Welt, und schon wenige Wochen später kam sie nach Hause, schlug die Fibel auf und las ihrer Mutter vor. Langsam noch und stockend, aber sie konnte lesen!

»Die Gänse haben weiße Federn. Die Gänse machen gi-ga-gack.«

»Das machst du wunderschön.«

Katharina blickte bestürzt auf ihre Mutter, die sich verstohlen die Augenwinkel mit dem Geschirrtuch abwischte, mit dem sie gerade Teller und Gläser abtrocknete.

»Aber wieso weinst du?«

»Weil du so schlau bist, mein Kind.« Ihre Mutter trat zu Katharina an den Tisch, sie legte den Arm um die schmalen Schultern und drückte sie an sich. »Du wirst es weit bringen.«

Sie war nicht von dem Gedanken abzubringen, dass Katharina zu Höherem berufen war. Wann immer sie nun aus der Schule heimkam, freute Katharina sich darauf, ihr zu zeigen, was sie an diesem Tag gemeistert hatte. Und jedes Mal war ihre Mutter stolz. Nach dem kleinen Mittagsimbiss, der immer auf Katharina wartete, setzte sie sich brav an den leer geräumten und abgewischten Küchentisch, las und rechnete, während ihre Mutter sich wieder an die leise surrende Nähmaschine begab. Das Lehrmädchen Lies ging ihr dabei zur Hand. Im Laufe des Nachmittags kamen dann Kundinnen in die Wohnstube und ließen sich in der Enge des kleinen Raums zeigen, was Katharinas Mutter für sie angefertigt hatte. Die meisten waren voll des Lobes. Manche sahen auch das kleine Mädchen, das still am Tisch seine Aufgaben machte, und nickten wohlwollend. Die Näherin Simon war fleißig, sorgte für das Kind und ihr Lehrmädchen; dass sie keinen Vater zum Kind hatte, nun, bedauerlich.

Für die instabilen Verhältnisse, in denen Katharina aufwuchs, erlebte sie diese erste Schulzeit als sehr beglückend und genoss die Stunden des gemeinsamen Arbeitens. Ein friedlicher, ruhiger Alltag, das tat ihr gut.

Es waren fröhliche Zeiten, da oben unterm Dach in der kleinen Wohnung. Mit Lies, gerade mal vierzehn Jahre alt, hatte sie eine große Schwester, das machte es weniger einsam als zuvor. Sie hatten tüchtig Spaß, wenn keine Kundschaft da war, sie sangen Lieder, erzählten sich Schauergeschichten, bis Katharinas Mutter leise »tsk!« machte, weil ihr Lehrling und ihre Tochter zu übermütig wurden und kichernd aufeinanderhingen. Dann verstummten beide, beugten die Köpfe still über die Näharbeiten, bei denen auch Katharina helfen musste, sobald sie ihre Aufgaben erledigt hatte.

Abends jedoch wurde es immer früher dunkel, nun, da der Herbst heraufzog. Katharina ging seit einem halben Jahr zur Schule, und wenn sie abends hinaussah und die Oktobersonne sich langsam vom Tag verabschiedete und ein letztes Mal golden über die Dächer Breslaus gleißte, da fühlte sie eine Furcht vor der dunklen Jahreshälfte in sich aufsteigen. Weil die letzten Winter so düster gewesen waren.

Katharina beobachtete ihre Mutter scharf. Sie sah die ersten Anzeichen. Wie sie langsamer wurde. Wie sie sich müde die Augen rieb, wie sie aus dem Fenster blickte und seufzte. Sie ließ die Arbeit früher ruhen an diesen Tagen, schleppte sich zwischen Anrichte und Küchentisch hin und her, fand keine Lust am Kochen, fand an gar nichts Lust. Nicht mal Katharinas Fortschritte konnten sie da noch aufmuntern, auch nicht ein großer Auftrag, wenn sie eine Abendgarderobe nähen durfte für die kommende Ballsaison, immerhin brachte das achtzehn Mark in die Geldkassette. Und sie sparte doch jedes bisschen, damit Katharina es besser haben konnte.

Je finsterer und nachdenklicher ihre Mutter war, umso mehr strengte Katharina sich an. Morgens früh sprang sie beim ersten Scheppern des kleinen Weckers aus dem Bett, sie wusch sich das Gesicht mit eiskaltem Wasser und putzte sich die

Zähne, da rührte sich die Mutter gerade mal. Und während sie die halbe Treppe hinunter ins Bad schlurfte, befüllte Katharina den Wasserkessel, brühte Tee und wärmte Milch, röstete Brotscheiben auf einer Herdplatte und schmierte sich für die große Pause ein Brot mit ganz dünn Butter – weil sonst die Mutter wieder schimpfte – und einer kleinen Scheibe Käse.

Wenn die Mutter dann zurück war, stand auch Lies auf und machte sich fertig, und Katharina hatte sich derweil angezogen, ihre Mappe kontrolliert, immer mit Blick auf die Uhr, auf keinen Fall wollte sie zu spät kommen. Sie stellte der Mutter ihren Tee hin und gab ihr noch einen Kuss, dann lief sie schon die Treppen hinunter. Wenn sie mittags zurückkam, waren Lies und ihre Mutter gut beschäftigt, meist hatte sich die Laune gebessert. Sie verdüsterte sich erst wieder, wenn es dunkel wurde.

Jeden Tag ein paar Minuten länger.

Nachts dann lag Katharina oft wach und hörte, wie Lies auf dem Küchensofa schnaufte, weil sie ständig Erkältungen plagten. Ihre Mutter saß immer noch über den Nähmaschinentisch gebeugt, leise murmelnd, weil sie müde war und doch nicht von der Arbeit lassen konnte. »Dieses eine noch«, murmelte sie, »diesen Tag noch, dann ist es geschafft.«

Was genau geschafft sei, wusste Katharina nicht. Aber sie spürte das Unglück ihrer Mutter, das sich mit zunehmender Dunkelheit im Winter auch auf ihr Gemüt legte, bis es kurz nach Weihnachten zu viel wurde – wenn die Kerzen weggepackt waren, der Lichterglanz in den Straßen der Stadt erloschen war.

»Warum mach ich das denn alles noch?«, die Worte ihrer Mutter, ein schweres Seufzen in der Nacht, wenn sie glaubte, dass die anderen schliefen. »Wenn man doch nur nicht mehr aufwachen müsste …«

Wenn es dahin kam, lag Katharina wie erstarrt im Dunkeln, die Augen fest zugekniffen. Dennoch zuckte sie zusammen, wenn ihre Mutter zu ihr ins Bett schlüpfte. Was meinte sie damit? Nicht mehr aufwachen? Und was würde aus Katharina, wenn die Mutter nicht mehr war? Zum Vater konnte sie ja nicht. Das machte er immer wieder klar. Schmerzhaft war das, denn die »andere« Familie war ihm immer wichtiger gewesen, würde es immer bleiben.

Wenn Katharina dann einschlief, war die Nacht zu kurz. Morgens sprang sie wieder aus den Federn, sie kochte, sie küsste die Mutter zum Abschied auf die von der Erschöpfung schlaffe Wange. »Bis heute Mittag!« Wenn ihre Mutter etwas wacher wäre, ein paar Stunden nur. Katharina lebte für diese Nachmittage, die im Winter allzu kurz waren. Sie sehnte den Frühling herbei mit dem erblühenden Leben, weil sie wusste: Dann wurde auch ihre Mutter wieder fröhlich, der Vater brachte ihr Blumen mit, und sie tanzten durch die Stube, als wären die dunklen Nächte nun für alle Zeit vorbei.

Zum Glück gab es Tante Paula.

Einmal in der Woche holte sie Katharina von der Schule ab. Sie kümmerte sich, als wäre Katharina ihr eigenes Kind, als wäre die Nichte ihr Trost für die kinderlose Ehe mit Hermann, einem gut situierten Kaufmann. Katharina wusste mehr darüber, weil sie es verstand, sich unsichtbar zu machen, wenn die Erwachsenen redeten. Sonntags beim Kuchen, wenn Lies Ausgang hatte und Paula bei der Mutter saß, beide im Kaffee rührten und vom Kuchen naschten, den Paula mitgebracht hatte. Dann seufzte sie wohl manches Mal. »Schade ist es schon«, sagte sie.

»Aber du hast in so vieler Hinsicht Glück gehabt«, sagte Katharinas Mutter, und Paula lachte dann schon wieder.

»Das hab ich wohl.«

Wo die Mutter also haderte, weil sie nicht das Leben führte, das sie sich erhofft hatte, war Paula dann doch froh, dass sie immerhin einen Mann hatte, der ihr das sorglose Leben bot. Das war nicht selbstverständlich für ein Bauernmädchen, das erst bei einem Richter im Dienst gestanden hatte, bevor es den jungen Hermann kennenlernte, der sich nicht davon abschrecken ließ, dass sie nicht aus den besten Verhältnissen kam.

Paula war nämlich lustig, und ihr konnte sie alles sagen, das fand Katharina besonders schön. Als sie eines Tages zusammen über den Ring bummelten, blieb Katharina wie angenagelt vor dem Schaufenster eines Spielzeuggeschäfts stehen. Darin war eine wunderschöne Kugelgelenkpuppe ausgestellt.

»Ist die hübsch«, hauchte Katharina hingerissen. Paula ließ ihr Zeit, die Puppe anzusehen. Katharina wusste, dieser Traum würde wie so viele unerfüllt bleiben, denn die Puppe war viel zu teuer.

»Möchtest du gern eine Puppe?«, fragte Tante Paula. Katharina nickte nur still und biss sich auf die Unterlippe.

»Aber wenn, nur diese«, hauchte sie.

»Na komm.« So gingen sie weiter. Tante Paula erzählte Katharina, dass sie letzten Samstag im Theater gewesen sei. Vom Theater erzählte sie gern, das war ihre große Leidenschaft. Sie erzählte mit glänzenden Augen von den Schauspielerinnen, von den Zuschauern in feinstem Zwirn, den Damen in ihren besten Kleidern. Katharina lauschte hingerissen und träumte sich in wachen Nächten in diese Welt. Sie ließ sich jedes Mal von Tante Paula erzählen, welches Stück sie gesehen hatte, welche berühmte Schauspielerin ein Gastspiel gegeben hatte. So hatte sie Agnes Sorma kennengelernt, die sonst in Berlin am Deutschen Theater spielte, aber zu einem Gastspiel in die alte Heimat Breslau gekommen war, wo sie als Nora in Ibsens gleichnamigen Stück brillierte. Mit den Theaterstücken und deren Inhalten konnte Katharina als Achtjährige zwar nicht viel anfangen, doch war da anfangs vor allem dieses Gefühl, es müsse schön sein, der eigenen Alltagswelt entkommen zu können. Und sei's nur für die drei Stunden am Sonnabend, bevor am Sonntag wieder die Pflicht rief.

Sonntage waren nämlich keine Ruhetage im Hause Simon. Nach dem Frühstück ging es ans Reinemachen, und Katharina übernahm dabei ihre Aufgaben mit einem anfangs kindlichen Ernst, weil sie stolz war, dass ihr etwas übertragen wurde. Inzwischen aber war sie genervt davon, einmal in der Woche all die kleinen Stehrümchen abstauben zu müssen, die sich auf dem Vertiko drängten. Jede Ecke wurde ausgefegt, jede Stecknadel, die sich dabei fand, sorgfältig zurück ins Nadelkissen gesteckt. Und man wunderte sich ja, wo diese Nadeln im Laufe einer Woche alle hinsprangen! Erst wenn alles blitzte, war die Arbeit erledigt, und dann war es schon fast Zeit fürs Abendbrot. Katharina zog sich mit den Schulbüchern an den Tisch zurück, während ihre Mutter kochte – es gab Fleisch, weil Katharinas Vater ihnen am Freitag welches mitgebracht hatte.

Das Lehrmädchen kam pünktlich zum Abendessen zurück, und nach dem Essen wurde abgewaschen, dann der Tisch abgewischt, jeder Handgriff folgte dem Schema, das seit so vielen Sonntagen eingeübt war. Aber für Katharina lag nichts Tröstliches darin. Sie blieb in ihren Gedanken versunken, bis ihre Mutter sie ins Bett schickte.

»Träumerle, was ist denn los?«

»Ach, Mutti.« Katharina schlang ihr die Arme um den Hals und küsste sie auf die Wange. Ihre Mutter reagierte fast abwehrend auf so viel kindliche Liebe. »Bald ist doch mein Geburtstag. Am Donnerstag.«

»Das weiß ich wohl.« Sofort verschloss sich die Mutter noch mehr.

»Ich wünsch mir so sehr die Puppe, die ich in dem Laden auf der Schweidlitzer Straße gesehen habe ...«

Sanft löste sich ihre Mutter aus der Umarmung. »Das weiß ich, Kathel. Aber bist du mit acht nicht zu groß dafür?«

Stumm schüttelte Katharina den Kopf. Wie konnte man denn je zu groß sein für eine Puppe? Vor allem für *diese* Puppe mit ihren wunderschönen Gelenken, mit dem freundlichen Gesicht?

»Na, mal sehen. Vielleicht bekommst du ja ein schönes Geschenk.« Ihre Mutter lächelte geheimnisvoll, und Katharina fragte nicht nach. Sie wollte auch gar nicht wissen, wie das gehen sollte; so eine Puppe war viel zu teuer, aber vielleicht hatten alle zusammengelegt, einfach weil Katharina immer so brav war?

Die nächsten Tage hielt sie sich daran fest, und die Zeit wollte so gar nicht vergehen, bis es dann doch Donnerstagfrüh war und sie von ihrer Mutter und Lies mit einem leisen Geburtstagslied geweckt wurde. Katharina, die schon seit Stunden wach gelegen und drauf gewartet hatte, dass ihre Mutter endlich aufstand und sie weckte, reckte sich, rieb den Schlafsand aus den Augen und blinzelte. Auf dem Tisch stand ein Kuchen, darauf eine Kerze, und zwei Päckchen lagen davor. Sie sprang aus dem Bett und machte sich schnell fertig. Danach erst durfte sie sich an den Tisch setzen und die Geschenke auspacken.

Von Lies bekam sie ein kleines besticktes Nadelmäppchen für ihre Nähnadeln. Sie befingerte das nächste Päckchen. Es war weich, deutlich größer als das andere. Für einen winzigen Moment gestattete Katharina sich noch einmal die Vorstellung, es könnte die gewünschte Puppe sein. Doch sie wurde enttäuscht.

»So hast du's im Winter schön warm.« Ihre Mutter nahm den Schal und wickelte ihn dreimal um Katharinas Hals. Die Wolle war von einem hübschen Dunkelrot, kratzte aber. Sie musste niesen. Die Mütze mit dem Bommel fand sie sogar richtig schön.

Aber keine Puppe …

Sie bedankte sich artig. Sie aßen ein Marmeladenbrot zum Frühstück – der Kuchen war ja für die Gäste am Nachmittag –, dann schulterte Katharina ihren Ranzen. In der Schule wurde sie schon von den Freundinnen erwartet. Sie gratulierten, und Almuth von Richthofen hatte sogar zwei Haarschleifen aus grünem Samt für Katharina, denn seit sie zur Schule ging, durfte sie ihr Haar endlich wachsen lassen, und nach zwei Jahren reichte es schon über die Schultern.

Am Nachmittag kam Tante Paula mit einem großen, schweren Geschenk. Als Katharina das Papier ungeduldig herunterriss, musste sie schlucken. Diesmal hatte sie wirklich geglaubt, es könnte die heiß ersehnte Puppe darin sein. Sie hatte so fest daran geglaubt! Aber die Schlenkerpuppe hatte einen schweren aus Leder genähten Körper und trug dazu ein trutschiges Kleid aus lila gefärbter Gardinenspitze mit Puffärmeln. Das Gesicht war eine aufgemalte Fratze, die sie verhöhnte. Katharina kniff die Augen zusammen, damit sie nicht in Tränen ausbrach.

Tante Paula bemerkte ihre Reaktion, aber schätzte sie falsch ein. »Das hast du dir doch immer gewünscht, eine eigene Puppe. Schau doch mal. Wie hübsch sie guckt!«

Nee, die glotzt, dachte Katharina nur böse. Viel hätte nicht gefehlt, dass sie die Puppe in die Ecke gepfeffert hätte, aber das ging ja nicht. Dafür hätte es dann nämlich eine Ohrfeige von ihrer Mutter gegeben, weil sie so liederlich und undankbar war. Katharina schluckte. Sie wollte sich ja über das Geschenk freuen. Aber wieso nur war die Puppe so scheußlich? Katharina ließ die Puppe sinken.

»Wollen wir sie Perdita nennen?« Tante Paula bemerkte Katharinas Not nicht und plauderte einfach weiter. »Und schau mal, wenn die Mutti mal Stoffreste hat, kannst du der Puppe eine eigene kleine Garderobe nähen. Dann wirst du bestimmt die beste Puppenmama und eines Tages auch so eine geschickte Näherin.«

Bevor Katharina tatsächlich in Tränen ausbrach, mischte sich ihre Mutter ein. »Auf keinen Fall wird sie Näherin!«, rief sie entsetzt. »Aus meinem Kathel soll mal was Besseres werden, dafür schicke ich sie nicht zur Schule, dass sie dann so im Elend endet wie ich. Die soll bloß immer brav sein, lernen und die Beine zusammenlassen, bis sie einer heiratet.«

Tante Paula kniff die Lippen zusammen. »Tine, du vergisst dich«, zischte sie.

»Ist doch wahr«, murrte Katharinas Mutter. Doch dann wurde ihr Gesicht weich. Sie kam zu Tante Paula und Katharina, legte ihrer Tochter den Arm um die Schultern und drückte sie kurz an sich. »Du weißt, dass ich nur dein Bestes will. Dass ich deshalb so viel arbeite, damit du's mal besser hast. Enttäusch mich nicht, ja?«

»Nein, Mama.« Niemals würde sie die Mutter enttäuschen. Deshalb lernte sie jeden Tag in der Schule, machte ihre Aufgaben und sorgte für alles, was sie der Mutter abnehmen konnte. Aber den Schmerz darüber, dass sie ihr Leben verpfuscht hatte und nun in diesem Zimmerchen hockte für alle Zeiten, den konnte Katharina ihr nicht nehmen.

»Und wenn was aus mir wird, hole ich dich hier raus«, fügte sie hinzu. Es war ein spontaner Gedanke, doch für sie schien es einleuchtend, dass sie sich später um ihre Mutter kümmern würde, so wie ihre Mutter jetzt für sie sorgte. »Ich werde mal berühmt, und dann brauchst du dir nicht mehr die Finger zerstechen und die Augen verderben.«

Und für mich, dachte Katharina, kaufe ich dann eine wunderschöne Puppe. Die schönste auf der ganzen Welt gehört dann mir.

Perdita aber landete unter dem Bett in dem Korb mit angeschlagenen Spielsachen, für die Katharina selten Zeit hatte und den sie ganz weit unters Bett schob. Sie spielte nie damit, sooft Tante Paula und ihre Mutter sie auch fragten, wie es denn dem Baby Perdita ging.

Katharina übernahm immer mehr Hausarbeit, wann immer sie Zeit hatte. Doch die Hausaufgaben, darin war ihre Mutter unerbittlich, mussten erledigt sein vor allem anderen. Lieber stellte sie sich selbst an den Herd und wärmte die Suppe, wusch das Geschirr, während Katharina lernte. Inzwischen war auch Englisch hinzugekommen; an der Mittelschule legte man Wert auf Bildung, auf dieses bisschen mehr, von dem Katharinas Mutter hoffte, es würde ihr die Welt öffnen.

Katharina wurde zehn, und diesmal überreichte Tante Paula ihr ein kleines fast quadratisches Päckchen. Keine Puppe, kein Kleidchen dafür – Katharina atmete auf. Nichts war ihr unangenehmer, als sich für etwas zu bedanken, das ihr keine

Freude bereitete. Dabei hatte sie sich inzwischen fast dran gewöhnt, dass ihre Tante mit den Geschenken knapp danebengriff.

Diesmal nicht. Katharina wickelte das Geschenk aus dem raschelnden Seidenpapier und blickte einen Moment verständnislos auf den Einband. Dann berührten ihre Finger andächtig den dunkelroten Samt. Silbern geprägt darauf eine Rosenranke, die das Wort »Poesie« umspielte, darunter »KS 1893«, damit auch jeder wusste, wem dieser kostbare Schatz gehörte, nämlich Katharina Simon, und dass es ihr zum zehnten Geburtstag geschenkt worden war.

»Wie schön«, hauchte sie.

»Mach's nur auf. Ich habe mir erlaubt …« Tante Paula lächelte. Sie betrachtete verzückt ihre Nichte, die behutsam das Album aufschlug. Auf der ersten Doppelseite hatte sich Tante Paula bereits verewigt.

> *Wandle sorgenfrei und lange*
> *Deinen Lebenspfad dahin*
> *Pflück auf deinem Lebensgange*
> *Alle Freuden, die dir blühn.*

> *Deine Dich liebende Tante Paula*

Katharina drückte das Album an die Brust. Es waren nicht nur die Worte ihrer Tante, die ihr das Herz übersprudeln ließen vor Freude, sondern auch dieses wunderschöne, bestimmt teure Album, das sie sich selbst vom spärlichen Taschengeld nie hätte absparen können. Sie ging mit vielen Töchtern aus gutem Hause zur Schule, von denen manche sie wohl den Makel spüren ließen, dass sie nur Tochter einer armen Näherin war; viel schwerer wog jedoch, dass sie keinen »richtigen« Vater hatte.

Aber dass Katharina bisher kein eigenes Poesiealbum besaß, hatte sie auch ausgeschlossen, auf eine ganz andere Art. Denn während die anderen Mädchen Alben tauschten und für ihre liebsten Freundinnen Verse hineinschrieben und einander Glanzbildchen schenkten, blieb Katharina außen vor. Es änderte auch nichts, dass ihre Freundin Almuth ihr stets versicherte, das sei doch nicht so schlimm. »Du bist mir trotzdem die Liebste von allen«, versicherte sie Katharina immer wieder.

Nun konnte Katharina mit dem Album zu Almuth gehen. Sie ließ es an diesem Nachmittag kaum aus der Hand und legte es in der Nacht neben dem Bett auf das Nachtkästchen, damit sie nur die Hand danach ausstrecken musste, wann immer sie wollte.

Mit dem Vater war es schwierig.

Katharina sah ihn nach ihrem Geburtstag erst an dem folgenden Freitag, als sie nach der Schule zum Rathaus lief. Dort klopfte sie an die Scheibe seines Fensters. Er winkte ihr und trat wenig später nach draußen. Da hatte Katharina bereits eine der vielen streunenden Katzen angelockt und streichelte ihr getigertes Fell, während das Tier ihr maunzend um die Beine strich.

»Mein Kathel«, begrüßte er sie mit ungewohntem Überschwang. Dann verfinsterte sich seine Miene. »Nimmt das denn kein Ende mit dir und den Katzen?«

Katharina stand hastig auf. Sie wusste, dass ihre Tierliebe dem Vater ein Dorn im Auge war; sie versuchte alles, ihn nicht zu verärgern. Was schwierig war, weil sie nie wusste, in welcher Stimmung sie ihn bei ihren freitäglichen Begegnungen antraf. Ob er gute Laune hatte oder ihr jeden Gedanken, jedes Wort verdrehte, bis sie selbst nicht mehr wusste, wer sie war.

Katharina war auf der Hut.

»Ich mag Katzen nun mal«, verteidigte sie sich.

Er runzelte die Stirn. »Das mit der Tierliebe sollte lieber aufhören. Es bringt doch nichts.«

Sie schwieg. So machten sie sich auf den Weg, erst zwei Straßen weiter zum Metzger, wo ihr Vater zwei Dosen Fleisch erstand, während Katharina draußen wartete; danach wanderten sie aus der Stadt hinaus. Ihr Vater ließ sich erzählen, was sie in der vergangenen Woche in der Schule gelernt hatte. Katharina berichtete brav. Auch vom Besuch bei den von Richthofens erzählte sie.

»Von Richthofen, aha. Was hast du mit denen zu tun?« Er kaute auf den Worten, als fiele es ihm schwer zu glauben, dass sein kleines Kathel mit so angesehenen Leuten umging.

»Na, Almuth ist meine beste Freundin«, erklärte sie nicht ohne Stolz. »Sie hat sich als Erste in mein Poesiealbum eingetragen, direkt hinter Tante Paula.« Sie verschwieg ihm die drei Glanzbilder, die Almuth dazu eingeklebt hatte, weil sie nicht wusste, ob er so etwas guthieß. Überhaupt: Sie redete ungern über sich, weil sie nie wusste, wo genau die Stolperfallen lauerten. Lieber war ihr, wenn er Vorträge über gutes Betragen hielt oder ihr erzählte, warum seine Söhne so erfolgreich in der Schule waren und was mal aus ihnen werden würde.

Was aus ihr wurde? Nun, das interessierte ihn kaum.

Dennoch hielt er an den regelmäßigen Treffen fest. Sie spürte, dass es dabei nicht nur um sie ging. Nicht allein darum, ihre Entwicklung zu überwachen. Er mochte es, ihr seine Gedanken mitzuteilen, über die Welt, das Leben und Sterben, Gott und Teufel. Wobei *er* natürlich immer gut wegkam, und da sie zu ihm aufschaute, sonnte er sich in der Bewunderung seiner einzigen Tochter.

Die Wanderung führte sie aus der Stadt hinaus und auf Feldwegen entlang der Oder. Am Feldrain pflückte sie aus Seifenkraut, Rainfarn, Sonnenhut, Engelwurz und ein paar verirrten Kornblumen einen Wildblumenstrauß, während ihr Vater, einen Daumen in die Westentasche gehakt, danebenstand. In der Ferne türmten sich Gewitterwolken auf. Ein letztes Spätsommergewitter, es war seltsam schwül für Mitte September.

»Wild zuckt der Blitz«, murmelte ihr Vater.

Sie blickte auf. Lächelte kurz, weil sie sogleich erkannte, welche Ballade er zitierte.

»Im fahlen Licht steht ein Turm«, murmelte sie.

Das wiederum brachte ihn zum Lächeln. Einen Moment lang glaubte sie, er wolle die drei Schritte zu ihr treten und ihr die Hand auf die Schulter legen. Ein seltenes Zeichen seiner Zuneigung. Dann aber sank seine Hand herab, er vergrub sie in der Hosentasche und starrte weiter zu den dunkel dräuenden Wolken.

»Du bist ein schlaues Mädchen. Aus dir wird mal was.«

Aber, wollte sie widersprechen, was kann aus mir schon werden? Ich darf wohl kaum studieren oder mich zur Lehrerin ausbilden lassen, dafür wird das Geld nicht reichen, und genauso wenig kann Mutti allein das Geld aufbringen, um mich irgendwo in die Lehre zu geben. Was bleibt mir da denn noch?

Sie hielt den Mund, weil sie die Antwort ihres Vaters fürchtete. Auf dem Weg nach Hause schob sie vorsichtig ihre Hand in seine.

Den nächsten Freitag gab er ihr Geld, als sie nach Hause kamen. »Für dich. Geh mal rüber in die Sedanstraße, im Haus Nummer 5 hat eine Frau kleine Kätzchen, die sie abgibt.« An Katharinas Mutter gewandt, fügte er hinzu: »Wenn du nichts dagegen hast, heißt das.«

Christiane Simon, die gerade das Geschirr abtrocknete, stellte den Teller auf den Spültisch und verschränkte die Arme vor der Brust. »Als würde dich interessieren, wenn ich was dagegen habe.«

Robert zuckte mit den Schultern. »Hätte ja sein können. So ein Wiesenmauser wird jedenfalls dafür sorgen, dass euch kein Ungeziefer die Wintervorräte verdirbt.«

Katharina stand sprachlos vor ihm. Ihr Blick ging vom Vater zur Mutter, sie konnte ihr Glück kaum fassen. »Darf ich wirklich?«, fragte sie. »Heute noch?«

»Morgen«, beschied ihre Mutter. »Heute ist es zu spät. Und nun komm essen, ich hab Rübeneintopf gemacht.«

Rüben mochte Katharina nicht, aber heute hätte sie auch die verhassten Graupen ohne Murren gegessen, wenn nur die Zeit schnell verging. In der Nacht fand sie noch weniger Schlaf als sonst, und als ihre Mutter am nächsten Morgen die Augen aufschlug, weil Katharina mit dem Besen unter dem Bett nach Stoffrestchen und Fäden angelte, hatte sie bereits das Frühstück gerichtet, sich fertiggemacht und wollte so schnell wie möglich los. Einen Korb hatte sie mit Stoffresten ausgepolstert, um darin das Kätzchen heimzubringen.

»Na, dann geh.«

Mehr brauchte es nicht, Katharina lief fast die ganze Strecke und kam atemlos in die Sedanstraße. Sie fragte sich zu der Frau durch, die Kätzchen haben sollte. Im Hinterhaus der Nummer fünf wohnte sie im Erdgeschoss. In einer Obststiege mit Kartoffelsack, darin lagen die drei kleinen Kätzchen dicht aneinandergekuschelt. Ein getigertes, ein schwarzes mit weißem Gesicht, ein weißes mit roten und schwarzen Flecken.

Die junge Frau freute sich, dass Katharina eines der Kätzchen haben wollte, und ließ ihr Zeit, sich das richtige auszusuchen.

Sie entschied sich für das grau getigerte, denn es wachte zuerst auf und krabbelte aus der Kiste. Es spielte sofort mit dem Faden, den Katharina ihm hinhielt, und als sie es behutsam hochhob und ins Körbchen setzte, rollte es sich darin ein, als hätte es nie woanders geschlafen.

So kam Katharina zu ihrem kleinen Kätzchen. Selig trug sie das Körbchen heim, sie stellte ihren kleinen Gefährten der Mutter und Lies vor, beim Mittagessen hätte sie ihn am liebsten auf dem Schoß behalten. Eine Kiste mit Sand stellte sie dem Tier auf den Treppenabsatz, und es dauerte nur zwei Tage, bis der kleine Kater verstand, dass er darin sein Geschäft verrichten sollte.

Katharina kannte nichts Schöneres mehr, als sich Tag und Nacht um den kleinen Schnurrle zu kümmern. Morgens fütterte sie ihn, bevor sie zur Schule ging, und wenn sie mittags heimkam, sah sie ihn schon hinter dem Fenster sitzen, wo er nach ihr Ausschau hielt. Nachmittags saß er auf ihrem Schoß, während sie die Aufgaben machte, er tatzelte nach dem Ende ihres Bleistifts, bis sie ihn sanft schalt und auf den Boden setzte, woraufhin er versuchte, an ihrer Strumpfhose hochzuklettern. Katharina lachte viel, weil es so putzig war, ihn zu beobachten – sei es, wenn er sich beim Spiel mit ein paar Stoffstücken an einem langen Bindfaden überschlug oder dass er im Schlaf fast vom Stuhl rutschte. Nachts schlief das Katerchen in seinem Korb vor dem Bett, aber nur, weil ihre Mutter es verboten hatte, dass er mit ins Bett kam.

Aber nicht mal sie konnte dem Charme dieses kleinen Kerls gänzlich widerstehen, und schon am Ende der ersten Woche ertappte Katharina ihre Mutter, wie sie dem Kater ein Schälchen mit kostbarer Milch hinstellte. »Musst ja noch wachsen«, murmelte sie und streichelte ihn, während er sich gierig über die Milch hermachte. »Guck nicht so«, meckerte sie, als ihr Katharinas Blick auffiel.

Katharina aber verkniff sich das Lächeln. Ihr Herz sang! Sie war nie so glücklich gewesen wie in dieser Woche mit Schnurrle.

Am Freitag dann kam ihr Vater wieder zu Besuch. »Wo ist denn das feine Miezi?«, fragte er, kaum dass er das Zimmer betreten hatte. Katharina legte den Finger an die Lippen, lächelte und führte ihn zu dem Körbchen, in dem Schnurrle sich gerade vom Spiel ausruhte.

Sie erzählte ihrem Vater beim Nachmittagskaffee alles, was der kleine Kater in so kurzer Zeit gelernt hatte. »Er benutzt schon immer die Buddelkiste und wird mal ein großer Mausefänger«, berichtete sie stolz. Ihre Mutter lächelte nachsichtig, fast ein wenig verträumt.

Der Blick von Katharinas Vater ging zwischen ihr und der Mutter hin und her. »Ihr seid ja ganz vernarrt in das Vieh«, murrte er. Vorbei war's mit seiner guten Laune, geradezu verhagelt war sie ihm. Katharina schrak auf. Hatte sie nicht genug Dankbarkeit gezeigt?

»Aber wir freuen uns doch nur so, weil du ihn mir zum Geschenk gemacht hast. Ohne dich hätte ich ihn gar nicht«, schmeichelte sie. Und um ihre Worte zu unterstreichen, stand sie auf, setzte sich dem Vater auf den Schoß und umarmte ihn, herzte ihn, bis es ihm fast zu viel wurde. Sie merkte aber, wie ihre Worte und ihr Verhalten ihn besänftigten. Zumindest für den Augenblick war er zufrieden. Er scherzte mit Katharina und ihrer Mutter, die Anspannung löste sich wieder.

Als er eine Stunde später gehen wollte, wurde auch Schnurrle wieder wach und beäugte ihn neugierig. Katharina hob den kleinen Kater hoch. »Schau mal, das ist mein Vater. Er ist der allerliebste Papa auf der Welt, er hat dich mir geschenkt!«

Ihr Vater, der gerade noch gelächelt hatte und sich den Hut aufsetzte, wurde ernst. »Komm mal her«, sagte er, und Katharina, die nichts Böses ahnte, trat zu ihm. Ihr Vater nahm den Kater aus ihrer Hand, packte ihn im Nackenfell und hob ihn hoch. »Na, dann nehm ich dich mal mit«, meinte er. »Das Kathel hat die paar Tage gut für dich gesorgt, nicht wahr? Aber jetzt hat das ein Ende, so ein verweichlichtes Katzenkuscheln, das kommt gar nicht infrage.«

»Papa …?« Katharina verstand die Welt nicht mehr. Zugleich spürte sie, wie ein kalter Klotz sich tief in ihrem Innern ballte, denn sie *verstand* genau, was ihr Vater da tat. Eine Lehre wollte er ihr erteilen, nicht weniger.

Er höhnte. »Ja, was denn? Hast du ernsthaft geglaubt, so ein Vieh wäre das Richtige für dich? Oder du die Richtige, dich dauerhaft drum zu kümmern? Ich hab dich nur gebeten, das Kätzchen zu holen, weil ich es wem schenken wollte und mir die Arbeit und die Familie keine Zeit dafür lassen.« Er steckte den maunzenden Schnurrle in die Manteltasche. »Diese übertriebene Tierliebe, gewöhn sie dir besser ab. Hängst dein Herz an so ein Vieh, und wenn es dann weg ist, heulst du dir die Augen aus. Das bringt doch nichts.«

Katharina blieb stocksteif vor ihrem Vater stehen. Sie kannte ihn ja. Er war oft so aufbrausend, ließ kein gutes Haar an ihr oder ihrer Mutter, wenn er schlechter Laune war – und die Wahrscheinlichkeit dafür war immer hoch. Am Freitagnachmittag war er müde von der Arbeitswoche, schaute ständig auf die Uhr und hatte doch keine Lust, zu Frau und Söhnen zurückzugehen. Das ließ er dann Katharina und ihre Mutter spüren mit seiner Ungeduld und harschen Worten. Die guten Tage waren selten, und umso mehr saugte Katharina diese in sich auf und hoffte, wenn sie nur brav war, würde er lieber herkommen und sich mit ihr befassen.

Stumm musterte sie ihren Vater. Ein spöttischer Zug umspielte seinen Mund. Genoss er etwa ihre Demütigung? Zog er Kraft daraus, wie er über sie und ihre Mutter bestimmte?

Hilflos ging Katharinas Blick zu ihr, aber sie stand nur mit verschränkten Armen am Tisch und sagte auch kein Wort. Den Blick auf die Schuhspitzen gerichtet.

Katharina wich einen Schritt zurück. Sie wusste, dass es nichts bringen würde, wenn sie protestierte. Dann würde ihr Vater sie nur noch mehr auslachen. Die einzige Chance wäre gewesen, wenn ihre Mutter ihr in dieser Situation beigesprungen wäre. Aber das tat sie nicht. Aus Furcht, er könnte sie im Stich lassen. Wohl auch, weil sie ihn liebte. Mit all seinen Fehlern liebte sie diesen Mann, der so viel Unglück über ihr Leben gebracht hatte.

Überwog das Glück?

»Willst du dich nicht verabschieden?«, fragte ihr Vater streng.

»Auf Wiedersehen«, brachte Katharina mühsam über die

Lippen. Ihr Vater nickte grimmig. Ein letzter Blick zu Katharinas Mutter.

»Bis nächste Woche dann.«

Die Tür schlug hinter ihm zu.

Katharina rührte sich nicht.

Im Zimmer war es still. Zu still. Kein Maunzen, kein Schnurren, keine kleinen Pfoten, die über die Holzdielen tanzten. Katharina ging zum Bett. Sie wusste, ihre Mutter mochte nicht, wenn sie sich tagsüber hinlegte, das war ein liederliches Verhalten, das sie nicht duldete, Zeichen von Faulheit. Katharina zog die Flickendecke vom Fußende über ihren Körper, streifte die Stiefel ab, die auf den Boden polterten. Nichts davon mochte ihre Mutter, aber das Einzige, was von ihr kam, war ein schweres Seufzen. »Ach, Kathel ... «

Vielleicht bringt er ihn am nächsten Samstag zurück, redete Katharina sich ein. Wer soll denn überhaupt ein Kätzchen haben wollen, wen kannte ihr Vater schon?

Aber tief in ihrem Innern wusste sie, dass sie Schnurrle niemals wiedersehen würde.

Die Hoffnung blieb bis zuletzt. Als sie den Vater am kommenden Freitag abholte, fragte sie ihn sogleich nach Schnurrle. Die letzte Woche war schlimm für sie gewesen, weil sie so viel geweint hatte.

»Das Katzenvieh? Das wollte keiner haben. Ich hab's dann in die Oder geschmissen.« Ihr Blick suchte in seinem Gesicht, ob er das tatsächlich getan hatte. Seine Miene war starr, ein Mundwinkel zuckte, und er konnte sie nicht ansehen, als würde sie ihn sonst bei einer Lüge ertappen.

Katharina blieb nicht stehen, sie weinte nicht. Sie lief neben ihrem Vater her, der sich weiter darüber ausließ, wie verrückt und unnütz so eine Tierliebe sei. »Hoffentlich habe ich sie dir damit ausgetrieben«, meinte er abschließend.

Das nicht. Aber dass sie zu ihm aufsah, dem hatte er ein Ende bereitet. Sie spürte es daran, wie sie auf seine Worte reagierte. Kein Widerstand regte sich bei ihr – wozu auch? Nur blanker Hass war da, sie hätte ihn schütteln wollen. Aber er war der Vater. Er bestimmte über ihr Leben, über das Glück ihrer Mutter allemal. Wenn es ihm gefiel, ihr Kätzchen in den Fluss zu werfen, hatte sie nichts zu melden.

In ihr aber war die Wut, die Enttäuschung unermesslich groß. Sie wollte nichts von ihm hören, nicht wissen, wie es ihm erging. Sein Jammern am Kaffeetisch über die Ungezogenheit seiner Jungen und die schlechte Laune der Gattin, was sie zuvor immer als Zeichen gesehen hatte, dass er lieber bei ihnen war als in seinem gutbürgerlichen Heim, ließ sie nun kalt. Er hatte es schließlich doch geschafft, dass sie nichts mehr von ihm wissen wollte.

Von diesem Tag an fühlte sich Katharina immer noch gefangen. Durch die armseligen Verhältnisse, in denen sie mit ihrer Mutter verharren musste, während ihr Vater nach der freitäglichen Kaffeestunde fröhlich pfeifend in sein Leben am anderen Ende der Stadt zurückkehrte, wo die Familie eine große Vierzimmerwohnung bewohnte, Beletage natürlich. Das konnte er sich als Beamter der Stadt schon leisten.

Für Katharina blieb kaum ein Weg heraus aus diesem Leben. Alles Geld, das ihre Mutter zusätzlich verdiente, floss in ihre Schulbildung; das Schulgeld musste ebenso bezahlt werden wie Bücher und Hefte. Katharina lernte, sorgsam mit ihren Sachen umzugehen, sie war jeden Augenblick auf der Hut. Ließ sich auf keinen Ärger ein, war fleißig und so absorbiert von ihrem Lernwillen, dass Almuth sie eines Tages nach dem Englischunterricht anstupste. »Was ist denn los mit dir?«

»Nichts ist los«, erwiderte Katharina, sofort auf Verteidigung. Denn Almut konnte sie kaum erzählen, wie ihr vaterloses, armes Leben war. Die Familie von Richthofen besaß vor den Toren der Stadt ein Rittergut, dorthin zog es sie an den Wochenenden.

»Willst du nicht mal mitkommen?«

»Was soll ich da?«

Katharina wäre so gern mitgekommen. Zu fragen traute sie sich nicht, weil sie fürchtete, ihre Mutter könnte dagegen sein. Almuth aber ließ sich nicht beirren. Sie ging so weit, dass sie eines Freitags bei den Simons klopfte, als sie sich gerade zu Malzkaffee und Gugelhupf hingesetzt hatten.

»Nanu?« Ihre Mutter öffnete, und Almuths helle Stimme füllte den Raum.

»Guten Tag, Frau Simon. Ich störe hoffentlich nicht. Aber ich habe vergessen, Katharina heute in der Schule zu fragen, ob sie am Wochenende mit zu uns kommen möchte.«

Katharinas Vater runzelte die Stirn. Er beugte sich zu ihr hinüber. »Wer ist das Mädchen?«

»Almuth von Richthofen.« Katharina wurde rot.

»Aha.« Er lehnte sich zurück. An der Tür druckste Katharinas Mutter herum, ihr war es nicht recht, dass Almuth sie beim Freitagskaffee störte.

»Nun lass das Mädchen schon reinkommen, Tinchen. Behandelst du Besucher immer so respektlos?«

Katharinas Mutter trat beiseite. Almuth lächelte, sie nickte Katharina zu, die am liebsten unter dem Tisch verschwunden wäre. Dann reichte Almuth ihrem Vater die Hand, als wäre es das Natürlichste auf der Welt, dass eine Elfjährige einen gestandenen Mann begrüßte. Die Erziehung ihrer Mutter spürte man darin, auch ihr Selbstbewusstsein.

»Almuth von Richthofen«, quiekte Katharina. »Robert Rogaske.«

»Sehr erfreut, Herr Rogaske.«

»Setz dich doch, Almuth.« Katharinas Mutter räumte hektisch ein paar zugeschnittene Blusenteile vom Tisch, die sie beim Kaffeetrinken zusammenheften wollte. Almuth rutschte auf den freien Stuhl. Während Christiane Simon für sie ein Kaffeegedeck brachte, zwinkerte Almuth Katharina zu. Doch Katharina starrte sie nur finster an, schüttelte den Kopf. *Was tust du hier? Lass das, es bringt doch nichts!*

»Von Richthofen, hm?«

»Es gibt mehrere von uns.« Almuth lächelte. Das konnte sie gut, stellte Katharina fest. Mit Erwachsenen sprechen. »Meinen Eltern gehört das Rittergut vor der Stadt.«

»Ah«, machte Katharinas Vater. Er warf einen hilflosen Blick zu ihrer Mutter.

»Kathel und Almuth gehen in dieselbe Klasse. Sie sind beste Freundinnen.«

»Meine Mutter lässt fragen, ob Katharina am kommenden Wochenende mit zu uns kommen möchte. Gern auch über Nacht.«

»Ich weiß nicht.« Der Blick ihrer Mutter ging zum Vater.

Katharina hielt die Luft an. Sie wusste, wenn ihr Vater sich dagegen aussprach, hatte sie keine Chance. Doch er wiegte den Kopf.

»Warum nicht? Sind doch gute Leute«, fügte er an die Mutter gewandt hinzu. »Oder hast *du* etwas dagegen?«

»Nein, natürlich nicht.« Katharinas Mutter senkte den Kopf.

»Ich mach all meine Aufgaben schon am Tag davor!«, versprach Katharina. Sie hätte ihren Eltern alles versprochen, wenn sie nur mit Almuth ein wenig Zeit verbringen durfte.

»Du beträgst dich aber auch anständig dort«, mahnte der Vater. »Dass mir da nichts zu Ohren kommt, weshalb deine Mutter und ich uns schämen müssen.« Er schaute auf die Taschenuhr. »So spät schon. Ich muss los. Auf Wiedersehen!« Fort war er. Die Tür knallte zu, seine Schritte polterten im Treppenhaus.

»Nun denn.« Ihre Mutter stand auf und räumte sein Geschirr ab. Katharina konnte ihr Glück kaum fassen. Sie schaute von Almuth, die sich ein letztes Stück Kuchen in den Mund schob, zu ihrer Mutter.

»Darf ich wirklich?«, fragte sie leise.

»Wer bin ich, dass ich deinem Vater widerspreche?«

Später, nachdem Almuth sich verabschiedet hatte und Katharina mit ihrer Näharbeit am Tisch saß, setzte sich ihre Mutter dazu. Sie sagte lange nichts, beugte still den Kopf über die eigene Arbeit.

»Wär's nach mir gegangen, hättest du immer schon hingedurft. Aber der Vater hat es verboten.«

»Warum sagt er nun Ja?«

Ihre Mutter zuckte mit den Schultern. »Was soll er sonst tun? Der Schreck wird ihm noch in den Gliedern sitzen, weil er hier von deiner Freundin ertappt wurde.«

Aber Almuth weiß doch nicht, dass er mein Vater ist, dachte Katharina.

»Du hast viel von ihm. Und ... « Ihre Mutter legte die Seidenärmel auf den Tisch und seufzte. »Er versucht das mit der Katze wiedergutzumachen. Er dachte, damit könnte er dir die Tierliebe austreiben.«

Katharina schluckte an ihren Tränen. »Das schafft er nie.«

»Hat er wohl eingesehen. Aber nimm's ihm nicht übel. Er will das Beste für dich.«

Katharina bezweifelte das. Seit er ihr Schnurrle weggenommen hatte, war jedes Gefühl für ihn verschwunden, ersetzt durch diese innere Kälte. Aber er war ihr Vater. Gleichgültig würde sie ihm gegenüber wohl niemals sein.

»Das Beste? Was soll denn das Beste sein?«

Ihre Mutter sah sie an. »Fürs Leben will er dich wappnen. Darum tut er das alles. Du sollst es doch besser haben, nichts anderes wollen wir beide.«

Katharina schwieg. Was sollte sie dazu auch noch sagen? Schließlich flüsterte sie: »Aber deshalb muss er doch nicht mein Kätzchen ersäufen.«

»Das hat er doch nicht. Hat's mir später erzählt, dass er das nicht konnte. Darum hat er's vor den Toren der Stadt zu einem Bauern gegeben, und dort hat dein Schnurrle es bestimmt gut. Er ist kein schlechter Mensch, Katharina. Das Leben hat ihm nur übel mitgespielt, das ist es.«

Als könnte sie damit alles entschuldigen. Das Leben war schuld, darum war er so grausam und unnahbar.

Katharina konnte nicht aus ihrer Haut. Mit ihrem Vater redete sie in den folgenden Jahren nur das Nötigste. Wenn sie ihn jeden Freitag abholte, beantwortete sie artig seine Fragen, doch sie war ihm so fern wie nie zuvor. Ihr Vater aber war zufrieden: In seinen Augen hatte er mit harter Hand das Kind für die Zukunft gestählt, so dass es schon seinen Weg finden würde. Dass er sie dabei für sich verloren hatte, erkannte er zu spät.

Breslau, September 1898

Ins Theater? Was willst du denn da?«

Katharinas Mutter runzelte die Stirn. Sie kniff die Augen zusammen, hielt die Näharbeit ein Stück von sich weg. Auch wenn sie nie klagte, wusste Katharina, dass ihre Augen sich verschlechterten. Die feinen Stickereien fielen ihr immer schwerer, weshalb sie oft Lies oder Katharina damit beauftragte.

»Ein Theaterstück schauen, natürlich!« Katharina lachte. Der Vorschlag kam von Tante Paula, deshalb war sie überzeugt, dass ihre Mutter es erlauben würde.

»Ich weiß nicht. Du bist erst vierzehn.«

»Nächste Woche werde ich fünfzehn. Tante Paula sagt, es wird höchste Zeit, dass ich mit ihnen ins Theater gehe.«

»Das sagt sie, so.« Ihre Mutter nahm die Brille ab, die sie neuerdings trug, rieb sich die müden Augen und legte die Näharbeit auf den Tisch. »Dann muss ich es wohl erlauben, hm?«

»Danke, Mutti.« Katharina flog ihr um den Hals und küsste sie auf die Wange.

»Ist ja schon gut, du wildes Kind. Musst mich ja nicht gleich verschlingen.« Ihre Mutter lachte verlegen. Katharina aber tanzte durchs Zimmer, trällerte und summte vor sich hin. Samstag geht es ins Theater, frohlockte sie.

Und sah doch nicht den Schmerz im Blick ihrer Mutter, die nicht länger hinsehen konnte.

Fünfzehn schon. Wo war nur die Zeit geblieben?, fragte Christiane sich. Sie hatte noch so gut in Erinnerung, wie sie damals mit dem Säugling nach Breslau zurückkehrte und sich im Leben als Alleinerziehende einzurichten versuchte. Und nun spreizte Kathel die Flügel, der Wind erfasste ihre Tochter. Nicht mehr lange, und sie würde ihr Kind nicht länger halten können. Nicht länger beschützen vor der Lebenshärte, die sie da draußen erwartete.

Katharina ging nun das letzte Jahr zur Schule. Ihre Noten waren gut, sie lernte fleißig. Ein Jahr noch das Schulgeld aufbringen, ein Jahr noch die Nächte um die Ohren schlagen, sich die Augen verderben ... Aber ein Jahr noch, bis Katharina selbst entscheiden musste, was sie mit ihrem Leben anfing. Die Möglichkeiten waren begrenzt.

Christiane hatte in dieser Zeit alles geopfert, was sie geben konnte, damit ihre Tochter es irgendwann besser haben konnte. Die Kundinnen waren ihr treu. Sie hatte genug zu tun, auch wenn oft genug der Preis gedrückt wurde, den sie für ihre Arbeit bekam. Ersparnisse waren kaum vorhanden, es würde wohl nicht reichen, um Kathel eine Lehrstelle zu besorgen. Was blieb da noch? Dienstmädchen in einem guten Haus, aber dafür hatte sie sich nicht abgemüht.

Wie fröhlich ihre Tochter an diesem Abend in ihr bestes Kleid geschlüpft war. Die Wangen vor Aufregung gerötet, und als Paula kam, plapperte Katharina aufgeregt: »Kann ich so mit?« Sie drehte sich im Kreis, Paula versicherte ihr, das dunkelgraue Kleid sei perfekt. Sie winkten, dann war Christiane allein. Lies war mit Freundinnen ausgegangen. Auch ihre Lehrzeit näherte sich dem Ende.

Und dann? Christiane seufzte. Sie sah schon, wie sie binnen eines Jahres allein hier sitzen würde. Ihr Lehrmädchen wollte zu ihrer Familie zurück, und wer wusste schon, was Katharina wollte ... Näherin sollte sie nicht werden, wenn es nach ihr ging. Aber alles andere schien ihr verbaut. Christiane hatte sich erkundigt, aber weder als Lehrerin noch als Bürokraft kam Katharina infrage. Diese Wege waren Töchtern aus besserem Haus vorbehalten.

Die Sorge quälte sie. Und gern hätte sie mit Robert darüber gesprochen. Aber mit ihm war es auch schwierig geworden ...

Sie hatte gewusst, als sie sich für Katharina entschied, hatte sie sich damit auch gegen Robert entschieden, denn für ihre Liebe war danach kein Platz mehr gewesen. Erst hatte sie das Kind versorgen, dann ein erstes Lehrmädchen suchen müssen, dem nach der Lehrzeit ein zweites folgte. Wo sollten Robert und sie einander noch nahekommen? Allenfalls wenn er freitags etwas Zeit mitbrachte und sie Lies und Katharina zum Einkaufen schickte ... Aber das gefiel ihm nicht, und irgendwann ließen sie es ganz, weil ihr auch nicht gefiel, wie er ihr Vorwürfe machte. Weil er sie vermisste. Als wäre sie aus Stein. Ihr Körper sehnte sich auch nach Berührung, aber nicht so, wie er es tat ...

Christiane wurde rot, obwohl das ja nur Gedanken waren, und denen sollte es ja erlaubt sein, frei durch ihren Kopf zu schwirren. Sie stand auf und zog den Topf mit Stielmuseintopf auf den Herd, um den Rest darin zu erwärmen.

Robert war also unglücklich mit seiner zweiten Familie, so wie er unglücklich gewesen war mit der ersten, in die er sich hineingezwungen gefühlt hatte. Er hatte ihr gegenüber immer behauptet, seine Familie sei mehr Pflicht als Freude gewesen.

»Bei dir war's anders.« Seine Worte.

Aber nun lag er krank im Bett, schickte ihr gelegentlich Nachricht, und sie traute sich nicht, Katharina zu verraten, wie ernst es um Robert stand. Er machte sich Vorwürfe, seit sein Ältester sich vor einigen Monaten umgebracht hatte, weil Robert ihm verweigert hatte, seinem Herz zu folgen und ein junges Dienstmädchen zu heiraten.

Das Theater war daher eine willkommene Ablenkung für Katharina. Das Kind sollte nicht darunter leiden, wenn sie Sorgen hatte.

Drei Stunden später polterten Schritte auf der Treppe. Katharina wirbelte ins kleine Zimmerchen, ihr Lachen war so fröhlich, ihre Augen so leuchtend, es wirkte fast, als wäre sie während ihrer Abwesenheit um zehn Zentimeter gewachsen. »Ach, Mutti! Das nächste Mal musst du mitkommen, versprichst du's mir?«

Christiane lächelte nachsichtig. »Dann war's schön im Theater?«

»Ach, es war wundervoll. Aber jetzt hab ich einen Hunger, herrje! Ist noch Eintopf da?«

Katharina spähte in den fast leeren Topf, ein winziger Rest war noch da. Sie nahm aus dem Brottopf den letzten Ränftel und biss hungrig hinein. Den Suppenrest löffelte sie direkt aus dem Topf. »Du hättest sehen sollen, wie das Publikum applaudiert hat. Diese Schauspieler! Vor allem die Frauen. Ach,

Mutti. Mir ging das Herz auf. So was will ich machen nach der Schule.«

»Was bitte?«

»Na, Schauspielerin werden! Ich glaub, das könnte ich wohl. Im Deutschunterricht bin ich gut, der Dr. Stramwitz sagt selbst, ich kann gut Gedichte auswendig lernen und aufsagen.«

Der Schreck fuhr Christiane in die Glieder. »Aber Schauspielerin«, protestierte sie. »Das ist doch nichts Ordentliches, Kathel. Was soll dein Vater von dir denken?«

»Der? Ach.« Kurz umwölkte die Enttäuschung Katharinas Miene. »Der soll mal nicht so tun, als hätte er was mitzureden bei unserer Zukunft.«

»Kathel ... «, murmelte Christiane hilflos. Manchmal wunderte sie sich. Wie freiheitsliebend ihre Tochter war, das hatte sie nicht von ihr, davon war sie überzeugt. Es musste wohl ein Erbe ihres Vaters sein, der selbst als junger Mann große Träume gehegt hatte, die er dann begraben musste, als er viel zu früh Vater wurde. Ach, Kathel. Was könnte aus ihr werden, wenn sie nur die Chance dazu bekäme?

So blieb Christiane nur ein müdes Kopfschütteln. »Schauspielerin, nein.« Sie war davon überzeugt, dass das keine gute Idee war.

»Aber ich bin begabt, das sagen alle!«

»Schluss jetzt.« Christiane stand auf. »Lass uns schlafen gehen.« Sie wollte nicht länger darüber diskutieren. Sie war müde.

All ihre Bemühungen, Katharina ein besseres Leben zu ermöglichen. Und was wollte ihr Kind nun? Schauspielerin werden! Warum nicht gleich Prostituierte? Da war das Elend doch vorprogrammiert. Die wenigsten Schauspielerinnen erlangten Berühmtheit, meist versandeten ihre Karrieren, weil sie liederliche Mädchen waren, die sich mit zu vielen oder den falschen Männern einließen …

Christiane seufzte schwer. Katharina, sonst immer aufmerksam, sobald ihre Mutter von Kummer gebeugt war, stand am Fenster, blickte in die kühle Septembernacht und verbreitete dabei ein Leuchten, das Christiane selten bei ihrem Kind wahrgenommen hatte. Als hätte sie all ihre Lebenskraft da draußen im Theater erneuert, eine Rose im Winter, voll erblüht und mit bewundernswerter Strahlkraft.

»Kommst du?«

»Gleich, Mutti. Ich will noch ein wenig lesen.« Katharina tauchte in der kleinen Speisekammer ab, sie nahm einen Apfel aus der Stiege, die sie vor wenigen Tagen aus der Heimat geschickt bekommen hatten. Christiane sagte nichts dazu, obwohl es ihr verhasst war, wenn sie die Vorräte allzu schnell schwinden sah.

Sie lag lange wach an diesem Abend, lauschte auf Katharinas leises Kauen, die auf einem Stuhl saß; das kleine Gaslicht verbreitete kaum genug Licht, dass sie die Buchstaben in dem schmalen Bändchen erkennen konnte. Doch Katharina las. Sie ging auf in diesem Theaterstück, bewegte lautlos die Lippen, als versuchte sie bereits, den Text auswendig zu lernen.

Mitten in der Nacht hämmerte jemand an die Tür.

Katharina, die sich erst viel zu spät hingelegt hatte, stand auf und tastete sich im Dunkeln zur Wohnungstür. »Wer ist das?«, hörte sie ihre Mutter vom Bett knurren.

Katharina sperrte auf. Vor ihr stand Franz, ihr siebzehnjähriger Halbbruder. Mit ihm hatte sie selten was zu schaffen.

Es war nun ein paar Jahre her, dass ihr Vater die strikte Trennung zwischen seinen beiden Familien aufgegeben hatte. Gewusst hatten ihre Halbbrüder schon lange, dass es da jemanden gab – Katharina konnte sich ausmalen, wie die Frau ihres Vaters ihm immer wieder zugesetzt hatte, nachdem sie von Katharinas Existenz erfahren hatte. Wie das alles geschehen war, wusste sie natürlich nicht, aber ihr Vater hatte in der Folge darauf geachtet, dass sie ihren Halbbrüdern zumindest was zum Geburtstag und zu Weihnachten schenkte. Das sei sie ihnen schuldig, meinte er – als könnte ein junges Mädchen etwas dafür, dass sie existierte, und müsste dies ausgleichen.

»Kathel, es ist … der Vater.«

Ihr wurde eiskalt. »Was ist mit ihm?«

»Er ist … tot.« Ganz klein klang er.

»Tot?«

Wie konnte das sein? Ihr erster Gedanke war: Niemals ist der Vati tot, ich habe ihn doch kürzlich erst gesehen …

»Heute Abend hat er den letzten Atemzug …« Franz verstummte.

Katharina spürte ihre Mutter hinter sich. Christiane Simon zog das graue Wolltuch enger um die Schultern, sie stand barfuß neben Katharina.

»Danke, dass du uns Nachricht bringst. Richte deiner Mutter aus …« Sie verstummte. »Es tut uns so leid.«

Franz nickte. Er schien noch etwas sagen zu wollen, wirkte jedoch eingeschüchtert von Katharina und Christiane, die eine nur in Wollsocken und Nachthemd, die andere zumindest mit Schultertuch. Als merkte er jetzt erst, dass es viel zu spät war, um zu ihnen zu gehen.

»Nun denn …« Er zögerte. Katharina schwieg, auch ihre Mutter sagte kein Wort. Das dünne Band, das sie einst verbunden hatte, war mit dem Tod des Vaters zerrissen. Malwine Rogaske hatte von der Geliebten gewusst, auch von Katharina, die gelegentlich ihre Halbbrüder getroffen hatte. Der Frau ihres Vaters war sie nie begegnet.

»Wenn ihr mal was braucht …« Franz machte hilflos eine Geste. Beide Frauen schwiegen, er hob noch mal die Hand und stieg die Treppe im Dunkeln wieder hinunter. Katharina hob das Petroleumlicht.

»Tot?«, fragte sie leise.

»Ach, Katharina.« Ihre Mutter legte ihr die Arme um die Schultern, zog sie an sich. »Meine arme kleine Kathel.« Mehr nicht. Katharina spürte, wie ihre Mutter zitterte, wie der Schmerz durch sie hindurchraste. Sie schloss die Wohnungstür, zog die Mutter zum Tisch, wo Katharina das Licht abstellte und sie dann ebenfalls in den Arm nahm. »Was soll denn jetzt aus uns werden?«, flüsterte ihre Mutter.

Na, was schon, dachte Katharina.

Schauspielerin konnte nun aus ihr werden. Was ihr der Vater nie erlaubt hätte, war mit dieser Nacht möglich geworden.

Aber erst, das wusste sie, war es an der Zeit, um ihn zu trauern.

•– Teil 2 –•

Berlin

Breslau, Winter 1898/99

Der Winter wurde schwer.

Das zweite Lehrmädchen war mit der Ausbildung fertig und ging zurück zu ihrer Familie, wo sie sich als Näherin selbstständig machen wollte. So waren Katharina und ihre Mutter zum ersten Mal seit Jahren allein in der winzigen Wohnung, und Katharina brauchte etwas Zeit, sich daran zu gewöhnen, dass sie nun auf dem Küchensofa schlafen konnte und nachts für sich war. Die ersten Nächte fror sie schrecklich, bis sie sich eine zweite Decke nahm und es muckelig hatte.

In der Schule interessierte sie nur noch der Deutschunterricht. Alles andere ließ sie an sich vorbeiziehen. Auch mit ihren Freundinnen wollte sie nichts unternehmen. Egal, wie oft Almuth sie einlud, am Samstag wieder mal mit aufs Richthofen'sche Gut mitzukommen. »Da habe ich schon was vor«, redete Katharina sich jedes Mal heraus.

»Ach so, was denn?«, wollte Almuth wissen.

»Mit Lucie lesen.«

Danach war Almut beleidigt, denn Lucie Höflich war neu in der Klasse, und sie war ebenso begeistert vom Theater wie Katharina. Die Pausen verbrachten sie manches Mal mit den Köpfen über einem Programmheft oder der Zeitung mit der neusten Besprechung von der Premiere im Lobe-Theater oder über einem Ibsen-Stück, das sie mit wechselnden Rollen vorlasen. »Du bist so talentiert!«, sagte Lucie voller Bewunderung, wenn Katharina die Eleonore d'Este aus Goethes *Tasso* proklamierte.

»Nicht so gut wie Vilma Illing.« Und dann seufzten beide Mädchen, denn die Illing war ihr großes Vorbild. »Wenn wir doch nur so spielen könnten wie sie …«, flüsterte Katharina.

»Du wirst das schaffen«, war sich Lucie sicher. »Wenn wir erst unseren Abschluss haben, kannst du dir einen Schauspiellehrer suchen. Meine Eltern wollen ja, dass ich was Anständiges mache, während deine Mutter dich sogar unterstützt.« Sie verzog die roten, schmalen Lippen zu einem winzigen Schmollmund.

Nur wenige Wochen nach dem Tod ihres Vaters hatte Christiane Simon sie nach ihren Zukunftsplänen gefragt, und Katharina hatte sich getraut, ihr von dem größten Wunsch zu erzählen, den sie hegte.

»Theater, ja?« Ihre Mutter runzelte die Stirn. »Du kennst meine Meinung.«

»Das ist dir nicht recht, ich weiß.« Katharina ließ den Kopf hängen. »Aber ich mag nicht in einer Fabrik arbeiten. Das ist nichts für mich.«

»Das ist für niemanden was«, erklärte ihre Mutter lapidar. »Zu laut, zu dreckig, viel zu wenig Geld, um ein gutes Auskommen zu haben. Darum halten das auch nur die jungen Mädchen für ein paar Jahre aus. Oder die alten Frauen, die es müssen, weil sie sonst nichts mehr verdienen.«

»Und die Schauspielerei?«

Ihre Mutter schwieg daraufhin lange. Sie saßen am Tisch und hatten vor sich einen Sack Walnüsse ausgekippt. Mit einem Hammer knackten sie die Nussschalen und legten die Nüsse in eine Schüssel. Katharinas Aufgabe war es, das Innere aus den Schalen zu pulen und dabei nicht zu viel zu naschen.

Bum, krachte der Hammer auf die nächste Nuss.

»Die Schauspielerei, ja. Die vielleicht.«

Katharina wagte nicht zu atmen.

»Ich müsste dann weiter zur Schule gehen.«

Bum.

»Vielleicht musst du das.«

Bum.

»Bist du nicht zu jung dafür? Da sind so viele ältere Männer …« Ihre Mutter seufzte. »Ich fürchte nur, die verderben dich.«

Katharina lachte. »Ach, die interessieren mich doch nicht. Was soll ich mit einem älteren Mann?«

Dazu sagte ihre Mutter nicht viel. Und sie ließen das Thema in der folgenden Zeit ruhen, bis Christiane kurz vor Weihnachten wieder darauf zu sprechen kam und Katharina vorschlug, sie könnte sich ja schon mal schlaumachen, bei wem sie im kommenden Herbst vorsprechen wollte.

Es war ihrer Mutter also ernst damit.

Lucie beneidete sie heiß um diese Unterstützung, auch wenn Katharina stets versuchte, ihre eigene Hoffnung nicht allzu hoch zu schrauben. Wer weiß, was noch alles dazwischenkam.

Auch Dr. Stramwitz, dem sie von ihrem Wunsch erzählt hatte, unterstützte Katharina auf jede ihm mögliche Weise. Er gab ihr aus der Schulbibliothek Stücke zum Lesen, schlug ihr vor, mit welchen Rollen sie sich befassen sollte.

Für Almuth blieb nun nur noch wenig Zeit, denn neben der Schule und ihrer Leidenschaft fürs Theater versuchte Katharina, ihrer Mutter zu helfen. Das Nähen hasste sie immer noch aus tiefem Herzen, erkannte jedoch auch die Notwendigkeit, sich einzubringen. Die Kundinnen gingen weiterhin ein und aus, manche verschämt erst nach Einbruch der Dunkelheit, damit niemand sah, dass sie ihre Kleider mit ein wenig Spitze und Rüschen aufpeppen ließen, um sie beim nächsten Besuch im Theater noch einmal zu tragen. Katharina saß still in der Ecke, verbiss sich die Kommentare und blickte selten auf, wenn die Frau Geheimrat oder die Frau Direktor mit ihrer Mutter tuschelte.

»Dabei tun sie immer so groß, wenn sie mit ihrem Fuchspelz in das Lobe-Theater spazieren«, sagte sie, sobald die Damen weg waren.

Aber auch die Kundinnen fanden harsche Worte. Auf die Frage, was denn Katharina nach der Schule machen wolle, blickte Katharina auf und erklärte rundweg: »Na, Schauspielerin werde ich.«

Die Frau von Direktor Hildemann schnappte nach Luft und blickte sich suchend nach Katharinas Mutter um. »Aber … Das ist doch nichts für ein anständiges Mädchen. Das können Sie doch nicht wollen, Frau Simon.«

Katharina verkniff sich eine Bemerkung dahingehend, dass sie vielleicht gar nicht anständig sein wollte, denn vermutlich hätte die eine oder andere Kundin es danach vorgezogen, woanders ihre Abendgarderobe zu bestellen.

»Frau Simon, was halten Sie denn von den Plänen Ihrer Tochter?«, rief Frau Hildemann zur anderen Seite des Raums, wo Katharinas Mutter gerade ihrer fünfzehnjährigen Tochter ein paar günstige Stoffe für ein neues Kleid zeigte.

»Dass sie zum Theater will? Ja, was soll sie denn sonst tun? Fabrikarbeiterin werden, bei den guten Noten?«

»Na, aber für eine Anstellung als Bürokraft würde es doch reichen?«

Katharina sagte nichts. War ja nicht so, als hätte ihre Mutter nicht entsprechende Erkundigungen eingezogen, aber die Tochter einer Näherin wollte man nicht als Schreibfräulein, man hatte außerdem genug junge Männer zur Hand, die bereitwillig die Arbeit im Kontor erledigten.

Blieb also nur die Schauspielerei. Und Katharina war das mehr als recht. Das hätte dem Vater auch gefallen, dachte sie manches Mal. Vergessen waren die seelischen Grausamkeiten, denen er sie einst ausgesetzt hatte. Sie war überzeugt, dass er stolz auf sie gewesen wäre, wenn er hätte beobachten dürfen, was aus ihr nun wurde.

Breslau, Herbst 1899

Das Stadttheater ragte in den regnerischen Himmel, und ehrfürchtig blickte Katharina an der Fassade hoch. Sie trug ihr bestes Kleid, dunkelblaue Wolle mit Spitzenkragen, darüber einen leichten Mantel. Über dem Arm eine kleine Handtasche, die Lucie ihr geliehen hatte. So fühlte sie sich mit ihren sechzehn Jahren fast schon erwachsen und reckte mutig das Kinn, als sie durch den Bühneneingang trat und sich beim ersten Arbeiter, der ihr über den Weg lief, nach Direktor Löwe erkundigte.

Der musterte sie von oben bis unten und erklärte ihr dann den Weg. Vor dem Büro des Direktors sammelte sie sich ein letztes Mal und ging in Gedanken die Textstelle durch, die sie fürs Vorsprechen vorbereitet hatte.

Theodor Löwe, unter dessen Ägide im Stadttheater so mancher Oper zu neuem Glanz verholfen wurde, begrüßte sie mit einem wohlwollenden Nicken. Katharina stellte sich artig vor, wie ihre Mutter es ihr beigebracht hatte. Ein Glück, dass sie die Frage nach ihrem Vater inzwischen mit einem knappen »er ist letztes Jahr verstorben« beantworten konnte, ohne über die familiären Umstände ins Detail gehen zu müssen. Direktor Löwe fragte sie, was sie zu ihm führe.

»Ich möchte ans Theater«, erklärte Katharina unumwunden.

»Ans Theater, so. Wie alt sind Sie denn, junges Fräulein?«

Sie reckte sich ein wenig, damit sie größer wirkte. »Sechzehn.«

»Recht jung, aber Sie haben ein frisches Gesicht. Haben Sie ein Repertoire, das Sie mir vortragen könnten?«

Sie hatte sich natürlich sorgfältig vorbereitet und schlug ihm vor, die Leonore aus Goethes *Tasso* zum Besten zu geben. Direktor Löwe zog sich hinter seinen Schreibtisch zurück und machte eine einladende Handbewegung. Die Bühne, in diesem Fall ein abgewetzter Orientteppich vor dem Schreibtisch, gehörte ihr. Sie holte tief Luft, schloss die Augen und legte los:

> *Wohl ist sie schön, die Welt! In ihrer Weite*
> *Bewegt sich so viel Gutes hin und her.*
> *Ach, daß es immer nur um einen Schritt*
> *Von uns sich zu entfernen scheint*
> *Und uns're bange Sehnsucht durch das Leben*
> *Auch Schritt vor Schritt bis nach dem Grabe lockt!*
> *So selten ist es, dass die Menschen finden,*
> *Was ihnen doch bestimmt gewesen schien;*
> *So selten, dass sie das erhalten, was*
> *Auch einmal die beglückte Hand ergriff!«*

Direktor Löwe lauschte interessiert, doch merkte Katharina, dass er nicht so richtig bei der Sache war. Als sie verstummte, räusperte er sich.

»Also ja«, sagte er. »Ja. Das war doch ganz hübsch. Aber Sie sollten überlegen, ob Sie wirklich auf der Theaterschule Ihre Zeit verplempern wollen.«

Himmel, dachte Katharina. War ihr Vortrag denn so schlecht gewesen?

»Denken Sie lieber darüber nach«, fuhr er fort, »ob Sie nicht bei Otto Gerlach Privatunterricht nehmen möchten. Das scheint mir Erfolg versprechend.«

»Aber ... « Sie riss die Augen auf. Natürlich kannte sie Otto Gerlach, einen Charakterschauspieler erster Güte am Stadttheater. Bei ihm lernen zu dürfen, das spürte sie, würde sie ihrem Ziel ein großes Stück näherbringen. Doch sogleich fiel ihr wieder ein, warum nur die Theaterschule infrage kam. Betreten senkte Katharina den Kopf.

»Ich fürchte, das wird unsere Mittel übersteigen«, murmelte sie.

»Ach was.« Direktor Löwe stand auf und umrundete den Schreibtisch. Jovial legte er eine Hand auf ihre Schulter und schob sie sanft Richtung Tür. »Ich schreibe Otto, er soll Sie mal ansehen. So ein hübsches Gesicht, so eine biegsame Figur – das gehört auf eine Bühne, am besten auf eine ganz große. Untalentiert sind Sie nicht, und der Gerlach wird das schon erkennen. Nur Mut, Fräulein Simon. Sie werden es schon zu was bringen.«

Sie werden es schon zu was bringen ... Katharina stand auf der Straße und musste sich kneifen, so unglaublich erschien ihr das soeben Erlebte. Sie sollte also zu Otto Gerlach gehen? Wenn er der Einzige war, der noch zwischen ihr und diesem Traum vom Theater stand, würde sie auch ihn mit ihrem Talent überzeugen ...

Doch später, als sie bei ihrer Mutter saß und erzählte, überfielen sie erste Zweifel. Der Blick des Theaterdirektors, beinahe gierig und unangemessen. Wie er ihren Rücken gestreichelt hatte, als er sie zur Tür geleitete … Auch ihre Mutter seufzte, als Katharina ihr in allen Einzelheiten von der Begegnung erzählte.

»Ich kann nicht behaupten, dass mir gefällt, wie dort mit dir umgegangen wird. Pass bitte auf dich auf.«

Katharina versprach es. Doch schon als sie wenige Tage später zu Otto Gerlach ging, hatte sie die mahnenden Worte ihrer Mutter vergessen.

Sie wollte so sehr Schauspielerin sein, dass sie alle Bedenken beiseiteschob.

Otto Gerlach bewohnte eine große Fünfzimmerwohnung, Beletage, üppig eingerichtet und mit einem Luxus, dass Katharina aus dem Staunen nicht herauskam, als ein Dienstmädchen sie in sein Zimmer führte.

»Warten Sie hier«, wurde ihr beschieden, und sie blieb brav in der Mitte des Raums stehen. Ein Paravent trennte einen Teil des Raums ab.

»Wo bist du denn, mein guter Otto?«, schnarrte es auf einmal hinter ihr. Katharina zuckte zusammen, sie drehte sich um und entdeckte vor dem Fenster auf einer Stange sitzend einen großen grauen Papagei, der den Kopf zur Seite neigte und sie anblinkte. »Wo bist du denn, mein guter Otto?«, wiederholte der Vogel.

Katharina lachte erleichtert. »Na, du bist mir ja einer. Guten Tag.«

Der Papagei wiederholte den Satz. Sie trat näher und streckte die Hand aus. Erst dachte sie, er wolle auf ihre Hand einhacken, dann aber ließ er sich von ihr sanft die Brustfedern streicheln.

»Nanu, hat Chlodwig Freundschaft mit Ihnen geschlossen? Das macht er selten.«

Katharina fuhr herum und sah sich nun Otto Gerlach gegenüber. Von ihm hatte sie nicht nur gehört – sie hatte ihn bei den samstäglichen Theaterbesuchen mit Tante Paula schon mehr als einmal auf der Bühne beobachten dürfen. Sein Spiel empfand sie als steif, geradezu altmodisch, er pflegte seine Rolle mehr zu rezitieren, als zu leben, wie es im neuen, naturalistischen Theater üblich war. Doch das Publikum liebte ihn, und wer war sie, einen der Großen zu kritisieren?

Otto Gerlach war ein Mann um die vierzig, dem man das gute Leben ansah – gerötete Wangen, ein eher feistes Gesicht und ein runder Bauch. Er musterte Katharina aufmerksam, als hätte sie allein durch die geknüpften Freundschaftsbande mit seinem Graupapagei Chlodwig bereits Vorschusslorbeeren geerntet.

»Direktor Löwe schickt mich«, sagte Katharina und machte hastig vor Verlegenheit einen Knicks. »Er meint, Sie geben auch Privatunterricht.«

»Sagt er das, mh.« Herr Gerlach trat näher. Chlodwig trippelte auf der Stange hin und her, und als sein Herrchen ihm den Arm reichte, stieg er umständlich drauf und kletterte an der Hausjoppe hoch bis zur Schulter, wo er am Ohr des Schauspielers zu knabbern begann. Otto Gerlach verzog keine Miene. »Dann zeigen Sie mal, was Sie drauf haben, Fräulein Simon. Er schrieb mir, die Leonore liege Ihnen ganz gut.«

Katharina räusperte sich. Ihr Blick löste sich nur mühsam von Chlodwig, der inzwischen dazu übergegangen war, einzelne Haare seines Herrchens in die Länge zu ziehen. Otto Gerlach wirkte davon noch immer unbeeindruckt. »Nun?«, fragte er. »Können Sie nicht, oder wollen Sie nicht?«

»Doch, natürlich will ich!«, rief Katharina hastig. Trotzdem zögerte sie. Der Papagei irritierte sie.

»Stellen Sie sich einfach vor, wir sind nicht da«, meinte Herr Gerlach gutmütig. »Als wären wir Ihr Publikum. Ich versichere Ihnen, Theaterpublikum macht die verrücktesten Sachen, während man da oben auf den Brettern steht und versucht, nicht den Faden zu verlieren.«

Katharina verstand. Das sollte also Teil ihrer Prüfung sein, ob sie die Nerven verlor, weil der Papagei, dem Herr Gerlach inzwischen einzelne Erdnüsse zusteckte, die er aus einer Jackentasche zog, leise vor sich hin gurrte.

Sie begann mit ihrem Vortrag, der mehrmals von einem schrillen »Wo bist du denn, mein guter Otto?« unterbrochen wurde. Beim ersten Mal zuckte sie noch zusammen, blickte zu Herrn Gerlach, der inzwischen mit dem Rücken zu ihr am Fenster stand und nach draußen blickte. Beim zweiten und dritten Mal stockte sie nur kurz, und danach konnte sie den Papagei ignorieren, sie vergaß auch den Mann am Fenster und war ganz in ihrer Rolle als Leonore. Sie *war* Leonore.

»Na, da sollten wir uns schon einig werden«, meinte er zum Schluss. »Sie dürfen gern jede Woche Freitag gegen vier kommen, wenn es recht ist. Der Löwe hat angedeutet, dass es um Ihre finanziellen Möglichkeiten nicht zum Besten steht, darum mache ich Ihnen einen guten Preis.«

Katharina atmete auf. Ihre schlimmste Befürchtung war es, dass er ihr Talent zwar erkannte, doch nicht willens war, sie zu fördern – oder, schlimmer noch, sie sich den Unterricht nicht leisten konnte. Aber kurz darauf stand sie wieder auf der Straße, in der Hand zwei Heftchen, die er ihr zum Lernen mitgegeben hatte – einmal Ibsen, einmal Schiller. »Bereiten Sie sich darauf vor. Aber ich wünsche einen nüchternen Vortrag, nicht dieses Ausufernde, das Sie da manchmal an den Tag legen. Lassen Sie die Dichter durch Sie sprechen, legen Sie nicht zu viel von sich selbst hinein.« Seine Worte. Also ganz der rezitatorischen Schule verpflichtet, sie merkte es wohl. Für den Moment aber war sie zu selig, um sich daran zu stören.

Endlich! Endlich durfte sie das werden, was sie sein wollte.

⋅⋅ 3 ⋅⋅

*D*er Herbst verging im Flug, ebenso der Winter, und jeden Freitag stand Katharina pünktlich um kurz vor vier bei Gerlachs vor der Tür. Sie gewöhnte sich an den Papagei, der regelmäßig ihren Vortrag störte, ebenso wie an Gerlachs Gattin, die ihr nur selten über den Weg lief. Dann aber, bei diesen Gelegenheiten, huschte die ätherisch schöne, schlanke Amerikanerin durch den Flur und flötete: »Wo bist du denn, mein guter Otto?«

Daher also hatte Chlodwig diesen Satz. Als Katharina Mrs Gerlach das erste Mal begegnete, musste sie sich ein Kichern verkneifen. An diesem Tag bemerkte Otto Gerlach nach der Stunde: »Sie waren heute aber ausnehmend fröhlich. Was genau begeistert Sie so sehr an Gretchens Fall?«

»Nichts«, beeilte sie sich zu sagen.

»Nun denn. Bleiben Sie schön brav, Fräulein Simon«, ermahnte er sie. »Nicht, dass Sie dasselbe Schicksal ereilt wie Goethes Gretchen.«

Das wird mir bestimmt nicht passieren, dachte Katharina noch, als sie auf die Straße trat. Sogleich lockerte sie den Wollschal, den sie fest um den Hals geschlungen hatte, weil Otto Gerlach nicht müde wurde, sie daran zu erinnern, dass eine Halsentzündung fatal für ihre Bühnenbestrebungen war. Krank werden durfte sie nicht! Heute aber wehte zum ersten

Mal ein laues Lüftchen, nicht der eisig beißende Wind aus Ost, der winters über Breslau hinwegfegte. Der Frühling kündigte sich für dieses wundervolle Jahr 1900 an und verhieß nur Gutes für ihre Zukunft – davon war Katharina fest überzeugt.

Leichtfüßig lief sie heim. Ihre Mutter saß über die Nähmaschine gebeugt, die Augen gerötet von der Arbeit. »Nun?«, fragte sie, und Katharina legte die Hefte mit ihren Hausaufgaben auf den Tisch, bevor sie der Mutter einen Kuss auf die blasse Wange gab.

»Es läuft gut«, sagte sie, und das war das Einzige, was Mutter und Tochter über den wöchentlichen Unterricht sprachen. Den Rest der Woche half Katharina, wo es ging, bei der Näharbeit, auch wenn sie jeden Stich hasste; jeder Fussel, den sie beim Aufräumen und Putzen zwischen den Dielenbrettern hervorpulte, war ihr gründlich zuwider. Aber so war nun ihre Arbeitsteilung, solange Katharina noch in Ausbildung war – sie besorgte den Haushalt und erledigte Zuarbeiten, ihre Mutter verdiente das Geld für den Schauspielunterricht. Katharina wusste nicht, wie lange sie zu Otto Gerlach gehen musste; er ließ sich nicht darüber aus, wie weit sie schon war oder ab wann sie mit einem Engagement rechnen konnte. Sie ging zu ihm, sagte die gelernten Texte auf, er brummte zufrieden, und das war's.

Vilma Illing war in der Stadt, und Katharina bettelte so lange, bis Tante Paula sich breitschlagen ließ und ein zweites Mal mit ihr in die Vorstellung im Lobe-Theater ging, wo sie die ganze Vorstellung auf der vorderen Kante ihres Sessels saß, die Hände unters Kinn gelegt, und verzückt der Illing lauschte, die als Ibsens Hedda Gabler brillierte. Katharinas Augen waren feucht, als sich der rote Vorhang nach dem letzten Aufzug senkte, und es hielt sie nicht länger auf dem Sitz. Sie stimmte in den donnernden Applaus mit ein, dass Tante Paula sie erstaunt musterte. Sie wusste um Katharinas Begeisterung, aber das war ja schon fast zu viel des Guten, meinte sie.

»So überragend war's nun nicht«, meinte Tante Paula, als sie sich wenig später einen Weg nach draußen bahnten. Doch Katharina war immer noch wie verzaubert.

»So spielen können«, schwärmte sie. »Wenn ich so spielen könnte, wäre für alle Zeiten für die Mutti und mich gesorgt, Tante Paula ... «

»Das stimmt wohl.« Nun wurde ihre Tante still.

»Was ist denn?«, fragte Katharina besorgt nach.

»Ach, Käthe ... «

Katharina runzelte die Stirn. Sie mochte es gar nicht, wenn sie Käthe gerufen wurde oder gar Kathe oder Kathel, wie es ihr Vater oft getan hatte. Aber Tante Paula ließ sie es durchgehen, weil es bei ihr nicht so altbacken klang.

»Halt dich nicht zu sehr an diesem Traum fest. Das wollte ich sagen. Es kann immer noch anders kommen.«

Ausgerechnet Tante Paula, die ihr die Theaterwelt eröffnet hatte – die ihr überhaupt erst gezeigt hatte, was möglich wäre. Dass sie nun bremste, verletzte Katharina, ohne dass sie so genau sagen konnte, wieso.

»Eines Tages stehe ich da oben als Hedda Gabler«, schloss sie das Gespräch in ihrer jugendlichen Begeisterung. Am liebsten hätte sie mit den anderen Bewunderern von Vilma Illing am Bühnenausgang auf sie gewartet, aber Tante Paula zog es nach Hause. Sie wirkte seltsam in sich gekehrt, und als

Katharina auf dem Bürgersteig zu ihr aufschloss, legte sie kurz den Arm um die Schultern ihrer Tante.

»Was ist?«, fragte Katharina.

»Ach, Käthe. Das mit der Schauspielerei, ob es nun gelingt oder nicht. Aber ich spüre, wie dir Breslau jetzt schon zu klein wird, und das macht mich wehmütig. Eines Tages wirst du in die Welt hinausgehen und mich und deine Mutti hier allein lassen.«

»Ganz bestimmt nicht!«, protestierte Katharina sofort.

Aber Tante Paula schüttelte lächelnd den Kopf. »Versprich mir nicht, du würdest bis ans Ende deiner Karriere am Lobe-Theater spielen. Breslaus Theater sind angesehen, doch wirst du hier nicht so groß werden, wie du es gern möchtest.«

Die Worte ihrer Tante hallten nach. Katharina hatte noch nie darüber nachgedacht, was aus ihr werden sollte, wenn sie mit der Ausbildung fertig war oder sich ein erstes Engagement anbot. Würde sie anderswo als in Breslau spielen? Und was wurde aus ihrer Mutter, die sich in all den Jahren um sie gekümmert hatte? Würde sie allein zurückbleiben, wenn Katharina in die Welt zog?

Bevor sich aber eine Gelegenheit ergab, mit ihrer Mutter über dieses Thema zu sprechen, überraschte Herr Gerlach Katharina am nächsten Freitag mit folgenden Worten: »Fräulein Simon, Sie sind so weit. Ein erstes Vorsprechen. Bei meinem Aufenthalt in Berlin diese Woche kam ich mit Otto Neumann-Hofer ins Gespräch. Seines Zeichens Theaterdirektor in Berlin.« Wie so oft, wenn Otto Gerlach mit ihr sprach, ließ er Chlodwig am Jackenärmel hochkraxeln. »Hermann Sudermann sucht für sein neues Stück, das *Johannisfeuer*, einen bestimmten Typus junges, unverbrauchtes Fräulein. Da habe ich an Sie gedacht.«

Katharina spürte, wie sich ihre Wangen vor Aufregung röteten. »Aber das ist ja fabelhaft«, stotterte sie. »Und nun?«

»Sie werden ihn natürlich treffen. Er kommt nächste Woche in die Stadt. Bereiten Sie sich gut drauf vor, und machen Sie mir keine Schande! Habe mich weit aus dem Fenster gelehnt für Sie, habe ihm vorgeschwärmt, Sie seien eins meiner Paradepferde.«

»Ich werde Sie nicht enttäuschen«, versicherte Katharina ihm. »Ich tue alles, was Sie verlangen.«

Spöttisch verzog er die Lippen. »Na, alles wohl nicht«, meinte er. Katharina verstand seine Worte nicht, doch Chlodwig schnarrte wieder fröhlich auf seiner Schulter hockend. »Wo bist du denn, mein guter Otto?«

·|· ·|· ·|·

Am darauffolgenden Dienstag stand Katharina mit klopfendem Herz und schweißfeuchten Händen vor dem Monopol-Hotel am Paradeplatz und wartete, dass sie pünktlich kurz vor zehn die Lobby betreten konnte. Ein zu frühes Erscheinen, so viel wusste sie inzwischen, war in der Welt des Theaters deutlich unhöflicher als ein zu spätes. Sie hatte die Nacht über kaum geschlafen und fürchtete, sie würde den Vortrag der Salome aus Sudermanns *Johannes* und der zarten Fee aus Hauptmanns *Die versunkene Glocke* heillos durcheinanderwürfeln.

Otto Neumann-Hofer war ein kleiner, gedrungener Mittvierziger mit Nickelbrille, Spitzbart und erstaunlich großen Ohren. Er musterte Katharina seinerseits prüfend, als sie ihm zur Begrüßung die Hand gab.

»Nun, Fräulein Simon. Hübsch sind Sie ja. Wollen wir mal sehen, ob Sie auch was können?«

Sie wurde rot. Er tat ja gerade so, als hätte sie ihren Unterricht bei Otto Gerlach nur ihrem Aussehen zu verdanken! Katharina wollte es ihm zeigen, und sie legte mit der Salome los. Ihr Gegenüber runzelte erst die Stirn, doch als sie nach der Hälfte ihres Vorspiels einen Blick riskierte – eine Todsünde, das wusste sie wohl, aber sie konnte nicht widerstehen! – sah sie, wie ein feines Lächeln seine Mundwinkel umspielte und er sich die Spitze seines Schnurrbarts zwirbelte.

Als sie mit der Salome fertig war, machte er eine Handbewegung, dass sie direkt im Anschluss ihre zweite Rolle vorspielen solle. Katharina seufzte, fügte sich aber. Sie legte all ihre Gefühle in die Darstellung, und nachdem sie geendet hatte, fühlte sie sich seltsam erschöpft.

»Das war's«, flüsterte sie, weil er gar nicht mehr reagierte. Er lehnte sich in dem Sessel zurück, den er in die Mitte seines Hotelzimmers gerückt hatte, und musterte sie noch einmal von oben bis unten. Katharina spürte, wie sein Blick ihr Gesicht erforschte, und unwillkürlich drückte sie das Kreuz leicht durch, ließ die Hüfte etwas kippen. Sie wusste, dass sie hübsch war, auf eine natürliche Art. Große Augen, ein zarter Mund, reine Haut und eine verführerisch schlanke Figur. Das Kleid umschmeichelte sie, das war ihr wohl bewusst. Mit ihrer Mutter hatte sie lange diskutieren müssen, dass sie es an-

ziehen durfte, denn die fand es für ein Vorsprechen zu offenherzig.

»Nun, Fräulein Somin ... «

»Simon«, korrigierte sie ihn.

»Simon, Somin. Sie werden sich vermutlich einen Künstlernamen zulegen wollen. Dazu würde ich Ihnen jedenfalls raten, wenn es Ihnen ernst ist mit der Schauspielerei. Also, was
ich sagen wollte – kommen Sie morgen früh zum Bahnhof. Ich
nehme Sie mit nach Berlin.«

»Nach Berlin?«

Katharina starrte ihn an. Sie konnte es nicht fassen. Sollte
sich ihr sehnlichster Wunsch einfach so erfüllen?

»Schwerhörig sind Sie hoffentlich nicht, Fräulein? Das
wäre schlecht, wenn Sie textunsicher werden.«

»Nein, nein«, beeilte sie sich zu sagen. »Ich kann's nur
nicht glauben, dass Sie mich wirklich mitnehmen wollen ... «

Er lachte. »Glauben Sie's ruhig. Sie haben alles, was wir in
Berlin brauchen – die Natürlichkeit, das Unbedarfte, Unver-
brauchte ... wenn ich das so sagen darf.« Sein Blick ruhte
immer noch auf ihr. »Sie können spielen, und wenn Sie sich
nicht allzu dumm anstellen, bringen Sie es weit.«

»Das werde ich nicht!«, versicherte Katharina. »Ich gehe
sofort nach Hause und packe meine Sachen.« Sie blieb stehen, als rechnete sie damit, dass er sie zurückrief. Das geschah
nicht, und so lief Katharina, so schnell ihre Füße sie trugen,
nach Hause.

»Berlin!«, rief sie, als sie in das Zimmer stürmte. »Mutti, er
nimmt mich mit nach Berlin!«

Am nächsten Tag schon saß sie mit einem Pappkoffer im Zug neben dem Theaterdirektor – jenem Köfferchen, mit dem ihre Mutter einst hochschwanger aus Breslau geflohen war.

Der Abschied war ihr schwergefallen. Ihre Mutter hatte nach dem Vorsprechen den Rest des Tags geklagt, das sei doch zu plötzlich, ob Katharina nicht wenigstens ein paar Tage bleiben könne. Aber sie hatte es Herrn Neumann-Hofer versprochen und wollte nicht direkt wortbrüchig werden. Außerdem wähnte sie sich am Ziel ihrer Träume.

»Aber du kannst dich von niemandem verabschieden!«

»Ich komm ja wieder. Berlin ist nicht aus der Welt, Mutti.«

Obwohl ihr Koffer schon aus den Nähten zu platzen drohte, legte ihre Mutter Katharinas Puppe obenauf. »Damit du nicht so schlimmes Heimweh hast.«

Katharina aber legte die Puppe zurück aufs Bett. Perdita war ihr nie geheuer gewesen mit dem fest gestopften Lederkörper und den Schlenkergliedern. »Die brauch ich nicht.«

Berlin also nun. Während der Zug gen Norden ratterte, versuchte Katharina, sich ihre Nervosität nicht anmerken zu lassen. Sie musste doch Eindruck machen – auf den Theaterdirektor und hoffentlich bald auch auf Sudermann, der darüber entscheiden sollte, ob sie die ihr zugedachte Rolle auch bekam.

Sie wusste nicht, womit sie in Berlin gerechnet hatte – aber das Getöse und der Gestank, die vielen Droschken erster und zweiter Güte … Katharina staunte, während sie vom Bahnhof Friedrichstraße zu einem Haus jenseits der Weidendammer Brücke fuhren, wo Neumann-Hofer sie vorerst in einem möblierten Zimmer unterbrachte. Den Vertrag mit seinem Lessing-Theater könne sie bei ihrem ersten Besuch dort am nächsten Tag unterzeichnen.

Und damit war sie allein. Müde von der langen Reise, aber zu wach, um sich schon schlafen zu legen. Sie packte aus, richtete sich ein und wartete, dass die Anspannung von ihr abfiel. Da war sie nun – keine siebzehn Jahre alt, allein in dieser Weltstadt, die nicht auf ein Breslauer Mädchen gewartet hatte.

»Wen darf ich melden?«, fragte am nächsten Morgen der Concierge am Bühneneingang. Katharina hatte sich auf Anweisung von Herrn Neumann-Hofer eine Droschke zum Friedrich-Karl-Ufer genommen. Der Concierge musterte sie nur prüfend, sah aber wohl etwas in ihr, das ihn veranlasste, sie passieren zu lassen.

Das Büro des Theaterdirektors war klein, rummelig und verraucht. Als sie eintrat, sprang Otto Neumann-Hofer auf, umrundete den Tisch und wollte gar nicht aufhören, ihre Hand zu schütteln. »Hier freuen sich alle sehr, Sie bei uns zu haben. Setzen Sie sich. Da liegt auch schon Ihr Vertrag, Sie müssen ihn nur noch unterzeichnen.«

Katharina sank auf den angebotenen Stuhl. Sie hätte gern protestiert; sie durfte doch keine Verträge unterzeichnen mit ihren sechzehn Jahren? Doch die Mutter war im fernen Breslau, und letztlich würde kein Hahn danach krähen. Wer sollte denn Einspruch erheben, dass sie ihr Schicksal selbst in die Hand nahm? Dennoch überflog sie die Details des Vertrags und schnappte kurz nach Luft, denn unter Paragraf fünf stand zur monatlichen Entlohnung eine für Katharinas Verhältnisse unvorstellbare Summe.

»Zweihundertfünfzig Mark?«, fragte sie.

»Zu wenig?«, meinte der Theaterdirektor und kratzte sich am Hals. »Mehr bekommen unsere Anfängerinnen nicht, Fräulein Simon, ich hoffe, Sie haben damit ein Auskommen.«

Katharina schüttelte den Kopf. Sie hatte nicht mit so viel gerechnet, aber das musste sie ihm ja nicht verraten. »Es ist schon in Ordnung.«

»Wenn Sie erste Erfolge feiern, können wir sicher über mehr reden.«

Sie nickte. Zweihundertfünfzig Mark, das eröffnete ihr ganz andere Möglichkeiten als das Leben daheim in Breslau. Sofort schoss ihr durch den Kopf: *Ich kann die Mutti nach Berlin holen! Wir mieten eine Wohnung, und sie muss gar nicht mehr für Geld nähen.*

Vorausgesetzt, Katharina blieb am Lessing-Theater und feierte die Erfolge, die alle von ihr erwarteten – die vor allem sie selbst von sich erwartete. Aber was, wenn sie die Erwartungen nicht erfüllte? Wie sollten ihre Mutter und Katharina dann leben?

Sie nahm den Stift, den Neubauer-Hofer ihr hinhielt, und unterschrieb auf der letzten Seite.

»Ihren Künstlernamen brauche ich noch, Fräulein Simon.«

Sie atmete tief durch. Darüber hatte sie gründlich nachgedacht, und es war ihr schließlich der richtige Name eingefallen. »Hedda Somin.«

Wenige Wochen später gab sie ihr Debüt. Nicht, wie erhofft, als Trude in Sudermanns *Johannisfeuer* – mit dem hatte sie sich direkt angelegt, und er gab ihr nur die Zweitbesetzung. Aber als Tochter Käthe des Baumeisters Friedrich in Ludwig Fuldas *Die Sklavin* durfte sie brillieren.

Am nächsten Tag schrieb sie ihrer Mutter: *Komm nach Berlin! Hier werden wir ein gutes Leben haben, und arbeiten musst Du künftig nicht mehr, liebes Mamerl!*

So begann ihr neues Leben.

5

Berlin, November 1900

Christiane legte den Strickstrumpf beiseite, an dem sie die letzte Stunde genadelt hatte. Draußen wurde es schon wieder dunkel. November. Aber sie musste sich nicht mehr vor der Dunkelheit fürchten oder davor, sich die Augen zu verderben. Sie stand auf und drehte das Gaslicht auf. Der gelbe Schein kroch in jeden Winkel. Christiane seufzte behaglich.

Seit knapp zwei Monaten lebten Katharina und sie in der kleinen, aber feinen Zweizimmerwohnung in der Berliner Lutherstraße. Morgens ging Katharina zu den Proben, kam gelegentlich am Nachmittag zu Hause vorbei, abends waren meist ihre Vorstellungen, oder sie besuchte andere Theater.

Jetzt hörte Christiane die tänzelnden Schritte ihrer Tochter auf dem Gang. Mit einem Schwall kalter Luft wirbelte Katharina herein, sie küsste ihre Mutter auf die Wange und verschwand im angrenzenden zweiten Zimmer.

»Stell dir vor, Vilma Illing hat heute Premiere!«, rief sie.

Viel wusste Christiane nicht über diese neue Welt, die sich ihre siebzehnjährige Tochter im Handstreich erobert hatte. Aber dass Vilma Illing wichtig war, so viel hatte sie inzwischen verstanden. Katharina redete kaum von jemand anderem, wenn sie über das Theater sprach.

»Na, dann bist du wohl nicht zum Abendessen hier.«

Sie folgte Katharina ins zweite Zimmer, wo ihre beiden

Betten standen. Endlich richtige Betten. Keine Provisorien mehr. Durch Katharinas Engagement hatte sie regelmäßige Einkünfte vom Lessing-Theater, zusätzliche Gastspiele nicht mitgerechnet. Sie arbeitete viel. Fast so viel wie Christiane einst genäht hatte. Nur mit dem Unterschied, dass sie sich einen bescheidenen Luxus gönnen konnten. Nicht länger musste bei der Speiseplanung jeder Pfennig umgedreht werden, und wenn Katharina der Sinn nach einem neuen Kleid stand, kaufte sie es einfach. Christiane fühlte sich nicht mehr von der Sorge niedergedrückt, sie könne sich das Zimmer nicht leisten.

Christiane wartete etwas verloren in der Tür zwischen den Zimmern, während Katharina in Wäsche vor der Kommode stand und leise vor sich hin summte. Sie streifte Seidenstrümpfe über und wühlte nach ihrem liebsten Kleid im Schrank.

»Heute wird es spät, Mutti«, sagte sie. »Danach wollen wir bestimmt noch die Premiere feiern.« Sie hielt inne, schüttelte dann aber den Kopf.

Christiane sagte nichts. Auch nicht, als Katharina sie fünf Minuten später zum Abschied küsste und aus der Wohnung wirbelte, so schnell, wie sie gekommen war.

Sie kehrte zurück in das Wohnzimmer. Vor dem Fenster stand das gemütliche Sofa, auf dem sie so viel Zeit mit Nichtstun vertrödeln konnte, wie sie wollte.

Sie machte sich Sorgen um ihr Kind. Katharina war glühend vor Stolz, sie hatte es ja zu was gebracht, war eine gefeierte Debütantin in diesem Theaterherbst. Zugleich aber wusste Christiane nicht, wohin Katharina verschwand. Wo sie steckte, wenn sie halbe Nächte fortblieb. Morgens hing der Geruch von kaltem Zigarrenrauch und Schaumwein in den Kleidern, die Katharina zum Auslüften im Wohnzimmer aufhängte. Auf Fragen reagierte sie ausweichend, und Christiane fürchtete zunehmend, ihr Kind könnte sich in ein Verhältnis begeben, das ihr selbst einst zum Verhängnis geworden war – eine Liebschaft mit einem verheirateten Mann.

Wobei dieses Verhängnis eines war, das sie rückblickend nicht ungeschehen machen wollte. Jene Jahre mit Robert, vor Katharinas Geburt, gehörten zu ihren glücklichsten. Danach hatte sie sich um das Kind gekümmert, hatte Tag und Nacht gearbeitet, weil ihr Stolz es verbot, von Robert mehr als das Nötigste anzunehmen. Von Katharina finanziert, konnte sie dieses neue Leben akzeptieren, denn sie hatten sich aus eigener Kraft aus dem winzigen Breslauer Zimmer nach oben gearbeitet. Sie hatte Katharinas Ausbildung finanziert, und nun war Katharina bereit, sie an dem neuen Leben teilhaben zu lassen.

Es fühlte sich noch ungewohnt an, dieses Leben. Gelegentlich ertappte Christiane sich dabei, wie sie überlegte, woher sie das Geld für den nächsten Einkauf bekommen sollte. Sie las in der Zeitung, dass jemand eine fähige Weißnäherin suchte, und war fast schon unterwegs, um dort vorzusprechen und ihre Dienste anzubieten – die Wheeler-Wilson hatte sie aus Breslau mitgebracht als eines der wenigen Möbelstücke, die ihnen in das neue Leben folgen durften. Sie stand nun unter einem der Fenster. Es gab immer etwas auszubessern, und Christiane nähte weiterhin ihre Kleider selbst. Aber für Geld nähen, das musste sie nicht mehr, solange Katharina am Theater war.

Spät in der Nacht schrak Christiane hoch. Sie hörte nackte Füße über die Dielen tapsen, die Tür zum Schlafzimmer ging auf.

»Käthe, bist du's?«

»Mutti.« Ihre Tochter kicherte. »Natürlich bin ich's. Wer sonst?«

Sie sank zurück aufs Kissen und lag mit offenen Augen wach, während Katharina sich im Dunkeln auszog und ihre verrauchten Kleider in die vordere Stube brachte. Dann legte sich ihr Kind ins Bett.

»Du passt doch auf, was du da tust?«, fragte sie in der Dunkelheit.

Katharina schwieg etwas länger. »Worauf denn, Mutti?«

»Auf die Männer. Dass sie … dir nicht zu nah kommen.«

»Ach, die. Ja, sicher.«

Beruhigt war Christiane nicht. Doch ihr blieb nur, auf die Vernunft ihrer Tochter zu vertrauen.

•|• •|• •|•

Niemand hatte sie auf dieses Leben vorbereitet. Sie war nun überall bekannt als Hedda Somin, gefeierte Theaterschauspielerin, der sich all die Türen öffneten, die der kleinen Käthe Simon, Tochter einer armen Näherin aus Breslau, für immer verschlossen geblieben wären.

Katharina wusste nicht, was sie von ihrem neuen Leben erwartet hatte. Sie hatte immer nur eins gewollt – auf der Bühne stehen, von der Welt bewundert für ihr Schauspiel, für ihr Können. Dass manche Kritiker sie auf ihre Jugend, ihre Anmut und Schönheit reduzierten, im Nebensatz erwähnten, sie hätte auch gefällig gespielt … Das wurmte sie, denn sie wollte als das gesehen werden, was sie war. Vielleicht jung und unerfahren, aber sie hatte sich doch in das naturalistische Spiel eingelebt, und wenn sie mit ihrem schlesischen Akzent über die Bühne lief, fühlte sie sich in ihrem Element. Dort gehörte sie hin. Sie wollte gesehen werden – aber nicht als Mädchen oder junge Frau, die Begehrlichkeiten weckte.

Was die Männer allerdings nicht davon abhielt, ihrer Bewunderung auf die eine oder andere Art Ausdruck zu verleihen. Ach, die Männer! Katharina war tatsächlich überrascht, wie die älteren Herren um sie herumscharwenzelten, ihr schöne Augen und Geschenke machten. Sie lauerten ihr am Bühneneingang auf, wenn sie nach der Vorstellung ins Freie trat und nur schnell nach Hause wollte. »Fräulein Somin, auf ein Wort!«

Bei einem Wort blieb es aber selten, die Herren hörten sich gern reden, und sie war zu höflich, sie zu unterbrechen. Manchmal stand sie da und fror im Berliner Herbst und Winter, nickte und versuchte, ihre Ungeduld zu verbergen.

Aber es ging noch weiter. Die Männer wollten sich mit ihr verabreden, sie in teure Restaurants und andere Theaterhäuser ausführen, wo sie dann flüchtig und ganz beiläufig ihre Hand auf Katharinas Knie legten. Das verwirrte sie, denn sie wusste mit dieser Art Zuneigungsbezeugung wenig anzufangen, ja, sie hatte kein Interesse daran, sich von diesen Männern aushalten zu lassen. Einer war besonders hartnäckig – Dr. Adolf Gottstein ließ es sich nicht nehmen, Katharina bei jeder sich bietenden Gelegenheit seine Aufwartung zu machen.

Als sie an diesem eisig kalten Januarmorgen das Theater betrat, warteten in der Garderobe zwei Überraschungen auf sie, einmal ein wunderschöner Strauß roter Rosen, an dem ein Kärtchen steckte, zum anderen eine Schachtel, in der sich ein zarter türkisfarbener Seidenschal mit winzigen Silberfädchen befand. Auf dem beiliegenden Kärtchen von Dr. Gottstein las sie: *Meinem Käthchen einen zauberlustigen Tag. Sehen wir uns am Abend?*

»Na, wieder dein Arzt?«, spottete die junge Schauspielerin Edda, die neben Käthe saß. Sie trug bereits die Dienstmädchenuniform für die heutige Probe. Katharina seufzte und schob die Schachtel etwas von sich weg. Sie befingerte die Karte im Rosenstrauß. Ihr war die Lust vergangen, sich die Liebesworte eines weiteren Verehrers anzuhören. Manche schrieben anonym, manche unterzeichneten mit Namen, die ihr gänzlich unbekannt waren, nur um ihr dann abends auch am Bühneneingang aufzuwarten. Sie gingen immer davon aus, ein Rosenstrauß allein genügte, um ihnen den Weg zu ihrem Herz zu ebnen.

»Lass dir bloß nix von denen gefallen. Die wollen schließlich was von dir.« Edda malte ihre Lippen rot an und kniff sich in die Wangen. Sie wandte den Blick nicht von ihrem Spiegelbild, während sie versuchte, ihrem Ausdruck etwas mehr Glanz zu verleihen.

Edda war eine junge Blonde, deren Augen unvorteilhaft groß wirkten, was ihr in ihren Rollen etwas geradezu Schüchternes, Verhuschtes schenkte. Wenn sie dann im breiten Berlinerisch sprach und über die Bühne marschierte, johlte das Publikum. Katharina verstand sich nicht so gut mit ihr – Edda neidete ihr manche Rolle, in der sie höchstens in zweiter Besetzung zum Zug kam.

»Ach, was soll's.« Katharina riss den Umschlag auf. *Herzlichsten Dank, dass Du Dich für mich verwendet hast – Vilma Illing* stand darauf.

Edda schaute ihr über die Schulter. »Also hat's geklappt für die Illing beim neuen Stück vom Sudermann?«

»Sieht so aus … «

Katharina freute sich für Vilma Illing. Wie oft hatte sie die Ältere im Breslauer Lobe-Theater auf der Bühne angehimmelt, und jedes Mal hatte sie gedacht, dass diese außergewöhnliche Schauspielerin zu Höherem berufen war – zu einer Karriere in Berlin. Katharina hatte sich bei Sudermann für sie eingesetzt, und tatsächlich hatte er Vilma Illing in seinem nächsten Stück besetzt.

Katharina seufzte glücklich. Sie hatte das Gefühl, wenigstens eine Sache sei ihr gelungen, seit sie nach Berlin gekommen war. Sicher, sie stand auf der Bühne, aber je länger sie hier war, umso mehr spürte sie, wie fremd sie blieb, in der Stadt und auf der Bühne, sosehr sie sich auch bemühte, mit ihren Schauspielkolleginnen Schritt zu halten.

»Hedda? Auf ein Wort?« Otto Neubauer-Hofer war an der Garderobentür aufgetaucht. Sofort schob Katharina sich an den anderen Schauspielerinnen vorbei zu ihm. »Ich muss was mit dir besprechen.«

Sie spürte die Blicke ihrer Kolleginnen im Rücken. Keine bekam so viele Blumen und Geschenke wie Katharina. Keine schien in Neubauer-Hofers Gunst so hoch zu stehen wie sie.

»Jetzt oder später?«

Sein Blick ging an ihr vorbei, ein Mundwinkel zuckte. »Gern später, wenn es dir lieber ist.«

Katharina war erleichtert. »Wäre es tatsächlich«, gab sie zu.

Er nickte knapp.

Als sie zu ihrem Platz zurückkehrte, beugte sich Sylvie, die auf ihrer anderen Seite saß, zu Edda hinüber. »Hast du das gesehen?«, zischte sie.

»Alle haben es gesehen«, gab Edda zurück.

Katharina spürte, wie sie rot wurde. Oh, der Garderobenklatsch, das Bühnengeschwätz, damit hatte sie nicht gerechnet, als sie nach Berlin kam. Sie setzte sich und begann, sich auf ihre Proben vorzubereiten. Während sie ihre Locken um einen Finger drehte, ging sie noch einmal die einzelnen Szenen durch. Sie tat so, als wäre sie ganz vertieft, doch hörte sie das Gezischel rings um sich herum allzu deutlich.

»Bestimmt will er ihr wieder eine Rolle schenken.«

»Talent hat sie ja nicht für fünf Pfennig.«

»Ja, wenn ich 'ne Mutti hätte, die mir die Bühnenkleider näht, dann könnte ich die Avancen der Herren auch abtun. So lebt's sich natürlich angenehmer, als wenn man mit jedem Verehrer mitgehen muss …«

Katharina versuchte, die missgünstigen Stimmen zu ignorieren. Doch es fiel ihr schwer. Sie schluckte, musste Tränen wegblinzeln. So hatte sie sich das Leben am Theater nicht vorgestellt.

•|• •|• •|•

»Setz dich, Käthe.«

Otto Neubauer-Hofer war einer der Wenigen, die sie Käthe nennen durften. Er saß hinter seinem wuchtigen Schreibtisch, auf dem sich Programmhefte, Plakate, Rechnungen, Briefe und neue Stücke türmten. Katharina sank auf den Besucherstuhl. Ihre Hände fühlten sich eiskalt an – auf der Bühne war es am Morgen unglaublich frostig gewesen, und das bezog sich nicht nur auf die Stimmung zwischen ihr und den anderen jungen Schauspielerinnen. Bei Otto war's schön warm, der Ofen in der Ecke verströmte eine bullige Hitze.

»Was gibt's denn?«

»Es geht um die Sommertournee. Ich muss wissen, ob du mitkommen willst. Wir werden einige unserer besten Stücke auf Reisen schicken, nach Moskau, nach Warschau … die Liste ist lang, du wärst einige Wochen nicht in der Stadt. Natürlich bekämst du eine Gage zusätzlich zum monatlichen Gehalt des Theaters.«

Katharina zögerte.

»Das ist eine große Chance für dich.«

»Das weiß ich wohl.«

»Aber?«

»Meine Mutti.«

»Die wirst du wohl kaum mitnehmen können.«

Katharina nickte. Das war es ja. Ohne ihre Mutter unterwegs zu sein, das behagte ihr nicht. Otto bemerkte ihr Unwohlsein.

»Du wärst ja nicht allein«, sagte er. »Ich wäre auch dabei.«

Sie blickte ihn an. So recht schlau wurde sie nicht aus ihm. Anfangs hatte sie noch in ihrer jugendlichen Naivität geglaubt, er sei einfach nur für sie da, passte auf sie auf, weil sie mit Abstand die Jüngste am Lessing-Theater war. Aber dann kamen die Kolleginnen, flüsterten ihr zu, sein Interesse an ihr sei doch nicht normal, er sei dreißig Jahre älter als sie und ob er sie häufig nach Hause begleite. Dazu dann so ein Zwinkern, das mehr suggerierte, ohne dass Katharina so genau wusste, was dieses Mehr sein sollte. Sie begriff es erst, als Edda sie eines Abends fragte, ob Otto sie nach Hause bringe, sie sei ja seine Favoritin.

Da verstand sie, und seitdem versuchte Katharina, ihm aus dem Weg zu gehen, denn sie wollte verhindern, dass er glaubte, sie werde irgendwann sein Liebchen werden. Trotzdem blieb sie auf der Hut, und Otto war nicht dumm; schnell begriff er, dass ihre Zurückhaltung daher rührte, dass sie fürchtete, er könnte ein zu großes Interesse an ihr haben.

»Käthe.« Er faltete die Hände vor sich auf der Schreibtischunterlage. Die Gläser seiner Brille beschlugen, sein Blick wirkte dadurch weicher. »Du musst keine Angst vor mir haben. Ich passe auf dich auf, ja? Also nicht so, dass es deiner Tugend schadet, sondern …« Er verstummte, versuchte es noch mal: »Deine Mutti wird sich Sorgen machen, wenn du auf Tournee gehst.«

»Das wird sie bestimmt.«

»Nun, und ich werde aufpassen, dass dir nichts geschieht. Ich weiß, wie manche Männer sind.«

Sie hob den Blick. Du denn nicht?, wollte sie fragen, verbiss sich die Worte aber. Es war ihr ohnehin so unangenehm, dass sich in der Berliner Theaterwelt jeder duzte, sie hatte eine Weile gebraucht, sich an diese vertrauliche Ansprache zu gewöhnen.

»Schau mich nicht so an.« Otto seufzte frustriert. »Ich weiß, was du sagen willst. Also, bist du dabei? Die Tournee, meine ich.«

Katharina nickte. Zusätzliche Engagements, eine Reise ins Ausland – sie war dabei. Das Abenteuer wartete da draußen auf sie.

•│• •│• •│•

Wie sich herausstellte, drohten ihr nicht auf der Tournee Gefahren von ihren allzu eifrigen Verehrern. Nach ihrer Rückkehr im September 1901 musste Katharina feststellen, dass Adolf Gottstein und so manch anderer ihr keine Ruhe ließ.

Einer der Männer, die sich für sie interessierten, war Bogumil Zepler. Ihm lief sie eher zufällig über den Weg, kurz nach ihrer Rückkehr nach Berlin brauchte sie dringend einen Arzt, weil sie eine Blasenentzündung hatte. Und weil sie nun wirklich wenig Lust hatte, sich bei Adolf ins Wartezimmer zu setzen und dann gar von ihm untersucht zu werden – allein die Vorstellung sorgte bei ihr für ein unbehagliches Frösteln –, fragte sie am Theater herum, und eine junge Kollegin gab ihr den Tipp, bei Bogumil um einen Termin zu bitten.

»Er ist Musiker. Komponist«, vertraute sie Katharina an. »Aber studierter Mediziner, seine Praxis betreibt er eher, um die Kunst zu finanzieren.«

So fand sich Katharina an einem Oktobermorgen im Flur vor der Wohnung von Dr. Zepler am Olivaer Platz ein, der – wie sie inzwischen in Erfahrung gebracht hatte – wie sie aus

Breslau stammte. Überhaupt, Breslau: Wohin sie auch ging, überall liefen ihr die Breslauer über den Weg, gerade so, als wäre Berlin zur Hauptstadt Schlesiens geworden.

Bogumil überraschte sie in mehr als einer Hinsicht. Er war ein einfühlsamer Arzt, der gut zuhören konnte und ihr nach kurzer Konsultation ein Schmerzmittel verschrieb und ihr riet, viel zu trinken. Danach blickte er hoch und fragte: »Ich höre, Sie haben am Lessing-Theater schon einige Erfolge gefeiert.«

Katharina war auf der Hut. Schon zu oft hatten sich Gespräche dieser Art gerade mit älteren Männern in eine gewisse Richtung entwickelt.

»Ich bin Schauspielerin, richtig.« Sie verschränkte die Arme vor der Brust.

Er betrachtete sie noch einen Moment, als müsste er überlegen, was er als Nächstes sagen sollte. Katharina musterte ihn nachdenklich. Er machte auf sie einen ruhigen Eindruck, fast ein wenig still. Sie mochte sein Lächeln.

»Dann haben Sie sicher viele Verehrer, Fräulein Simon. Und ich möchte mich Ihnen auch gar nicht aufdrängen. Aber falls Sie einmal Lust haben, sich nicht nur mit Theaterschauspielern zu unterhalten, kommen Sie doch ins Café des Westens. Kurfürstendamm, Ecke Joachimsthaler Straße.« Er zückte einen Zettel und notierte für sie die Adresse. »Ich bin fast jeden Abend dort. Morgen vielleicht? Und keine Sorge – wir sind nicht allein. Viele Künstler, Literaten. Ich denke, Sie würden unsere Runde perfekt ergänzen.«

Katharina spürte, wie sich ihre Wangen röteten. Konnte es denn tatsächlich sein, dass hier einer war, der sie als das sah, was sie war? Schauspielerin, ja. Aber in ihrer Brust schlug ein Herz, das größer war als die Rollen, die sie verkörperte.

»Ich überlege es mir.«

»Morgen Abend bin ich dort. Oder sind Sie da anderweitig beschäftigt?«

»Ich habe einen Auftritt. Johanna von Orléans.«

»Ah, herrlich. Ob es noch Karten gibt? Ich könnte Sie dann nach der Vorstellung abholen. Oder noch besser: Sie kommen ins Überbrettl.«

Das Überbrettl ... Davon hatte Katharina schon häufiger gehört, allerdings eher Abfälliges hinter vorgehaltener Hand; dort gab es Kabarett und Budenzauber, Tingeltangel und viel Spaß. Aber die Theaterleute nahmen das Überbrettl nicht ernst, sie meinten wohl, sie stünden drüber. Darum zögerte Katharina, und Bogumil deutete ihr Zaudern falsch. »Dann kommen Sie doch ins Café des Westens. Dort sind viele Künstler, das werden Sie mögen. Überbrettl ein anderes Mal.«

So hatte sie ihre erste Verabredung mit Bogumil.

Und so nahm ihr Schicksal seinen Lauf.

6

Berlin, Herbst 1901

Bei einem Abend im Café Größenwahn, wie die Damen und Herren dort das Café des Westens nannten, wenn der Abend weit fortgeschritten war, wenn sie trunken waren von ihrer eigenen Großartigkeit und dem in Strömen fließenden Alkohol, blieb es nicht. Bald schon war Katharina regelmäßig Gast dort, und Bogumil ließ es sich nicht nehmen, stets an ihrer Seite aufzutauchen, sobald sie den Gastraum betrat und sich suchend nach Bekannten umsah. Bald kannte sie schon viele der Stammgäste. Der schüchterne Komponist Arnold Schönberg, der sich auch im Überbrettl hervortat, war ebenso dort anzutreffen wie der Maler Max Liebermann. Aber die waren alle auf der Schwimmer-Seite, wie man es im Café nannte, also bei denen, die schon was Künstlerisches geschaffen hatten. Katharina war eher bei den Nichtschwimmern anzutreffen. Zusammen mit Bogumil quetschte sie sich auf eins der Sofas und ließ sich von den Männern zu Schaumwein und Kuchen einladen.

Hier lernte sie auch endlich eine Frau kennen, die sie Freundin nennen konnte, das erste Mal, seit sie nach Berlin gekommen war. Aura Hertwig war Fotografin, und sie nahm Katharina unter ihre Fittiche. Manchen Winterabend saßen sie in der Ecke eines Sofas dicht beisammen, sie flüsterten und kicherten. So lernte Katharina die mächtigen Männer und Frauen kennen, Aura machte sie mit allen bekannt. Sie wünschte, sie würde zu ihnen gehören. Sie wollte auch etwas Bleibendes erschaffen.

An einem dieser Abende richtete Aura sich auf, zeigte quer durch den verrauchten Raum auf einen Mann, der wie aus dem Nichts aufgetaucht war. »Was siehst du?«, fragte sie.

Katharina blinzelte. »Einen schönen Mann?«

Groß war er. Der Vollbart und die Haare von einem dunklen leuchtenden Rot, die buschigen Brauen wölbten sich über Augen, von denen sie meinte, sie durchschauten jeden. So intensiv, dass sie schauderte, dabei sah er sie gar nicht an.

Aura beugte sich zu ihr. »Der schönste Mann von Berlin«, flüsterte sie. »Den hätte ich auch gern mal vor der Kamera.«

Katharina kicherte in ihre Sektschale. »Mit oder ohne Bekleidung?«, neckte sie die Freundin.

»Na, hör mal!« Aura riss die Augen auf. »Ohne natürlich. Alles andere wäre Verschwendung.«

Katharina blickte noch mal verstohlen zu diesem hübschen Mann hinüber, denn er ließ sie nicht los. »Wer ist er?«

»Das kannst du nicht wissen, gell? Er zeigt sich eher selten hier. Meist ist er drüben im Überbrettl oder treibt sich mit Max Reinhardt herum. Kennst du ihn?«

»Den schönen Mann?«

Aura knuffte sie. »Na, Max Reinhardt.«

»Der ist am Deutschen Theater.« Natürlich kannte sie Max Reinhardt, aber nicht näher.

»Du bist ja wie verzaubert von Max Kruse.« Aura schnalzte mit der Zunge. »Vergiss es, den habe ich zuerst gesehen!«

Die beiden Frauen lachten, und als Bogumil, den sie kurz

zuvor geschickt hatten, damit er ihnen was zu essen holte, mit einem Teller belegter Brote zurückkam, hob er überrascht die Brauen. »So vergnügt, die Fräuleins? Habe ich etwas verpasst?«

Katharina musste noch mehr lachen. Aber während sie sich mit einem Käsebrot stärkte – ihre Mutter mochte es nicht, wenn sie allzu beschwipst spät nachts heimkehrte, daher hatte Katharina sich angewöhnt, tüchtig zu essen an solchen Abenden –, ging ihr der hübsche Herr Kruse nicht aus dem Kopf.

Nicht so beschwipst zu sein, bot den Vorteil, dass sie nicht in so verzwickte Lagen geriet, bei denen ihr ein Herr »Küsse stehlen« wollte, wie man es so schön nannte. Denn nein, sie ließ sich keine Küsse klauen. Das wollte sie doch gar nicht. Sie wollte nur einen, der sie von Herzen liebte und gut auf sie aufpasste. Aber diese Männer, die sie umschwärmten – und Bogumil war da ja keine Ausnahme –, sie alle suchten nach ihrem eigenen Vorteil, der nur darin bestehen konnte, sich mit so einem jungen, hübschen Ding wie Katharina zu schmücken …

Müde lehnte sie den Kopf gegen Auras Schulter, die derweil mit Bogumil diskutierte. Oh, dieser Tingeltangel mit den Männern, nahm der denn nie ein Ende? Adolf Gottstein bereitete ihr zunehmend Kummer. Katharina hatte Aura davon erzählt, wie er sie bestürmte. Briefe schrieb er ihr, in denen er Katharina das Blaue vom Himmel und sein halbes Leben gleich dazu versprach. Er wolle sie verwöhnen, mit Reichtümern überhäufen, wenn sie nur sein Liebchen werde! Mätresse?, hätte sie fast empört zurückgeschrieben. Ohne Gefühle? Was soll das denn geben, damit wird doch keiner glücklich!

Heiraten wollte sie in keinem Fall, sie war so jung und frei. Das sollte sie aufgeben, nur damit ein Mann wie Gottstein sich mit ihr schmücken konnte? Und was wurde aus ihrem Leben, ihrem Schauspiel?

Katharina musste oft an ihre Mutter denken, die sich auch in jungen Jahren bereits an einen Mann verschenkt hatte, der ihr nicht alles hatte geben können. Ob die Mutter denn je glücklich gewesen war als Geliebte eines Familienvaters, der kam und ging, wie es ihm passte? Nein, glücklich wohl nicht. Auf so eine Abhängigkeit jedenfalls wollte Katharina sich nicht einlassen.

»Schau, jetzt kommt er zu uns rüber«, wisperte Aura. Sofort richtete sie sich auf, streckte die Brust vor und lächelte strahlend. Max Kruse aber, der schönste Mann von Berlin, sah an Aura vorbei zu Katharina. Er schaute sie nur an, als suchte er etwas in ihrem Blick, in ihren Bewegungen. Dann sagte er etwas zu seinem Begleiter – Katharina erkannte Max Reinhardt –, und beide gingen mit einem Lachen hinaus.

»Käthe, Käthe! Hast du gesehen, wie der dich angestarrt hat?« Aura war verzückt. Wenn sie schon keine Schnitte bei ihm hatte, sollte wenigstens Katharina das Vergnügen vergönnt sein. Gönnen konnte sie, fraglos.

»Wer starrt meine Käthe an?« Bogumil hatte nichts mitbekommen, er schäkerte lieber mit einer Tänzerin, die sich nach ihrem Auftritt im Überbrettl noch eingefunden hatte. Jetzt schob er sich zwischen Aura und Katharina und legte ihr den Arm um die Schultern. »Du bist doch mein.«

Sie machte sich los. Oje, jetzt verzog er auch noch beleidigt den Mund. Aber Katharinas Herz schlug immer noch bis zum

Hals. Sie wäre Max Kruse gern nachgelaufen, blieb aber sitzen. Als junges Mädchen allein nachts auf Berlins Straßen, das war keine kluge Idee. Sie ließ sich von Bogumil ein paar Liebesworte ins Ohr säuseln, doch jedes Mal, wenn sein Atem auf ihr Ohr traf, erschauderte sie. Und zwar nicht auf die gute Art.

Sie erkannte in dieser Stunde, was sie sich all die Monate zuvor nicht hatte eingestehen wollen. Die älteren Herren, mit denen sie sich gern abgab, hatten ihr etwas gegeben, für das sie keine Worte fand. Keine Nähe, schon gar nicht körperliche, sondern sie übernahmen eine Art Vaterrolle. Sie passten auf sie auf, doch schlug diese harmlose Beschützerrolle irgendwann in dieses Begehren um, das zu erwidern Katharina nicht bereit war. Danach wurde es meist schwierig. Bogumil hatte sie als rühmliche Ausnahme wahrgenommen, doch nun fing er auch an, sie als sein Eigentum zu betrachten, über das er eifersüchtig wachte.

»Erzähl mir von ihm.« Katharina rückte wieder an Aura heran. Bogumil hatte sie noch mal losgeschickt, dass er ihnen mehr Schaumwein besorge. Das Café war überfüllt, er würde eine Weile weg sein, vermutete sie.

»Von Max?«

Katharina nickte eifrig.

»Er ist Bildhauer. Dass du ihn nicht kennst, überrascht mich, ganz Berlin redet nur von ihm. Aber kein Wunder, letztes Jahr hat er wohl in Rom gearbeitet. Und nun lebt er in Charlottenburg, hat dort ein großes Wohn-Atelier, in dem er so vor sich hin wirkt. Jetzt verbringt er viel Zeit mit Max Reinhardt, der will ja ein eigenes Theater gründen. Hast du das gewusst?«

Hatte Katharina nicht, aber Max Reinhardt interessierte sie auch nicht so sehr wie der andere. Der Schöne. Der Erwachsene.

»Der ist nichts für dich, Käthe.« Aura schüttelte bedauernd den Kopf. »Er braucht die klugen Frauen, und damit will ich dich nicht als dumm hinstellen. Aber du bist so jung.«

»Das muss ihn nicht hindern.«

Aura lachte auf. »Was denn, willst du noch einem den Kopf verdrehen, der dir dann im Überbrettl als Fußabtreter dient? Reichen dir denn Gottstein und Zepler nicht?«

Die reichten wohl – aber es waren keine, die Katharinas Herz zum Singen brachten.

An diesem Abend konnte Katharina lange nicht einschlafen. Wie nur, überlegte sie, konnte sie sich Max Kruse nähern, ohne dass er sie als lästig empfand?

•|• •|• •|•

Redoute im Überbrettl, Januar. Ein neues Jahr, tiefster Winter. Katharina war erst am Mittag von einer Theatertournee zurückgekehrt, sie hatte vom Bahnhof Friedrichstraße eine Droschke nach Hause genommen und sich direkt ins Bett gelegt, auch wenn ihre Mutter schimpfte. Am hellichten Tag hinlegen, als wäre man krank!

Aber Katharina schlief drei Stunden, stand erfrischt auf und kleidete sich für den Ball an. Seit einem Jahr gab es nun das Überbrettl, und sie hatte schon das eine oder andere Engagement in dem Kabarett von Ernst von Wolzogen angenommen, wenn ihr voller Spielplan am Lessing-Theater es erlaubte. Eine kleine Pause vom schauspielernden Ernst, die ihr guttat. Zugleich aber hielt sie insgeheim immer Ausschau. Wo war Max Kruse?

Heute *musste* er zugegen sein, davon war sie überzeugt. Jeder kam zur Redoute, wenn er was auf sich hielt. Aura holte sie kurz vor zehn ab.

Das Überbrettl war der Zeit voraus. Das sagte jeder, mit dem Katharina darüber sprach, und mancher bewunderte sie auch dafür, dass sie dort auf der Bühne stand. Heute aber war sie ganz privat da. Bogumil wolle später hinzustoßen, hatte er ihr mehrfach versichert. Dabei wollte Katharina ihn gar nicht dabeihaben.

Zunächst aber die Enttäuschung: kein Max. Katharina streifte durch das Gedränge, begrüßte Bekannte und Freunde und lächelte still, denn das hier, dieses Leben aus den Vollen, hatte sie sich das nicht immer gewünscht? Sie hätte sich auch einfach einen Freund aussuchen können, der sie aushielt, mit dem sie … nun, bei dem Gedanken wurde sie rot und senkte den Kopf.

Als sie aufsah, traf ihr Blick quer durch den Raum auf den von Max.

Er war tatsächlich gekommen. Stand vorn an der Garderobe, legte den Mantel ab und sagte etwas zu der livrierten Garderobiere, die ihr raues Lachen lachte und ihm zuzwinkerte. Max schaute jedoch unverwandt zu Katharina, bis sie am liebsten wegsehen wollte und nicht konnte. Auf einmal fühlte sie sich unwohl. Hätte sie ein anderes Kleid anziehen sollen? Nicht so offenherzig, dass man die zarte Rundung ihrer Brüste unter dem dünnen Stoff erahnte?

Er kam in ihre Richtung. Warum war Aura nicht da, wenn Katharina sie brauchte? Ihre Knie zitterten. Sie blieb stehen, obwohl sie sich liebend gern zurückgezogen hätte.

»Guten Abend«, sagte er. Doch nicht an sie gewandt, sondern an eine Person hinter ihr. Katharina drehte sich halb um, und der haarige Handrücken von Bogumil Zepler schob sich an ihrer Schulter vorbei.

»Herr Kruse, nicht wahr? Welche Freude. Hab schon viel von Ihnen gehört. Dr. Bogumil Zepler, Komponist. Können Sie einen fähigen Liedermacher brauchen?« Bogumil lachte dümmlich. Katharina sah ihn schräg von der Seite an, er lächelte entschuldigend. Wo kam er denn her, hatte er sie länger beobachtet?

Max Kruse war so höflich, Bogumils Hand zu schütteln, doch sein Blick suchte den ihren. »Und wer sind Sie?«, fragte er.

Katharina wurde rot. »Käthe Simon«, stotterte sie, und sofort hätte sie im Erdboden versinken wollen, denn Käthe nannte sie sich nie, sie hätte auch ihren Bühnennamen wählen können – sie fühlte sich direkt fehl am Platz.

Max hob die buschigen Brauen. »Ach. Ich suche eine Hedda Somin. Haben Sie die zufällig heute schon gesehen?«

Bogumil wollte sich einmischen und das Missverständnis klären, doch Katharina hob die Hand und brachte ihn zum Schweigen. »Vielleicht finden wir sie gemeinsam.«

Max lachte leise. Er bot ihr den Arm, und Katharina hakte sich bei ihm unter. Sie schaute nicht zurück, wollte nicht wissen, wie Bogumil es aufnahm, dass sie sich mit dem schönsten Mann von Berlin einließ. Es ging ihr nicht darum, Bogumil auf seinen Platz zu verweisen. Sie war nur daran interessiert, mehr über Max Kruse zu erfahren.

Sie fanden ein ruhiges Plätzchen in einem Alkoven, ein mit blauen Samtpolstern bezogenes Sofa, in dem Katharina fast versank. Ein Kellner in der Livree eines Zirkusdirektors schwebte vorbei. Max schnippte mit den Fingern und bestellte Champagner.

Katharina wurde vom ersten Schluck schwindelig, vom zweiten musste sie niesen.

»Gesundheit!«, wünschte Max ihr, und sie lächelte. Er rückte zu ihrer Enttäuschung etwas von ihr ab. Max trug ein Tuch locker um den Hals geschlungen, zeigte darauf wie zur Erklärung. »Sie sind mal was leicht bekleidet, Frollein.«

Jetzt, da sie so dicht bei ihm saß, halb verborgen vor der wogenden Schar der Feiernden, die auf der Tanzfläche stampften und grölten, fühlte sie sich unbehaglich. Was tat sie hier? Was erwartete sie von ihm?

Dann aber rückte er wieder näher. »Wissen Sie.«

»Ja?«

»Ich bin Bildhauer. Sie haben so ein Gesicht …«

Ach. Erneut machte sich Enttäuschung in ihr breit. Er maß ihre Wangenknochen, ihr Kinn, ihre Nase mit Blicken, stellte den Champagner beiseite und drehte behutsam ihr Gesicht, fragte: »Ich darf doch?«, und sie wollte Nein sagen, wollte Ja sagen, wollte alles und nichts und ließ ihn daher gewähren.

»Klassische Schönheit sindse nicht.«

Er schien damit recht zufrieden zu sein.

»Ich wollte immer schon mal das Atelier eines Künstlers besichtigen«, stieß sie rau hervor, weil sie fürchtete, er könnte das Interesse an ihr gänzlich verlieren, bevor sie ein ganz anderes in ihm weckte.

»Wollense das, soso. Na, denn kommse halt mal bei mir vorbei.« Er stand auf. Katharina folgte seinem Blick, er hatte wohl eine Freundin im Getümmel entdeckt. »Entschuldigen Sie mich.« Er ließ sie allein.

Aura fand sie wenig später, atemlos vom Tanz. Sie nahm Max' Champagnerschale und schenkte sich ein. »Du meine Güte, was für ein Fest! Zu schade, dass es mit dem Überbrettl zu Ende geht. Von Wolzogen hat keine Lust mehr. Wozu der Umzug in diese größeren Räumlichkeiten, wenn er doch aufhören will? Das müssen wir verhindern, Käthchen!«

Jetzt erst bemerkte Aura, wie verträumt Katharina in ihre Champagnerschale blickte.

»Käthe?« Sie wedelte mit der Hand vor ihrem Gesicht herum. »Alles in Ordnung mit dir?«

»Ich darf ihn besuchen.« Sie musste sich räuspern, ihre Stimme war unter dem Lärm der ausgelassen Feiernden kaum zu verstehen.

»Wen, Ernst? Meinst du, das wird ihn umstimmen?«

Katharina schüttelte heftig den Kopf. »Max Kruse.«

Aura riss die Augen auf. Das machte sie ständig, wenn etwas sie überraschte, dann glotzte sie wie eine Kuh beim Donnerschlag, wie sie selbst gern scherzte. »Max Kruse! Den Bildhauer? In seinem Atelier in Charlottenburg?«

Katharina nickte. Dann fiel ihr etwas ein. »Ich weiß gar nicht, wo das ist. Also die Adresse …« Sie sank in sich zusammen. Ach, wie dumm von ihr. Da hatte sie endlich eine private Verabredung mit dem Mann, den sie seit Wochen aus der Ferne anhimmelte, und hatte vergessen, ihn zu fragen, wo sie hinkommen solle.

Aura lachte. »Du liebe Güte, dich hat's erwischt«, murmelte sie dann, weil Katharinas verzweifelter Blick sie traf. Sie legte ihre Hand beruhigend auf Katharinas nackten Unterarm. »Keine Sorge. Halb Berlin weiß, wo sein Atelier ist. Ich kümmere mich darum.«

Als sie am folgenden Nachmittag in die Fasanenstraße 13 kam, hatte sie keine Ahnung, was sie erwartete. In dieser Straße befand sich seit ein paar Jahren das Künstlerhaus St. Lukas, ein burgartiges Gebäude aus rotem Ziegelstein mit Innenhof, Erkern, Türmchen und Balkonen. Darin waren knapp zwei Dutzend Künstlerateliers untergebracht, und einige Künstler hatten auch ihren Wohnsitz hier genommen. Zu ihnen gehörte Max Kruse.

Die Ermahnungen ihrer Mutter klangen noch in ihr nach: »Komm aber pünktlich zum Abendessen nach Hause!« Katharina hatte es versprochen – nicht weil sie sich an dieses Versprechen halten wollte, sondern damit Christiane Simon Ruhe gab.

Es war schwierig geworden mit ihrer Mutter. Katharina versuchte, nicht darüber nachzudenken. Sie meint es nur gut, redete sie sich ein. Sie wollte nicht, dass ihre Tochter dieselben Fehler machte. Katharina erinnerte ihre Mutter lieber nicht daran, dass sie Ergebnis des Fehlers war.

Aber vielleicht wollte Katharina genau diese Fehler machen. Bogumil, Adolf Gottstein … Die waren nur Episoden geblieben und hatten akzeptiert, dass Katharina für eine wie auch immer geartete Affäre nicht verfügbar war. Sie mochte die Männer, und die Männer liebten sie abgöttisch. Aber ob das genügte, dass sie sich hergab für etwas, das dem Mann schon bald wieder langweilig wurde?

Sie stieg die Treppe hoch ins erste Obergeschoss, wo sie Max' Wohnatelier vermutete. Durch die Tür hörte sie leise Grammophonmusik. Auf ihr Klopfen kam niemand, und als sie nach langem Zögern die Klinke runterdrückte und hineinging, schlug ihr die warme Luft entgegen. Später sollte sie erfahren, dass Max nichts mehr hasste, als zu frieren.

»Hallo?«, rief sie in den großen Raum, in der Mitte stand ein riesiger Kachelofen, den von drei Seiten eine Bank umgab. Der Holzfußboden war fast bis zur Wohnungstür mit Farbspritzern, mit Staub und winzigen Steinsplittern übersät. Sie machte behutsam ein paar Schritte ins Innere, aus dem Hausflur drang die eisige Winterluft in die mollige Wärme.

»Tür zu!«

Katharina sah ihn nicht, schloss aber rasch die Tür. »Herr Kruse?«

Dann tauchte er endlich hinter einem Paravent auf. Barfuß, ein kurzes Hemd, eine Arbeitshose mit Hosenträgern. Im langen Bart klebten ein paar Stückchen Holz. »Das Fräulein Simon, da schau an. Was haben Sie denn hier zu suchen?«

Katharina schluckte. »Sie hatten mich doch eingeladen?«

Er legte den Kopf schief, schien nachzudenken, in sich reinzuhorchen. Sie blieb stehen, auf keinen Fall wollte sie sich von seiner abweisenden Haltung verscheuchen lassen. Das hatte ihr Aura gestern Nacht auf dem Heimweg noch eingebläut: »Lass dich bloß nicht verjagen, die Künstler tun so unnahbar, aber der hier, der will auch was von dir.«

»Hatte ich das, so.«

»Ja, gestern bei der Redoute im Überbrettl –«

»Ich weiß, wann und wo ich Sie zuletzt gesehen habe«, unterbrach er sie schroff. »Hätte wohl nicht gedacht, dass Sie tatsächlich hier auftauchen.«

Ihr erster Impuls war, wieder zu gehen, aber da hörte sie wieder Auras Worte. *Lass dich bloß nicht verjagen.*

»Nun bin ich aber da.«

Er maß sie mit Blicken. »Ja, das sehe ich wohl.«

Ihr wurde im Wintermantel warm, sie zog die Pudelmütze vom Kopf und die Handschuhe aus.

»Na, wenn Sie sich schon ausziehen, koch ich uns mal 'nen Kaffee.«

Katharina folgte ihm ins Innere des Ateliers. Es gab eine Küchenecke, der Herd darin wirkte kalt. Max Kruse brummte, als er in den Wasserkessel schaute, suchte etwas Kleinholz zusammen und heizte ein. Katharina sah sich um. Sie hätte gern etwas Kluges gesagt, stattdessen entfuhr ihr: »Sie haben ja auch ein All-Zimmer.«

»All-Zimmer? Was soll das sein?«

»Nun, ein Zimmer, in dem alles seinen Platz hat, was man zum Wohnen braucht.« Ihre Wangen röteten sich, aber das konnte auch an der Winterkälte liegen, der sie draußen ausgesetzt gewesen war. »Daheim in Breslau haben meine Mutter und ich so gelebt.«

»Breslau, ach so. Geben Sie sich deshalb mit Leuten wie Zepler ab? Weil er auch aus Breslau stammt?«

Sie wurde ärgerlich. »Bogumil ist ein guter Freund.«

»So gut offensichtlich, dass er mir gestern Abend noch erklären musste, ich solle Sie nicht verderben, schließlich seien

Sie sein Schatz.« Er lachte leise, vor allem, weil sie unwillkürlich das Gesicht verzog. »Stimmt wohl gar nicht?«

»Hätte er wohl gern. Ich bin kein Püppchen, das man nach eigenem Gutdünken dekorativ auf die Sofalehne setzen kann.«

»Schade«, kommentierte Max.

Sie hätte gern gewusst, wie er das nun wieder meinte. Stattdessen öffnete sie ihren Mantel, und weil sie nicht wusste, wohin damit, legte sie ihn sich über den Arm.

Max schob sich an ihr vorbei. »Sie wollten doch das Atelier sehen? Das mit dem Kaffee dauert noch.«

Er arbeitete derzeit an etwas aus Holz. Katharina betrachtete den Klotz aufmerksam, sie hätte so gern etwas Kluges gesagt.

»Aber am liebsten tüftle ich gerade hieran.«

Auf einem Tisch stand eine Puppenstube. Als Katharina näher trat, erkannte sie, dass sie eine Theaterbühne nebst Zuschauerraum vor sich hatte.

»Mein Freund Max Reinhardt – kennen Sie ihn? –, er hat ein Theater gemietet, und ich soll nun für ihn das Bühnenbild gestalten. Ach was, die ganze Bühne. Soll was Großes werden, ganz Berlin soll sich dort tummeln. Mehr als so ein Kabarett, das in Schall und Rauch aufgeht.« Er bezog sich auf von Wolzogen.

»Und Sie machen mit?«

»Nicht auf der Bühne, versteht sich. Ich lasse meine Kunst für mich sprechen, nicht meinen Körper.«

Wieder so ein Blick.

»Ich mag es, wie mein Körper Geschichten erzählt«, verteidigte Katharina sich.

»Ja, das denke ich mir. Sie sind auch noch jung. Zwanzig?«

»Achtzehn«, erwiderte sie spröde.

»Ach.« Das verschlug ihm die Sprache.

»Sie haben mich älter eingeschätzt.«

Er zeigte ihr, wie er die Bühne zum Drehen brachte. Sie verstand, was er erreichen wollte, und die nächste halbe Stunde fachsimpelten sie über das Theater in all seinen Facetten. Langsam fühlte Katharina sich richtig wohl bei ihm, und als sie mit einem Becher Kaffee durch das Atelier spazierte und ihm Fragen zu seiner Arbeit stellte, verlor sie zunehmend die Scheu.

»Darf ich Ihrer Bemerkung von vorhin entnehmen, dass Sie frei sind?«, fragte Max unvermittelt.

Immer noch strikt beim Sie, das missfiel Katharina, obwohl sie das Du, das am Theater herrschte, genauso wenig mochte. Sie hätte gern diese winzige Distanz überwunden, wusste aber nicht, wie. Sie waren allein; wenn das jemand wüsste, wäre ihr Ruf in bürgerlichen Kreisen zumindest beschädigt. In ihren Künstlerkreisen würde man dagegen nur mit den Schultern zucken.

Aura hatte sie gewarnt. Max war schon mal verheiratet gewesen, hatte sogar Kinder. Er hatte eine Vergangenheit. Sie hatte nur ihre Erinnerungen an Breslau, an die Zeit als Backfisch, als Schulmädchen. Die anderthalb Jahre am Lessing-Theater. Mehr nicht.

Dennoch fand er Gefallen an ihrer Anwesenheit. Sie saßen einander gegenüber, er stützte die Ellbogen auf die Oberschenkel, ließ sie nicht aus den Augen, bis sie leise lachte und den Blick abwandte.

»Was denn, mag das Fräulein Simon nicht, wenn man sie ansieht?«

»Schon. Sonst wäre ich nicht Schauspielerin geworden. Aber nicht ... so.«

»Ist es Ihnen lieber, wenn zwischen uns ein Bogen Papier ist?«

Er wollte sie zeichnen. Sie wusste nicht, was sie davon hielt, doch ließ sie ihn gewähren. Sie lächelte schüchtern, als er sich mit Zeichenbrett und Kaffeebecher auf einem Hocker einrichtete. Nicht viel war zu hören, das Knacken eines Holzscheits, ihr Atem, das leise Klirren, als er den Becher auf den Boden stellte.

»Jetzt können Sie gehen.« Er zeigte ihr nicht, was er gezeichnet hatte. Katharina fragte nicht. Grenzenlos verwirrt raffte sie ihre Sachen an sich, stand im zugigen Hausflur, wusste nicht mal, ob sie irgendwann wiederkommen dürfte. Sie polterte die Stufen hinunter, hinaus in die eisige Winternacht. Leiser Schneefall hatte eingesetzt, während sie oben bei ihm war. Sie zog die Mütze tief in die Stirn, blickte gen Himmel und machte sich auf den kilometerweiten Weg zurück nach Hause.

•⎮• •⎮• •⎮•

Es war gut, wieder allein zu sein. Der Blick des Künstlers war ihm bei diesem Mädchen versperrt, er dachte nur daran, ob sich ihre zarte, helle Haut so marmorkalt und seidig glatt anfühlte, wie sie aussah, oder ob darunter nicht das Blut brauste und ihre Hitze auf ihn abstrahlte.

Max legte die Skizzen in eine Mappe. Seit Monaten trieb ihn eine Idee um, doch fassen konnte er sie nicht. Die Arbeit für Max Reinhardt ... ja, schön und gut, herausfordernd, mal was anderes. Diskussionen mit Lovis Corinth über Bühnenbilder und Kostüme – geschenkt. Das alles brachte immerhin ein bisschen Geld ein. Aber er lebte für seine Plastiken, fürs Bildhauen. Das war es, was ihn antrieb, und wenn eine junge Frau wie Katharina Simon vor ihm stand, dann wusste er wieder, weshalb er lieber mit Körpern arbeitete und nicht mit einer – zugegeben sehr spektakulären – Rundbühne, die sich drehte. Max Reinhardt wurde von dieser Konstruktion in Verzücken versetzt, für Max Kruse aber war es eben eine sich drehende Bühne. Bühnenbilder entwerfen, ja. Er verstand die Begeisterung fürs Theater, aber uneingeschränkt teilen konnte er sie nicht. Wenn er ehrlich war, dann langweilte ihn das alles zu Tode.

Vielleicht war es das, was ihn an Katharina so faszinierte – neben ihrer jugendlichen Naivität. Sie lebte für das Theater und gab das unumwunden zu. Der Erfolg hatte sie geprägt, sie strahlte so viel Selbstbewusstsein aus, das er nur bewundern konnte. Ihm war es abhandengekommen, seine Erfolge als Künstler lagen teilweise lange zurück. Das Theater war die Zukunft, so redeten sie alle. Vielleicht könnte sie ihm helfen, die Begeisterung fürs Spiel besser zu verstehen. Ginge es nach anderen, würde er sich nur noch mit Bühnenbildern und Kostümen befassen, aber das war nicht die Welt eines Max Kruse.

Sie ließ ihm keine Ruhe. So war das mit ihm und den Frauen. Sah er eine, die ihn interessierte, dachte er kaum an etwas anderes. Er zeichnete auch kaum etwas anderes als das, was in seiner Erinnerung noch von ihr übrig war.

So war es auch mit seiner ersten Frau gewesen, Anna Pavel, mit der er vier Kinder hatte, die Älteste kaum jünger als Katharina. Schnell schob er auch den Gedanken weg. Das mit Anna war entzweigegangen, und seitdem wollte er nicht mehr verheiratet sein, diese bürgerliche Fessel hatte er für alle Zeiten hinter sich gelassen. Und er hatte nicht vor, sich noch einmal so zu binden. Fräulein Simon erweckte allerdings auch den Eindruck, als ginge es ihr nicht darum, einen bürgerlichen, verarmten Bildhauer zu ehelichen.

Es überraschte ihn trotzdem nicht, dass sie wenige Tage später wieder vor ihm stand. In der Zwischenzeit hatten sie einander Briefe geschickt, kurze Postillen, mit denen sie das gegenseitige Interesse bekundeten, ohne es deutlich zu schreiben. Das gefiel ihm an Katharina. Sie wirkte unabhängig. Inzwischen hatte er allerdings mit einigen Bekannten über sie gesprochen und wusste, dass das mit ihr niemals was werden konnte. Die Verhältnisse, aus denen sie stammte, standen ihnen im Weg.

Sie brachte einen Korb mit Abendessen mit, einen schlesischen Eintopf, den sie auf dem Herd wärmte.

»Wollen Sie mir nun den Haushalt besorgen, Fräulein Simon? Ich komme vortrefflich allein zurecht.«

»Das sehe ich«, erwiderte sie. Ihr Blick ging in die Ecken des Ateliers, wo sich Staubmäuse sammelten. Er lachte. So jung und schon so besserwisserisch. Ihm gefiel ihr Mut, allerdings nicht, woher sie kam und was sie war, wenn er genauer hinsah. Nur merkte er, dass ihm, dem Künstler aus bürgerlichem Haus, bei dieser selbstbewussten jungen Frau der Standesdünkel gründlich ausgetrieben wurde. Wieso war ihm nicht vorher aufgefallen, wie blind es war, auf die Menschen der Arbeiterklasse herabzusehen?

So lernte auch er dazu.

Erst aßen sie am wackligen Küchentisch, den Katharina unkommentiert ließ, obwohl Max merkte, dass sie gern was gegen das Wackeln getan hätte. Die Tischplatte war von Leim und Farbe verklebt, auch der Teller kippelte darauf. Dann tranken sie ein Glas Rotwein, und er fragte sie, was sie mit ihrer Zukunft plane.

»Heiraten jedenfalls nicht«, war die prompte Antwort.

Er musterte sie erstaunt. »Will das nicht jede Frau?«

»Ihre bisherige vielleicht.«

Aha. Sie hatte sich also auch über *ihn* kundig gemacht und wusste, dass er bereits verheiratet gewesen war. Die Ehe hatte ihn nicht glücklich gemacht und seine Frau genauso wenig, deshalb hatten sie sich getrennt. Im Guten, hatten sie immer betont, und inzwischen hatte er nicht mehr viel mit ihr zu tun. Seine Kinder waren auch aus dem Gröbsten raus, kümmern musste er sich nicht mehr. Er war ein freier Mann und hatte nicht vor, daran etwas zu ändern.

Schon gar nicht mit diesem Mädchen.

»Kinder?«, hakte er nach.

»Kinder hätte ich schon gern. Von einem Mann, den ich liebe.«

»Der Sie dann heiratet.«

»Nee, bloß nicht.«

Sie trank einen Schluck Wein, schlug ein Bein übers andere und wippte mit dem Fuß. Ihr Blick ging über seine Schulter hinweg zum Ofen. Er hätte sie gern geküsst, wie sie da saß, oder gemalt, das war fast wie küssen. Und sei's nur, weil ihr freier Geist ihn reizte. Nicht heiraten wollen, da sprach die Künstlerin, die sich für ihre Kunst nicht verbiegen, nicht vollends unterwerfen wollte.

»Meine Mutter und ich, wir sind immer gut allein ausgekommen. Das würde sich mit einem Kind nicht ändern.«

»Und Ihre Karriere? Wie soll's dann am Theater weitergehen?«

Sie zuckte mit den Schultern. »Was soll damit sein? Auf der Bühne stehen kann ich auch so.«

Er bezweifelte das, ließ es aber unkommentiert. Sie lächelte fein, hing ihren Gedanken nach, bis er von sich zu erzählen begann, weil er Stille nicht mochte. Sie stand auf, räumte den Tisch ab und folgte ihm dann, er ging von einer Plastik zur nächsten, erklärte und zeigte. Sie legte die Hand auf die Marmorbüste einer jungen Frau, er zeigte ihr, was er aus Holz erschuf.

»Holz erzählt mir, was es sein will. Es hat eine Seele, die ich nur hervorlocken muss.«

»So wie ich die Seele einer Rolle erkenne?«

Er war verzückt. Sie, die so schüchtern und zugleich voller Leben war, kaum gezähmt in ihrem Willen, etwas zu erleben. Zugleich intelligent. Sie kommunizierte mit ihm auf Augenhöhe. Das gefiel ihm. So sehr, dass er behutsam ihre Hand berührte. Sie entzog sich ihm mit einem Lächeln, aber einem, das mehr versprach.

»Nicht jetzt« schien dieser Blick zu sagen, und er übte sich in Geduld.

·|· ·|· ·|·

Sie kam erst nach Mitternacht nach Hause, stolperte fast über die eigenen Füße und die Stiefeletten, die sie im vorderen Zimmer abstreifte. Im Schlafzimmer brannte noch ein kleines Licht auf dem Schränkchen zwischen den beiden Betten, ihre Mutter saß mit Strickzeug und Jäckchen um die Schultern unter dem Federbett und runzelte die Stirn.

»Lässt du dich also auch mal wieder blicken.«

Katharina sagte nichts, sondern zog sich schweigend aus. Es war schwierig geworden, seit ihre Mutter mit Katharina über ihre »Männerbekanntschaften«, wie die Mutter es nannte, diskutieren wollte. Die waren ihr ein Dorn im Auge.

»Du endest irgendwann wie ich. Das willst du nicht, Käthe. Hörst du mir überhaupt zu?«

Müde schloss sie die Augen.

Käthe.

Den Namen hatte sie nie gemocht. Sie war Katharina, am Theater nannte man sie Hedda. Aber dann war Max gekommen.

Max, der ihr zum Abschied zwei Finger unters Kinn gelegt hatte. »Käthe, was tust du mit uns?«, hatte er gemurmelt, und sie hatte sich auf die Zehenspitzen gestellt und ihn auf den Mund geküsst. »Uns glücklich machen«, war ihre Antwort gewesen, obwohl sie nicht wusste, ob das stimmte. Dann war sie rasch gegangen, weil sie fürchtete, es bliebe nicht bei dem einen Kuss, und sie wollte nicht, dass ihre Mutter sich länger sorgte.

Er nannte sie Käthe. Gab dem Namen damit ein anderes Gewicht, federleicht und zärtlich. Auf einmal war sie Käthe.

»Ich will meinen Weg finden.«

»Aber doch nicht nachts! Mit diesen alten Männern.«

Schluss. Sie würde das nicht mit der Mutter diskutieren. Was wusste die schon über Käthes Sehnsucht?

»Lass das nur meine Sorge sein.«

»Nein, Käthe. Lass ich nicht.«

Ihre Mutter warf das Strickzeug in den Korb, löschte das Licht, obwohl Käthe noch halbnackt im Raum stand. »Mach nicht dieselben Fehler, die mich zwingen, hier zu sein.«

Sie erstarrte mitten in der Bewegung. Wollte fragen, wie ihre Mutter das meine, dabei kannte sie die Antwort. Schweigend zog Käthe sich im Dunkeln aus, sie kroch unter die Bettdecke, die rasch warm wurde. Ihre Mutter hatte eine Wärmflasche ans Fußende gelegt, weil Käthe so oft über kalte Füße klagte und deshalb nicht einschlafen konnte. Ein Luxus. Einer von vielen, der möglich war, seit sie mit dem Theater ihr Geld verdiente. Das wollte sie ihrer Mutter sagen und so viel mehr. Was sie alles tat, damit sie es besser hatten als früher in Breslau.

»Das Kleid für deine Tournee nähe ich morgen fertig«, hörte sie ihre Mutter im Dunkeln sagen.

Die Tournee, ach ja.

Sie spürte den Schmerz der Mutter. Es ging nicht nur um die Männerbekanntschaften oder darum, dass Käthe halbe Nächte wegblieb und ihre Mutter voller Sorge wach lag. Es ging darum, dass die Tochter über die Mutter hinauswuchs.

Selbst wenn sich eine Mutter immer für ihr Kind wünscht, dass es mal ein besseres Leben hat – es ist eben doch ein Schmerz, wenn sie erkennt, dass es so weit ist.

Wachstumsschmerz.

Den spürte Käthe auch.

8

Berlin, Januar 1902

*B*ogumil war beleidigt.

»Du triffst dich gar nicht mehr mit mir«, beklagte er sich bei Käthe, als sie sich am Vorabend ihrer Abreise im Café des Westens über den Weg liefen.

»Ich habe zu tun«, erklärte sie in einem Tonfall, der ihm hoffentlich sagte, dass sie *Besseres* zu tun hatte.

Sie spähte an ihm vorbei. Da war Max Kruse, wieder mit seinen Freunden. Max Reinhardt, der Hübsche. Der Begnadete. So spielen können … Käthe seufzte. Und dann der Maler Lovis Corinth. Die drei hingen ständig aufeinander.

Käthe stand auf, winkte Aura zu, die gerade hereinkam, dann setzte sie sich neben Max auf die rote Samtpolsterbank. Er hatte die Arme auf die Rückenlehne gelegt, und als sie sich neben ihm niederließ, als gehörte sie dorthin, musterte er sie und zog den Arm zurück.

»Das Fräulein Simon.«

»Ich wollte mich verabschieden.«

»Geht's auf Tournee, ja? Man hört kaum was anderes.« Er lächelte spöttisch.

Sie lächelte. »Nach meiner Rückkehr würde ich Sie gern besuchen.«

»Du meine Güte, Herzchen.« Max Reinhardt mischte sich ein. »Was seid ihr zwei denn für welche, Fräulein hier, Herr

Kruse da, jetzt küsst euch halt endlich, ist ja kaum mitanzusehen, wie ihr seit Wochen umeinander herumstreicht.«

Käthe wurde rot, sagte aber nichts. Max schwieg ebenso betreten. Kurz waren sie der Mittelpunkt des Gespötts am Tisch, dann wandte man sich anderen Themen zu.

»Darf ich Sie nach Hause begleiten?«

Das durfte er. Sehr gern sogar, stellte Käthe fest. Sie nahmen eine Droschke, gingen das letzte Stück aber zu Fuß, und als sie vor dem Wohnhaus stehen blieb, brannte oben noch Licht. Ein Vorhang bewegte sich leicht.

»Meine Mutter ist noch wach.« Käthe lachte verlegen.

»Stört sie sich an Ihren Bekanntschaften?«

»Sie möchte wohl lieber, dass ich heirate und das mit der Schauspielerei lasse.«

»Ah so.« Und dann, als wollte er das Thema wechseln: »Viel Geld habe ich nicht.«

Sie musterte ihn belustigt von der Seite.

»Also, falls Sie das denken, Fräulein Simon … «

»Mir geht es nicht ums Geld. Ich komme gut rum.«

Mehr sagte sie nicht. Dann stellte sie sich auf die Zehenspitzen und küsste ihn auf den Mund. »Ich komme wieder, Max. Wenn ich von der Tournee zurück bin.«

Als sie im Hausflur verschwand, stand er noch da, und sie hätte lachen wollen, so übermütig machte es sie, wie sie umeinander herumschlichen. Nach der Tournee, hatte sie ihm versprochen, und ein Versprechen war es tatsächlich. Nach der Tournee würden sie beide wissen, woran sie waren.

Ihre Mutter stand im Wohnzimmer hinter der Gardine. »Ist er das?«

Käthe trat zu ihr und sah hinunter. Leiser Schneefall setzte ein. Max blickte hoch; als er ihr Gesicht entdeckte, hob er die Hand. Ihre Mutter zog sie zurück, unmöglich, dass Katharina sich so zeigte, was sollten die Leute denken?

Aber die Leute, hätte Käthe eingewandt, schliefen nachts um zwei, von denen hatten sie nichts zu befürchten.

»Erzählst du mir von ihm?«

»Noch nicht«, sagte Käthe leise.

•|• •|• •|•

Am 8. Februar kehrte Käthe von der Tournee zurück, und am selben Abend ging sie zu Max, hielt es kaum mehr aus. Er erwartete sie mit einem Lächeln, und sobald sich die Ateliertür hinter ihr schloss, nahm er ihre Hand und führte sie zu einem Hocker. »Setz dich!«

Sie hob die Augenbrauen. So intim auf einmal?, hätte sie gern gefragt, doch sie brachte nichts über die Lippen. Sie wäre gern heute Abend mit ihm tanzen gegangen, doch Max hatte schon den Skizzenblock in der Hand und zeichnete sie. »Das ist es«, murmelte er.

Später nahm er sie mit nach Friedrichshagen in eine Gießerei. Dort zeigte er ihr, woran er schon so lange arbeitete und was sich ihm nie gänzlich hatte öffnen wollen. Die Statue der »Jungen Liebe«, Mann und Frau, die einander zugewandt waren, nackt und natürlich. Ihre Hand in seiner, sie lehnte auf einem Stein, er blickte sie an. Alles an den beiden war so intensiv, dass es Käthe den Atem raubte.

»Gefällt es dir?«, fragte er.

»Wie kann es mir nicht gefallen?«, hauchte sie. Das sind wir, fuhr ihr durch den Kopf. Zwei Menschen, einander zugewandt in ihrer Liebe, da ist nichts über diese zwei hinaus.

Max wollte ein paar Änderungen an der Frau vornehmen, er besprach sich mit dem Gießer. Die Statue solle, so erzählte er ihr auf dem Rückweg, ähnlich wie sein »Siegesbote von Marathon«, der einst seinen Ruhm als Bildhauer begründet hatte, in zahlreichen Kopien verkauft werden. So wollte er wenigstens etwas Geld verdienen. Geld war bei ihm immer ein Thema, merkte Käthe – vor allem, weil es so knapp war.

»Es ist etwas Lebenssprühendes in dir, das ich gar nicht fassen kann.« Er nahm ihre Hand, steckte sie zu seiner in die Manteltasche, während sie liefen. Katharina senkte den Blick, wenn jemand ihnen entgegenkam – hoffentlich wurden sie nicht erkannt. Sobald sie sich dem Künstlerhaus St. Lukas näherten, ließ er ihre Hand los, und Käthe vergrub sie tief in der eigenen Manteltasche. Seine Finger fühlten sich warm und rau an, sie mochte das Gefühl.

Was wird aus uns?, hätte sie ihn am liebsten gefragt. Er tat so vieles, das verheißungsvoll war; hielt ihre Hand, bildete ihr Gesicht auf einer Bronzestatue ab. Tat einer das nicht, wenn er die junge Frau liebte und nicht von ihr lassen konnte? Dann aber achtete er darauf, nicht mit ihr gesehen zu werden, und wenn, dann so, als wären sie in ein künstlerisches, philosophisches Streitgespräch vertieft, hätten nur zufällig denselben Weg und kannten sich flüchtig.

Sie wurde aus ihm nicht schlau. »Darf ich Sie wieder besuchen, Herr Kruse?«, fragte sie zum Abschied.

Er knurrte statt einer Antwort.

Schon zwei Tage später trafen sie sich erneut. Diesmal blieb sie über Nacht.

Käthe setzte sich auf, wickelte sich in die dünne Decke. Max war schon aufgestanden, sie hörte ihn im Atelier rumoren. Der Ofen verströmte eine fast schmerzhafte Wärme, als sie sich davorstellte und lauschte. Auf das Knacken der Kohlebriketts, auf seine tiefe Stimme, als er vor sich hinmurmelte, ohne dass sie ein Wort verstand. Sie hörte Leute auf der Straße, die einander etwas zuriefen. Dann wieder diese Stille, fast unheimlich mitten in der Stadt.

»Du sagst ja nichts.«

Er stand in der Tür, trug nur das lange Unterhemd unter die Hosenträger seiner Arbeitshose geklemmt.

»Was soll ich denn sagen?«

Er legte den Kopf leicht schief, betrachtete sie auf diese Art, die ihr so viel sagte. Darüber, was er dachte, was er empfand. Nicht aber, ob das, was sie beide hierhergeführt hatte, Bestand haben würde. Sie lebte ein unstetes Leben und wünschte doch, er würde sie bitten zu bleiben. An seiner Seite, in seinem Bett, seinem Leben.

»Beweg dich nicht, Käthe.«

Sie blieb stehen, wo sie war, in die Decke gewickelt und nackt. Sie spürte, wie ihr kalt wurde, der Rücken zumindest; ihre Brüste und ihr Unterleib waren wohlig gewärmt vom Ofen. Max kam mit einem Skizzenblock zurück. Er stellte sich neben den Ofen. Einen Fuß auf den Brikettkorb gestützt, begann er sie zu zeichnen. Unbehaglich schob sie das Tuch höher.

»Lass das«, sagte er streng, und sie ließ es. Die Session dauerte ewig; er schüttelte den Kopf, mehrmals brach er ab und versuchte es erneut. »Es muss doch irgendwie gehen«, murmelte er, und schließlich hob er den Kopf, lächelte sie an.

»Darf ich sehen?«, fragte sie schüchtern.

Er schüttelte den Kopf, und bevor sie insistieren konnte, packte er Skizzenblock und Kohlestift beiseite. »Lass uns wieder ins Bett gehen«, sagte er, und Käthe gehorchte, weil ins Bett zu gehen im Moment das Schönste war, was sie sich vorstellen konnte.

Wie geht es mit uns weiter?, hätte sie ihn gern gefragt. Aber sie ahnte die Antwort; Max redete gern, am liebsten über sich selbst, und einer dieser Vorträge, denen sie so hingerissen lauschte, weil er ein guter Redner war, weil er Max war und das Künstlerische aus jedem seiner Sätze zu ihr sprach, hatte sich um seine Haltung zur Ehe gedreht.

Nun hatte Käthe ihm bereits früh versichert, dass sie kein Interesse an der Ehe hatte – warum auch? Sie hatte gesehen, wie die Ehe ihren Vater gefangen gehalten hatte, wie sie auch ihrer Mutter indirekt Unglück gebracht hatte, obwohl sie nie verheiratet gewesen war. Und nun stellte sich für sie diese Frage nicht, denn Max hatte deutlich gemacht, er würde nicht heiraten, kein zweites Mal dieses Bündnis eingehen. Für ihn sollten die Menschen frei sein, das zu tun, wonach ihnen der Sinn stand. Und wenn ihnen der Sinn nacheinander stand, war das doch das Beste, was sie tun konnten.

Es entsprach ein wenig auch dem Weg, den sie selbst eingeschlagen hatte. Nur deshalb fand sie den Mut, als sie sich später zusammen auf die Chaiselongue kuschelten, ihm von ihrem bisherigen Leben zu erzählen. Er hörte aufmerksam zu, ihre Herkunft, ihr Aufwachsen interessierten ihn sehr. Dann Berlin. Sie schluckte. Bogumil Zepler, Adolf Gottstein, wie sie alle hießen. Ihre Bewunderer, Verehrer, diese Männer, mit denen sie manches Mal bis spät abends im Überbrettl oder im Café des Westens zusammen gewesen war. Max müsste das mitbekommen haben, redete sie sich ein, bevor sie sich einen Ruck gab und auch von diesem Teil ihres Lebens berichtete. Sie dachte, er werde das schon gut aufnehmen, bisher hatte sie den Eindruck gewonnen, ihm imponierten Frauen, die sich der freien Liebe öffneten.

Sie spürte, wie er seine Haltung änderte. Wie er auf dem Sofa herumrutschte. Dann richtete er sich auf, die Decke glitt von ihren Schultern. Da sie darunter nur ein dünnes Hemd trug, fröstelte Käthe in der Kälte des Ateliers.

»Du hast *was* getan?«, wiederholte er.

Sie zog die Decke wieder hoch bis zum Hals. »Na, ich habe mich mit ihm getroffen. Wir sind in ein feines Restaurant gegangen, er hat natürlich bezah…«

»Du gehst mit einem Verehrer in ein Restaurant.« Seine Stimme klang so grabesschwer, dass sie fürchtete, er würde sie gleich von der Chaiselongue stoßen. Sein Blick verfinsterte sich, sie geriet ins Stottern.

»Es ist ja nichts passiert.«

»Eine junge Schauspielerin zeigt sich mit einem Arzt aus den bourgeoisen Kreisen in der Öffentlichkeit. Natürlich ist was passiert.«

»Ist ja nicht so, als würden wir nicht auch im Café des Westens oft zusammensitzen.«

»Da seid ihr aber nicht allein.«

Macht das wirklich einen Unterschied?, wollte sie einwenden. Für Max schon. Er stand auf, zog sich an. Schürte das Feuer im Herd, zog die Kaffeekanne über die Flamme, all das tat er schweigend, und Käthe merkte, wie es in ihm brodelte.

»Warum tust du so etwas?«, fuhr er sie an.

»Was tue ich denn?«, flüsterte Käthe.

»Wirfst dich ihnen an den Hals. Ging es dir die ganze Zeit nur darum? Wolltest du einen, der dich aushält? Bist du deshalb bei mir?« Er lachte auf. »Das solltest du wohl begriffen haben, hier ist nichts zu holen, Fräulein Simon.«

Seine Worte verletzten sie, und sie war nicht bereit, sich von ihm so behandeln zu lassen. Sie stand auf, suchte ihre Sachen.

»Lass das da«, fuhr er sie an.

Sie hielt das Korsett hoch. Gerade hatte sie ihn bitten wollen, sie einzuschnüren, weil sie sonst kaum in ihr Kleid passte. Es war ein neues Modell, das den Bauch flacher formte, das Kreuz nach unten drückte und dadurch die Rundungen ihres Hinterns hervorhob. Bisher hatte sie gedacht, er würde es an ihr mögen, so wie er sie vorhin herausgeschält hatte, begleitet von zärtlichen Küssen und Liebesschwüren. Und wieso sollte sie darauf verzichten, wenn sie gerade im größten Streit auseinandergingen und Käthe nicht mal sicher war, ob sie irgendwann noch mal in sein Atelier in der Fasanenstraße zurückkehren würde?

»Ein Korsett zwängt dich ein.« Jetzt stand er vor ihr und hob den Zeigefinger. »Mit dem Korsett beugst du dich den bourgeoisen Gesellschaftsnormen, die gerade du als Schauspielerin doch gar nicht nötig hast.«

»Aber was soll ich denn stattdessen damit tun?«

»Leg es ab. Wirf es weg. Wirf alle Konventionen von dir.« Er trat zu ihr, ergriff ihre freie Hand. »Liebste Käthe. Du bist so jung, so modern ...« Es raubte ihm die Stimme. »Du schockierst mich mit deinem unkonventionellen Leben, das keine Grenzen kennt. Mich, einen Künstler! Aber wieso lässt du dich immer noch einzwängen von der Welt um dich herum?«

Ratlos blickte sie auf das Korsett in ihren Händen. Es war ihr so sehr zur Gewohnheit geworden, dass die Vorstellung, es nicht zu tragen, ihr den Atem raubte. Sie wusste, sie würde sich nackt fühlen, und so konnte sie unmöglich auf die Straße.

»Und meine Kleider?«, fragte sie leise. Denn die schneiderte ihre Mutter ihr auf den Leib, und das hieß, dass sie auf die Korsette zugeschnitten waren. Darauf, wie ihr Körper eingeschnürt war.

»Deine Kleider«, brummte er. »Willst du deinen Körper befreien oder ihn weiter in diesen abscheulich obszönen Kreationen zu Markte tragen?«

Das verletzte sie.

»Ich mag meine Kleider«, widersprach sie.

»Warum? Weil sie das Männervolk anlocken, das dir geifernd und sabbernd zu Füßen liegt?«

Käthe wandte sich ab. Sie hatte gehofft, er wollte mit diesem Gespräch seine Gefühle für sie deutlich machen, dabei war er nur eifersüchtig auf ihre Jugend und auf die Männer, die sie für ihre Schönheit und ihr Talent bewunderten. Wenn sie auf der Bühne stand, war sie ganz in ihre Rollen vertieft. Wenn sie danach aus dem Bühnenausgang trat, erhitzt vom Spiel und berauscht vom Applaus, suchten die Bewunderer ihre Nähe. Was wollte Max? Dass sie diesem Leben abschwor?

»Niemand geifert und sabbert.«

»Diese alten Männer schon.«

»Die sind in deinem Alter«, erwiderte sie scharf. Oh, sie wurde wütend. Was nahm er sich hier heraus? Wenn er mit ihr zusammen sein wollte, ja, von Herzen gern. Aber nach seinen Regeln? Wie sollten die aussehen?

»Versuch es wenigstens. Mir zuliebe.«

Da war er wieder ganz ruhig. Nachdenklich fast. Er musterte sie, als versuchte er zu ergründen, was für sie das Richtige war.

»Was soll ich versuchen?«

»Dich etwas anders zu kleiden, damit du dich freier bewegen kannst. Nicht länger eingezwängt durch die vielen Unterröcke und das da.«

Käthe überlegte. Bequem war das Korsett nicht, da musste sie ihm recht geben. Aber alles, was sie bisher über Reformkleidung gehört hatte, schreckte sie eher ab, als dass sie Gefallen daran fand. »Ich weiß immer noch nicht, was daran auszusetzen ist.«

Er seufzte. »Ich besorge dir ein Kleid. Willst du es damit dann versuchen?«

Sie versprach es. Für heute war der Streit vergessen, und als er die Arme ausbreitete, ließ sie sich wieder in seine Umarmung sinken. Der Abschied war noch einmal um ein Stündchen verschoben.

Zwei Tage später schickte Max ihr ein Paket zum Theater.

»Um Gottes willen«, murmelte Edda. Mit spitzen Fingern hob sie das dunkelbraune Etwas aus der Schachtel. Ärgerlich riss Käthe es ihr aus der Hand.

»Lass das.«

»Du musst zugeben, dass deine Verehrer es teilweise an Geschmack mangeln lassen.«

Käthe wurde rot bis an die Haarwurzeln. »Das geht dich nichts an.«

Edda kicherte. »Wer ist es denn diesmal? Du machst ja schon ein Geheimnis um ihn. Diesmal kein Arzt? Vielleicht ein Professor? So ein Verkopfter, der sich nichts aus schöner Kleidung macht. Das da trägt doch keine junge Frau, oder?«

Das da war ein in seiner Schmucklosigkeit und Geradlinigkeit geradezu hässliches Kleid. Max' Briefchen dazu war knapp gehalten. *Gefällt's? Komm heute Abend zu mir! M*

Käthe wusste nicht, ob es ihr gefiel. Und sie weigerte sich, es bereits in der Garderobe anzuziehen. Also ging sie vorher nach Hause. Die Schachtel unter den Arm geklemmt, stapfte sie durch die hohen Schneematschberge am Straßenrand.

Auch Käthes Mutter kommentierte das neue Kleid. »Warum gehst du in Sack und Asche?«, wollte sie wissen. Zwar gab es oft Streit zwischen ihnen, weil Käthe ihre Kleider immer noch etwas pompöser, etwas tiefer ausgeschnitten und mit noch dünnerem Stoff genäht haben wollte, doch das hier war nun wirklich zu viel. Obwohl es weit geschnitten war, sähe man alles. »Und wer schenkt dir solche Kleider?«

Käthe antwortete auf keine der Fragen. Sie schlüpfte in das Kleid. Es fühlte sich ungewohnt an, der Stoff so nah an ihrer Haut. Keine Schnürung, die ihr die Luft raubte. Dazu war es aus einem teuren Stoff, der sich gut anfühlte. Sie schaute in den Spiegel, wusste nicht, was sie davon halten sollte, denn das war nicht mehr Hedda Somin, die Schauspielerin, das war jetzt wirklich eine Käthe, eine junge Frau, kaum der Kinderstube entwachsen. Sie löste ihre Frisur und begann die Haare zu zwei Zöpfen zu flechten, die sie links und rechts um den Kopf wand und feststeckte. Sie musste sich ein Lachen verkneifen, es sah wirklich albern aus! Unmöglich konnte Max das meinen, wenn er sagte, sie müsse sich von der Mode ihrer Zeit befreien und ihrem Körper Platz zur Entfaltung bieten.

Sie beschloss, ihn genau so zu besuchen. Auf dem Weg in die Fasanenstraße trug sie einen Mantel über dem Kleid und eine Mütze auf dem Kopf. Wenn ihr Bekannte begegneten, würden sie hoffentlich nicht sehen, wie sie sich verkleidet hatte.

Max öffnete die Tür und musterte sie von oben bis unten, ohne Mütze und mit geöffnetem Mantel. »Und?«, fragte er.

Sie hob den Rock, zog ihn auseinander. »Ich weiß auch nicht«, gab sie zu.

»Ich finde …« Er überlegte. »Ich finde, jetzt sieht man, wer du bist.«

Mehr sagte er nicht. Aber Käthe bat ihre Mutter am Abend, als sie nach Hause kam, um mehr Kleider dieser Art. Ein paar Röcke und Blusen außerdem. Wenn ihm gefiel, wie sie sich kleidete, weil er sah, wer sie war – dann wollte sie das für ihn sein.

9

*E*s blieb schwierig. Mit niemandem hatte Käthe bisher so erbittert gestritten wie mit Max. Sie war es nicht gewohnt, dass ein Mann sich von ihr abwandte, wenn sie aufbegehrte. Die bisherigen Verehrer hatten sich daraufhin immer sehr um sie bemüht. Max aber hatte eine ganz andere Vorstellung davon, wie sie sein sollte.

Tagelang hörte sie nichts von ihm, und als er sich dann meldete, tat er es mit wenigen Zeilen.

Habe Dich im Theater gesehen. Musste mich schämen. Was tust Du nur, Käthe?

Das verletzte sie. Was sie tat? Sie verdiente Geld, was er ja offenbar nicht tat, sonst müsste er nicht in diesem Wohnatelier hausen, in dem es in jeder Ecke nach Farben roch und wo man die Holzspäne aus dem Essen pulen musste, weil die Kunst ihn nie in Ruhe ließ. Sie konnte wenigstens nach der Vorstellung heimgehen in ihre Wohnung, die sie vom eigenen Geld bezahlte. Sie verdiente so gut – nicht nur dank des festen Engagements am Lessingtheater, sondern auch die zusätzlichen Tourneen –, dass sie sich um ihr Auskommen keine Sorgen machen musste, während er jeden Tag finster in die Zukunft blickte, die ihm nichts schenkte. Seit jenem Erfolg vor über fünfundzwanzig Jahren, dem »Boten von Marathon«, der hundertfach vervielfältigt in den Salons dieser Stadt stand, hatte das Großbürgertum ihm den kommerziellen Erfolg verwehrt. Verbittert war er, obwohl er doch wissen musste, wie gut er war. Aber das reichte ihm nicht. Und nun sah er Hedda Somin auf der Bühne, knappe dreißig Jahre lagen zwischen ihnen, und sie tanzte und spielte sich in die Herzen der Hauptstadt, während er im Parkett saß und seinen Zorn kaum verhehlen konnte.

Heute Abend Fasanenstraße?, schrieb sie zurück, und obwohl er nicht antwortete, machte sie sich auf den Weg zu seinem Atelier.

Er war nicht allein. Dem ersten Schreck, als sie ihm ins Atelier folgte und die andere Frau auf der Chaiselongue bemerkte, folgte ein zweiter, denn auf dem flusigen alten Orientteppich davor spielte ein kleines Kind. Vier oder fünf Jahre alt, schätzte Käthe. Sie wollte sich abwenden und wieder gehen, hatte das Gefühl, in einem familiären, geradezu intimen Moment zu stören. Aber sie blieb stehen und wartete.

Max setzte sich zu seiner Freundin und gab dem Kind eine kleine Holzfigur, vermutlich hatte er sie selbst geschnitzt wie die anderen, die das kleine Mädchen aus einem Kasten zog.

»Setz dich doch, Käthe. Gabriele, habe ich dir von Hedda Somin erzählt?« Er lehnte sich zurück, den Arm auf der Rückenlehne, fast so, als wollte er ihn um die Schulter der Frau legen. »Bürgerlich Katharina Simon, aber wir haben uns verständigt, dass ich sie Käthe nenne.« Er zwinkerte ihr zu. »Und sieh nur, was für ein hübsches Kleid sie trägt.«

Ja, sieh nur, in was für eine Lage du mich gebracht hast!, dachte Käthe. Schickst mir so ein Kleid, in dem keine Frau anziehend und gefällig aussieht, und wenn ich dich besuche, konfrontierst du mich mit dieser Femme, die in allem mein Gegenteil ist. Älter, hübscher, dieses klare, klassische Gesicht ...

Aber sie trug, ebenso wie Käthe, kein Korsett, und irgendwie war es beruhigend.

Käthe hätte trotzdem gern vor Wut geheult und Max all ihre Verbitterung entgegengeschleudert. Sie hatte versucht, sich zu ändern – für ihn! Und alles, was er ihr gab, war dieses süffisante Grinsen, während sein Blick von ihr zu Gabriele ging.

Dann fiel es ihr ein.

»Sie sind Gabriele Reuter!« Käthes Stimme klang fast ehrfürchtig. Natürlich hatte sie schon von Gabriele Reuter gehört, der großen Schriftstellerin, einige Bücher hatte sie schon von ihr gelesen. »Entschuldigen Sie, aber ... Ihre *Frauenseelen* haben mich zutiefst berührt, ich konnte sie kaum aus der Hand legen.«

Sie biss sich auf die Unterlippe. Da kam sie wieder ins Schwatzen, dabei wollte sie das gar nicht.

Gabriele Reuter aber musterte sie mit einem nachsichtigen Lächeln. Wie alt war sie, über vierzig? Trotzdem saß ihr ein so junges Kind zu Füßen. Auch davon hatte Käthe gehört. Sie hatte bloß nicht gewusst, dass dieses Kind ... War es etwa Max' Tochter?

»Danke, meine Liebe. Unser Freund Max hat mir viel von dir erzählt. Ich glaube, er hält große Stücke auf dich.«

Und mit diesen knappen, aber herzlichen Worten schaffte sie es, Käthes letzte Besorgnis beiseitezuwischen. Die Eifersucht hatte keinen Platz; sie sah, dass Gabriele und Max vertraut miteinander waren, ja, aber als Freunde.

Gabriele stand auf und setzte sich zu ihrer Tochter. »Komm, Lili, zeig mir mal die kleinen Püppchen, die Onkel Max dir geschnitzt hat.«

Sie machte den Platz neben Max frei, als hätte nur Käthe Anspruch darauf. Er sah sie an, sein Blick lockte sie. Mit zitternden Knien ging Käthe zu ihm.

»Du trägst das hübsche Kleid. Max hat mich gebeten, ihn bei der Auswahl zu unterstützen. Es freut mich, dass es dir gefällt.«

Käthe faltete die Hände über den Knien. »Ich war mir erst nicht sicher«, sagte sie leise.

Gabrieles Blick, prüfend und zärtlich. »Doch«, sagte sie leise. »Es steht dir ausgezeichnet.«

Sie redete nicht nur vom Kleid, das begriff Käthe in diesem Moment. Sie atmete auf, und als Max ihre Hand nahm, drückte Käthe sie.

Seit diesem denkwürdigen Abend im Atelier war Gabriele Reuter ihr eine Freundin. Es geschah beinahe ohne Käthes Zutun, denn beim Abschied umarmte Gabriele sie und versprach ihr, sich zu melden. Max versuchte das wohl zu verhindern, denn kaum schloss sich die Tür hinter Gabriele und ihrem Kind, hob er zu einem längeren Vortrag darüber an, dass Gabriele keine Frau war, an der Käthe sich ein Beispiel nehmen solle, zu viel Freigeist sei auch nicht gut. In ihrem Alter sei das ja vertretbar, sie habe ihren Weg gefunden. Für Käthe komme derlei kaum infrage, sie wisse doch nicht, was sie wolle.

Käthe ließ ihn reden. Und sie hing an seinen Lippen. Denn sie wusste sehr wohl, was sie wollte – und das war Max. Da konnte er noch so viel darüber sprechen, wie sie sein solle – weniger vulgär, freier, aber nicht zu sehr. Er schien genaue Vorstellungen davon zu haben, wie er sie haben wollte, und sie ließ ihn bis zu einem gewissen Punkt gewähren.

Bis sie wieder stritten und Käthe nachts weinend durch den Schnee nach Hause lief.

Der jüngste Streit war im April gewesen. Da wollte Käthe nicht nachgeben, und nachdem Max ihr erklärt hatte, wenn sie weiter versuche, ihn an sich zu binden, müssten sie wohl schweren Herzens getrennter Wege gehen … da ging sie nach Hause, weinte sich aus, ohne auf die Fragen ihrer Mutter zu antworten, und hätte sich am liebsten für den Rest der Woche im Bett verkrochen. Abends aber stand sie wie immer auf der Bühne.

»Was ist denn mit dir los?«, fragte Edda nach der Vorstellung. Ein wenig überraschte es Käthe, dass ausgerechnet Edda fragte, die immer so herzlos wirkte.

»Nichts.«

»Wenn nichts ist, stürzt man aber nicht mitten in der Szene von der Bühne und übergibt sich. Da wird Otto dich morgen früh zu sich zitieren.«

»Soll er doch«, erwiderte Käthe trotzig. Sie saßen noch in der Garderobe, wischten Theaterschminke von den Wangen. So konnte sie nicht mehr verhehlen, wie verheult und bleich sie war.

»Weia«, murmelte Edda. »So schlimm?«

Käthe versuchte, ihre Tränen zurückzuhalten. Sie schüttelte den Kopf und schnäuzte sich geräuschvoll in ein Taschentuch.

»Wenn ich es nicht besser wüsste ...« Edda sprach nicht weiter. Und Käthe wollte auch nicht, dass sie mehr sagte.

Sie schämte sich so. Aber zugleich empfand sie eine stille Freude. Angst vor der Zukunft. Trauer um ihre wilde Zeit, die schon so bald zu Ende sein würde.

Sie fühlte sich Max verbunden, und durch die neuen Umstände – diese Umstände, die auf keinen Fall hätten eintreten dürfen, die sich aber nun so rasch eingestellt hatten, als hätte das Schicksal noch etwas mit ihnen vor – glaubte sie sich ihm noch näher.

Käthe war schwanger.

So einfach war das und so unfassbar zugleich.

Natürlich musste sie es Max sagen. Aber weil das so unendlich schwer war, versuchte sie es erst bei ihrer Mutter. Eddas tröstliche Worte, dass sich schon alles finden werde, hatten ihr so viel Mut gemacht, dass sie an diesem Abend nicht noch mal ins Café Größenwahn ging, wo sie Max über den Weg laufen könnte, sondern nach Hause. Ihre Mutter war noch wach und blickte überrascht auf, als Käthe eintrat.

»Du hier?«, fragte sie nicht unfreundlich. Doch das änderte sich rasch, sobald Käthe ihr erzählte, warum sie nicht mehr mit den Theaterleuten durch die Nachtcafés zog.

Käthe wusste selbst nicht, mit welcher Reaktion sie gerechnet hatte. Doch dass ihre Mutter voller Wut das Nadelkissen in ihre Richtung schleuderte, weil sie nichts Schweres zur Hand hatte, überraschte sie.

»Wirf doch nicht dein Leben weg, Katharina!«, rief sie. Und dann schlug sie die Hände vors Gesicht und weinte herzzerreißend. Käthe stand mit hängenden Armen vor ihr. Freute sich die Mutter denn gar nicht für sie?

»Erzähl mir bloß nicht, wer der Vater ist, ich will's nicht wissen. Wie sollen wir denn jetzt rumkommen, du mit Kind im Bauch ...« Christiane nagte an der Unterlippe. »Ich könnte wieder nähen, ja. Das werde ich tun. Du kannst deinen Kolleginnen sagen, ich nähe auch für sie die feinsten Kostüme, wenn sie mögen. Du wirst ja 'ne ganze Weile nicht arbeiten können, und danach ...« Sie verstummte. Das ganze Elend ihrer eigenen Vergangenheit lag in ihren Bewegungen.

»Mamerle ...« Käthe wusste nicht, wie sie es sagen sollte.

»Nein, Katharina. Ich will nichts hören. Keine leeren Versprechungen vom Kindsvater, die er nicht hält. Herrgott, musst du unbedingt meine Fehler wiederholen?« Ihre Mutter wirkte nun ratlos. »So habe ich dich nicht erzogen.«

Aber so bin ich nun mal, dachte Käthe. Wobei: Sie war so nur, weil es um Max ging. Keinem vor ihm hatte sie so viel erlaubt, und bei keinem fühlte sie sich so gut aufgehoben.

Sie wusste allerdings, wie schwer es werden würde. Und dass sie sich nun wieder streiten würden, kaum dass sie sich versöhnt hatten.

Als sie das nächste Mal bei ihm war, konnte sie es erst nicht sagen. Sie war so still und in sich gekehrt, dass Max sich wunderte und sie irgendwann fragte, was denn los sei.

Käthe schlug die Hände vors Gesicht. Sie stammelte: »Wir bekommen ein Kind.« Halb hoffte sie, halb wünschte sie, er würde sie nach dem ersten Schock in den Arm nehmen und trösten, würde ihr versichern, dass sie das schon schaffen würden. Seine Meinung zur Heirat würde er nicht ändern, so viel war ihr schon klar.

Minutenlang geschah nichts. Als sie aufblickte, ihr Gesicht tränennass und gerötet, stand er mit verschränkten Armen vor dem Ofen. »Ein Kind, ja?«, grollte er. »Hättest du nicht besser aufpassen können?«

»Zum Aufpassen gehören immer noch zwei!«, begehrte sie auf.

Er machte eine wegwerfende Handbewegung. Wandte sich dem Ofen zu, stocherte in der Glut und legte ein Scheit nach. Die Ofenklappe knallte er mit besonders viel Nachdruck zu. »Auf das Kind werde ich jedenfalls nicht aufpassen«, gab er zurück. So viel Wut in ihm. So viel Verzweiflung in ihr.

So hatte sie es sich nicht vorgestellt, ihm von der Schwangerschaft zu erzählen. Sein Groll überraschte sie.

Als sie zusammen ins Bett gingen, seufzte Max. Er umarmte ihren nackten Körper, drückte sich an sie. Käthe erwiderte die Umarmung zögernd, und als er das Gesicht an ihrem Hals vergrub und lange einfach nur ihre Nähe genoss, glaubte sie, einen kleinen Sieg davongetragen zu haben. Sie würden sich weiterhin streiten. Sie würden sich weiterhin lieben.

Und das Schönste war: Sie würde im kommenden Winter Mutter werden.

Käthe blieb über Nacht, die Vorhänge vom Atelier waren sämtlich zugezogen, damit niemand das Licht von drinnen sah. Sie lagen im Bett, auf der Chaiselongue, die meiste Zeit nackt und ganz dicht beisammen. Die Übelkeit plagte Käthe mal für ein paar Stunden nicht; sie war dankbar für alles, was das Leben ihr an diesem Abend schenkte. Und sie kam gar

nicht auf die Idee, Max um mehr zu bitten als um dieses Leben. Sie wusste, für sie würde er sich nicht ändern. Und das
verlangte sie auch nicht.

»Du hast mich nicht gefragt«, murmelte er müde.

»Wonach hätte ich dich fragen sollen?« Sie richtete sich auf
und zog die Decke höher. Ihr war schrecklich kalt in letzter
Zeit.

»Ob ich mir das mit dem Heiraten noch mal überlege.«
Ihr Herz stockte.

»Und?«, fragte sie. »Überlegst du es dir noch mal?«
Er schüttelte den Kopf.

»Na, siehste. Da hätte ich gar nicht fragen brauchen. Wir
wissen beide, wie du bist.«

Käthes Mutter hatte recht. Sie machte denselben Fehler
noch mal, nur mit dem Unterschied, dass Max sie hätte ehelichen können, wenn er wollte – denn er war frei.

Er wollte eben nicht. Aber bei aller Verzweiflung und obwohl Käthe um die Probleme wusste, die erst ihr Zustand und
später dann das Kind mit sich bringen würden, stand für sie
fest, dass sie kein anderes Leben wollte als dieses. Sie würde
nicht daran zerbrechen wie ihre Mutter. Sie blieb frei und
würde nicht auf Max warten.

10

Berlin, September 1902

Das Mütterliche steht dir gut.« Gabriele beugte sich vor und trank einen Schluck Kaffee, den Käthes Mutter ihnen hingestellt hatte. Durch die angelehnte Tür zum Schlafzimmer hörten sie Christiane Simon singen, begleitet von Lilis heller Stimme. »Noch mal, Tante Simon!«, rief das kleine Mädchen voller Begeisterung.

Käthe legte die Näharbeit auf den Tisch. Sie stopfte sich einen Keks in den Mund. Himmel, wie konnte sie schon wieder hungrig sein? Sie spürte die Tritte ihres Kinds deutlich unter den Rippen. Draußen vor den Fenstern fegte ein ungemütlicher Regen durch die Straßenschluchten Berlins, doch hier drin war es muckelig warm.

Sie stand weiterhin jeden Abend auf der Bühne, den Reformkleidern sei Dank, die ihren wachsenden Bauch geschickt verbargen. Lange würde das nicht mehr gut gehen, das wusste sie wohl.

Anders als Max war Gabriele inzwischen ein oft gesehener Gast in der Simon'schen Wohnung geworden. Nachmittags, wenn Käthe zwischen den Proben am Morgen und dem abendlichen Auftritt Pause hatte, kam sie oft mit Lili vorbei. Und während Lili am liebsten neben Christiane saß und mit den Stoffresten eine von Käthes alten Puppen einkleidete, hatten Gabriele und sie Zeit zum Reden. Käthe wusste, weshalb ihre Mutter sich lieber zurückhielt. Sie fürchtete, Gabrieles Ausführungen nicht folgen zu können.

»Und ich meine das durchaus als Kompliment. Man hat nicht das Gefühl, du würdest nur eine Rolle spielen, um anderen zu gefallen.«

»Nun, Max gefällt diese Rolle wohl am wenigsten.« Käthe gönnte sich noch einen Keks, bevor sie sich seufzend wieder der Näharbeit widmete. Oh, sie hasste es zu nähen, doch neuerdings war ihre Mutter unerbittlich. Käthe sollte die paar Babysachen, die Gabriele ihr mitgebracht hatte, gründlich ausbessern, einiges war daran zerschlissen. Es war ohnehin ein Glück, dass sie schon was beisammenhatte.

»Max, ach. Unser Max …« Gabriele lächelte nachsichtig. »Gib ihm Zeit. Er wird sich wohl mit dem Gedanken abfinden, dass er bald wieder Vater wird.«

Käthe glaubte nicht mehr daran. Sie hatte sich ja selbst kaum dran gewöhnt, und ihr wurden die Auswirkungen ihrer baldigen Mutterschaft jeden Tag aufs Neue vor Augen geführt.

Sie legte das Babykleid beiseite, das sie von Hand neu säumte. Lili kam aus dem Schlafzimmer, wo nun die Nähmaschine ratterte. Sie mochte den Lärm nicht.

»Mama, Hunger!«

»Hier, mein Schatz.«

Gabriele reichte dem Mädchen den Teller. Lili schleppte Perdita mit sich herum – jene Schlenkerpuppe mit dem harten Lederkörper, die Käthe einst von Tante Paula geschenkt bekommen hatte. Ihr Herz hing nicht daran, und trotzdem hatte ihre Mutter die Puppe beim Umzug nach Berlin mitgenommen.

»Ob er mich zum Geburtstag bedenkt ...« Drei Tage noch, dann wurde Käthe neunzehn. Sie hatte Max seit einer Woche nicht gesehen.

»Ach, wird er schon.« Gabriele mopste einen Keks vom Teller ihrer Tochter. »Hat er bei mir zumindest nie vergessen.«

Ja, bei dir ist es auch was anderes, dachte Käthe. Sie hatte inzwischen verstanden, dass Max und die Dichterin nichts anderes als reine Freundschaft verband, frei von allen körperlichen Verstrickungen.

Im Nebenraum verstummte die Nähmaschine, dann hörte Käthe das unterdrückte Husten ihrer Mutter. Sie stand auf und ging zur Tür.

»Geht es, Mamerle?«

Ärgerlich winkte Christiane ab. Der Husten wird schlimmer, dachte Käthe besorgt. Sie wollte ihre Mutter seit Tagen zum Arzt schicken, doch die weigerte sich. »Wird schon wieder«, behauptete sie jedes Mal.

Wurde es eben nicht, dachte Käthe betrübt. Aber ihre Kraft reichte nicht, dass sie insistierte. Sie schloss die Tür wieder und kehrte zu Gabriele zurück.

Am nächsten Morgen hustete ihre Mutter Blut. Der Arzt, zu dem Käthe sie brachte, stellte eine vernichtende Diagnose: Schwindsucht. Käthes Mutter sollte sich strikt schonen, am besten für einige Tage im Krankenhaus bleiben, wo sie besser versorgt war.

Käthe kehrte allein in die Wohnung zurück. Die Worte des Arztes hallten in ihr nach.

Ihre Mutter braucht Ruhe. Das Leben in Berlin schadet ihr, das Beste wäre, wenn sie für ein paar Wochen auf Kur geht. Können Sie dafür sorgen, Fräulein Somin?

Er wusste natürlich von ihrer erfolgreichen Schauspielkarriere, nicht aber von den Umständen. Käthe hatte zu allem nur genickt und versprochen, sich zu kümmern.

Sie blickte sich in der Wohnung um. Zwei Zimmer. Schön war das gewesen, solange es gehalten hatte. Aber wenn die Mutter demnächst auf Kur musste, wenn Käthe selbst monatelang nicht spielen konnte – dann brauchte sie nicht so viel Platz. Sie begab sich auf die Suche nach einer billigeren Bleibe.

11

*H*ast du gedacht, ich vergesse deinen Geburtstag?« Max umarmte sie zur Begrüßung. Käthe, die in einem dicken Wollkleid und mit einer muckeligen Strickjacke und Wollsocken an den Füßen trotzdem fror, weil sie sich jegliches Heizen verkniff, zitterte in seinen Armen.

»Nanu? Was ist mit meinem Käthchen los? Ist dir nicht wohl? Und wo ist deine Mutter, wo der Kuchen?«

Da brach alles aus ihr hervor. Von der Krankheit, den großen Sorgen, die sie sich machte. Davon, wie knapp das Geld nun war, verlor sie kein Wort.

»Ach, schlimm. Aber komm, jetzt musst du die Augen schließen, dass ich deinen Geburtstagstisch herrichten kann. Hätte ich das gewusst, ich hätte dir Kuchen mitgebracht. Holen wir uns später, ja?«

Er war fürsorglich und lieb, ganz anders als zuletzt. Käthe hielt sich die Augen zu und versuchte, nicht mal zu linsen, während er raschelte und kramte. Zum ersten Mal, seit sie ihre Mutter zum Arzt gebracht hatte, fühlte sie ein wenig Leichtigkeit. Es war ihr egal, ob Gabriele Max dazu überredet hatte, ihren Geburtstag nicht zu ignorieren. Sie war nicht allein, das war schon das größte Geschenk.

»Voilà.«

Sie öffnete die Augen.

Der Tisch war festlich geschmückt mit einem roten Samttuch, auf dem mehrere Päckchen lagen. Sogar eine Kerze hatte er angezündet. »Alles Liebe zum Geburtstag, kleine Käthe.« Max schloss sie in die Arme, und sie schmiegte sich an ihn. Sie seufzte selig.

»Willst du nicht auspacken?«

Max setzte sich auf einen Stuhl und zog sie auf seinen Schoß, während Käthe die einzelnen Pakete erst beäugte, dann befühlte und schließlich auspackte. Er hatte sich große Mühe gegeben, merkte sie. Die ersten beiden Pakete enthielten einen wunderschönen japanischen Schlafrock aus Seide mit zarter Stickerei – und seine geliebte Pelzmütze, die er ihr sofort keck auf die Locken setzte, so dass Käthe lachen musste. Mit dem Schlafrock über ihrem Kleid und der Mütze auf dem Kopf lief sie nach nebenan, um sich im Spiegel zu bewundern.

»Was mache ich nur mit dir«, murmelte Max. Er war ihr gefolgt und umarmte sie von hinten. Seine Hände ruhten auf ihrem Bauch, und Käthe legte den Kopf an seine Schulter. Sie hatte dieses eine Gefühl, diese selige Empfindung, dass in diesem Moment alles an seinem richtigen Platz war – Max bei ihr, sie bei ihm. Zugleich aber wollte sie ihn nicht sofort wieder verjagen.

»Gar nichts musst du machen«, flüsterte sie.

So standen sie für einen Moment, jeder mit den eigenen Gedanken beschäftigt. Schließlich ließ Max sie los. Er räusperte sich.

»Hast du überlegt ... Also, wenn das Kind kommt, wäre es nicht klüger, wenn du näher bei mir wärst?«

»Näher bei dir?«, wiederholte sie, weil ihr die früheren Gesprächen allzu deutlich im Kopf waren. Niemals wollte er sich wieder so binden wie in seiner ersten Ehe. Ein Kind war kein Grund zur Heirat. Sie wollte das genauso wenig wie er, denn ihn in eine Ehe zwingen, da konnte sie lieber allein bleiben wie ihre Mutter. Schlug er etwa eine Hochzeit vor? Oder sollte sie in sein Atelier ziehen, in dem es winters kalt und zugig war und das ganze Jahr die Ausdünstungen seiner Malmittel in der Luft hingen, wo die Holzspäne herumflogen und kein Platz für eine Familie war – zumal Käthes Mutter sicher mit ihr gehen wollte, sobald sie aus dem Krankenhaus und der anschließenden Kur zurück war.

Doch Max hatte anderes im Sinn.

»Nimm dir doch eine Wohnung in Charlottenburg!«, schlug er vor. »Dann musst du nicht mehr quer durch die Stadt, wenn wir uns sehen wollen.«

Wenn es nach ihm ging, sollte sich nichts ändern. Seiner Bequemlichkeit sollte sie noch ein wenig mehr entgegenkommen – zumindest räumlich. Darum erzählte er ihr von einer kleinen Wohnung, die er für sie gefunden habe – »und natürlich gern für deine Mutter!« – in der Rönnestraße drüben in Charlottenburg. Gartenstadt, jene Gegend also jenseits von Fasanenstraße und Uhlandstraße, wo rege Bautätigkeit herrschte. Berlin wuchs überall, und hier ganz besonders.

»Willst du denn nicht mit mir zusammenleben?«, fragte sie leise, nachdem er ihr den Plan erklärt hatte.

»Aber das würden wir dann doch, Käthe. Ein wenig zumindest.« Er verstummte.

Käthe trat an den Herd und brühte Kaffee auf, sie hatte beim Konditor zwei Stücke Kuchen geholt, weil sie fürs Backen kein Talent hatte.

»Das Eheleben und das Künstlerleben – die haben für mich nie gut zusammengepasst«, fuhr er nachdenklich fort. »Ich fürchte, das würde uns auf Dauer unglücklicher machen, als wenn wir unter einem Dach alles gemeinsam leben.«

Sie versuchte, ihn zu verstehen. Aber es fiel ihr schwer. Ein Kind brauchte doch seinen Vater, und sie brauchte ihn auch. Doch für Max war es beschlossene Sache: Rönnestraße oder keine Nähe, er hatte sich das so überlegt, also machten sie es auch so.

Käthe hätte sich gern widersetzt. Sie spürte nur, dass jedes Auflehnen dazu geführt hätte, dass er sich wieder zurückzog, und das wollte sie nicht riskieren. Außerdem wollte sie sich an ihrem Geburtstag nicht die Stimmung vermiesen lassen.

»Lass uns Kuchen essen und danach ins Bett gehen«, wisperte sie ihm zu. Er lachte rau, umarmte sie und ging mit ihr zum Tisch.

Käthes Mutter war alles andere als glücklich über Max' Idee. Als Käthe sie wenige Tage nach ihrem Geburtstag aus dem Krankenhaus holte und darüber informierte, dass sie bald umziehen würden, presste sie nur die Lippen zusammen.

»Du sagst ja nichts«, murmelte Käthe bang.

»Was willst du denn hören? Kaum bin ich ein paar Tage aus dem Haus, tanzt du mit deinem Liebsten auf dem Tisch und trägst so eine alberne Mütze.«

Verlegen fuhr Käthes Hand zu der Pelzmütze, für die es

eigentlich zu warm war an diesem sonnigen Spätseptembertag. Aber sie mochte, was dieses Geschenk ihr sagte. Dass Max für sie sorgen würde.

»Du müsstest ihn nur mal kennenlernen«, widersprach sie heftig.

»Danke, kein Interesse. Ich habe einmal mit so einem untreuen Exemplar zu tun gehabt. Dein Vater hat uns im Stich gelassen, und genauso wird's dir mit diesem Max ergehen. Künstler, was für eine vortreffliche Ausrede, weil er seine Familie nicht vorschieben kann.«

Käthe hatte also die schlimmsten Befürchtungen, als sie wenig später und gerade noch rechtzeitig, bevor ihre Mutter zur Kur abreiste, ein Treffen mit Max arrangierte. Die Idee kam von ihm, denn er war der Auffassung, wenn Käthes Mutter ihn erst kennenlernte, würde sie ihre Bedenken schon über Bord werfen. Darum richtete Käthe es ein, dass sie gemeinsam zu ihm fuhren – in einer Droschke erster Güte, weil diese bequemer war und sie ihrer Mutter jede nur erdenkliche Annehmlichkeit bieten wollte. Dabei hatte sie schon wieder Geldsorgen; ihr Engagement am Lessing-Theater lief aus, es standen nur noch wenige Vorstellungen an, und wie es danach weiterging, wusste sie nicht. Eine Schwangere würde kein Theater unter Vertrag nehmen. Ob Max für sie bei Max Reinhardt ein gutes Wort einlegen könnte?

Max hatte aufgeräumt. Sie betraten ein erstaunlich helles, geordnetes Wohnatelier, das vor allem heimelig wirkte. Er begrüßte Christiane Simon mit vollendeter Höflichkeit. Voll stiller Bewunderung beobachtete Käthe, wie er ihrer Mutter den Mantel abnahm, eine kleine Führung machte – zum Glück hatte er die allzu anstößigen Statuen mit weißen Tüchern abgedeckt – und ihr zum Schluss jene Büste präsentiert, die er nach Käthes Kopf angefertigt hatte. »Ihre Tochter ist eine junge Frau mit vielfältigen Talenten, Frau Simon«, sagte er. »Ich bewundere sie für ihr Schauspiel, vor allem aber dafür, dass sie weiß, was sie will.« Er lächelte Käthe an. Sie wusste nicht, wie sie reagieren sollte.

»Bewunderung reicht nicht«, erwiderte ihre Mutter spröde.

»Lassen Sie uns in Ruhe darüber reden.« Er wies einladend auf den Küchentisch. Über den Farbklecksen lag eine leidlich saubere Tischdecke, er hatte sogar für Kaffee und Kuchen eingedeckt. »Ich hoffe, Sie mögen schlesischen Mohnstriezel.«

»Woher haben Sie den denn?« Käthes Mutter bekam glänzende Augen. Mohnstriezel liebte sie, das hatte Käthe ihm verraten.

Max lächelte. »Ich habe so meine Quellen.«

Sie setzten sich, und bei Kaffee und Kuchen taute Käthes Mutter langsam auf. Ihr Blick glitt durch das Atelier, sie seufzte aber immer mal wieder, als könnte sie nicht glauben, dass dies nun Käthes Leben sein sollte – mit einem Künstler, mochte er noch so angesehen sein.

»Käthes Vater«, fing sie irgendwann an, »war Hauptkassenbuchhalter in Breslau.«

»Das hat Ihre Tochter erzählt, ja.« Max beugte sich vor. Er konnte ein guter Zuhörer sein, und jetzt schenkte er Christiane Simon seine volle Aufmerksamkeit. Sie geriet ins Stottern und wurde sogar ein wenig rot.

»Das mit ihm … nun ja. Ich möchte einfach nicht, dass meiner Tochter dasselbe passiert wie mir.« Sie starrte auf ihren leeren Teller. Max beeilte sich, ihr ein zweites Stück anzubieten, das sie nach kurzem Zieren auch gern nahm. Käthe stand auf und schenkte Kaffee nach.

»Katharina soll es besser haben als ich.« Ihre Mutter rührte Sahne und Zucker in ihren Kaffee, was Käthe überrascht bemerkte. Sonst trank sie ihn immer schwarz. »Mich hat der Kummer immer sehr niedergedrückt, und ich fürchte, es hat meiner Tochter nicht gutgetan, so ohne Vater aufzuwachsen. Auch wenn ich mir alle Mühe gab …«

»Du hast es gut gemacht«, sagte Käthe leise. Sie griff nach der Hand ihrer Mutter.

»Nun ja, aber Hunger hatten wir manchmal.«

Max räusperte sich. »Ihre Tochter, Frau Simon, ist eine sehr kluge Frau, modern, mit einem wachen Verstand. Ich glaube, ein Kind wird sie nicht davon abhalten, ihren Weg zu finden.« Er lachte. »Ach was, ein Dutzend Kinder könnte sie nicht daran hindern. Sie ist bereit, mit mir zusammen zu sein, und ich bin bereit, für sie im Rahmen meiner bescheidenen Möglichkeiten zu sorgen.«

»Mit Pelzmützen und seidenen Morgenmänteln bekommt man kein Baby satt.« Ganz so leicht wollte Käthes Mutter es ihm nicht machen.

»Ich weiß. Aber allein mein berühmtestes Werk erlebt gerade eine kleine Renaissance, und ich bin dabei, für das Theater Bühnenbilder zu entwerfen, die in der Hauptstadt und darüber hinaus viel Aufsehen erregen werden.« Käthe drückte seinen Arm. Sie war sehr stolz auf Max. Das musste doch auch ihre Mutter sehen, wie sehr er sich bemühte, oder etwa nicht?

»Hoffentlich nicht zu viel Aufsehen«, murmelte Christiane Simon. »Ich meine damit«, fuhr sie fort und gab sich einen Ruck, »dass es mir missfällt, wenn meine Tochter, die zuletzt einen eher leichten Lebenswandel führte – ja, sieh mich nicht so entsetzt an, Katharina, natürlich weiß ich mehr, als mir lieb ist, über deine Männerbekanntschaften! –, jedenfalls wäre es mir recht, dass ihr Lebenswandel in ruhigere Bahnen gelenkt wird. Und wenn Sie derjenige sind, mit dem ihr das gelingt, bin ich damit einverstanden.« Sie legte die Kuchengabel auf die Serviette. »Und jetzt hätte ich gern noch ein winzigkleines Stück vom Striezel, das ist der beste, den ich je gegessen habe.«

Max und Käthe sahen einander an. Sie lächelte, dann beeilte sie sich, der Bitte ihrer Mutter nachzukommen. Es fühlte sich wie ein kleiner Sieg an, den sie gemeinsam errungen hatten.

12

Berlin, Dezember 1902

Der 2. Dezember war ein eiskalter Dienstag. In der kleinen Stube der hübschen Wohnung in der Rönnestraße aber, in der Käthe nun schon seit einigen Wochen wohnte, war es ordentlich warm. Auf dem Herd blubberte ein Topf mit Kraftbrühe, und die Nachbarin, die vor wenigen Stunden für sie losgelaufen war, um die Hebamme zu holen, klopfte und erkundigte sich, wie es ihr gehe. Man höre ja nichts mehr.

Käthe lag nebenan in ihrem großen Bett und lächelte selig. Wie es ihr ging? Oh, ihr Körper fühlte sich gänzlich zerschunden nach den Strapazen, die sie seit den frühen Morgenstunden hatte durchmachen müssen. Was war das für ein Gerede, dass Babys immer nachts zur Welt kommen wollten? Das Mimerle jedenfalls hatte es am Morgen ganz eilig gehabt, und schon vor der Mittagsstunde hatte die alte Trin, die in diesem Charlottenburger Viertel schon so manchem Baby auf die Welt geholfen hatte, Käthe das kräftige, rosige und mit lautem Protestgeschrei seinen Unmut kundtuende Mädchen auf den Bauch gelegt. Nun waren einige Stunden vergangen, in denen sich Mutter und Kind in aller Ruhe hatten kennenlernen können. Käthe bat um Schreibzeug und setzte einen kurzen Brief an Max auf. Die Nachbarin hatte einen neunjährigen Sohn, der diesen kleinen Botengang gern übernahm.

»Sonst geht's dir gut?«

»Es ging mir nie besser«, sagte Käthe.

Die Hebamme und die Nachbarin verabschiedeten sich. Beide wollten später noch mal nach ihr sehen. Käthe war allein; neben dem Bett stand eine Schüssel Suppe mit Brot, es war jedenfalls für sie gesorgt.

Kaum schloss sich die Tür hinter den beiden, brach sie in Tränen aus.

Selten war sie so glücklich gewesen. Das stimmte schon. Aber zugleich hatte sie sich auch nie so einsam gefühlt wie in diesen Stunden, da ihre kleine Tochter in ihren Armen lag, leise im Schlaf schmatzte und dabei gelegentlich die winzigen Fäustchen bewegte, als könnte sie noch gar nicht fassen, dass sie nun in der Welt war.

»Maria Speranza«, flüsterte Käthe und küsste den zarten goldenen Flaum. »Meine große Hoffnung.« Sie schluckte. Wieder wurde sie von Gefühlen überwältigt. Hoffentlich kam Max bald. Und hoffentlich sah er sie nicht so, wie sie sich gerade fühlte, verschwitzt und ausgelaugt von der Geburt. Sie wollte hübsch sein für ihn. Strahlend schön mit seiner jüngsten Tochter im Arm.

Erst drei Stunden später kam Max. In der Zwischenzeit war Käthe einmal aufgestanden, hatte sich erleichtert und musste dabei die Zähne zusammenbeißen, weil es so brannte. Die Hebamme hatte ihr erklärt, dass sich nach so einer Geburt der Körper ziemlich geschunden anfühlte. »Das vergeht«, hatte sie lapidar hinzugefügt, Käthe solle sich damit abfinden, dass nichts daran von Dauer sei.

Max besaß einen Zweitschlüssel, damit er kommen und

gehen konnte, wie es ihm gefiel, und heute benutzte er ihn zum ersten Mal. Sonst vermied er das, um nicht den Eindruck zu vermitteln, er gehörte hierher. In der Hand hielt er einen Strauß rosa Rosen, die so verfroren aussahen wie er.

»Käthe.« Seine Stimme war rau. Vor Rührung etwa? »Ich hab stundenlang auf der Plattform der Elektrischen ausgeharrt, bei dem Schnee war kein Durchkommen.«

Er schaute sich hilflos nach einer Vase um. Käthe konnte nicht aufstehen, ihre Knie fühlten sich weich an, und Maria war aufgewacht und trank hungrig an der Brust.

»Im Vertiko unten links«, wies sie ihn an. Er kramte ungeschickt darin herum. Käthe lächelte nachsichtig, doch ihm war für einen winzigen Moment die Laune verdorben, weil er sich mit solch profanen Dingen herumärgern musste. Die Rosen ließen bereits schlapp die Köpfe hängen.

»Wunderschön«, sagte Käthe nichtsdestotrotz. »Möchtest du dich nicht zu uns setzen?«

»Bist du denn ganz allein mit allem?«

Ja, was hast du denn gedacht?, hätte sie ihn am liebsten gefragt, doch dann verbiss sie sich die scharfe Erwiderung. »Meine Mutter kommt erst im neuen Jahr heim«, sagte sie leise.

»Und so lange sollst du mit allem allein sein?« Er schüttelte den Kopf. »Ich kümmere mich darum, so kann's nicht gehen.«

Käthe senkte den Kopf. Sie küsste sanft das Baby. »In Ordnung«, flüsterte sie. Kurz erlaubte sie sich die Hoffnung, er würde sich tatsächlich kümmern, doch das machte er mit dem nächsten Satz bereits zunichte.

»Ich schicke dir Gabriele, die kennt sich ja mit allem aus. Auch damit, allein klarzukommen. Das wirst du von ihr sicher schnell lernen. So, und nun lass mal sehen.« Er setzte sich zu ihr auf die Bettkante. »Hübsch ist sie, unsere Maria. Ganz schön proper.«

Käthe versuchte, den letzten Satz nicht als Kritik zu begreifen. Aber es fiel ihr schwer, denn sie wollte, dass Max uneingeschränkte Freude empfand. Dass er ein bisschen Stolz zeigte auf sie und auf ihr Mimerle.

»Ich mag's«, erklärte sie nur.

»Ja, recht hast du«, versicherte er ihr rasch. »Sie hat deine Nase, siehst du?«

Käthe war schon wieder halb versöhnt, und so konnten sie ein wenig beisammensitzen. Max hatte auch eine Flasche Champagner mitgebracht, die sie gemeinsam tranken, und er blieb zum ersten Mal über Nacht. Käthe lag lange wach; sie konnte sich weder an Mimerle noch an Max neben sich sattsehen.

Wie versprochen kam Gabriele am nächsten Tag zu ihr. Sie brachte einen Korb mit Leckereien, lüftete und half Käthe beim Aufstehen. Sie wickelte Maria mehrmals, während sie da war, und als sie ging, war ein Teil der Wäsche gewaschen, ein Topf mit Abendessen stand auf dem Herd, und sie hatte Käthe einige Tipps gegeben, wie sie ihre schmerzenden Brüste nach dem Milcheinschuss mit Kohlblättern kühlen konnte.

»Nimm's nicht zu schwer in den kommenden Tagen«, warnte sie noch. »Die Heultage sind die schlimmsten, danach wird alles gut.«

Die Heultage kamen, und Käthe musste feststellen, dass *alles* sie zum Weinen brachte – angefangen bei dem Gedanken, dass das winzige Mimerle, das neben ihr im Bett lag, einfach wachsen und nicht so klein bleiben würde. Sie weinte, weil Max den einen Tag nicht kam, sie weinte, weil er am anderen Tag doch kam. Sie weinte, als er sie zärtlich in die Arme nahm und tröstete, und sie weinte, als er Maria hochhob, weil sie ihr Glück nicht fassen konnte.

Max war vorgewarnt, ob von Gabriele oder durch die Geburten seiner vier älteren Kinder, wusste sie nicht. Er behandelte sie jedenfalls mit erstaunlich viel Nachsicht.

Aber auch diese Zeit ging vorbei. Nach einer Woche stand Käthe auf und kümmerte sich wieder um den Haushalt. Da wurde Max geradezu Dauergast, saß auf der Bank und erzählte von seiner Arbeit, während sie mit einem Arm das Baby hielt und mit der freien Hand versuchte, alle Arbeit zu erledigen.

Abends zog Max nun wieder los, er ging ins Café Größenwahn oder traf sich mit Max Reinhardt. Damit er Käthe nicht störte, schlief er im Atelier und kam irgendwann morgens zu ihr zurück. Käthe merkte, wie sie die Untätigkeit nicht erfüllte. Maria war ein entspanntes Baby, sie schlief, trank, füllte Windeln und war ansonsten damit zufrieden, wenn Käthe sie herumtrug oder zum Schlafen in einen gepolsterten Weidekorb legte. Sie hatten gelegentlich Besuch von Gabriele, die oft Lili mitbrachte. Das kleine Mädchen hockte sich andächtig vor den Korb, wagte kaum zu atmen. »Sie sieht aus wie eine Puppe«, flüsterte sie.

»Lili, geh weg. Du brauchst keine Puppe«, widersprach Gabriele. Käthe aber erinnerte sich an die alte Puppe, die sie just beim letzten Umzug noch mal in der Hand gehalten und an der sie so gar nichts Reizvolles gefunden hatte. Sie ging und holte Perdita, gab sie Lili zum Spielen. Doch Lili verlor rasch die Lust am neuen Spielzeug.

»Besser so«, kommentierte Gabriele. »Ich möchte nicht, dass sie zu einem Hausmütterchen wird. Entschuldige«, fügte sie hinzu. »Dich meine ich nicht damit.«

»Du meinst, wenn wir Kindern Puppen zum Spielen geben ...«

»Mädchen. Wir geben vor allem Mädchen Puppen zum Spielen. Jungen bekommen Zinnsoldaten, mit denen sie Krieg spielen können. Die Mädchen aber sollen sich als Puppenmutti hervortun, damit sie schon früh wissen, wo ihr Platz im Leben ist. An der Front irgendeines sinnlosen Kriegs jedenfalls nicht.«

»Da soll auch keiner hin«, sagte Käthe bedrückt. »Auch die Jungen nicht.« Die Angst, sie könnte irgendwann eines ihrer Kinder in den Krieg schicken müssen, war zu groß. Der letzte Krieg in Europa war lange her, und sie hoffte, es würde friedlich bleiben.

»Wohl wahr.«

Sie beobachteten eine Weile schweigend, wie Lili sich mit ein paar Stoffresten und der Puppe an einem neuen Spiel versuchte. Diesmal war sie Ärztin, die Puppe ihre Patientin. »Wie viele Möglichkeiten zum Spiel so eine Puppe doch bietet«, kommentierte Käthe.

Gabriele, die zunächst die Stirn gerunzelt hatte, bekam einen weichen Gesichtsausdruck. »Weißt du«, sagte sie leise, »ich muss vielleicht meine Meinung revidieren. Hab ja selbst früher mit Puppen gespielt, und aus mir ist auch was geworden. Also jenseits von meiner Mutterschaft, die recht spät und überraschend kam.«

Zu gern hätte Käthe sie gefragt, ob sie sich ein Kind gewünscht habe oder wer der Vater sei. Doch aus früheren Gesprächen wusste sie, dass Gabriele für dieses Thema nichts übrighatte.

»Wenn die Puppe nur ein bisschen hübscher wäre«, seufzte Käthe stattdessen.

»Wieso? Puppe ist Puppe«, meinte Gabriele lapidar. »Für Lili macht's keinen Unterschied. Oder was meinst du?«

»Für mich hat es einen Unterschied gemacht«, murmelte Käthe. Sie erinnerte sich zu gut an ihre Enttäuschung, als sie damals zum achten Geburtstag von Tante Paula die Puppe geschenkt bekommen hatte, die so gar nicht weich, anschmiegsam und angenehm war. Sogar das mittlerweile zerschlissene Kleid mit den lila Rüschen hatte sie damals verabscheut.

Inzwischen blickte Käthe mit etwas Nostalgie auf die Puppe, aber der Gedanke, dass ihre kleine Tochter irgendwann mit einer ähnlich hässlichen würde spielen müssen – nein. Sie würde alles tun, damit ihr Mimerle was Schönes zum Spielen hatte.

Die Geldsorgen hielten sie nachts wach. Max gab ihr gelegentlich etwas, aber das konnte er nur, wenn er selbst gerade genug verdiente. Er blieb der brotlose Künstler, und sie war wie ihre Mutter – sie bat ungern um Hilfe, und die Frage nach finanzieller Unterstützung kam ihr noch viel schwerer über die Lippen. Anders als einst Christiane Simon nahm Käthe aber das Geld von Max an, wenn er es ihr auf den Tisch legte, denn diesen Stolz wollte sie sich nicht leisten. Sie verstand zwar, weshalb ihre Mutter stets auf ihrer Unabhängigkeit beharrt hatte. Doch für sich selbst wünschte sie sich mehr. Zurück auf die Bühne, dachte sie. Das wäre etwas, das sie angehen wollte, sobald ihre Mutter aus der Kur zurück war. Zugleich sorgte sie sich um Maria, denn was, wenn sie wieder auf Tournee gehen musste? Konnte sie ihre kleine Tochter mit ihrer kranken Mutter allein in Berlin lassen? Oder musste sie beide mitnehmen, bräuchte sie ein Kindermädchen, und wie sollte sie das alles bezahlen?

Die Angst saß ihr im Nacken. Kein Wunder also, dass sie kurz nach Weihnachten vor Max stand. Ihr erster Besuch in seinem Atelier. Er frickelte seit Wochen an einer Rundbühne für Max Reinhardts Theater herum, die inzwischen im Original gebaut wurde, doch immer noch wollte er etwas daran verbessern. Deshalb hörte er wohl nur mit einem Ohr zu, als sie ihn mit Maria auf dem Arm bat, für sie ein gutes Wort bei seinem Theaterfreund einzulegen.

»Was willst du denn da?«

»Die *Minna von Barnhelm* will ich spielen.« Sie hatte sich das genau überlegt.

»Die Premiere ist schon in zwei Wochen, das kannst du dir abschminken.«

»Aber Max … Ich muss doch was tun, ich kann nicht noch länger tatenlos herumsitzen.« Vom Geld wollte sie nicht anfangen.

»Dann näh halt wie deine Mutter, damit hat sie doch ihr Geld verdient.«

Käthe schwieg. Seine Worte verletzten sie, denn sie waren

bar jeder Realität, als wüsste er nicht, dass sie das Nähen immer schon gehasst hatte, weil sie so früh hatte helfen müssen. Oder als glaubte er ernsthaft, sie könne Erfüllung im Häuslichen finden.

Dabei gab es Dinge, die ihr eine stille Freude bereiteten, mit der sie so nicht gerechnet hatte. Mit Mimerle hatte sie sich in einem ruhigen Alltag eingerichtet. Das Leben mit Säugling war anstrengend, aber sie hatte keine andere Aufgabe und konnte sich ganz darauf konzentrieren. Trotzdem wusste sie, dass es nicht ewig so weitergehen würde.

»Na gut«, gab Max schließlich nach. »Ich lege bei Reinhardt ein Wort für dich ein.«

»Ein gutes?«, wollte sie wissen.

Er beugte sich zu ihr herunter und küsste sie auf den Mund. »Das beste«, versprach er ihr.

So kam es, dass sie Mitte Januar das erste Vorsprechen hatte. Nicht wie erhofft für die Minna von Barnhelm, die bereits zwei Tage zuvor rauschende Premiere gefeiert hatte.

Käthe trat auf die Bühne des Neuen Theaters. Max Reinhardt war irgendwo im Zuschauerraum, ein paar andere Männer saßen auch verteilt dort, ganz hinten waren Handwerker damit beschäftigt, ein paar Sitzreihen rauszureißen. Das gehe gerade nicht anders, hatte man ihr mitgeteilt.

Sie atmete tief durch. Es war nicht das erste Mal, dass sie nach der Geburt wieder auf der Bühne stand. Vor zwei Wochen, an Silvester, hatte sie ein Gastspiel am Schillertheater gegeben, und in Kürze würde sie zu einer Tour nach Warschau aufbrechen. Seit ein paar Tagen war auch ihre Mutter von der Kur zurück. Sie hatte sich gut erholt, sparte allerdings nicht mit kritischen Worten zur neuen Wohnung, zu Käthes Umgang mit Maria oder überhaupt zu allem, was das Kind betraf.

Das alles und noch so viel mehr ging Käthe durch den Kopf, als sie über die Bühne schritt. Sie berührte den Ring, den sie seit Weihnachten Tag und Nacht trug. Aus Edelstahl, mit einem winzigen Diamanten. Der härteste Stein, das härteste Metall. Max' Geschenk. Es war kein Verlobungsring, doch für sie fühlte es sich so an, als hätten sie sich damit noch mehr verbunden.

Sie absolvierte das Vorsprechen mit Souveränität. Ihr Gegenpart wirkte gelangweilt; Friedrich Kayßler leierte die Texte so lustlos herunter, als ob er niemals den Ehrgeiz gehabt hätte, auf einer Bühne zu stehen.

Immerhin war das nicht Käthes erstes Vorsprechen, und sie war vertraut mit Männern, die ihr unmotiviert die Texte zuspielten. Sie wusste, wie sie mit viel Verve ihr Können herausstellen konnte.

Max Reinhardt aber wirkte nicht sonderlich überzeugt. »Das war ganz nett.« Seine Worte trafen sie. Denn sie war doch genau der Typ, den er suchte, dem naturalistischen Theater zugewandt in all seinen Facetten, wandelbar und mit viel Erfahrung!

»Das war mühsam«, wisperte Max ihr zu, als sie von der Bühne kam. Reinhardt war schon wieder anderweitig beschäftigt; er steckte mit Otto Brahm und Kayßler die Köpfe zusammen und beriet sich. Vermutlich überlegten sie, wie sie dem Mann, der ihr Bühnenbild revolutioniert hatte und dem sie allein dafür gewissermaßen einen Gefallen schuldeten, möglichst schonend beibrachten, dass seine Freundin keine Zukunft am Schiffbauerdamm hatte.

Letztlich bekam Käthe die Zweitbesetzung für ein paar Stücke, die ab Ende Januar liefen, dazu einen Gastauftritt in einem Stück. Alles in allem war Käthe unzufrieden mit dem Ergebnis, sie hätte sich mehr gewünscht.

»Sei doch zufrieden mit dem, was du kriegst«, meinte Max.

»Kann ich aber nicht«, murmelte sie.

Die Enttäuschung war groß. Sie merkte das aber erst, als sie abends auf dem Küchensofa saß, das sie von Breslau über die Lutherstraße bis nach Charlottenburg mitgenommen hatte. Sie stillte Maria, während ihre Mutter am Herd in einem Topf die Stoffwindeln auskochte und in der Pfanne Blutwurst briet.

»Bist mir zu blass um die Nase«, sagte sie über das Brutzeln.

Käthe schniefte. Ihre Mutter drehte sich um. Seit ihrer Rückkehr hatten sie wenig Zeit zum Reden gefunden. Käthe war viel unterwegs, sie suchte Arbeit und war froh, wenn sie daheim ihre Ruhe hatte. Und Christiane war noch nie eine Frau großer Worte gewesen, hatte ihre Gedanken immer tief verschlossen für sich behalten.

»Du machst das schon richtig«, sagte sie nun. »Mit dem Mimerle.«

Käthe streichelte den Kopf ihrer Tochter. »Manchmal denke ich, dass ich zu wenig tue.«

Sie hatte Maria zu einer Nachbarin geben müssen, wenn sie zum Theater ging. Das konnte ihre Mutter nun wieder übernehmen, damit war ihr wohler. Trotzdem hatte Käthe dieses Gefühl, dass sie nicht genug für ihr Kind da war.

»Wir alle haben dieses Gefühl. Wir Mütter.«

»Kannst du meine Gedanken lesen?«

»Ich weiß, wie ich mich damals gefühlt habe.« Christiane setzte sich zu ihr und lächelte, als sie ihre Enkelin betrachtete. »Du machst das schon richtig. Bist da für sie, wie du es eben kannst. Und wenn du es nicht kannst, sorgst du dafür, dass sie es gut hat.«

»Meinst du?«

Käthe stand auf und legte Mimerle zurück in den Weidenkorb. Sie ging in den Nebenraum, wo sie Max' Weihnachtsgeschenk verwahrte. Eine Fotokamera. Sie versuchte, so oft wie möglich Fotos von Maria zu machen. Schon jetzt konnte sie sich nicht gegen das Gefühl wehren, dass die Zeit verflog, und jeder ihrer Versuche, die kostbaren Erinnerungen an Marias Babyjahre zu bewahren, sei zum Scheitern verurteilt.

Von ihrer eigenen Kindheit gab es nichts bis auf jenes Foto, auf dem sie als Siebenjährige mit kurz geschorenen Haaren so ernst in die Kamera blickte.

Als Max ihr die Kamera mit den Worten überreichte, dass das Fotografieren vielleicht eine neue Kunstform für sie sein könnte, hatte sie sich ehrlich darüber gefreut. Sie hatten Differenzen, Max war immer noch unnahbar und hielt sie auf Abstand. Aber er *sah* sie, wenn auch manchmal eher als Projekt. Als eine junge Frau, die er formen konnte, der er die Kunst nahebringen konnte, so wie er sie sah. Und nicht unbedingt als die Mutter seines Kinds.

»Vielleicht kann ich mir eine andere Arbeit suchen.« Käthe seufzte. Sie legte die Kamera weg und setzte sich auf einen Stuhl.

Ihre Mutter brachte einen Teller Eintopf, die Blutwurst war kross gebraten und schwamm obenauf in einem kleinen See aus Fett. »Was anderes? Was könnte das denn sein?« Sie runzelte die Stirn.

»Ich weiß es nicht. Hab mir nie Gedanken darüber gemacht, ob ich mein Leben lang Schauspielerin sein werde ... «

Bevor sie weiterreden konnte, klopfte jemand. Es war einer der Schuljungen, die im selben Haus mit ihrem Vater unterm Dach hausten. Er brachte Käthe die Post vorbei.

»Ein Brief von deiner Freundin Gabriele.«

Käthe nahm den Brief und riss ihn auf.

Liebste Hedda!, schrieb Gabriele, denn sie schrieb immer an Hedda, selten an Käthe, *soeben habe ich im Tag gelesen, dass Deine arme Freundin Vilma Illing nun von ihrem schweren Leiden erlöst ist ...* Käthe ließ den Brief sinken. Die Nachricht war noch nicht zu ihr durchgedrungen. Ausgerechnet Vilma, die ihr damals in Breslau die Welt zum Theater eröffnet hatte, einfach weil sie auf der Bühne stand und der jungen Tochter einer Näherin aufzeigte, dass es für sie einen Weg aus dem Elend gab. Zuletzt hatte Vilma wieder Engagements in Breslau angenommen, war viel auf Tournee gegangen, hatte rauschende Erfolge in Berlin gefeiert. Und nun war's zu Ende mit ihr, zweiunddreißig Jahre nur hatte sie gelebt.

»Schlechte Nachrichten?«, fragte ihre Mutter besorgt.

Käthe legte den Brief neben den Teller. Sie begann zu essen. Versuchte, den Gedanken an die Illing wegzuschieben. An das Theater, die Freundschaften dort. Auch die Verehrer, Bogumil und Adolf Gottstein, ihr fester Vertrag – all das war Vergangenheit, und nach dem missratenen Vorsprechen am

Neuen Theater bei Max Reinhardt hatte Käthe kein Gefühl von Aufbruch, sie spürte nicht, dass sie noch einen Platz hatte in der Theaterwelt. Max versuchte schon, sie mit dem Fotografieren sanft in eine andere Richtung zu schieben; Gabriele erkundigte sich gelegentlich, ob ihr nicht das Schreiben von Gedichten Freude machte, sie könne ihrem Verleger Samuel Fischer ja auch mal was zeigen. Aber schreiben, daran hatte Käthe gar kein Interesse.

Und nun dies. Als wäre mit Vilmas Tod ein Kapitel geschlossen worden, als hätte sie dadurch etwas verloren, auf das sie nie Anspruch gehabt hatte. Käthe drehte nachdenklich den eisernen Ring an ihrem Finger, der kleine Diamantsplitter funkelte im Licht. Sie hatte sich diese Liebe nicht ausgesucht. Dennoch saß sie nun zwischen den Stühlen, junge Mutter mit Theaterblut, das jedoch nicht mehr in Wallung geriet; geliebte Freundin – aber niemals mehr, das wurde Max nicht müde zu betonen. Käthe solle etwas aus sich machen, aber die Bühne, das hatte er ihr so lange nun erfolgreich eingeredet, war nicht ihre Zukunft.

Ja, aber was war denn das Richtige für sie?

Vor allem, dachte sie, musste es etwas sein, das ihr finanzielle Freiheit gewährte, denn niemals im Leben wollte sie so abhängig von Almosen sein, wie ihre Mutter es lange Zeit gewesen war. Wie sie es, streng genommen, heute noch war, weil Käthe für alles aufkam. Nein. Mimerle und sie sollten es besser haben. Eines Tages wollte sie mehr sein als die Tochter einer Näherin, die junge Schauspielerin, die nach der Geburt des Kinds kaum mehr vermittelbar war. Sie wusste nicht, was genau sie machen würde – aber sie würde sich schon etwas einfallen lassen!

Teil 3

Berg der Wahrheit

·｡· 1 ·｡·

Berlin, Sommer 1904

Gewitterwolken hingen über der Stadt, so dunkel wie Käthes Herz. Sie blickte aus dem Fenster, Mimerle auf dem Schoß.

»Du trittst mich!«, schimpfte ihre Tochter mit Käthes Bauch, der unter dem Reformkleid gelegentlich Beulen bekam. Das zweite Kind war unterwegs, und so sehr Käthe versuchte, sich darüber zu freuen – ihr wurde das Herz nur wieder schwer.

Im Nebenraum ratterte die Nähmaschine ihrer Mutter. Immer wieder musste sie die Arbeit unterbrechen und hustete, bevor sie erneut aufs Pedal trat und die Maschine antrieb – und sich selbst. Weiter, immer weiter. Seit sie vor anderthalb Jahren von der Kur heimgekehrt war, hatte Käthes Mutter sich selten geschont. Sie begann wieder Nähaufträge anzunehmen. Für junge Schauspielerinnen nähte sie Kostüme, wie sie es einst für ihre Tochter gemacht hatte, die längst nicht mehr auf der Bühne stand. Die jungen Damen gingen bei ihnen ein und aus. Wenigstens zahlten sie etwas besser als die großbürgerlichen Gattinnen einst in Breslau, die immer noch bei der Abnahme versucht hatten, den Preis zu drücken. Aber das Leben in Berlin war auch teurer.

Manchmal dachte Käthe, es wäre besser gewesen, was Anständiges zu lernen. In Breslau hätte sie doch auch glücklich werden können, irgendwie. Und nun das zweite Kind, das sie an die Wohnung fesselte. Wenn sie abends zu Max ging, tat sie es allein. Niemand durfte erfahren, dass sie ein zweites Kind erwartete. Im Kaiserreich des Jahres 1904 war es wohl vertretbar, wenn eine Frau *ein* uneheliches Kind bekam. Machte sich das zweite auf den Weg, begab sie sich in Gefahr, dass die Behörden ihr beide Kinder wegnahmen.

Dass Max sie nicht heiraten wollte, brachte Käthe nun in eine schreckliche Lage.

Und überhaupt, Max. Ihr Verhältnis war nicht erst seit der zweiten Schwangerschaft getrübt; vorher schon war sie das Diskutieren mit ihm leid geworden. Für ihn stand fest, dass es keine unehelichen Kinder gab, dass die Geburt ihrer Tochter Maria sie zu Mann und Frau gemacht hatte und kein Trauschein daran etwas ändern oder gar verbessern würde. Richtig böse wurde er inzwischen, wenn sie darauf zu sprechen kam, dass eine Heirat ihre einzige Möglichkeit war, nicht in ständiger Angst um die Kinder zu leben.

Außerdem ließ er Käthe spüren, dass sie immer noch nicht Teil seines Lebens war. Er sagte, dass er sie liebe, war dann aber wieder so fern, dass es sie schmerzte. Er reiste viel. Käthe blieb in Berlin und half ihrer Mutter.

So hatte sie sich das Leben an seiner Seite nicht vorgestellt.

Und heute hatte er versprochen zu kommen. »Wir müssen reden«, das waren seine Worte gewesen, und Käthe fürchtete sich vor dem Gespräch.

»Du musst raus aus Berlin.« Er machte kein Federlesen um den Grund seines Besuchs, sobald er – nach einem leidenschaftlichen Kuss und einem Kniff in Mimerles Wange – auf einen Stuhl gesunken war. Käthe stand auf und holte ihm eine Flasche Bier.

»Wohin soll ich denn?«

»Das überlegen wir heute.«

Käthe hatte darüber auch schon nachgedacht an den langen, lauen Sommerabenden, die sie ohne ihn verbrachte. Er führte sein Leben weiter wie bisher, sie musste sich einschränken. In ihr regte sich auch da ein wenig Widerspruch, ob das denn so richtig sei, dass sich nur ihr Leben änderte, wenn er doch sonst immer behauptete, eine Ehe sei schon durch die Geburt eines Kindes begründet. Was bringst du in die Ehe ein?, wollte sie ihn fragen.

Aber dann sah sie, wie er das Mimerle hochhob, sie in die Luft warf, bis die Anderthalbjährige vor Freude juchzte und ihm im Überschwang ihrer kindlichen Gefühle die Ärmchen um den Hals legte.

»Paris wäre schön«, sagte Käthe. »Da könnte ich Französisch lernen.«

»Paris ist kaum besser als Berlin. Wie wär's mit Griechenland?«

Aus dem Nebenzimmer hustete Christiane.

»Die Luftveränderung würde deiner Mutter auch guttun.«

»Ich weiß nicht … So weit weg?« Käthe seufzte. Sie wälzten diese Überlegungen schon seit Wochen, und inzwischen waren sie an einem Punkt angelangt, dass wirklich jede reizvolle europäische Hauptstadt verworfen war.

»Dann bleibt wohl nur Ascona.«

»Ascona? Was ist denn da?« An die Schweiz hätte sie zuletzt gedacht. Die Tessiner Alpen also …

»Nicht direkt in Ascona, aber in der Nähe gibt es eine Siedlung, wo sich Menschen zusammenfinden, die ein einfaches Leben führen.«

Max' Blick ging in die Zimmerecken. Käthe merkte, wie sie rot wurde. Maria krabbelte auf ihren Schoß, und sie wiegte das kleine Mädchen, das den Daumen in den Mund steckte und ihren hochgewachsenen Vater mit dem rötlichen Vollbart beinahe verschreckt musterte.

»Du meinst, das sei besser als das hier?«

Max nickte. Ihr kam kurz der Verdacht, dass er sich schon länger mit der Idee trug, sie aber nun erst erwähnte, nachdem alle anderen Möglichkeiten verworfen waren.

»Dort bauen sie helle, luftige Häuser. Leben mit der Natur, sie haben Gemüsegärten angelegt, Kartoffeläcker … Früher hat man in der Stadt auch so gelebt, im Mittelalter hatte jeder halbwegs wohlhabende Haushalt ein eigenes Stück Garten und ein Mastschwein im Stall. Da oben ist es so viel heller und freier … « Er geriet ins Schwärmen. »Das Beste aber ist, dass sich dort zunehmend Künstler einfinden, denen es in den Großstädten Europas zu eng wird. Dort ist eine internationale Gemeinschaft entstanden, man befeuert sich gegenseitig, es ist ein ständiges Geben und Nehmen. Stell dir nur vor, wie du dort zu dir findest. Wie deine Künstlerin geweckt wird.« Er war fest davon überzeugt, dass die Schauspielerei nicht alles gewesen sei, was sie in ihrem Leben erschuf. Dass mit ihrer Bühnenpräsenz ihre Künstlerinnenbiographie noch nicht auserzählt war.

»Da sollen wir hin? Allein? Ohne dich? Oder willst du mit?«

»Würde ich ja gern, mein Käthchen. Aber dafür habe ich zu viel hier auszufechten.«

Käthe runzelte die Stirn. Es missfiel ihr ja schon hier in der Großstadt, auf sich gestellt zu sein. Aber in den Schweizer Alpen hätte sie ja noch mit ganz anderen Problemen zu kämpfen. Mit der Sprachbarriere allemal, und wie stand es um ihre finanzielle Zukunft, wenn sie sich dort niederließ? Sollte sie nähen? Eine Schauspielerin brauchte man wohl nicht ...

Max wollte davon nichts hören. »Das Leben dort ist so einfach, das kostet nichts. Du gehst hin, lässt dir eine Hütte auf dem Berg zuweisen und richtest dich ein. Vor der Geburt wirst du es wohl kaum schaffen. Aber ich begleite dich zumindest für die ersten Wochen. Und danach besuche ich dich dort. Stell dir vor, was wir dort alles erreichen könnten! Eine Künstlerkolonie könnte daraus werden, dort könnten wir endlich wieder atmen!«

Käthe hatte Zweifel. Nicht unbedingt, was sie selbst und ihre Kinder betraf – denn sowohl Mimerle als auch das Ungeborene kämen nach ihr und würden sich einer robusten Gesundheit erfreuen, davon war sie überzeugt. »Was wird aus meiner Mutter?«

Max lehnte sich zurück. Er merkte wohl, dass er schon halb gewonnen hatte. »Sie geht natürlich mit, die sollst du nicht hier zurücklassen.«

»Aber sie ist krank, Max. Die Schwindsucht lässt sie immer weniger werden.«

Er breitete die Arme aus. »Na siehst du! So eine Luftveränderung, die wird ihrer Lunge guttun. Wie war es denn vor zwei Jahren, als es ihr so schlecht ging?«

Käthe musste ihm insgeheim recht geben. Dennoch war sie nicht überzeugt, dass Ascona der richtige Ort für sie war.

»Und wie lange sollen wir dort bleiben?«, fragte sie leise.

Darauf hatte Max keine Antwort. Und sie wusste, selbst wenn er ihr etwas gesagt hätte – ihr hätte die Antwort nicht behagt. So sah ihr Leben nun mal aus: Sie war abhängig vom Vater ihrer Kinder, wenn er nicht bereit war, sie durch eine Heirat vor den Behörden zu schützen. An seiner Liebe zweifelte sie nicht. Aber sie zweifelte daran, dass es ihm wirklich um das Beste für sie alle ging.

Allzu oft drängte sich ihr der Gedanke auf, dass es Max Kruse vor allem um Max Kruses Freiheit ging – und nicht darum, dass für Käthe und ihre gemeinsamen Kinder gesorgt war.

Ascona also. Käthes Mutter machte kein Hehl aus ihrer Abneigung gegen Max' Pläne.

»Du lässt dich von ihm hin und her schieben, wie es ihm gefällt«, meinte sie.

Käthe packte zusammen, was sie brauchen würden für die Reise. Sie konnten nicht alles mitnehmen, der Rest musste eingelagert werden. Da ihre Mutter durch nächtliches Fieber geschwächt war, saß sie nur daneben und hielt Mimerle auf dem Schoß.

»Du kannst auch hierbleiben, weißt du?« Käthe strich sich eine Strähne ihrer braunen Locken aus dem Gesicht. Die Schwangerschaft war inzwischen so weit fortgeschritten, dass sie oft außer Atem war. Sie wusste, das würde sich in ein paar Wochen wieder ändern, wenn sich der Bauch kurz vor der Geburt senkte. Bei ihrer ersten Schwangerschaft war es ähnlich gewesen. Dennoch verfluchte sie Max im Stillen, weil er sie ausgerechnet in der Sommerhitze zu dieser anstrengenden Reise zwang. Ein simples Ja vorm Charlottenburger Standesamt hätte sie hiervor bewahrt, nichts sonst hätte sich ändern müssen – als seine Ehefrau hätte niemand ihr die Kinder wegnehmen können.

Zugleich verteidigte sie ihn.

Das muss wohl Liebe sein, dachte sie und blickte ratlos auf ihre Kleider und Mimerles Sachen. Sie hatte auch einen Korb mit Babykleidung gepackt, und ihr Herz war dabei übergequollen von so viel Liebe und Vorfreude. Aber sie war auch voller Angst vor der neuerlichen Verantwortung. Max würde ihr nun sagen, sie müsse keine Sorge haben, das Mütterliche gehöre ja zu ihr. Sie solle ihm nur nicht zu viel Raum geben, denn zugleich war er überzeugt, dass in ihr auch eine Künstlerin schlummerte. Der müsse nur endlich genug Raum gegeben werden.

»Vielleicht bleibe ich hier.«

Käthe drehte sich zu ihrer Mutter um und sah sie stumm an; sie suchte nach Worten.

»Das war doch nur so hingesagt ...«, murmelte sie dann. Nebenan sang Mimerle leise vor sich hin, ein Lied ohne Worte und Melodie, wohl aber mit der Lebenslust eines Kleinkinds. Dabei hörte Käthe das Klackern von Erbsen in einer Schüssel, die ihre Mutter der Kleinen zum Spielen gegeben hatte.

Kraftlos sank Käthe auf das Bett, ein kleines Babyjäckchen in den Händen. Ihre Mutter setzte sich zu ihr, legte den Arm um ihre Schultern.

»Ich weiß, dass du es nicht so meinst. Aber schau mich an. So eine weite Reise ist nichts für meine alten Knochen. Ich würde lieber in Berlin bleiben.« Sie nahm Käthe das Jäckchen aus den Händen und faltete es zusammen.

»Aber …«

»Nein, Käthe. Ich bin ein alter Baum, das wissen wir beide. Und mich so kurz vor meinem Tod noch mal verpflanzen, das bringt doch nichts.«

Käthe weinte stumm. So deutlich hatte ihre Mutter das noch nie ausgesprochen.

»Außerdem«, fügte Christiane hinzu, »will ich nicht, dass dein Max sich zu sehr drauf verlässt, dass die Frauen es für ihn schon richten. Er setzt Kinder in die Welt, um die er sich kaum kümmert. Da hat sich Robert mehr um dich gesorgt, und der hatte noch eine zweite Familie und einen anständigen Beruf.«

»Max ist Künstler«, verteidige Käthe ihn.

»Ja, das sagst du oft, sobald ich ihn kritisiere. Ich bin vielleicht nur eine kleine Näherin, aber ich bin nicht dumm, Käthe. Auch Künstler können Verantwortung für ihr Handeln übernehmen. Deine Freundin Gabriele sorgt für ihr Kind, auch wenn sie nicht selbst da sein kann. Du kannst nun einwenden, als Mutter ist sie mehr in der Verantwortung als der unbekannte Vater. Aber wir wissen ja, wer dich in diese Lage gebracht hat. Max weiß es auch. Ich halte viel von ihm. Ich mag, was er künstlerisch tut. Aber was er mit dir macht, ist nicht richtig, und ich werde nicht länger mein Leben danach ausrichten, damit es der Künstler Kruse möglichst bequem hat.«

Mimerle rief nach ihrer Mama.

»Bleib sitzen, Käthe. Die letzten Tage mit der Kleinen möchte ich genießen.« Ihre Mutter ging nach nebenan, sie hörte Mimerle »Omi!« rufen.

Käthe blickte auf das Durcheinander auf ihrem Bett. Sie wollte etwas einwenden, irgendwas. Aber ihr fiel nichts ein.

Ascona, Juli 1904

Die schwüle Sommerhitze Berlins lag hinter ihnen. Am nördlichen Zipfel des Lago Maggiore in Ascona war die Luft kühl und angenehm frisch, selbst bei Sonnenschein wehte ein zarter Wind und kühlte das Gesicht.

Käthe hatte direkt nach ihrer Ankunft bei einem Pastor im Ort Quartier bezogen. Der Monte Verità, dachte sie, sei wohl kaum der rechte Ort für eine Gebärende und baldige Wöchnerin; die dortigen Umstände versetzten sie in Unruhe. Inzwischen hatte sie viel darüber gehört, wie es »dort oben« sein sollte. Jedes Mal, wenn ihr Blick zum Berg ging, umwölkte sich ihre Stirn ähnlich dem Berggipfel. Aus anfänglicher Euphorie war nun die Sorge erwachsen, da oben bei Oedenkoven und den Gräsers könnte nicht der richtige Platz für sie sein.

Das mochte auch an dem alten Pastor liegen, dessen Haushälterin sich rührend ums Mimerle kümmerte und versuchte, Käthe alle Aufgaben abzunehmen. »In Ihrem Zustand sollten Sie nicht …«, murmelte Fräulein Rotter stets. Der Pastor hingegen fand es wohl recht amüsant, mit der schlesischen jungen Dame, die mit einem kleinen Berliner Einschlag redete, über Gott und die Welt zu sprechen. Über Gott sprach er allerdings erstaunlich wenig, da schien er inzwischen etwas vom rechten Weg abgekommen. Pastor Stern war eher einem alternativen Leben zugeneigt. Hier machte Käthe zum ersten Mal die

Bekanntschaft einer durchweg vegetarischen Kost, die nach Überzeugung von Theodor Stern der Gesundheit zuträglich war, ebenso wie regelmäßiges Licht- und Luftbaden. Was ihm manches Mal Kritik seiner Schäfchen einbrachte, weshalb er sich zunehmend anderen Betätigungsfeldern zuwandte.

Auch zu ihm war wohl durchgedrungen, dass die junge »Frau Simon-Kruse«, wie Käthe sich nun selbst fern der Hauptstadt jedem vorstellte, nicht ganz so krusig war, wie sie es sich immer noch von Herzen gerne wünschte.

Bei ihrer ersten Teestunde hatte sie einigermaßen erfreut sowohl die »Jungen Liebenden« als auch den »Siegesboten von Marathon« in erstaunlicher Eintracht auf dem Büffettschrank entdeckt. Darauf angesprochen, verzog Pastor Stern das Gesicht; er fürchtete, sie würde sich, wie so viele junge Frauen, darüber auslassen, dass sie wenig übrighatten für eine so offen zur Schau gestellte Nacktheit.

»Entschuldigen Sie. Meine Haushälterin kann sie wegräumen, wenn Sie sich daran stoßen.«

»Aber nein!«, rief Käthe. »Ich bin ganz verzückt, die Werke meines Mannes bei Ihnen zu sehen. Mir war nicht bewusst, welch großer Beliebtheit sie sich inzwischen erfreuen.«

Beim Pastor fiel der Groschen. »Sie sind verheiratet mit *dem* Kruse?«

Käthe schwieg taktvoll und gab noch etwas Sahne in ihre Teetasse. Aber sie musste auch nichts sagen, denn Pastor Stern redete einfach weiter. »Ich liebe seine Werke. Sie haben nicht umsonst einen Ehrenplatz, sie sind so ausdrucksstark und erzählen ihre ganz eigene Geschichte. Sagen Sie, wissen Sie zufällig, ob er gerade wieder an etwas Ähnlichem arbeitet?«

»Ach, wissen Sie«, sagte Käthe leichthin, »er arbeitet immer an vielen verschiedenen Projekten. Nicht mal ich habe da einen Durchblick.«

»Und nun schickt er Sie zu uns in die Schweiz. Ah, er will auch auf dem Berg der Wahrheit nach Erkenntnis suchen, ist es das?«

»Max wird sicher in einigen Wochen nachkommen.« Geplant war, dass er allenfalls auf Besuch in die Schweiz kam, während Käthe dauerhaft ihren Wohnsitz hier nehmen sollte. Die räumliche Trennung sollte sie schützen. Aber ihr fiel auf, dass der Pastor sie direkt mit einer Ehrfurcht behandelte, die ihr in Berlin nie begegnet war, wenn sie sich als Freundin von Max Kruse vorstellte. Das mochte an der Berliner Kaltschnäuzigkeit liegen, oder aber sie hatte sich allein durch die Behauptung, Max' Frau zu sein, in eine bessere Position gebracht. Hatte sich diesen Platz einfach genommen, weil sie fand, er stünde ihr rechtmäßig zu.

•|• •|• •|•

Die kleine Sophie Ostara kam am 21. August 1904, einem Sonntag, kurz vor Tagesanbruch zur Welt. Käthe war überrascht, wie leicht ihr die Geburt dieses Mal fiel, da nichts daran für sie fremd oder beängstigend war. Danach legte sie sich mit der kleinen Fifine, wie sie das Mädchen zärtlich flüsternd nannte, ins Bett und ruhte sich aus. Später kam Mimerle auf nackten Füßen angetappt. Sie hatte nebenan die Geburt ihrer kleinen Schwester verschlafen und staunte nun über all das Winzige an einem frisch geborenen Menschenkind – Näschen, Finger und Zehen, die kleine Schnute, die sich beim Gähnen verzog.

»Schau, deine kleine Schwester ist so müde.«

»Wie ist sie geboren?«, wollte Maria wissen. Käthe lächelte und streichelte ihre Wange. »Das erzähle ich dir ein anderes Mal. Komm, leg dich zu uns. Bestimmt bringt Fräulein Rotter uns gleich das Frühstück.«

Zuerst aber betrat Käthes Mutter das Zimmer der Wöchnerin. »Hast du's geschafft«, sagte sie spröde.

»Mutti.« Erst vor wenigen Tagen war Käthes Mutter überraschend doch noch angereist, nachdem sie sich zuvor geweigert hatte. Ihre einzige Begründung war: »Kann dich doch nicht allein lassen mit alledem.« Käthe hatte sich gefreut, auch wenn sie das schlechte Gewissen plagte. Sie wusste, wie ungern ihre Mutter reiste, noch dazu allein.

»Deine zweite Enkelin möchte dich gern kennenlernen, Mutti.« Käthe rückte ein wenig beiseite, so dass ihre Mutter das Baby besser betrachten konnte, das neben ihr auf einem Kissen ruhte. Mimerle hockte am Fußende des Betts, hatte die Füße unter Käthes Bettdecke gesteckt und knibbelte an ihren Fingernägeln.

»So, ja. Ein hübsches Baby. Hat viel vom Vater.«

»Hoffentlich will sie keine Künstlerin werden.« Käthe seufzte leise.

»Na komm, Maria. Lassen wir deine Mutter ein wenig ausruhen.« Bevor sie das Zimmer verließ, drehte sich Christiane noch einmal um. »Hast du gut gemacht«, sagte sie nur und nickte bekräftigend.

Hast du gut gemacht …

Ach. Käthe wünschte, sie könnte sich selbst so wohlwollend gegenüberstehen. Sie wusste, wie sehr ihre Mutter immer noch grollte. Weil Käthe weiterhin mit Max zusammenblieb. Ihn sogar verteidigte, dass er nicht mal darüber nachdachte, ihre Verhältnisse zu Käthes Gunsten zu ordnen. Sollte Max etwas passieren, stünde sie gänzlich mittel- und hilflos da.

Sie war allein in die Schweiz gereist – ohne ihre Mutter, mit der sie sich kurz vor dem Abschied so gründlich verkracht hatte. Doch Christiane war ihr kurz darauf gefolgt. Nicht, weil sie ihre Meinung darüber geändert hatte, dass Max gefälligst Verantwortung übernehmen und Käthe heiraten solle. Nein, Christiane war hier, weil Käthe nun mal ihre Tochter war. Weil sie zwar der Auffassung war, dass sie mit ihrer Beziehung zu Max einen Fehler beging. Aber sie konnte das eine vom anderen trennen.

Keine Vorwürfe mehr. Sie waren zusammen, und Käthes Mutter würde bei ihr bleiben, wohin der Weg sie auch führen mochte.

»Auf den Berg da rauf willst du? Da geh ich nicht mit!« Christiane Simon hatte eine klare Haltung zu den Lebensreformern, die auf dem Monte Verità lebten. Käthe stillte gerade Fifi, während Mimerle auf dem Fußboden mit einem Stück Stoff spielte, das beim Zuschneiden eines Kleids übrig geblieben war.

Max saß gemütlich in einer Zimmerecke im Sessel und tat, als wäre er in seine Lektüre vertieft. Dabei wusste Käthe, dass er genau zuhörte, während sie versuchte, ihre Mutter von den Vorteilen dieser neuen Lebensform zu überzeugen.

Seit wenigen Tagen war Max nun bei ihnen, und er würde leider nicht mehr lange bleiben können – Berlin rief ihn. Berlin mit all seinen Künstlern, mit den vielen Frauen, lebenssprühend und inspirierend. Das wusste Käthe. Sie wusste auch, dass er sie auf den Berg schickte, weil er sie dort besuchen wollte, ohne sich ganz den Regeln unterwerfen zu müssen.

»Man erzählt sich viel hier in Ascona«, sagte Käthe leise. »Über die Oedenkovens und wie sie Gusto Gräser verjagt haben.«

Max schnaubte. »Ja, und? Jede neue Gesellschaft muss sich erst finden. Gusto war ihnen zu radikal in seinen Ansichten, darum musste er gehen.«

Käthe hätte gedacht, die Lebensreformer lebten nach dem Grundsatz, ein jeder möge glücklich werden. Aber nun merkte sie, bevor sie nur einen Fuß auf den Berg setzte, dass dort genauso Regeln galten wie hier unten im Tal.

»Es ist ganz anders dort«, war Max überzeugt, obwohl er ja selbst nur die Erzählungen kannte. »Es gibt Lufthütten, die Menschen befreien sich vom Joch der gesellschaftlichen Konventionen, sie tanzen über die Wiesen und baden ihre Körper in Licht und Luft. Nackt, selbstverständlich.«

Käthes Mutter schnappte hörbar nach Luft. Sie stopfte Socken, und ihre Bewegungen wurden deutlich hektischer. »Das ist nicht recht«, hörte Käthe sie murmeln.

»Und sie ernähren sich nur von dem, was sie selbst erzeugen. Jede Hütte hat einen Garten.«

»Wie sollen wir uns dann über den Winter ernähren, wenn wir doch nichts anbauen konnten?«, wollte Käthe wissen. Langsam wuchs ihre Unsicherheit. »Wäre es nicht besser, wir warten noch ein halbes Jahr, ehe wir dort hinaufgehen? Du willst sicher nicht, dass wir verhungern.«

»Ach was. Ihr könnt nähen, andere Frauendinge tun. Tauscht einfach mit den anderen euer Können gegen Lebensmittel.«

Für ihn klang es so einfach. Käthe aber war eher auf der Seite ihrer Mutter. Was sollten sie da oben? Es würde im Winter bestimmt ungemütlich werden in so einer Lufthütte. Wie hatte sie sich das vorzustellen? Ohne Fenster und Türen? War das denn das richtige Umfeld für ihre Töchter? Fifi war noch so klein, Käthe würde sie die meiste Zeit im Tragetuch vor der Brust haben. Aber das Mimerle? Auf jeden Fall brauchten sie noch mehr dicke Wintersachen. Sie fühlte sich nicht vorbereitet für dieses Abenteuer, das für Max allerdings schon beschlossene Sache war.

»Du wirst ohnehin erst eine Prüfung ablegen müssen.«

»Auch das noch«, sprach Käthes Mutter ihre Gedanken aus. Max überhörte sie.

»Können wir nicht in Ascona bleiben?«

»Ach, jetzt hört doch endlich auf zu jammern«, schimpfte er. »Du willst doch was aus dir machen, mein kleines Käthchen. Das schaffst du nicht, wenn du gemütlich im Warmen hockst und die Kindlein betüddelst. Das mag ja in deinem Wesen liegen, das Mütterliche, und es steht dir ausgezeichnet, aber du willst doch mehr sein als die Mutter. Du willst Maria und Sophie was anderes vorleben als nur, wie sie selbst eines Tages ihre Kinder aufziehen sollen. In dir steckt eine Künstlerin, Käthe. Du hast nur noch nicht die richtige Form gefunden, sie auszudrücken.«

Käthe sah ihn nicht an. In ihr brodelte es schon seit Tagen, weil Max immer ungeduldiger wurde. Sie sollte gefälligst mal zeigen, wo ihre Fähigkeiten lagen, so kam es ihr vor. Als würde sein größtes Kunstwerk, nämlich sie, sich nicht rühren und immer noch nicht den Ausdruck finden, den er von ihr erwartete.

»Ich war eine hervorragende Theaterschauspielerin«, erwiderte sie scharf. »Aber es war dir ja nicht recht, dass ich auf der Bühne stehe.«

»Du hast ja nicht gesehen, wie die bourgeoisen Herren im Zuschauerraum dich angeiferten, sobald du die Bühne betratst. Für die warst du nur ein Objekt, auf das sie ihre Lust projizierten. Hat man ja gesehen an diesen winselnden Kötern Gottstein und Zepler, wie die um dich herumgeschwänzelt sind, weil du sie gelassen hast.«

Mit einem Ruck stand Käthes Mutter auf. »Ich lasse euch lieber allein. Komm, Mimerle. Wir besorgen dir einen Apfel.«

Käthe ließ sie gehen. Die Tür hatte sich kaum hinter den beiden geschlossen, als Max schon nachsetzte. »Das Theater war der falsche Ort für dich.«

»Ich war gern Schauspielerin.«

»Hast dich wohl gern prostituiert.«

Seine Worte raubten ihr die Luft. »Das habe ich nie getan«, erwiderte sie scharf. Sie schob Sophie zurecht, die an der Brust eingeschlafen war. Käthe schloss das Kleid und zog die Babydecke etwas höher.

»Es hat dir aber gefallen, wenn die Herren dich in feine Restaurants ausgeführt haben oder dir Geschenke machten.«

»Aber dafür bin ich doch nie mit ihnen … « *Ins Bett gegangen*, vervollständigte sie den Satz in Gedanken.

»Nicht? Aber wäre ich nicht gekommen, irgendwann wär's so weit gewesen. Du warst wie eine reife Feige, irgendeiner hätte dich schon gepflückt.«

»Du hast das gemacht. Bei dir bin ich schwach geworden, weil ich dich so sehr geliebt habe.« Käthe merkte, wie nahe sie den Tränen war, doch sie drängte sie zurück. Weinen sehen sollte er sie nicht! Seine Worte verletzten sie. Hatte sie ihm je das Gefühl gegeben, er wäre nicht der Eine, der Einzige? Hatte sie nicht im Gegenzug ausgehalten, wie er sich lieber in Berlin bei Freundinnen aufhielt, ohne nachzufragen? Ihre Eifersucht hätte er ohnehin als hysterisch abgetan, war es nicht so?

Max hielt inne. »Liebst du mich jetzt nicht mehr, Käthe?«, fragte er. Wurde ganz still.

Da war sie. Seine Angst. Er konnte sie eben nicht so gut zeigen wie sie ihre, wollte der Starke sein, wie ein Baum, an den sie sich lehnen konnte in jedem Lebenssturm.

»Ich liebe dich wie am ersten Tag.«

Er wollte nachsetzen, doch dann seufzte er. »Ach, Käthe. Da hältst du mir einen Spiegel vor, in dem ich mich nicht sehen mag. Du musst ja denken, ich wäre eifersüchtig auf diese Männer. Dabei bemitleide ich sie nur.«

»Trotzdem hast du meiner Karriere ein Ende bereitet.« Auf der Bühne stehen wollte sie eh nicht mehr, das fühlte sich nicht mehr richtig an. Das Muttersein hatte sie verändert, hatte ihrem Leben eine neue Richtung verliehen. Doch was sie in Zukunft mit sich anfangen sollte, lag in einem Nebel.

»Ich habe dich mit Max Reinhardt bekannt gemacht. Du durftest bei ihm vorsprechen.«

»Wir beide wissen, dass er mich nie für ein größeres Engagement in sein Ensemble aufgenommen hätte.«

»Vermisst du das Theater?«

Darüber dachte Käthe nach. Max ließ ihr Zeit. Er stand auf und holte ihnen eine Kanne frischen Tee. Irgendwo hörte Käthe Mimerle nach ihr rufen, aber das kleine Mädchen ließ sich von der Oma wohl beruhigen.

»Das Theater vermisse ich nicht«, räumte sie ein. »Aber wie lebendig ich damals war. Das hier«, sie nickte auf Sophie, deren Lider im Schlaf leicht flatterten, »ist so anders. Ein Teil von mir will genau hier sein. So wie ich es jetzt bin. Ein anderer Teil von mir jedoch will sich ausdrücken. Will Raum haben, in den ich mich entfalten kann.«

»Sag ich doch«, brummte Max. Er setzte sich zu ihr und streichelte ihren Arm. »Du bist mehr als nur Mutter, Käthe. Wir müssen nur herausfinden, was genau du bist.«

Sie bezweifelte zwar, dass ihr das auf diesem Berg gelingen würde, den er auserkoren hatte. Aber was Besseres fiel ihr gerade auch nicht ein, und das Wichtigste war ohnehin, dass es da einen Ort gab, an dem sie mit ihren Kindern leben konnte, ohne zu befürchten, dass jemand sie ihr wegnahm.

»Aber nur einen Winter«, nahm sie ihm das Versprechen ab. »Danach müssen wir uns was anderes suchen, wenn's mir nicht gefällt.«

Max versprach es ihr. Er wirkte erleichtert, dass dieser Streit nun ausgestanden war. In Käthe aber rumorte es weiter, denn sie wusste nicht, wer sie als Künstlerin war, und das fühlte sich an, als hätte sie ihm gegenüber versagt.

3

Monte Verità, November 1904

Du meine Güte«, sagte Käthe. Sie zog die Kapuze tiefer in die Stirn und strich ein paar nasse Strähnen aus dem Gesicht. Behutsam rückte sie Fifi gerade, die im Tuch vor ihrer Brust selig schlummerte und unter Haube und Tuch nichts von dem garstig kalten Regenwetter mitbekam, das um sie herum tobte. Käthe umschloss Mimerles kleines Händchen. Ihre ältere Tochter stapfte nun schon seit ihrem Aufbruch vor knapp zwei Stunden tapfer neben ihr her und hatte sich kein einziges Mal über den Anstieg beklagt oder dass der Schlamm ihr in die Lederschuhe kroch. Die Locken hingen ihr dunkel ins Gesicht, die Wangen waren von der Kälte gerötet. Hinter Käthe lief ihre Mutter. Sie trug eine Kiepe auf dem Rücken, ähnlich der, die auch Käthe geschultert hatte. Neben ihr ging Elise, ein kräftiges Mädchen von siebzehn Jahren, das Käthe als Kinderfrau eingestellt hatte. Immer wieder hob sie Maria hoch und trug sie ein Stück, bis das kleine Mädchen strampelte, weil es selbst laufen wollte.

Nur unter der Bedingung, dass sie zusätzliche Unterstützung bekam, hatte Käthe sich bereit erklärt, auf den Berg zu ziehen, und Max hatte sich ungewohnt generös gezeigt. Seine jüngsten Arbeiten hatten wohl einiges Geld in die Kasse gespült. Vor seiner Abreise versprach er, vor Ablauf des Winters selbst auf dem Berg vorbeizuschauen. Käthe glaubte noch nichts davon. Sie hatten sich versöhnt, doch die Worte, die gefallen waren, hingen ihr immer noch nach.

»Ist es noch weit, Mami?«

»Noch ein kleines Stück, mein Schatz.«

Elise schloss zu ihnen auf. Sie nahm Maria auf den Arm, kitzelte sie am Hals, bis sie juchzte. Käthe blieb kurz stehen und wartete auf ihre Mutter.

»Eine Schnapsidee war das von deinem Mann.«

»Ich möchte nicht mehr darüber diskutieren«, sagte Käthe leise.

»Was, wenn eines der Kinder krank wird? Gibt es einen Arzt da oben? Oder müssen wir nach Ascona laufen, zwei Stunden mindestens, weitere zwei Stunden wieder hoch? Bis ein Arzt da ist, kann es zu spät sein.«

Um die Kinder machte Käthe sich weniger Sorgen als um ihre Mutter, die sich erschöpft auf einen Stecken stützte. Die Schwindsucht würde nicht einfach weggehen, wenn sie nicht mehr darüber redeten. Aber sobald das Thema zur Sprache kam, war alles, was ihre Mutter beitragen konnte, ein fatalistisches »mit mir geht's eben zu Ende, machen wir uns nichts vor«. Käthe hoffte, die Luftveränderung könnte ein wenig dazu beitragen, dass ihre Mutter noch recht lange bei ihnen blieb.

Sie erreichten die ersten Häuser der Siedlung, die sich auf dem Bergrücken erstreckten. Zwischen Kastanien, Mimosen und sogar Palmen blitzten Glasfronten auf; Holz war der Baustoff für die kleinen Hütten, die großen Hauptgebäude ganz oben hatten ein steinernes Fundament. Max hatte ihr erzählt, in dem einen lebten Henri Oedenkoven und Ida Hofmann, die zu den Gründern der Kolonie gehörten; das zweite auf der Bergspitze diente als Versammlungshaus für alle Bewohner. Dorthin ging Käthe nun. Sie hoffte, sie fand dort jemanden, der ihnen ein Häuschen zuwies.

Tatsächlich traf sie vor dem Haus eine junge Frau, die sie fragte, wo man sich melden könne, wenn man ein Haus beziehen wolle. Die Frau zeigte nur stumm ein Stück den Weg hinab. Käthe drehte sich um. Ein Mann mit langen, dunklen Haaren und einem Vollbart, der seltsam ungepflegt wirkte, kam auf sie zu. Er trug weite, wallende Kleidung aus einem groben Stoff, um die Taille durch einen Strick gehalten. Zwischen den Stoffbahnen über seinem Oberkörper sah Käthe seine von der Sonne gebräunte, behaarte Brust.

»Guten Tag«, sagte sie. »Ich bin Käthe Simon-Kruse. Mein Mann Max hat mich angemeldet.«

Er blieb einige Schritte entfernt stehen und musterte Käthe schweigend. Sie fühlte sich unbehaglich unter diesem Blick. Das helle Blau seiner Augen war geradezu stechend, als würde sie einer Prüfung unterzogen werden. Max' Worte kamen ihr wieder in den Sinn. Dass jeder geprüft wurde, bevor er Teil der Gemeinschaft werden durfte.

»Eine Hütte da drüben ist noch frei.« Seine Stimme klang hell, ein Singsang aus Worten. Salbungsvoll faltete er die Hände, die in den weiten Ärmeln seines Gewands verschwanden. Er sieht aus wie ein verlotterter Jesus, fuhr es Käthe durch den Kopf.

»Nun, dann brauche ich wohl einen Schlüssel.«

Ihr Gegenüber lachte auf. »Schlüssel besitzen wir hier nicht.«

Sophie wachte im Tragetuch auf und fing an zu weinen.

»Wir alle teilen unser aller Besitz«, fuhr er fort. Dabei sah er Käthe auf eine eigentümliche Art an, dass ihr ein kalter Schauer über den Rücken rann. »Das verstehst du bestimmt. Max wird dir davon erzählt haben.« Er drehte sich um. Eine junge Frau näherte sich; sie trug ähnlich wallende Kleider wie der Mann, wirkte insgesamt aber etwas gepflegter. »Komm heute Abend in unser Haus da vorne. Ida wird dir eure Hütte zeigen. Käthe.« Er sagte ihren Namen, als wäre er eine Beschwörungsformel, ein Geschenk.

Ida trat zu ihnen. »Ich bin Ida Hofmann. Willkommen auf dem Berg der Wahrheit. Komm! Ich mache dich mit eurem neuen Leben vertraut.«

Käthe blickte sich in der Hütte um.

Es war tatsächlich eine Hütte, kaum mehr als ein feuchter Verschlag. Aus Holz gezimmert, die Ritzen mit Moos und Blättern notdürftig abgedichtet, der Fußboden bestand nur aus festgestampfter Erde. Die wenigen Möbel wirkten archaisch. Nur die großen Glasfenster gen Süden waren ein kleiner Luxus. Sie ließen selbst an diesem trüben Novembernachmittag genug Licht ein, dass sie ihr neues Zuhause inspizieren konnte.

Mimerle erkundete bereits die Ecken. Sie quiekte, als ihr eine Maus über die Füße rannte, die erschreckend groß war. Hoffentlich keine Ratte. Elise fand hinter der Tür einen Reisigbesen und machte sich sogleich daran, den einzigen Wohnraum auszufegen. Käthes Mutter hatte sich am Tisch auf einen der Holzklötze gesetzt, die wohl als Stühle dienen sollten. Es war alles in allem beengt und winzig. Eine Leiter führte zum Schlafboden, wo sie alle zusammen auf einem Matratzenlager nächtigen sollten.

Käthe seufzte.

»Stimmt etwas nicht?«, erkundigte sich Ida höflich. Sie wartete in der Tür, ob Käthe noch was brauchte.

»Es ist anders, als ich es mir vorgestellt habe«, gab sie zu.

Ida lächelte fein. »Das sagen viele. Aber ich verspreche dir, du wirst schon bald die Vorzüge unserer Gemeinschaft kennenlernen und sie schätzen, denn sie ist geprägt von Respekt und Liebe, von Gleichberechtigung und unser aller Mut.« Idas Blick fiel auf Elise. »Das wird Henri nicht gefallen.«

»Wie bitte?«

»Komm einfach nach dem Abendessen zu unserem Haus. Er wird dir alles erklären.«

Der verlotterte Jesus war also Henri Oedenkoven. Von ihm hatte Max viel erzählt; fast bewundernd hatte er von Oedenkovens Vision einer lebensreformerischen Kolonie auf dem Berg der Wahrheit gesprochen, wo Künstler sich frei entfalten durften. Henri Oedenkoven schuf das Ideal einer Welt, für die in der bürgerlichen Enge kein Platz war – Letzteres überraschte sie dann doch, war Max doch bei aller freien Liebe immer auch gern ein Bürgerlicher gewesen.

Käthe blickte Ida nach. Sie wusste ja nicht, was genau sie erwartet hatte, aber das hier jedenfalls nicht.

Das Abendessen konnten sie sich im Gemeinschaftshaus holen, wo eine Köchin mit mehreren Gehilfinnen dreimal täglich für alle Bergbewohner kochte. Es gab rein vegetarische Kost, vieles roh, das meiste war in den Gemüsegärten angebaut worden. Jede Hütte hatte einen eigenen, es gab aber noch einen großen Gemeinschaftsgarten, in dem einige Landarbeiter schufteten. Käthe fragte sich, wie sich das mit dem Prinzip der Selbstversorgung vereinbaren ließ, denn die Arbeiter schulterten am Abend ihre Hacken und Schaufeln, nahmen ihre Wassereimer und Gießkannen in die freie Hand und trugen alles zu einem Schuppen, das konnte sie durch das große Fenster gut beobachten. Anschließend machten sie sich auf den Weg ins Tal. Das taten sie bestimmt nicht nur für ein paar warme Worte, jemand bezahlte sie für die Arbeit.

Als Käthe mit Elise die Tabletts fürs Abendessen holte, lernte sie noch ein paar andere Bewohner kennen. Obwohl sie sich allen mit einem Lächeln vorstellte, merkte sie, wie misstrauisch man sie musterte. Dass hier alle gleich waren und einander halfen, spürte sie noch nicht.

Sie müssen sich erst an Neuankömmlinge gewöhnen, redete Käthe sich ein.

Doch ihr Unbehagen wuchs, als sie eine Stunde später zur Casa Anatta hinaufstieg. Das Haus war noch nicht fertig, das erkannte Käthe vor allem daran, dass selbst zu der späten Stunde noch Arbeiter an der Fassade beschäftigt waren.

Sie betrat einen vertäfelten Saal, der als Wohnraum diente. Die kleine Hütte, in der sie selbst untergekommen war, hätte in diesen repräsentativen Raum fünfmal hineingepasst. In einer Ecke stand ein Klavier, es gab Sessel und ein breites Sofa, auf dem sich Henri Oedenkoven ausgestreckt hatte, die nackten, dreckigen Füße auf einem Brokatkissen. Die sanften Klänge des Klaviers verstummten.

»Wieso hörst du auf zu spielen?«, brummte er seine Gefährtin Ida an.

»Käthe ist da, Henri.« Ida stand auf.

Er richtete sich langsam auf. »Ah ja.«

Wieder dieser prüfende Blick, von dem Käthe glaubte, ihm nicht standhalten zu können. Doch dann klopfte er neben sich aufs Polster. »Komm nur her«, gurrte er.

Zu Käthes Überraschung gehorchte sie. Er war ein merkwürdiger Kauz, das schon, aber zugleich hatte er ein einnehmendes Wesen, das ihr gefiel. Ida verschwand auf nackten Füßen in einen Nebenraum. Käthe hörte Geschirr klappern.

»Du willst also Teil unserer Gemeinschaft werden.«

»Ja.« Käthe faltete die Hände auf dem Schoß. Er schnalzte mit der Zunge und nahm eine ihrer Hände in seine. Weich und weiß waren sie, keine harte Arbeit gewöhnt.

»Du wirst hier schuften müssen wie wir alle«, erklärte er. »Jeder muss seinen Beitrag leisten, sowohl finanziell als auch durch Bewältigung der Aufgaben, die das Überleben an uns stellt.«

Sie verkniff sich die Frage, ob denn die Bauarbeiter und die Männer auf den Gemüsefeldern auch zur Gemeinschaft gehörten. »Dazu bin ich bereit.«

»Ida hat mir erzählt, das Mädchen bei euch sei deine Kinderfrau.«

»Ich habe zwei Kinder zu versorgen und kümmere mich um meine kranke Mutter. Das lässt sich kaum allein bewältigen.« Käthe ärgerte sich, weil sie sich sofort verteidigte.

»Nun, das entspricht aber nicht unseren Grundsätzen.«

Henri machte eine Pause und wartete, ob Käthe einknickte. Doch sie entzog ihm nur die Hand.

Ida brachte auf einem Tablett Holzschalen mit Tee. »Brennnessel.«

Er schmeckte scheußlich.

»Interessant«, kommentierte Käthe.

»Ich erzähle dir mal etwas über unsere Lebensgemeinschaft auf dem Monte Verità«, begann Henri. Er beugte sich vor, die Hände umschlossen die Teeschale, die Ellbogen ruhten auf den Knien. »Wir leben im Einklang mit der Natur. Essen nur, was wir selbst erzeugt haben. Trinken frisches Quellwasser oder gelegentlich Tee. Säfte vom Fallobst, selbst gepresst natürlich. Alles, was du siehst, haben wir mit unseren eigenen Händen erschaffen. Haben wir uns so erdacht und es auf diese Weise zu Leben erweckt. Unsere Gemeinschaft lebt von der Gleichheit. Vom Glauben daran, dass Mann und Frau dieselben Rechte haben. In jedem von uns wohnt ein künstlerischer Geist, den wir zu erwecken versuchen. Unsere Gesundheit fördern wir durch regelmäßiges Nacktbaden im Sonnenlicht und an der frischen Luft. Das Leben findet das ganze Jahr im Freien statt. Wir leben mit der Natur, nicht gegen sie. Industrialisierung, Verstädterung – das alles schwächt den Leib. Unsere Ernährung ist vegetarisch, wir halten kein Nutzvieh. Auch keine Hühner«, fügte er hinzu, als könnte er Käthes Frage vorhersehen. »Wenn dir das alles zusagt und du dich unseren Regeln unterwirfst, bist du mit deiner Familie herzlich willkommen.« Ein maliziöses Lächeln umspielte seine Lippen. »Unter uns, ich denke, dein Mann wüsste es sehr zu schätzen, wenn du dich zu unserer Gemeinschaft bekennst. Das hat er mir jedenfalls geschrieben.« Er hob die Schale an den Mund und trank, ohne sie aus den Augen zu lassen.

Dass Max und Henri Oedenkoven bereits im Briefwechsel standen, überraschte Käthe nicht. Was er über das Leben auf dem Berg erzählte, klang ja recht ansprechend, doch sie wurde das Gefühl nicht los, dass er mehr im Schilde führte.

Und tatsächlich. Das Wichtigste folgte.

»Natürlich kannst du dich bei uns nicht ins gemachte Nest setzen. Wir hatten Auslagen durch den Bau der Hütten, durch das Bestellen der Gärten und so weiter.«

Ida, die bisher still neben ihm gesessen hatte, blickte auf. Ihre Augen blitzten.

»Daher wirst du sicher einverstanden sein, einen monatlichen Obolus von zweihundertfünfzig Schweizer Franken zu unserer Gemeinschaft beizutragen«, fügte Henri beiläufig hinzu.

Käthe wusste im ersten Moment nicht, was sie sagen sollte. Dass sie sich finanziell einbringen müsste, hatte sie nicht gewusst. Rasch rechnete sie im Kopf nach.

»Aber das sind zweihundert Mark!«, protestierte sie. Ein kleines Vermögen – und wofür? Freie Kost und Logis von zweifelhafter Qualität. Elise war vorhin schon auf dem Schlafboden herumgekrochen und hatte neben ein paar Löchern im Bettzeug auch eine Lücke im Dach gefunden, durch die es beim ersten Regenguss ziemlich nass werden würde.

»Zweihundert Mark, die wir bereits investiert haben«, belehrte er sie. Käthe wollte widersprechen. »Du hättest kein Dach über dem Kopf, wenn wir diese Hütten nicht gebaut hätten. Du müsstest mit deinen Kindern in einer Höhle schlafen wie Gusto Gräser. Das willst du nicht. Der Winter hat auch in Ascona kalte Tage.«

»Darauf sind wir nicht vorbereitet.«

Max hatte ihr etwas Geld mitgegeben, aber nicht so viel, dass es für einen Winter auf dem Berg genügte. Außerdem sollte sie davon Elises Lohn bezahlen und Anschaffungen machen, soweit nötig.

»Dann könnt ihr nicht bleiben.«

Das wäre vielleicht das Beste, dachte Käthe. Sie wollte schon aufstehen.

Henri hatte sich zurückgelehnt, die Augen halb geschlossen, in den Händen den Holzbecher. Die Beine breit aufgestellt. Er summte vor sich hin, dann schien ihm etwas einzufallen.

»Frag Max«, murmelte er. »Er wird sich schon kümmern. Wäre schon ein Gewinn für uns, wenn er gelegentlich hier vorbeikommt. Ein Berliner Bildhauer, so etwas gibt es hier nicht. Wird viele anlocken, die ihm nahe sein wollen.« Henri richtete sich auf. »Ah, das ist eine gute Idee. Für zweihundertzehn Schweizer Franken könnt ihr vielleicht bleiben. Wäre das in Ordnung?«

Sie hatte nur dreihundert. »Ich muss Max schreiben.«

»Ja, tu das. Schreib ihm … Er kann jederzeit herkommen, dafür müsst ihr keinen Aufschlag zahlen.« Er sank zurück aufs Sofa, die Augen fielen ihm zu. Beiläufig kratzte er sich im Schritt und schnupperte danach an seinen Fingern. Käthe hatte es auf einmal sehr eilig.

Ida begleitete sie nach draußen.

»Sag Bescheid, wenn du Probleme mit jemandem hast. Wir sind hier alle füreinander da, trotzdem gibt es Konflikte, wenn man so nah beisammen lebt.« Sie lächelte und umfasste die Ellbogen mit den Händen, als wäre ihr kalt. »Du wirkst überrascht.«

»Ich dachte, es genügt, wenn wir mitarbeiten. Die Miete ist ... hoch.«

Ida zuckte mit den Schultern. »Für das Finanzielle ist Henri zuständig. Sag Bescheid, wenn es euch an etwas fehlt.«

Durch die Dunkelheit schlich Käthe zurück zu ihrer Hütte am Berghang. Im Wohnraum saßen Elise und ihre Mutter auf zwei Holzklötzen, die eine strickte, die andere nähte.

»Und?«, fragte Christiane Simon, als Käthe sich müde auf einen dritten Holzklotz setzte.

»Er will zweihundertzehn Schweizer Franken.«

»Im Jahr, meinst du?«

Sie schüttelte den Kopf.

»Das ist Wucher«, murmelte ihre Mutter. Sie hatte die Zahlen natürlich im Kopf, wusste sofort, dass das zu teuer war.

»Ach«, sagte Käthe. »Ich muss überlegen. Max schreiben.« Max hatte doch immer eine Lösung. Er wollte, dass sie hier lebten? Dass Käthe nach ihrer Kunstform forschte? Dann würde er ihr das ermöglichen, davon war sie überzeugt.

4

Monte Verità, November 1904

Sie lebten sich rasch ein. Der Tagesrhythmus war bestimmt von der Glocke, die sie morgens, mittags, abends zu den Mahlzeiten rief, die an langen Tafeln im Gemeinschaftshaus eingenommen wurden. Die Fenster waren weit geöffnet – die Sache mit Licht und Luft nahm man hier sehr ernst. Käthe kaufte von ihrem letzten Geld bei einem Schäfer in Ascona größere Mengen Wolle, die sie allerdings erst noch waschen, kardieren und zu Garn verspinnen mussten, bevor sie daraus für die Kinder dicke Pullover und für die Frauen Schultertücher und Socken für alle stricken und häkeln konnten.

Fifi war immer dabei, entweder im Tragetuch oder in einem Korb neben dem Spinnrad; Mimerle spielte mit den Wollresten und wirkte zunehmend trübsinnig. Käthe begann sich um ihre ältere Tochter Sorgen zu machen, die nicht mehr richtig aß und oft schwer seufzte.

»Was ist denn, mein Liebling?«, fragte sie eines Abends, als sie Mimerle und Fifi ins Bett brachte. Unten surrte das Spinnrad, sie hörte ihre Mutter und Elise leise reden. Zum Glück hatte sich das Kindermädchen gut eingefügt in ihre kleine Familie.

»Mir ist alles so dunkel, Mama«, wisperte Mimerle. Knapp drei Jahre alt, und schon so klar in dem, was sie sagte. Käthe dachte über die Worte ihrer Tochter nach. Konnte es sein, dass die Schwermut, die sich bereits über ihre Mutter gelegt hatte, nun auch ihre Tochter betraf? Und was konnte sie denn nur tun gegen die winterliche Dunkelheit, außer sich mit besonderer Aufmerksamkeit dem Kind zu widmen?

Fifi war an der Brust eingeschlafen, Mimerle aber lag mit weit offenen Augen in der Dunkelheit neben Käthe. »Schlaf jetzt«, flüsterte sie und küsste die Kleine auf die Stirn.

»Mami?«

»Ja, mein Schatz?«

»Ich möchte auch eine Fifi.«

»Aber wir haben doch unsere kleine Sophie, mein Schatz.«

»Ich will aber eine eigene. Ein Baby, das ich streicheln kann und behüten, so wie du.«

Käthe hielt inne. Sie beugte sich noch mal zu Mimerle herüber, legte die Hand auf ihre Wange. »Kannst du mir nicht eine schenken? Ich hätt so gern eine.«

Käthe begriff – es ging nicht um ein Menschenkind. Daheim in Berlin hatte Mimerle ein paar Spielsachen gehabt, doch das meiste hatten sie dort gelassen, weil Max der Auffassung war, das Leben auf dem Berg böte genug Anreize für ein freies Spiel. Das stimmte wohl; jedoch sehnte ihr kluges Kind sich nach neuen Impulsen. Nach einem Baby, das sie dem Vorbild ihrer Mutter folgend umsorgen durfte.

»Ich kümmere mich darum«, versprach sie.

Da war ihre Älteste beruhigt und schlief bald ein.

Sie dachte an ihre eigene Kindheit zurück, als sie mit Tante Paula manchen Nachmittag durch die Stadt gestreift war und sich die Nase am Fenster des Spielwarengeschäfts platt gedrückt hatte. An die Puppe, die sie dort gesehen hatte, die ihr größter Wunsch gewesen war. Und dann ihre größte Enttäuschung, als sie mit acht Jahren Perdita bekam, die nicht mal ein winziges bisschen puppenmütterliche Liebe in ihr ausgelöst hatte … Perdita war in Berlin geblieben, sie könnte Max bitten, sie zu schicken. Aber das brachte Käthe nicht über sich, das war keine Puppe zum Spielen. Und wenn sie Tante Paula schrieb, die weiterhin ihr Leben in Breslau führte, inzwischen verwitwet und nicht gewillt, große Reisen zu machen, weil ihr Augenlicht erlosch … Ach nein, sie konnte Käthe auch nicht fragen. Gabriele in Berlin? Sie würde es Max erzählen, und er würde sich dann fragen, warum Käthe nicht ihn um eine Puppe bat.

Außerdem würde das alles zu lange dauern. Mimerle brauchte jetzt etwas zum Spielen, nicht in zwei oder drei Wochen erst.

»Was machst du?«, fragte ihre Mutter leise. Käthe stand auf. Sie nahm eines der Mehlsäckchen, mit denen sie Schrot für den morgendlichen Getreidebrei holten, und ging vor die Tür. Schaute sich fröstelnd in der Dunkelheit um. Sie bräuchte etwas Weiches, Schweres. Da fiel ihr die Baustelle der Casa Anatta ein, wo die Bauarbeiter einen Sandhaufen aufgeschüttet hatten. Dorthin lief sie und schaufelte mit beiden Händen Sand in den Mehlsack. Na, hoffentlich bemerkte Henri Oedenkoven nicht ihren kleinen Raub; ihm traute sie durchaus zu, ihr zwei Hände voll Sand auch noch in Rechnung zu stellen. Ihre Hand wog den Mehlsack, bis sie das Gefühl hatte, er habe nun die richtige Schwere.

Blieben nur die Gliedmaßen und der Kopf. Den Sack nähte sie zu, kaum dass sie zurück im Haus war.

»Jetzt bist du endgültig verrückt geworden«, murmelte ihre Mutter. »Was soll das werden, wenn's fertig ist?«

Käthe atmete tief durch. Sie drückte das Säckchen an sich, es schmiegte sich an ihren Oberkörper, der Sand darin wurde langsam warm. Sie antwortete nicht. Ihre Mutter kannte sie; manchmal verschloss sich Käthe und war nicht mehr ansprechbar.

»Wir gehen ins Bett.« Christiane legte die Wolle in einen Korb, räumte das Spinnrad in die Ecke und sicherte es so, dass Mimerle morgen nicht den Faden von der Spule zog.

»Ja, ja.« Käthe hielt immer noch das Säckchen an sich gedrückt. Merkwürdig, wie in ihr Erinnerungen an Breslau hochkamen. Sie dachte nicht mehr nur an die Puppe, sondern auch an ihren Vater, der ihr mit seiner Strenge all das hatte auszutreiben versucht, was in seinen Augen für ein junges Mädchen nicht angemessen war. Eine Puppe hatte sie von ihm nie geschenkt bekommen – zu teuer für den Bastard, hat er vermutlich gedacht.

Und Käthe? Ging nach Berlin, wurde gefeierte Schauspielerin – und Mutter von zwei Kindern, die ebenso unehelich geboren wurden wie sie selbst. Ah, sie hätte in diesem Moment gern ihre Wut und Enttäuschung darüber herausgeschrien, wie schlimm ihr Leben sich nun anfühlte. Künstlerin sollte sie werden – ja, wollte sie auch sein, aber hier oben blieb ihr keine Zeit zwischen dem Spinnen und Stricken, den Kindern und ihrer Mutter.

Sie legte das Säckchen auf den Boden. Auf einmal kam es ihr unsinnig vor, ihrer Tochter eine Puppe zu basteln. Die Mittel, die ihr zur Verfügung standen, waren primitiv, außerdem sollte Mimerle es doch besser haben als sie. Das hatte sie sich immer für ihre Kinder gewünscht. Trotzdem war sie nun hier, in dieser kalten, zugigen Hütte fernab von Max, der in Berlin weiter sein Künstlerleben lebte, unbehelligt von Frau und Kindern.

Zum ersten Mal richtete sich Käthes Wut gegen ihn. Bisher hatte sie ihn immer verteidigt, hatte sein Selbstverständnis vom Künstler, der sein Schaffen und das Familienleben voneinander trennen musste, als gegeben akzeptiert. Aber nun verlangte er zugleich von ihr, sie möge auch endlich ihre eigene Ausdrucksform finden. Sie sollte das allerdings bewerkstelligen, während sie sich um die Kinder kümmerte. Merkte er denn nicht den Widerspruch seiner eigenen Worte?

Am nächsten Morgen bettelte Mimerle wieder. »Mama, ich will auch ein Baby.«

»Ein Baby, so? Ich dachte, du wünschst dir eine Puppe.« Käthe zog ihre Älteste auf den Schoß, die sich direkt an ihre Brust kuschelte.

»Nein, ein Baby. So wie du und die Jungfrau Maria.«

»Ach, mein Schatz.« Käthe küsste Mimerle auf den Scheitel. »Wenn du erwachsen bist, kannst du auch ein Baby bekommen, ja?«

»Ich will aber jetzt eins.« Die fast Dreijährige verzog die Schnute. »Nicht erst, wenn ich alt bin.«

»Wir könnten uns von Max die Perdita schicken lassen«, mischte sich Käthes Mutter ein. »Die müsste eingelagert sein mit allen anderen Spielsachen von früher.«

Käthe schüttelte heftig den Kopf. »Nicht die Perdita!«

Mimerle sollte was Hübsches haben, eine Puppe, mit der sie gern spielte. »Ich schreib an Max«, sagte sie, um das Thema zu beenden.

Am Nachmittag setzte Käthe sich hin und schrieb ihm:

Unser Mimerle wünscht sich eine Puppe. Kannst Du eine für sie kaufen gehen? Es soll eine sein, die sie lieben kann, mit weichem Körper und liebem Gesicht, keine aus Porzellan, die können ja allzu schnell zerbrechen. Hier oben ist das Leben eher rustikal, aber es gefällt uns. Kommst Du bald? Deine Mädchen sind wieder gewachsen. Wenn Du Stoffe findest, nehmen wir die auch – meine Mutter kann ihnen neue Kleider nähen nach der Mode, die wir hier oben alle tragen.

Die Mode war tatsächlich noch etwas, woran Käthe sich gewöhnen musste. Daran, dass manche Männer nur in wallenden Gewändern über den Berg liefen, selbst bei eisigen Temperaturen barfuß, um die Beine statt einer Hose Felle gewickelt. Oder die Frauen, deren Kleider gänzlich konturlos waren, teilweise nur aus gegürteten Stoffbahnen bestanden. Es gefiel Käthe auf die eine Art, aber andererseits fragte sie sich, ob dieses Leben fern der Gesellschaft ihr überhaupt noch mal ein Leben *in* der Gesellschaft als lebenswert erscheinen ließe. Oder ob sie mit ihrer Zeit auf dem Monte Verità für alle Zeiten verdorben war.

5

Monte Verità, Frühjahr 1905

Der Winter war hart gewesen, doch mit Einsetzen der Schneeschmelze auf den höheren Gipfeln kehrte auch das Leben zurück auf den Berg der Wahrheit. Die Türen standen tagsüber offen, die Bewohner der Hütten verbrachten die ersten warmen Sonnentage damit, ihr Bettzeug zu lüften und die Matratzen auszuklopfen.

Käthe saß auf der Stufe vor ihrer Hütte. Sie genoss die Wärme, die Sonnenstrahlen kitzelten ihre Stirn. Mimerle spielte. Sie hatte eine Schüssel aus der Hütte geholt, rupfte Gras und schöpfte Wasser und Schlamm aus einer Pfütze darüber. »Mama, dampfiges Gemüse!«, rief sie begeistert und hielt Käthe die Matschpampe hin. Käthe nahm die Schüssel und tat so, als würde sie das Essen sehr genießen.

Schlimmer als das, was im Gemeinschaftssaal serviert wurde, konnte es nicht schmecken, dachte sie belustigt. Auch deshalb war der Winter hart gewesen. Nach den ersten Tagen hatte sie begriffen, dass die angebotenen Mahlzeiten nicht etwa durch einen vorübergehenden Engpass bei der Lebensmittellieferung so knapp bemessen waren, sondern dass die Kost Teil der Heilbehandlung des »Sanatoriums« war, das Henri Oedenkoven hier oben für gestresste Städter errichtet hatte. Morgens gab es Obst und Nüsse und ein immerhin ganz leckeres Brot aus Schrot und Rosinen. Mittags aber wurde immer gedünstetes Gemüse serviert. Ungewürzt. Nicht mal ein Hauch Salz kam an die Rüben und den Kohl, die über den Winter die Hauptnahrungsquelle darstellten. Mit dem Frühling hoffte Käthe, die Versorgungssituation würde sich entspannen – oder zumindest wäre es ihr nun häufiger möglich, in Ascona frisches Brot, Milch für die Kinder und Butter zu kaufen. Wenigstens das Nötigste.

Max hatte dafür gesorgt, dass sie das Experiment auf dem Monte Verità nicht nach nur einem Monat hatte abbrechen müssen – er schickte ihr regelmäßig Geld. Nur den Wunsch nach einer Puppe für Mimerle konnte er nicht erfüllen. Er hatte ihr in einem Brief lang und breit davon erzählt, wie er versucht hatte, in den Berliner Läden eine Puppe für seine Tochter zu bekommen.

Sag wie's ist, mein Lieb, so was kriegt man hier nicht. Es ist schlicht unmöglich. Alle Puppen sind wie erstarrt, steife Glieder, kalte Fratzen als Gesichter. Solche Puppen kauf ich nicht! Machse selber, wenn Du unbedingt meinst, Dein Kind zu einer Mutter erziehen zu müssen.

Käthe hatte sich im ersten Moment geärgert. Dann hatte sie den Brief zu den anderen gelegt, und danach hatte der Alltag mit den Kindern und ihrer kranken Mutter sie aufs Neue gefordert. Obwohl Elise sie nach Kräften unterstützte, war Käthe in den vergangenen Monaten mehr als einmal verzweifelt, da oben auf dem Berg. Doch jedes Mal, wenn sie Max schrieb, wie schlecht es ihnen ging – dass sie manchmal hungrig ins Bett gingen, wie kalt und ungemütlich es war, dass es ihnen an

Komfort mangelte – kam von ihm nur ein lapidares »allemal besser als Berlin« oder auch »du wirst schon noch wissen, wofür's gut ist« zurück. Er genoss es weiterhin, durch die Berliner Kunstszene zu stolzieren, stritt mit Max Reinhardt über die Bezahlung seiner Bühnenbilder, traf sich mit Gabriele – davon schrieb sie Käthe, er jedoch verlor kein Wort darüber – und verdiente wohl endlich wieder Geld mit seiner Kunst, sonst hätte er ihr kaum jeden Monat zweihundert Mark schicken können.

Sie aber war hier oben in einer merkwürdigen Situation. Einerseits wie ein Vögelchen gefangen in dieser Umgebung, in der sie sich immer noch fremd fühlte. Sie konnte die wallenden praktischen Kleider tragen, an denen gar nichts mehr einengte. Sie konnte wohl auch die Ernährung akzeptieren, solange sie für ihre Kinder regelmäßig im Tal Brötchen, Butter, Ziegenmilch und Käse kaufen ging. Dass jeder hier oben meinte, es besser als sie zu wissen – geschenkt. Daran konnte sie sich gewöhnen, sie schüttelte die Kritik an ihren Fähigkeiten als Mutter, als Künstlerin, als Bewohnerin der Gemeinschaft ab wie ein nasser Hund.

Aber dass sie unglücklich war wie nie zuvor in ihrem Leben, das verfolgte sie. Dies hier sollte nun ihr Leben sein, weil Max sich weiterhin weigerte, sie zu heiraten. Für alle Zeiten, oder wie? Sie hatte vielleicht gedacht – und ja, das war naiv, das begriff sie allmählich –, er würde sich darauf besinnen, wie viel angenehmer und günstiger es für ihn war, wenn sie in Berlin lebte. Nicht mit ihm zusammen, aber in seiner Nähe, und den Trauschein bräuchten sie doch nur der Form halber, der müsste an ihrem Leben gar nichts ändern.

War sie auch deshalb unglücklich, weil Max ihr so sehr fehlte? Viel zu selten ergab sich für ihn die Gelegenheit für einen Besuch; seit sie hier oben lebten, hatte er nur einmal den Weg nach Ascona gefunden und war für wenige Nächte bei ihnen auf dem Berg geblieben. Dann zog es ihn wieder ins Tal, er liebte nun mal seinen Luxus. Sagte ihr aber beim Abschied, er komme bestimmt bald wieder, die Atmosphäre hier oben werde den Künstler in ihm schon anregen. Wie glücklich sie sich schätzen müsse, weil sie hier lebe und sich ihre Seele der Natur öffnen könne.

Käthe hatte statt einer bissigen Antwort nur die Tür hinter ihm zugeschlagen und zwei Scheite Holz aufs Feuer im winzigen Kachelofen gelegt, der die Hütte Tag und Nacht aufheizte, bis sie alle ins Schwitzen gerieten und deshalb nachts nicht schlafen konnten.

Ihre Seele der Natur öffnen? Wie sollte das denn möglich sein, wenn sie nachts schwitzend und frierend zugleich unter Fellen und Decken lag, links Mimerle, rechts Fifi, die alle zwei Stunden wach wurde und gestillt werden wollte? An Schlaf war kaum zu denken, denn selbst wenn sie es schaffte einzuschlafen, wurde sie unsanft geweckt, sobald ihre Mutter auf der anderen Seite des Heubodens in aller Früh mit dem Husten anfing. Elise war eine Hilfe, ja. Ohne sie wäre Käthe verloren, hätte schon längst aufgegeben und wäre nach Ascona gegangen, damit sie es dort wenigstens etwas bequemer hätten.

Aber etwas hielt sie auf dem Berg. Sie wusste nicht, was es war. Die Freiheit? Niemand störte sich daran, dass drei Frauen mit zwei kleinen Kindern zusammenlebten, dass Max nur alle paar Monate mal vorbeischaute und sie ansonsten das Leben allein bewältigten. Dass Käthe sich um ihre Lieben kümmerte, ohne Max Rechenschaft abzulegen – oder irgendeinem Mann –, wurde akzeptiert. Keiner fragte, wo denn der Vater ihrer Kinder sei. Warum sie ohne ihn hier lebe. Wann er denn zurückkomme. Es interessierte niemanden, und das lag nicht daran, dass man einander gleichgültig gegenüberstand. Bei den gemeinsamen Mahlzeiten redeten sie über vieles – aber nie darüber, dass Käthes Leben in irgendeiner Weise unangemessen gewesen wäre. Alle blickten wohlwollend und freundlich auf ihre kleine Familie, und Käthe konnte sich auf die anderen Bergbewohner verlassen. Auf die meisten zumindest.

Mit Henri Oedenkoven war sie nie so richtig warm geworden. Während Max' Besuch hatte er die beiden zu sich eingeladen, und sie waren der Einladung gern gefolgt. Der Abend war für Käthe aber eine Enttäuschung gewesen; Henri wollte im Grunde nur mit Max über Kunst und Lebensreform fachsimpeln, wie das eine das andere befruchtete und dass eine Künstlerkolonie auf dem Berg weitere Aussteiger, wie Henri es nannte, anlocken werde. Mehr und mehr verfestigte sich bei Käthe der Eindruck, es gehe Henri nicht allein darum, auf dem Berg ein alternatives Zusammenleben anzubieten. Im Frühjahr schallte direkt nach der Schneeschmelze wieder Baustellenlärm über die Wiesen; sechs weitere Hütten entstanden, für diese gab es lange Wartelisten. Wenn Käthe mal ausrechnete, wie viel die Oedenkovens im Monat allein durch die Miete der winzigen Hütten einnahmen, konnte sie den Eindruck gewinnen, es gehe eben nicht nur darum, ein möglichst naturnahes, ursprüngliches Leben zu führen. Zumindest für Henri und Ida sprang einiges dabei heraus.

Aber es gab noch andere Kräfte hier oben auf dem Berg. Menschen, die misstrauisch auf die Bautätigkeit blickten und ihren Frieden bedroht sahen, den sie hier tatsächlich gefunden zu haben glaubten.

Karl Gräser war einer von ihnen. Er hatte einst mit Henri Oedenkoven und Ida Hofmann gemeinsam die Siedlung auf dem Monte Verità gegründet. Käthe vermutete, die beiden hatten sich in den folgenden Jahren einfach in unterschiedliche Richtungen bewegt, blieben aber dennoch einander verbunden, weil sie einst das gemeinsame Ziel hergeführt hatte, eine neue Gesellschaft zu begründen. Nur ging Karl Gräser mit seiner Gefährtin Jenny da noch ein paar Schritte weiter.

Ihm ging es nie um den Profit. Oder überhaupt um Geld. Es ging auf dem Berg das Gerücht, er habe gar keins mehr, habe alles weggegeben, um sich ganz auf das Leben zu konzentrieren, das er von seiner eigenen Hände Arbeit führen wollte. Und das hieß für ihn und seine Gefährtin Jenny, dass sie ein Stück Land bewirtschafteten und über den Winter mit dem auskommen mussten, was ihr kleiner Garten für sie abwarf. Sonst mussten sie hungern. Auch den Verzehr von Fleisch lehnten sie ab, ebenso die Inanspruchnahme von Hilfe.

Eine Begegnung mit den Gräsers ließ sich kaum vermeiden. Mittags, wenn die Glocke zum Essen rief und Käthe mit Elise die Tabletts aus ihrem Fach holte, kamen die beiden gelegentlich den Berg hoch. Abgerissen sahen sie aus, er mit der wilden schwarzen Mähne und einem verfilzten Vollbart, mit wässrig blauen Augen, die merkwürdig hervorstanden. Gekleidet war er in ein seltsames Gewand, das er sich aus allerlei Flicken selbst zusammengenäht hatte, wie er betonte, als Käthe ihn einmal darauf ansprach.

»Es ist wichtig«, dozierte er mit heller, hoher Stimme, »dass ein jeder nur mit eigener Hände Arbeit das erschafft, was sie zu geben bereit sind. Wenn es in den Augen der Gesellschaft unzulänglich scheint, ist das wohl so.«

Es dauerte ein wenig, bis Käthe begriff, dass der Hunger die beiden mittags zu dem Gemeinschaftshaus trieb. Der Stolz aber verbot ihnen, jemanden um etwas Essen zu *bitten*, darum lungerten sie in der Nähe herum und warteten, ob ihnen jemand etwas gab. Käthe vermutete, es wäre kein Problem gewesen, dass sie wie alle anderen Bewohner des Bergs ein eigenes Tablett bekamen.

An diesem Frühlingstag kam Jenny Hofmann allein. Sie war nicht nur Gräsers Frau, sondern auch Idas Schwester. Ihr Kleid war kaum mehr als ein Mehlsack, den sie mit Stricken über Brust und Bauch festgezurrt hatte. Ihr Gesicht war bleich, sie wirkte geradezu ausgezehrt. Das Haar hatte sie mit einem merkwürdigen Netz im Nacken zusammengebunden, und als sie nun zu Käthe trat, musste diese sich zusammenreißen, sonst hätte sie die Nase gerümpft, denn Jenny roch. Sie legte nicht gesteigerten Wert auf Sauberkeit, alle hatten im Winter die Körperpflege auf ein Mindestmaß reduziert, weil allein das Bereitstellen eines Badezubers mit warmem Wasser viel Aufwand bedeutete. Trotzdem hatte Käthe immer darauf geachtet, dass ihre Familie nicht verlotterte. Jenny Hofmann hatte sich die Mühe wohl nicht gemacht.

Stumm blickte die Frau auf Käthes Tablett. Käthe zögerte. Sie wusste von früheren Begegnungen, dass es nicht damit getan war, den Gräsers etwas zu essen anzubieten. Sie ließ eines der Vollkornbrötchen vom Tablett rollen.

»Oje«, murmelte sie und seufzte theatralisch.

Jenny bückte sich sofort und hob das Brötchen auf.

»Nein, ach. Das werden meine Kinder nicht mehr essen.« Käthe lachte verlegen. »Kannst du dir das vorstellen? Als würden sie es spüren, dass damit eventuell etwas nicht stimmt.« Sie überlegte, ob sie das noch ein zweites Mal versuchen sollte, ließ es dann aber. Zu viel wäre auch nicht gut und könnte Jenny beschämen.

»Ich kann es für dich nehmen«, bot sie an. Ihre Stimme klang kratzig. Sie musste husten.

»Ja, nimm nur.« Käthe wusste, sie konnte ihre Mahlzeit mit Käse aus dem eigenen Vorrat ergänzen.

Jenny wandte sich zum Gehen.

»Gefällt dir das Leben?«, rief Käthe ihr nach.

Jenny blieb stehen. Ihre Hände waren zu Klauen geformt, die das Brötchen umklammerten. Als fürchtete sie, jemand könnte es ihr noch einmal entreißen.

»Was bleibt mir anderes?«, erwiderte sie bitter.

»Du könntest ihn verlassen.« Käthe vermutete – und da war sie nicht die Einzige –, dass Karl Gräser seine Frau mit der Lebenshaltung in den körperlichen und seelischen Ruin trieb.

»Aber was bleibt mir dann?« Jennys Augen wurden feucht. Sie drückte das Brötchen an ihre Brust. Vermutlich würde sie es heimlich essen, bevor sie in die karge Höhle zurückkehrte, in der Karl und sie hausten. Wenigstens kamen nun die warmen Sommermonate, dachte Käthe. Da fror die Arme nicht so sehr.

»Was dir bleibt?« So vieles. Deine Würde. Dein Leben. Deine Eigenständigkeit. Aber Käthe wusste, was Jenny meinte. Sie liebte Karl nun einmal; ein Leben ohne ihn war unvorstellbar. Egal, was Käthe vorbringen konnte, Jenny würde nur traurig den Kopf schütteln. Sie würde ihn niemals verlassen, denn er war ihr Leben.

Der Gedanke ließ Käthe nicht los, als sie zu ihrer Hütte zurückging. Elise war schon vorausgeeilt; die Kinder hatten mittags großen Hunger und machten sich bereits über das gedünstete Gemüse her, als Käthe kurz darauf ihr Tablett auf dem kleinen Tisch abstellte, den sie bei diesen angenehmen Temperaturen vor die Hütte rückten. Fifi jammerte; sie wollte bei ihrer Mutter lieber Milch trinken. Mimerle hatte sich komplett entkleidet und rannte nackig und kreischend mit einem Brötchen in der einen und einem Becher Milch in der anderen Hand über die Wiese. Käthe lächelte nachsichtig, während ihre Mutter mit gerunzelter Stirn und einem dicken Schultertuch, das sie mit einer Hand vor der Brust raffte, an der Hüttenwand saß. Sie rührte ihren Teller nicht an.

»Ich sehe, was du machst«, sagte Käthe leise. Sie setzte sich neben die Mutter.

»Was mache ich denn?« Christiane Simon hielt eine Faust vor den Mund und hustete in das Taschentuch, das sie stets diskret darin verborgen hielt.

»Es wird dir nicht besser gehen, wenn du hungerst.«

»Wir wissen beide, dass es mir nie wieder besser gehen wird.«

Käthe blieb der Bissen im Hals stecken. Sie legte das Brötchen zurück auf ihren Teller.

»Ich habe mir was überlegt, Käthe. Denn noch einen Winter hier oben in der Kälte überlebe ich nicht.« Ihre Mutter lachte auf. »Ob ich überhaupt noch so viele Winter erlebe, wissen wir ja nicht.«

»Du bist noch jung«, sagte Käthe leise. Keine fünfzig war ihre Mutter. Doch es stimmte, ihre Gesundheit war angegriffen, die Kur im vorletzten Winter hatte nicht lange gehalten. Für Christiane war das Leben hier oben nicht so angenehm wie erhofft. Käthe gab sich einen Ruck. Natürlich würde es schwer werden ohne ihre Mutter, die ihr immer Halt gegeben hatte. Aber wenn die Kraft nicht reichte, mussten sie eine andere Lösung finden.

»Elise wird dich unterstützen. Das wird schon.« Die raue, abgearbeitete Hand ihrer Mutter legte sich auf Käthes. »Du kannst mich immer besuchen. Aber es ist auch besser für die Kinder. Dass sie nicht auch irgendwann Tuberkulose bekommen. Bisher hatten wir auch nur Glück.«

Käthe sagte nichts. In Gedanken stimmte sie ihrer Mutter zu, aber laut ausgesprochen hätte sie das nie. Maria und Sophie waren gesund und kräftig, dennoch waren sie nicht vor einer Erkrankung gefeit. Auch sie könnte es erwischen.

»Ich schreibe Max. Er wird uns aushelfen, dass ich dir ein hübsches Quartier in Ascona bezahlen kann.« Immer ging es nur ums Geld. Käthe dachte an Jenny Hofmann, die so abgerissen und unglücklich mit ihrer Unabhängigkeit wirkte. Sicher konnte man auf vieles verzichten. Mimerle und Fifi hatten kaum Spielsachen, sie besaßen nur wenig Wechselkleidung, ebenso erging es Käthe. Sie konnten sich weiter einschränken, damit ihre Mutter es nicht mehr so beschwerlich hatte.

»Ach, Kind.« Ihre Mutter drückte Käthes Arm. »Ich kann wieder nähen. Wenn Max mir die Wheeler-Wilson schicken ließe, ich wüsste schon was beizutragen, dass wir rumkommen.«

»Das lässt du schön bleiben.« Käthe würde sich nun um die Familie kümmern, und sie würde das auf ihre Art tun, irgendwie.

Zunächst aber ging sie nach Ascona und suchte nach Quartier für ihre Mutter. Sie fand bei einer älteren Witwe ein Zimmer, das sie anmietete. Damit waren all ihre Ersparnisse aufgebraucht. Auf dem Weg zurück ließ Käthe sich Zeit; sie ahnte wohl, dass sie in den kommenden Wochen selten allein sein würde.

Sie wählte einen Umweg, der sie durch ein Wäldchen aus Rosskastanien und Buchen zu einer Anhöhe führte. Dort oben gab es eine Hütte, die von einer gewissen Lotte bewohnt wurde – eine Frau, die einst mit den anderen Gründern auf den Berg gekommen war, sich von ihnen aber immer weiter gelöst hatte.

Auf dem Weg zu der Anhöhe kam ihr Jenny Hofmann entgegen. Sie trug einen Korb über dem Arm, abgedeckt mit einem Tuch. Als sie Käthe entdeckte, wurde sie rot und verlangsamte ihre Schritte.

»Sie isst nicht.«

Käthe hätte fast scharf erwidert, dass auch Jenny nicht gerade aussah, als würde sie genug zu sich nehmen. Und dass sie Käthe ja am Morgen förmlich angebettelt hatte, verkniff sich die Bemerkung aber.

»Sie sagt, sie lebe von Licht und Luft. Und nun sei ja Frühjahr, sie werde es schon schaffen, wieder zu Kräften zu kommen. Die Vorräte, die ihr jemand gebracht habe, solle ich wieder mitnehmen.« Ratlos zeigte Jenny auf den Korb.

Käthe spürte, da war eine, die reden wollte. Sie tat, als müsste sie sich ausruhen, setzte sich auf einen Baumstamm und streckte die Beine aus. Jenny setzte sich mit Abstand dazu, sie lupfte das Tuch über dem Korb, widerstand aber den Köstlichkeiten darunter. Käthe erhaschte einen Blick auf Küchlein, Äpfel und sogar eine Pastete.

»Die Küche«, sagte Jenny fast entschuldigend. »Die denken vielleicht, wenn sie ihr einfach was Gutes tun, wird sie … « Sie verstummte. »Lotte war früher so anders. Lebensfroh. Sie hat uns immer aufgezogen, das karge Leben sei nichts für sie. Und dann kamen wir hierher, der Wald, die Weite … Sie hat sich eingefunden in das simple Leben. So viel mehr, als ich es je könnte.«

Wieder seufzte Jenny. Sie blickte Käthe an, als müsste sie überlegen, ob sie das Folgende sagen dürfe.

»Wie bist du zu deinen Kindern gekommen?«

»Wie bitte?« Auf die Frage war Käthe nicht vorbereitet.

»Deine Kinder. Sie sind so hübsch und rund. Ich hab wohl gesehen, wie sie von dir genährt werden … Entschuldige, ich wollte dich nicht beobachten, es ist nur … Ich wünsche mir auch von Herzen ein Kind. Seit Jahren, und inzwischen bin ich zu der Ansicht gelangt, dass es wohl gelingen müsste, wenn ich es mir nur genügend wünsche. Dann wird ein Menschenkind in mein Leben kommen. Und wenn es nicht passiert, habe ich es wohl nicht genug gewollt.«

Die Worte machten Käthe sprachlos. Sie hätte gern etwas gesagt, um Jenny von ihrem Weg zurückzuholen, denn diese verhärmte Frau, die um einige Jahre älter als Käthe war, schien zu glauben, sie hätte es durch pure Willenskraft in der Hand, ob ihr Leib ein Baby empfing oder nicht. So abgezehrt und schwach, wie sie aussah, bezweifelte Käthe allerdings, dass alles Wünschen noch etwas auszurichten vermochte.

»Karl teilt das Lager nicht mehr mit mir«, fügte Jenny hinzu. »Er sagt, es sei Raub an seiner Natur; wenn ich seinen Samen in mich aufnehme, nähre ich mich von seiner Kraft. Die Kraft muss aus jedem Einzelnen kommen, und seine Naturphilosophie verbietet es, dass sich ein Lebewesen aus der Kraft eines anderen nährt.«

Ungläubig starrte Käthe sie an. Sie suchte nach den richtigen Worten, doch Jenny fuhr bereits fort: »Das ist in Ordnung, weißt du? Ich bin reinen Herzens, ich halte auch meinen Körper rein und versuche, all meine Hoffnung in ihn zu legen. Wenn es sein soll, werde ich ein Kind empfangen.«

Jenny stand auf. Offensichtlich hatte sie genug gesagt.

»Aber …« Käthe fand ihre Stimme wieder. »Wenn du ein Kind bekommen willst …«

»Das Kind wird zu mir kommen, wenn ich bereit bin«, unterbrach Jenny sie. »Erzähl mir nicht irgendwelche Märchen darüber, dass ein weiblicher Körper sich unbedingt mit dem Manne vereinen muss, damit daraus eine Leibesfrucht erwächst.«

»Dann glaubst du an die unbefleckte Empfängnis?« Es fiel Käthe schwer, ruhig zu bleiben.

»Ich glaube an die Kraft meiner Gedanken«, erwiderte

Jenny würdevoll. »Das Kind wird zu mir kommen, wenn ich bereit dafür bin. Ich öffne mich ihm, und es wird zu mir kommen.«

Nun, da konnte sie lange warten, dachte Käthe. Doch sie sagte es nicht. Sie dachte an Max. Manchmal wünschte sie sich ein drittes Kind. Es reizte sie, aber nachdem sie nun bald fast auf sich gestellt sein würde, war der Wunsch nach einem dritten Kind in den Hintergrund gerückt.

Sie vermisste Max sehr.

»Viel Glück«, wünschte Käthe der jungen Frau Hofmann zum Abschied. Diese lächelte beseelt, als wäre sie schon gesegnet. Die Hände ruhten auf ihrem dürren, ausgemergelten Leib.

Käthe sparte sich den Umweg zu Lotte. Die war noch verrückter als Jenny, und für heute hatte sie genug abstruse Gedanken von jungen Frauen gehört. Sie hielt nur ein gewisses Maß an Verrücktheiten aus.

6

Sommer 1905, Ascona

Der Sommer kam, und mit ihm wehte es wieder Max auf den Monte Verità. Doch Käthe sah ihn selten; zu sehr war er damit beschäftigt, auf dem Berg eine Künstlerkolonie zu planen. Jeden Morgen ging er zu Henri Oedenkoven, diskutierte mit ihm, Ida und Karl Gräser erbittert darüber, wie das Ideal eines Kollektivs von Kunstschaffenden hier oben gelingen könnte, woher Platz, Geld, all das kommen konnte, um so ein ambitioniertes Projekt voranzutreiben.

Käthe musste sich derweil um die Bedürfnisse ihrer kleinen Töchter kümmern und wanderte zudem jeden zweiten Tag nach Ascona, wo sie ihre Mutter besuchte. Doch sie war nicht mehr allein für die Kinder da; die Schriftstellerin und Reformpädagogin Ellen Key hatte sich auf dem Berg eingerichtet, sie schrieb und lebte hier oben, und sie hatte einen Narren an Mimerle und Fifi gefressen. Käthe nahm nach anfänglichem Zögern die dargebotene Freundschaft der älteren Frau an, auch wenn sie nicht wusste, womit sie das verdient hatte.

Ellen kam also morgens zu ihnen, meist nach dem Frühstück und einer ausgiebigen Gymnastik, die sie vor ihrer kleinen Hütte absolvierte, die jener ähnelte, die Familie Simon-Kruse bewohnte.

Käthe erwartete sie mit einem Becher Kaffee. Die Kinder tobten an den warmen Sommertagen meist nackt, höchstens mit einem Hemdchen bekleidet durch das hohe Gras. Wenn sie Ellen entdeckten, kugelten sie fast vor Übermut den Berg hinunter in ihre Arme.

»Was ist es, dass sie so auf dich fliegen?«, fragte Käthe eines Morgens im August. Sie hörte aus der Hütte das Fegen von Elise, die sich nützlich machte; Max war längst unterwegs, und sie hatte einfach die Stille und Untätigkeit genossen, hatte die schlanken, biegsamen Gliedmaßen ihrer Kinder bewundert, die wie junge Hunde herumtollten.

»Die Kinder?« Ellen lächelte still. Sie war eine ergraute Mittfünfzigerin, die nicht viel auf ihr Äußeres gab; die Haare trug sie nachlässig hochgesteckt, das Kleid um den molligen Leib saß etwas locker, als wäre es auf Zuwachs genäht. Vielleicht hatte auch sie bei der vegetarischen Kost ein paar Pfunde gelassen, die es hier oben gab. »Sie kommen zu mir, weil ich sie sehe«, sagte Ellen leise.

»Das tue ich auch«, widersprach Käthe.

»Ja, du tust das. Auf jeden Fall.« Sanft legte Ellen die Hand auf Käthes Arm. »Aber siehst du auch dich? Oder vergisst du manchmal dich über die Sorgen, die du dir um andere machst? Ich weiß, Mütter sind so. Es liegt in ihrer Natur, und wir bringen es den Mädchen bei, dass sie so sind.«

Käthe war verwirrt. Vieles von dem, was Ellen erzählte, war für sie hochkomplex. Einzelne Sätze genügten, dass sie den ganzen Tag darüber grübelte und nachts wach lag und nicht davon lassen konnte.

»Wenn die Kinder im Mittelpunkt stehen, haben sie den Raum, sich zu entfalten«, fuhr Ellen fort. »Ich weiß, das ist für viele Familien nicht möglich. Aber du gibst deinen Töchtern diesen Raum. Und so blicken sie auf und erkennen, wer ihnen wohlwollend entgegensieht.«

»Ich kann aber nicht nur Mutter sein.« Käthe dachte an Max, der unbedingt wollte, dass sie hier oben ihre Kunstform fand. Bisher hatte sie eher lustlos alles Mögliche ausprobiert und wieder verworfen, weil es sie nicht packte.

»Nein, du willst aus dir schöpfen. Das gelingt aber nur mit den Dingen, die dich entfachen.«

Das ist ja gerade mein Problem!, wollte Käthe rufen. Doch sie hielt den Mund. Ellen hatte manch merkwürdige Ansicht, aber in vielem, was sie sagte, fand Käthe sich wieder.

»Deine Kinder dürfen sich im Spiel finden. Warum darfst du das nicht auch im spielerischen Umgang mit Materialien? Irgendwas wird dich schon packen.« Ellen trank den Kaffee aus und kippte den letzten Schluck mit Prütt ins Gras. »Da wächst es wieder gut«, stellte sie zufrieden fest. »Sieh zu, dass du auch dich nicht vergisst. Du bist die Mutter, die Schöpferin. Aus dir kann etwas entstehen.«

Darüber musste Käthe lange nachdenken.

Bei einem ihrer Besuche bei ihrer Mutter in Ascona saßen sie vor der Hütte, die Kinder spielten im Staub, bis Mimerle aufstand und sich an die Knie ihrer Mutter hängte. »Ich möchte ein Baby haben, Mama. So wie du.«

»Ach, mein Schatz. Das habe ich dir doch schon erklärt. Du kannst ein Baby haben, wenn du groß bist.«

»Ich will aber jetzt eins.« Sofort stiegen der Kleinen Tränen in die Augen. Käthe hielt es nicht gut aus, wenn eines ihrer Kinder Kummer hatte, weil ihm etwas fehlte. Sie spürte dann allzu deutlich den Mangel, den sie selbst einst gelitten hatte.

»Wenn wir die Perdita noch hätten«, meinte ihre Mutter.

»Die hab ich nie so gemocht.« Käthe vermied es, ihre ganze Abscheu diesem Lederbalg gegenüber preiszugeben, denn sie fürchtete, ihre Mutter könnte ihr vorwerfen, dass sie undankbar sei. »Und nun ist sie in Berlin eingelagert, da kommen wir jetzt nicht dran.«

»Ich würde euch ja eine nähen, aber meine Hände ...« Ihre Mutter hob die Arme. Die Hände zitterten nun immer häufiger unkontrolliert. Sie war einfach erschöpft, wollte nichts mehr machen, außer hier draußen in der Sonne zu sitzen. Als wartete sie nur, dass es zu Ende ging.

»Du musst dich ausruhen.« Käthe überlegte. Sie hatte bereits versucht, ein Mehlsäckchen mit Sand zu füllen, aber auch gemerkt, dass das noch nicht das Wahre war.

Bei ihrer Rückkehr in die Hütte ging sie an diesem Abend durch den Raum und schaute in alle Schränke. Sie überlegte, was sie nehmen konnte, um daraus eine Puppe für Mimerle zu nähen.

Bei seiner Rückkehr fand Max sie auf einem der Holzklötze über die Näharbeit gebeugt. Er umarmte sie von hinten, brachte Pfeifenrauch und Alkoholatem ins Haus. Sie entzog sich ihm fröstelnd. »Ich muss mich konzentrieren«, erklärte sie ihm eher unwirsch.

»Was machst du denn da?« Er setzte sich auf einen anderen Hocker, stand direkt wieder auf und suchte im Vorratsschrank nach dem Krüglein Selbstgebrannten, den einer der Bergbewohner selbst herstellte und gegen andere Güter eintauschte. Hätte man Käthe gefragt, ob die genügsame Selbstversorger-Gesellschaft des Monte Verità gelungen sei, hätte sie ihn als bestes Beispiel fürs Scheitern angebracht; er ließ sich von einigen Frauen auch mit Liebesdiensten bezahlen. Andererseits: Irgendwie mussten sie alle sehen, wo sie blieben, es musste ja auch jeder seine Miete zahlen am Monatsanfang. Vermutlich kassierte Henri Oedenkoven die zweihundert Schweizer Franken vom Schwarzbrenner in Schnaps.

»Eine Puppe für Mimerle. Meinst du, die gefällt ihr?«

Max legte den Kopf schief. Er betrachtete das Ding, das Käthe hochhielt. Ein Handtuch hatte sie letztlich genommen, das schon ganz dünn war, aber noch dicht. Daraus nähte sie den Körper, hatte das Tuch doppelt genommen und an allen Seiten verschlossen, nur eine Wendeöffnung blieb. Aus den Zipfeln nähte sie dann Arme und Beine ab, blieb nur die Frage, wie das Püppchen einen Kopf bekam und womit sie es füllen sollte, damit es angenehm schwer war, aber nicht zu schwer.

Max nahm ihr die Puppe aus der Hand. Er drehte sie hin und her, runzelte die Stirn. Dann gab er sie Käthe zurück. »Du solltest lieber beim Aquarell bleiben«, murrte er.

Sie musste atmen. Tief ein und aus, dass sie nicht etwas Unpassendes erwiderte, das ihn dann wütend machte, bis sie flüsternd die halbe Nacht stritten. Wäre nicht das erste Mal, würde sich wohl nie dauerhaft verhindern lassen. Immerhin vertrugen sie sich jedes Mal, weil sie vernünftig waren.

Zu Weihnachten hatte Max ihr dieses Jahr einen Tuschkasten geschenkt, ein Dutzend Aquarellfarben mit passenden Pinseln und Papier. Sie wusste, worauf er bei ihr hoffte: dass sich das Künstlerische endlich zeigte, das Schöpferische.

»Kinder kannst du schon, aber das kann jede. Was ist deine Kunst?«, hatte er sie provozierend gefragt.

Sie wusste darauf immer noch keine Antwort. Was war ihre Kunst? Gab es die denn überhaupt für sie? Durfte sie sich denn nicht darauf beschränken, für ihre Kinder da zu sein, musste sie wirklich und wahrhaftig etwas finden, das Max' Ehrgeiz befriedigte? Die Fotografien vielleicht, denn das bereitete ihr nach wie vor viel Freude. Aber warum sollte sie aus allem einen Nutzen ziehen?

Die Antwort kannte sie.

Obwohl Max regelmäßig am Monatsanfang Geld schickte, las sie in seinen Briefen zwischen den Zeilen heraus, dass es bei ihm weiterhin knapp war. Er versuchte trotzdem, sie nach bestem Vermögen zu versorgen, weil er glaubte, sie sei hier oben glücklich. Was sie manchmal auch war. Nach Berlin konnte sie jedenfalls im Moment nicht zurück, der Monte Verità war ihr einziger Zufluchtsort.

Vermutlich dachte Max, wenn sie erst jenen künstlerischen Ausbruch erlebt hatte, den er sich von ihr erhoffte, würde sie ins Schaffen finden. Dank seiner Kontakte würde er eine Vernissage für sie organisieren, könnte einflussreiche Männer auf sie aufmerksam machen und ihr entsprechende Kontakte vermitteln. Vielleicht wäre für sie auch eine Rückkehr nach Berlin möglich, wenn sie als Künstlerin anerkannt wäre. Und das Geld aus dem Verkauf der Bilder, die nur in seinem Kopf existierten, wäre auch nicht zu verachten.

Käthe nahm ihm die Puppe aus der Hand. »Malen bringt mir keine Freude«, erklärte sie rigoros.

Er lachte. »Aber nähen ist auf einmal besser? Ach, mein

Käthchen. Wir beide wissen doch, wie sehr du das Nähen hasst, das hast du mir doch immer erzählt. Nie wolltest du so werden wie deine Mutter, die sich Hände und Augenlicht mit Nadel und Faden verdorben und die Gesundheit ruiniert hat.«

Käthe drückte den Puppenkörper fester an sich. »Das verstehst du nicht.«

Er wurde ernst. »Nein, ich verstehe es tatsächlich nicht. Würde ich aber gerne. Was ist daran so anders als am Strümpfestricken oder Kleidernähen?«

»Es ist für Mimerle. Für unser Kind, Max. Sie hat sich schon seit Monaten eine Puppe gewünscht. Wie enttäuscht sie war, als du keine geschickt hast, kannst du dir nicht vorstellen. Sie ...« Ihre Stimme brach. »Sie muss auf vieles verzichten. Aber das soll sie nicht. Mimerle und Fifi sollen es gut haben. Besser als ich.« Sie beugte sich wieder über die Näharbeit. Eine einzelne Träne fiel aus ihrem Auge und zerplatzte auf dem Stoff. »Sie sind doch alles, was ich habe, Max. Ich weiß zu gut, wie es sich anfühlt, wenn ein Kind verzichten muss.« Sie schniefte. »Wenigstens müssen sie nicht hungern. Aber du denkst nicht an die Kinder. Dir geht's drum, dass ich was aus mir mache. Aber was ist, wenn ich genau die sein will, die ich jetzt bin? Wenn ich gar nicht was anderes aus mir machen will, außer die Mutter zu sein, die ich nie hatte?«

Käthe hielt inne. Diese Gedanken hatte sie so noch nie gedacht, geschweige denn ausgesprochen. Sie kamen ihr einfach in den Sinn, während sie eifrig an der Handtuchpuppe nähte.

Max stand auf und holte für sie ein zweites Glas.

»Möchtest du darüber reden?«, fragte er.

Wollte sie das? Erst mal nahm sie einen kräftigen Schluck. Seit sie Fifi nicht mehr nachts stillte, genehmigte sie sich abends manchmal einen Schnaps. Davon konnte sie selbst besser schlafen. Es ließ sie etwas weniger Gedanken wälzen.

»Ich weiß nur nicht, was ich sagen soll. Du glaubst, da wäre was in mir. Ich sehe das nicht. Ende der Diskussion.«

Max kaute auf ihren Worten herum. »Das ist alles?«, fragte er. »Dafür habe ich dir so viel ermöglicht, damit du nun mit so 'nem Lumpen am Herd sitzt und nähst, während die Kinder schlafen? Ich sehe doch, wie du tagsüber nur um sie herumpusselst, statt dich um deine Dinge zu kümmern.«

Käthe hielt inne. Sie schloss die Augen, wollte schon etwas erwidern, doch in Gedanken zählte sie bis zehn. Wie sie's auch immer machte, wenn Mimerle wieder versuchte, sie mit ihrem Trotz, ihrer Wildheit zu reizen. Sie wusste, weder ihre Tochter noch ihr Mann machten das mit Absicht. Beiden gelang es einfach vortrefflich, den Finger in unsichtbare Wunden zu legen. Mimerle reizte sie, weil Käthe selbst nie so laut, wild und ungezähmt hatte sein dürfen. Erinnerte sich noch zu gut an die Schilderungen ihrer Mutter. »Du warst so ein braves Kind, und wenn du was anstelltest, gab's halt 'ne Schelle, dann war's wieder gut.« Käthe hatte nicht mit ihrer Mutter darüber diskutiert, aber sie war aus tiefstem Herzen davon überzeugt, dass eine Ohrfeige ein Kind nicht zum Besseren erzog, weshalb sie gänzlich darauf verzichtete und auch Elise immer wieder einschärfte, dass sie diese Erziehungsmethoden nicht dulde. Dann wieder Max, der keine Ruhe gab. Er wollte sie formen; war das nicht auch eine Art von Erziehung? Aus ihr sollte etwas Bestimmtes werden; schon vor Jahren hatte er ein Bild vor Augen gehabt, wie sie sein sollte, und nun versuchte er, sie in diese Richtung zu drängen. Wie ein Bildhauer mit Hammer und Meißel versuchte er, ihre äußere Schicht abzuschälen und zum Kern vorzudringen. Was aber, wenn sie von innen hohl war? Würde er sich dann nicht enttäuscht von ihr abwenden?

»Du wolltest ja, dass ich nicht mehr spiele. Vielleicht war das meine Bestimmung?« Aus einem Eimer nahm sie Hände voll Sägespäne, die sie drüben auf der Baustelle erbeten hatte. Die fühlten sich wärmer an als der klamme Sand von ihrem ersten Versuch. Behutsam befüllte sie die Puppe, dann vernähte sie die Öffnung, biss den Faden ab und verstach ihn. Ihre Hände fuhren über den weichen Stoff. Sie hob die Puppe hoch, gut fühlte sie sich an.

»Du wirst noch einen Kopf brauchen.« Max stand auf und reckte sich. Wenn er die Arme nach oben ausstreckte, berührten seine Fingerspitzen fast die Decke.

»Wie bitte?«

»Deine Puppe. Kopflos wirkt sie eher gruselig.«

Käthe betrachtete nachdenklich das Püppchen. Seit Tagen grübelte sie darüber nach, wie sie den Kopf modellieren konnte.

»Mach nicht mehr zu lang. Ich weiß, wenn's einen packt, will man ewig weitermachen, aber du brauchst auch Pausen.« Er beugte sich über sie. Sein Kuss schmeckte verheißungsvoll, nach Obstler und Wärme. »Und ich hätte dich gern oben unter meiner Decke«, murmelte er in ihr Haar. »Wollen wir nicht noch mal so ein Kleines bekommen?«

»Dass ich dir nicht zu mütterlich werde.« Aber sie lächelte, und er auch.

In dieser Nacht schlief sie in Max' Armen ein. Danach.

Mitten in der Nacht aber schrak sie hoch, weil sie plötzlich klarer sah.

»Das ist es«, murmelte sie und drehte sich auf die andere Seite. »Das könnte was werden.«

7

*D*u bist ja schon wieder mit dem Lumpending befasst«, brummte Max am nächsten Morgen.

»Konnte nicht schlafen«, gab Käthe zu.

Er ging nach draußen. Sie hörte, wie er sich über dem Wassereimer wusch. Die Kinder schliefen noch.

Käthe nahm den Tuschkasten mit nach draußen. Sie legte einen Bogen Papier auf ein Zeichenbrett, das Max sonst immer benutzte. Sie versuchte, ein Puppengesicht zu zeichnen, mit zarten Linien wollte sie Mund, Nase, Augen, Brauen und runde Bäckchen andeuten. Genervt ließ sie den Kohlestift sinken.

Max hielt einen Kaffeebecher in der Hand. Er trat neben sie, so dicht, dass sein Bein durch die Lufthose, die er hier oben Tag und Nacht trug, ihr Bein unter dem Luftkleid berührte. Er legte den Kopf schief und betrachtete nachdenklich ihre Studien. »Mit einem Modell geht es besser«, merkte er an.

Sie blickte zu ihm auf und blinzelte. Mit dem Kaffeebecher zeigte er, wo sie etwas betonen sollte. »So geht es vielleicht«, meinte er.

Käthe drehte das Papier um. »Du störst mich«, erwiderte sie schroff. Es war ihr peinlich, bei ihren ersten Zeichenversuchen ertappt worden zu sein, und natürlich wusste Max alles besser; seit über dreißig Jahren war die Kunst sein Leben, und allen Schaffenskrisen zum Trotz hatte er immer irgendwas gemacht. Natürlich erkannte er mit einem Blick, was an ihren Zeichnungen noch nicht stimmte. Aber sie wollte das hier selbst versuchen und sich nicht von ihrem Mann belehren lassen. Sie empfand sich nicht als Künstlerin. Sie war einfach eine junge Mutter, die ihren Töchtern mit einer Puppe eine Freude machen wollte und nun überlegte, wie sie das am besten anstellte. Wie sie dem Gesicht die richtigen Proportionen verlieh.

Da kam Max als Bildhauer, der jede Unwucht sofort erkannte, zur Unzeit daher und nahm ihr jede Lust am Schöpferischen, indem er einfach nur zeigte: Da passt es nicht. Dort musst du nachbessern. Siehst du das nicht? Wie dumm bist du denn? Das Letzte musste er nicht sagen, sie spürte es trotzdem an seinen Bewegungen, daran, wie er ungehalten schnaufte, als sie sich erneut an einer perfekten Nase versuchte.

Käthe stand auf. Sie streckte sich und legte das Zeichenbrett auf die Bank.

»Genug?«, fragte Max.

»Lass uns ein Stück laufen«, schlug sie vor.

Die Bewegung half ihr, die Gedanken zu ordnen, die jetzt wieder hochstiegen, nachdem sie so lange voller Konzentration gezeichnet hatte. Wie in einem kleinen Rausch war sie versunken, es gab nur diese krummen Nasen, knotigen Ohren, die viel zu üppigen Münder. Sie wollte es nicht perfekt haben, wenigstens aber so gut, dass es ihren Ansprüchen genügte. Und die waren eben so, es sollte Fifi und Mimerle gefallen; wenn sie selbst die Fehler sah, konnte sie sich vielleicht daran gewöhnen.

»Immer noch der Kopf?«, fragte Max nach einer Weile. Sie näherten sich der Casa Anatta. Käthe verneinte.

Auf der Veranda vor dem Haus hatten es sich Henri Oedenkoven und Ida Hofmann mit Gästen gemütlich gemacht. Als Henri Max entdeckte, hob er die Hand. Max erwiderte den Gruß.

»Willst du zu ihnen?«, fragte Käthe leise.

»Wenn es dir nichts ausmacht.«

Sie hatte nichts dagegen. Wusste sie doch, wie sehr Max drauf brannte, unter seinesgleichen zu sein, zumindest unter Leuten, die ihn als Künstler sahen. Manchmal fehlte ihm wohl die Bewunderung von ihr, das merkte sie nach ein paar Tagen, an denen sie mit den Kindern und Elise in der Hütte lebte.

Begrüßt wurden sie auch von Gräsers, Lotte war ebenso da. Sie lag wie hingegossen in einem der Stühle, die Augen halb geschlossen, das Gesicht zur Sonne. Ob sie wirklich daran glaubte, allein vom Licht der Sonnenstrahlen genährt zu werden?, fragte Käthe sich. Merkte sie denn nicht, wie sie immer dünner wurde, obwohl der Sommer fortschritt?

Max ließ sich von Ida ein Glas Wein einschenken, Käthe sagte dazu nichts. Sie hob nur die Augenbrauen, was Henri mit einem Lachen quittierte, das schon etwas verlegen klang.

»Deine Frau gönnt dir nichts, Kruse.«

»Meine Frau versteht, was ich brauche.« Max legte den Arm um ihre Schulter. »Außerdem haben wir was zu feiern. Also, Käthe hat was zu feiern.«

»Hab ich das?«, fragte sie.

»Na klar. Die schönste Kartoffelnase hat sie heute gezeichnet. Ich sag noch, Käthe, dein Talent sind eher Landschaften in Aquarell, das rate ich dir schon seit Wochen, aber sie beharrt drauf. Stellt euch vor, gestern hat sie so ein Lumpending genäht, und heute dann versuchte sie, ihm ein Gesicht zu geben.«

Käthe wollte aufbegehren, weil Max allzu freimütig über ihr Scheitern sprach, doch dann kam ihr die rettende Idee. Kartoffelnase ... Ja, das war's! Zumindest für den Anfang könnte sie versuchen, die Puppenköpfe aus Kartoffeln zu fertigen, dachte Käthe. Ihr war bewusst, dass die schrumpeln würden und irgendwann auch faulten, dass sie Keime trieben – aber für den Augenblick begeisterte sie die Idee, dass sie auf die Natur zurückgriff.

Zwei Stunden später kehrten sie zurück, sehnsüchtig erwartet von Fifi, die sogleich losweinte, als sie ihre Mutter sah. Käthe nahm sie auf den Arm, sie musste nur den Ärmel von ihrem Luftkleid nach unten schieben, damit sie das Baby stillen konnte. Mimerle war natürlich wieder nackt, wie so oft im Sommer liebte sie die Sonne auf der Haut. Max beobachtete die drei, dann ging er brummelnd ins Haus und kam mit Käthes Fotoapparat zurück.

»Nun stell dich mal zu deiner Mutter«, wies er das ältere Kind zurecht, aber Mimerle blieb keine drei Sekunden still stehen, sie tanzte um Käthe und Fifi herum, stieß gegen Käthes Beine und trällerte vor sich hin.

Max fotografierte. Käthe schaute nicht hin; sie war ganz bei ihren Kindern. Er packte die Kamera wieder weg und widmete sich Mimerle, die nun bei ihm auf dem Schoß kuscheln wollte.

Am Abend setzte sich Käthe wieder hin und vollendete die Puppe. Max kam zu ihr nach draußen, er brummte etwas, wusste wohl nicht so richtig, wie er anfangen sollte.

»Nun?«, fragte sie irgendwann und hielt die Kartoffel hoch, größer als seine Faust.

»Schön«, meinte er abwesend, und sie wusste, er hatte nicht mal richtig hingesehen. Wenn er etwas schön fand, klang das anders.

»Was liegt dir auf der Seele, Herzliebster?«, fragte sie leise.

Er seufzte, nahm ihr wortlos die Kartoffel aus der Hand, drehte sie hin und her und erbat mit einer weiteren Handbewegung den Kohlestift. Während er mit sanften Linien ein Paar Nasenlöcher andeutete und einen kleinen trotzig gespitzten Mund skizzierte, ergriff er das Wort. »Das Leben ist bequem hier oben. Und ich weiß, wie sehr du das brauchst, deine Annehmlichkeiten. Aber ich hab nun tagelang mit Oedenkoven verhandelt, dass er uns weiter Rabatt gewährt.« Wieder ein tiefes Seufzen. Er gab ihr die Kartoffel zurück. Käthe warf einen Blick darauf; es sah nicht unbedingt besser aus. Da begann sie, sich wahrhaftig Sorgen zu machen.

»Es ist nun mal so – wenn ich nicht verkaufe, kann ich nicht alles bezahlen. Die Wohnung in Berlin. Die Logis für deine Mutter. Diese Hütte hier. Die Fahrten, weil ich so gern bei euch bin. Das alles kostet mehr, als wir haben.«

Käthe ließ ihm Zeit. Sie wusste, wie schwer es ihm fallen musste, darüber zu reden, dass ihnen Geld fehlte. Sie spürte, wie ihr Herz sich zusammenzog. Hatte sie sich zu sehr in Sicherheit gewähnt, zu sehr darauf gebaut, in Berlin werde schon alles so laufen, dass sie hierbleiben konnte?

»Du meinst, wir müssen wieder fort? Weg aus Ascona? Meine Mutter auch?«

»Das ist es ja. Ihr sollt nicht fort müssen, nur weil ich in Berlin die Dinge nicht geregelt bekomme. Außerdem ist das Problem ja nicht aus der Welt, nur weil du 'n Jahr woanders warst.«

Das Problem. Er meinte die beiden unehelichen Kinder.

»Das Problem ließe sich lösen, das weißt du.« Sie sah ihn nicht an.

»So einfach ist das nicht.«

Nein, so einfach war es tatsächlich nicht. Eine Heirat löste nur vordergründig ihre Probleme; als Ehefrau von Max könnte sie aber wenigstens nach Berlin zurückkehren, dann wäre der bürgerlichen Konvention Genüge getan. Nur wusste Käthe manchmal selbst nicht, ob sie das noch so unbedingt wollte; sicher, sie hatte es lange geglaubt, war überzeugt gewesen, nur als Frau Kruse wäre sie richtig gelitten in Berlin. Da konnte sie noch so oft an Gabriele Reuter denken, der es ja nichts ausmachte, allein zu leben. Käthe wollte das nicht, diese volle Verantwortung für ihre Kinder und nun auch für ihre Mutter und deren letzte Monate.

Es wäre nun mal angenehm, dachte sie, wenn sie nicht alles allein stemmen müsste. Max tat, was er konnte, und sie fürchtete auch nicht, er könnte sich irgendwann aus der Verantwortung stehlen. Doch die Einsamkeit, die machte ihr zu schaffen.

»Was schlägst du vor?« Sie versuchte, versöhnlich zu klingen. Für ihn sollte sie frei sein wie ein Vöglein, das nur zu ihm geflogen kam, wenn er nach ihm pfiff.

»Du wirst hier bleiben wollen?«

Sie nickte.

»Vielleicht könnten wir in einer der Höhlen so wie Gräsers ...«

Max schnaubte. »Gräsers bringen sich irgendwann um mit ihrem Fanatismus. Auf keinen Fall werde ich meine Töchter in so einem Loch hausen lassen, da wird's im Winter kaum warm genug. Nein. Es gibt die Vogeltürme. Kennst du die?«

Natürlich kannte Käthe die. Von diesen Türmen aus schossen die Bauern auf die Zugvögel. Manche waren schon seit Jahren ungenutzt. Offenbar hatte Max einen aufgetan und gedachte, sie dorthin umzusiedeln.

Er erzählte ihr davon. Zwei Meter im Quadrat, drei Stockwerke nur, also etwas enger noch als hier. Aber die Pacht war deutlich geringer, dort könnte sie sich schon einrichten und müsste doch nicht die Gemeinschaft entbehren. Käthe hätte ihm gern erklärt, dass sie auf die Gemeinschaft pfiff, es ihr genügen würde, mit ihm zusammen zu sein. Aber sie merkte schon, bei alledem ging es nicht um sie. Es ging um Max' Geld, Max' Wunsch, einen Ort am Monte Verità zu haben, zu dem er jederzeit zurückkehren konnte, wenn ihm der Sinn danach stand. Den Traum von der Künstlerkolonie hatte er außerdem noch nicht aufgegeben, das spürte sie. Er wollte hier sein, wollte erschaffen, sich mit anderen Denkern und Machern austauschen. Käthes und seine Kinder würden dafür seine Insel sein, von der er Segel setzte.

»Aber Elise musst du gehen lassen.«

Noch ein Luxus also, den er für sie als überflüssig erachtete. Sie hätte es sich denken können, trotzdem schmerzte sie das mehr als gedacht. Elise war keine Freundin, wohl aber eine

Erleichterung im Alltag. Käthe spürte die kalte Angst. Allein mit zwei Kindern in einem Steinturm, kaum Geld? Das klang grauslig, und sie wollte sich den Winter lieber nicht vorstellen. Außerdem müsste sie weiterhin Tag für Tag zu ihrer Mutter; sie musste die Kinder mitnehmen oder bei Ida Hofmann lassen, und wenn sie sich dann vorstellte, wie deren Schwester Jenny vorbeikam, die sich immer noch an die verzweifelte Hoffnung klammerte, ihr Leib fülle sich durch ein Wunder und durch die Macht ihrer guten Gedanken mit einem Kind … Schrecklich war das. Alles daran.

»Ist in Ordnung«, sagte sie statt ein Wort des Widerspruchs. Max küsste sie auf den Mund, und damit war es beschlossene Sache.

Am nächsten Morgen war die Puppe fertig. Käthe brachte sie Mimerle, als sie die Kinder weckte. Elise schlief zwischen den beiden, Käthe und Max hatten sich unten ein Lager eingerichtet, damit sie es bequemer hatten und nachts ungestört waren.

»Max will gleich mit dir reden«, sagte sie, während die Kinderfrau sich die Müdigkeit aus den Augen wischte. Sofort schlug das schlechte Gewissen wieder zu, weil sie nicht mal genug Mut hatte, ihrer Angestellten selbst zu kündigen. Mimerle juchzte, als Käthe sich über sie beugte und sie mit dem Handtuchhändchen der Puppe kitzelte. Auch Fifi griff sofort nach der Puppe. Die Kinder waren also beschäftigt. Käthe seufzte und sagte Elise dann, was los war.

»Wir können dich nicht länger bezahlen«, fügte sie hinzu. »An dir liegt's nicht, du warst uns immer eine große Hilfe.«

Elise nahm's gelassen. »Ich werde schon was finden«, meinte sie. »Wenn du mir nur ein gutes Zeugnis machst. Wäre gut, wenn du es mit Käthe Kruse unterschreibst, das macht bei den Leuten gewiss Eindruck.«

»Das werde ich machen«, versprach Käthe. Aber schon wieder regte sich leiser Ärger bei ihr. Sie zählte nicht. Sie, Katharina Simon, einst die gefeierte Jungschauspielerin Hedda Somin am Lessing-Theater in Berlin, hatte nicht das Ansehen, das ihr Freund Max hatte. Und sie sollte sich anders nennen, damit Elise von *seinem* Namen profitierte.

Sie war an diesem Tag niedergeschlagen. Nur die Kinder beim Spiel zu beobachten, bereitete ihr ein wenig Freude. Das Gefühl, ihr Leben in eine Sackgasse manövriert zu haben, schmerzte sie. Wie sollte denn was aus ihr werden, wenn sie ständig an ihre Grenzen stieß? Nicht mal über sich hinauswachsen konnte sie, ohne dass Max' Strahlkraft sie übertrumpfte.

Sie wünschte so sehr, es wäre anders. Dieses Gefühl, niemandes Ansprüchen zu genügen, höchstens für ihre Töchter genug zu sein – und das nur mit knapper Not, denn sie wünschte ihnen auch eine andere Kindheit als die in einem zugigen Vogelturm –, würde das irgendwann weggehen? Oder musste sie als Frau lernen, damit umzugehen?

8

Max zog es weiter, nach München diesmal. Auch dort lebten Künstler, erzählte er ihr, auch dort gab es was zu erleben. Käthe blieb in der Stille des Tessins, blickte über Seen und Hügel, Ascona und die Kolonie am Berghang. Hier ist deine Familie, wollte sie ihm zurufen. Die aber, so schien es, hatte ihm nie so viel bedeutet wie ihr.

Elise ging wenige Tage später. Es war ein tränenreicher Abschied. Die Kinder würden sie vermissen. Zugleich wusste Käthe, dass sie in der neuen Einsamkeit, nur mit den Mädchen und ihrer Mutter, allein mit ihrer eigenen Stimme im Kopf, stark sein musste – und dass sie das konnte.

Am nächsten Tag zogen sie zu dritt ins Roccolo, wie sie vom ersten Tag den Vogelturm nannten, weil ihm ein merkwürdig muffiger Geruch anhaftete – ähnlich dem Roccolo-Käse, den Käthe gelegentlich aus dem Dorf holte.

Ida Hofmann kam direkt die Woche drauf zu ihnen und fragte, ob sie was brauchten. »Du kommst gar nicht mehr und holst euer Essen«, sagte sie fast tadelnd. »Braucht ihr denn nichts mehr?«

»Aber das steht uns doch nicht mehr zu?«, wunderte sich Käthe. Zugleich dachte sie: Eure Almosen will ich nicht. Erst habt ihr mich gezwungen, die hübsche Hütte in Sichtweite der Casa Anatta zu verlassen, und nun wollt ihr euch immer noch in Max' Glanz sonnen, weil ihr für mich sorgt? Weil ihr seine Kinder aushaltet?

Ida seufzte. »Sei doch nicht so«, sagte sie. »Was die Männer reden, was sie denken und glauben, das soll uns doch nicht stören. Ich habe der Köchin und ihren Frauen gesagt, sie sollen weiterhin für dich und die Kinder etwas rausstellen, und das machen sie natürlich. Henri weiß nichts davon, wenn es dir hilft.«

»Henri wird aber davon wissen, sobald er mich beim Gemeinschaftssaal herumstreifen sieht.«

»Ich werde ihm sagen, dass ich dich einlade. Oder Lotte oder Jenny. Wir wollen nur, dass es euch gut geht.« Ida zupfte ein unsichtbares Fädchen von ihrem wollenen Rock. Als gäbe sie was auf Eitelkeiten. »Wir sorgen uns nur um euch, das ist alles.«

Bevor Käthe antworten konnte, kam Mimerle aus dem Roccolo. Sie hatte den Mittagsschlaf ganz oben gemacht und war danach auf dem Hintern die Stiegen runtergerutscht, wie Käthe es ihr gezeigt hatte. Wie immer hielt sie die Puppe fest umklammert.

Ida lächelte. »Da ist ja die kleine Maria. Hast du geschlafen?«

Mimerle nickte und hielt voller Stolz das Püppchen hoch, das in den letzten Wochen schon reichlich geliebt worden war; eine Stelle im Tuch war durchgewetzt, und erste Sägespäne quollen heraus. Außerdem hielt die Farbe nicht so gut auf der sauber geputzten Kartoffel, weshalb das aufgemalte Gesicht von Käthes häufigen Korrekturen etwas schief wirkte. Der kindlichen Puppenliebe tat dies keinen Abbruch. Käthe fragte sich manches Mal, ob diese Puppe tatsächlich so anders und liebenswerter war als die verabscheute Perdita.

Ida hatte indes von Mimerle die Puppe entgegengenommen. Das kleine Mädchen plapperte eifrig auf sie ein, zeigte und erklärte, was an ihrem Otto – so nannte sie das Püppchen – so besonders war. »Mein Baby!«, schnatterte sie immer wieder, nahm Ida die Puppe wieder ab und drückte sie ans Herz, als gäb's nichts Schöneres auf der Welt für sie.

»Du hast da etwas Hübsches gemacht«, sagte Ida leise. Sie blickte verträumt über den Berghang hinüber zur Casa Anatta, die man von hier aus sehen konnte. »Im Ernst, Käthe. Das ist vielleicht keine Kunst, wie Max sie immer aus dir herauskitzeln will, aber es hat schon etwas Handfertiges, was du aus so wenig Material gemacht hast.«

Käthe musste lachen. »Was denn, meinst du, ich soll unter die Puppenmacher gehen?«

»Warum nicht?«

Warum nicht? Ach, es gab ja nur ungefähr tausend Gründe, die dagegensprachen. Wo sollte Käthe denn anfangen? Bei ihrem Unwillen, eine Nähnadel in die Hand zu nehmen, weshalb sie das nur ihren Kindern zuliebe tat oder wenn es sich wirklich nicht vermeiden ließ? Oder bei ihren ständigen Zweifeln, ob das, was sie sich ausdachte, überhaupt gut war? Man musste sich Otto doch nur ansehen, ein Knollenkopf mit einer schief aufgemalten Nase, der Körper verlor ständig Holzspäne, lange ging das nicht mehr gut. Nur eine Frage der Zeit, bis die Puppe auseinanderfiel. Käthe fürchtete schon den Tag, an dem sie Mimerle erklären musste, dass die Puppe nicht zu retten war.

»Ich hab kein Talent dafür«, sagte Käthe.

»Talent ist nicht alles«, war Idas Überzeugung. »Was meinst du, wie aus Max geworden ist, was er heute ist?«

Max war ein schlechtes Beispiel, da er so verbittert war, sobald der kommerzielle Erfolg nicht ihm vergönnt war, sondern anderen, Jüngeren, die weniger Talent und Kunstfertigkeit besaßen. Vielleicht schränkte auch das Käthe ein – fürchtete sie einen Erfolg, der dann Max in den Schatten stellte?

Zu viele Gedanken drängten sich ihr auf.

Sie musste sich erst mal sortieren. Wollte sie denn überhaupt Puppen machen? Was daran würde sie reizen, außer dieses glückliche Strahlen ihrer Kinder, wenn sie Otto in den Arm nahmen oder auf dem Schoß wiegten?

Das war es. Das Glück ihrer Kinder, für das sie alles auf sich nahm. Seit Mimerles Geburt richtete sie ihr ganzes Handeln darauf aus, dass es ihren Kindern gut ging. Dass es ihnen besser ging als ihr selbst. Aber nun saßen sie allein in diesem Turm, sie fühlte sich an den schlechten Tagen kaum besser als ihre Mutter. Das Geld war knapp, Max kam und ging, wie es ihm passte, und sie hatte keine Perspektive. Sie verstand plötzlich, wie es ihrer Mutter all die Jahre ergangen sein musste, während sie sich mit Näharbeiten durchschlug.

Als Ida weg war, setzte Käthe sich nach dem Abendessen hin. Fifi schlief schon auf einem Fell auf dem Boden; Käthe würde sie später nach oben tragen. Mimerle saß neben ihr und fütterte Otto mit Brotkrumen, die sie vom Boden unter dem Tisch auflas.

»Mama … wann machst du denn eine bambina für Fifi?«, wollte die Kleine wissen.

»Schau mal.« Käthe hielt das hoch, was sie gerade machte. »Meinst du, das gefällt der Fifi?«

Ihre Tochter legte den Kopf schräg und betrachtete das, was Käthe machte. Sie wollte gerade etwas sagen, als jemand an die Tür hämmerte. Fifi wachte auf und quäkte los, Mimerle zuckte zusammen. Käthe stand auf.

Vor der Tür stand Karl Gräser.

»Es ist Lotte«, sagte er nur.

Käthe durchfuhr es kalt. »Was ist mit ihr?«, fragte sie, obwohl sie die Antwort fürchtete.

»Was schon? Sie hat ein Ende gemacht mit sich und allem. Hat Gift gefressen, weiß der Teufel, woher sie's hat. War grad unten in Ascona, hab 'nen Arzt geholt, aber der wird zu spät kommen.« Er zögerte. »Sie quält sich sehr. Kannst du mitkommen?«

»Aber was soll ich denn bei ihr?«

Was konnte sie schon bei einer Sterbenden ausrichten?

»Könnte mir vorstellen, dass sie dich sehen will. Nur ein Gefühl.«

Mimerle drängte sich gegen Käthes Bein. Fifi auf ihrem Arm war schon fast wieder eingeschlafen. »Ich kann doch nicht … «

»Nimm sie halt mit, drüben in der Casa ist Jenny, sie wird aufpassen. Aber beeilt euch, sie hat nicht mehr lang.«

Käthe raffte schnell ein paar Dinge zusammen, dann folgte sie Karl Gräser. Er nahm Maria auf den Arm, und ihr fuhr kurz durch den Kopf, dass es merkwürdig aussah, Karl Gräser mit einem Kind, das hatte sie sich nie vorstellen können.

Jenny aber schon, sie schnappte nach Luft, als sie kurze Zeit später die Casa betraten. Käthe gab Mimerle einen Kuss auf die Stirn, drückte Fifi noch ein letztes Mal an sich und gab sie dann in Jennys Arme. Zu ihrer Überraschung gurrte das Baby zufrieden und befingerte Jennys lange Haare. Jenny hatte ein entrücktes Lächeln im Gesicht, als könnte sie es nicht glauben, ein Baby halten zu dürfen.

Sie hasteten durch die Nacht. Ida war bei ihnen, Henri schon vorausgeeilt. Anders als bei früheren Gelegenheiten, wenn Käthe an Lottes Hütte vorbeigekommen war, leuchtete jetzt schon weithin sichtbar eine Laterne direkt neben dem Eingang.

Die Tür stand offen.

Im Innern noch mehr Licht. Das Haus war kaum mehr als ein Verschlag mit Fenstern auf allen Seiten, zugig und klein. Henri erschien, seine Bewegungen langsam; nichts Federndes, Frisches war an ihm, als er über die Schwelle trat, die Eintreffenden anblickte und nur müde den Kopf schüttelte.

»Es ging so schnell.«

Der Arzt kam wenige Minuten später. Er folgte Karl ins Haus, um Lotte zu untersuchen und den Totenschein auszustellen. Henri hielt den Freund am Arm fest, als er an ihm vorbeiging.

»Mach dem Doktor keinen Vorwurf, dass er zu spät war. Er hätte ohnehin nichts ausrichten können.«

Sie setzten sich wie betäubt auf einen Baumstamm, der ein Stück den Weg hinunter stand. Käthe hörte Ida schniefen. Sie selbst glaubte, in der Dunkelheit mehr von der Landschaft erfassen zu können als bei Licht betrachtet. »Warum?«, fragte sie irgendwann leise.

»Das werden wir wohl nie erfahren.« Henri legte den Arm um Idas Schulter, drückte sie an sich. »Manche möchten irgendwann nicht mehr, so ist das nun mal. Das müssen wir akzeptieren.«

»War sie zu einsam? Haben wir sie zu oft allein gelassen?«, wollte Ida wissen.

»Manche sind im Herzen zu einsam, da kannst du neben ihnen sitzen, und sie sterben vor sich hin.«

»Henri«, sagte Ida mahnend.

»So ist es doch. Wir wollen das Beste im Menschen hervorbringen. Und das war ihr Bestes? Ich bin enttäuscht.« Er stand auf, stapfte den Pfad hinunter und schlug den Weg zurück zur Casa ein. Ida rückte etwas näher an Käthe heran.

»Meinst du, sie hat ihren Frieden gefunden?«, fragte Käthe leise.

»Wer weiß das schon.« Ida strich sich über die Haare. »Nun geht sie dahin, sie folgt ihrem dunklen Gemüt.«

»Nur wie«, murmelte Käthe. »Wie hat sie das bewerkstelligt?«

Ida schnaubte. »Man merkt schon, dass du etwas ab vom Schuss lebst neuerdings. Ich wette mit dir, dass einige unserer braven Patienten im Sanatorium es nicht ganz so genau mit unseren Regeln nehmen. Würde mich nicht wundern, wenn der eine oder andere ihr Opium oder Kokain in überreichlicher Menge überlassen hat, damit sie ihrem Leben ein Ende bereiten konnte.«

Käthe zögerte. Sie bekam tatsächlich kaum noch mit, was sich auf dem Berg zutrug, und in diesem Moment war sie darüber einerseits ganz froh, fürchtete aber auch, dass ihre Unwissenheit sie nicht davor schützte, dass das ganze Ausmaß von Lottes Tod sie noch länger verfolgen würde.

»Sie war doch eine von uns«, flüsterte Ida. »Sie kam vor fünf Jahren mit uns hierher, das kannst du nicht wissen, aber damals war sie so anders … Und dann zog sie sich immer mehr zurück.«

»Mach dir keine Vorwürfe«, sagte Käthe mehr zu sich selbst. Sie wusste von ihrer Mutter, wie es war, wenn der Schwermut zupackte. Abschütteln ließ er sich kaum. Für Christiane Simon war es erst langsam besser geworden, nachdem sie zu Käthe nach Berlin gezogen war. In einer idealen Welt hätte auch Lotte einen Ausweg gefunden. Aber Lotte hatte geglaubt, der Monte Verità sei ihr Ausweg. Falsch gedacht.

Als sie zur Casa Anatta zurückkehrten, schliefen die Kinder auf dem großen Sofa in der Haupthalle unter zwei bunten Häkeldecken, die Jenny fürsorglich über sie gebreitet hatte. Sie saß auf einem Kissen vor dem Sofa, bewachte den Schlaf der Kinder und streichelte die Mütze von Mimerles Puppe Otto. Dabei summte sie leise.

Als Ida zu ihr trat, stand Jenny auf. Die Schwestern umarmten sich, hielten sich aneinander fest, als könnte damit ihre Trauer greifbar werden.

»Bleibt ihr über Nacht bei uns?«, schlug Ida an Käthe gewandt vor, nachdem Jenny und sie sich voneinander gelöst hatten. »Ihr wollt doch bestimmt nicht durch die Nacht irren. Die Kinder schlafen so schön.«

Nur ungern stimmte Käthe zu. Die Atmosphäre in der Casa war seltsam; einerseits waren die versammelten Männer und Frauen bedrückt, weil mit Lotte Hattemer eine derer verstorben war, die die Gemeinschaft auf dem Berg in den ersten Jahren geprägt hatte. Andererseits wirkten sie auch erleichtert, sich nicht länger Sorgen um Lotte machen zu müssen.

Jenny half Käthe, vor dem Sofa ein Matratzenlager einzurichten, auf dem sie schlafen konnte. »Es wäre nicht ewig gut gegangen«, meinte sie.

»Mit Lotte?«

»Mit uns allen«, erwiderte Jenny. So düster kannte Käthe sie nicht.

An Schlaf war nicht zu denken. Sie lag zwar allein mit ihren Töchtern im Dunkeln und lauschte auf Mimerles Schnaufen, die sich offenbar schon wieder verkühlt hatte. Zwei Räume weiter aber war die Küche, und dort hatten sich die anderen versammelt, sie redeten leise. Käthe hörte das Klirren von Flaschen und Gläsern, das Klappern von Besteck. Ida hatte offenbar für die Gäste noch einiges aus der Gemeinschaftsküche besorgt. Käthe hatte zwar Hunger, blieb aber liegen; sie wollte nicht mit den anderen über Lottes Schicksal jammern. Etwas anderes beschäftigte sie viel mehr.

Lotte war allein gestorben. Ein ähnliches Schicksal drohte Käthes Mutter, wenn Käthe es nicht schaffte, rechtzeitig bei ihr zu sein, wenn die letzte Stunde kam. Nun war Christiane Simon wenigstens in häuslicher Gemeinschaft mit einer älteren Witwe, deshalb hoffte Käthe schon, dass man ihr Bescheid geben würde, wenn es so weit war.

Aber was wurde aus ihr? Würde sie auch irgendwann einsam sterben? Sie hatte zwei Kinder in die Welt gesetzt. Würden sie immer da sein? Ausgehen durfte Käthe davon nicht. Sie wünschte Maria und Sophie, dass sie als erwachsene Frauen ein selbstbestimmtes Leben führten. Dass sie nicht ständig darüber grübeln mussten, ob es der Mutter gut ging.

Ich muss auf mich schauen, dachte sie. Dass ich den Mädchen nie zur Last falle, so wie Lotte der Gemeinschaft in den letzten Jahren.

Dafür brauchte sie zweierlei. Sie musste geistig auf der Höhe bleiben. Und sie benötigte ein Auskommen, das ihr Leben lang reichte.

Käthe richtete sich auf. Max, dachte sie. Was war mit ihm? Er war deutlich älter als sie. Über dreißig Jahre. Es stand also zu erwarten, dass er irgendwann, eines fernen Tages, starb. Lange vor ihr. Und dann wäre sie allein. Mit den Kindern, die bis dahin hoffentlich schon groß genug waren, dass Käthe einer Arbeit nachgehen könnte ... Sie sank zurück aufs Kissen. Mimerle hustete im Schlaf. Auch den Kindern konnte jederzeit etwas passieren. Wenn sie krank wurden ...

Käthe hielt es nicht länger aus. Der Tod war ihr in dieser Nacht zu nahe gekommen, und sie ertrug es nicht, auch nur eine Minute länger mit ihren Gedanken allein zu sein. Lautlos stand sie auf und streifte sich Wollsocken über. Sie lief zu der angelehnten Küchentür.

»Na, kannst du auch nicht schlafen.«

Karl Gräser saß am Tisch. Jenny, Ida, Henri verteilten sich auf den anderen Stühlen. Andere waren auch da, Käthe aber hatte nur Augen für diese vier, die einst mit Karls Bruder Gusto und Lotte hergekommen waren. Sie hatten eine Gemeinschaft begründen wollen. Was war von der Gemeinschaft geblieben? Vier Menschen mittleren Alters, die den Tod einer Frau betrauerten, die selbst dieses Leben nicht mehr ausgehalten hatte.

»Worüber sprecht ihr?«

»Worüber schon. Über Lotte.« Karl beobachtete sie. Käthe nahm das Weinglas, das Ida ihr wortlos reichte. Sie trank, stützte den Ellenbogen in die Hand und lehnte sich gegen den Türrahmen.

»Ich hab gerade erzählt, wie sie sich mal mit mir gestritten hat. Weiß gar nicht mehr, worum es dabei ging.« Henri runzelte die Stirn. »Na, egal. Jedenfalls war niemand so bedingungslos wie sie. Niemand konnte das Leben aus den Vollen greifen, niemand hat es bis zum Ende gedacht.«

Die anderen nickten, murmelten etwas. Käthe wollte einwenden, wie wenig das Leben zu Ende gedacht war, wenn man ihm selbst dieses Ende bereitete. Doch sie hielt den Mund. Ihr kam ein Gedanke, ganz flüchtig erst. Ein zweites Glas Wein, hoffte sie, würde ihr auf die Sprünge helfen, dass sie ihn greifen konnte.

In dieser Nacht schliefen nur die Kinder auf dem Diwan in der Halle. Alle anderen blieben wach. Längst drehten sich ihre Gespräche nicht mehr nur um Lotte. Es ging ums Existenzialistische, was machte das Leben aus, und dann drehte es sich irgendwann, da ging es auf einmal um das Existenzielle. Darum, was es brauchte, damit man *gut* leben konnte.

»Ein Auskommen braucht's«, verkündete Karl. Ausgerechnet! Er meinte doch, ohne irgendwas kämen Jenny und er am besten aus, als brauchten sie nichts außer das, was sie mit der eigenen Hände Arbeit erschaffen konnten. Deshalb umwickelte er die Beine mit Kaninchenfellen, trug einen groben Pullover.

Käthe hörte nur mit einem Ohr zu. Immer noch war sie in Gedanken bei Lotte. Oder nein, nicht mehr bei Lotte, sondern eher bei ihrer eigenen Situation. Dass sie nun im Roccolo wohnte, war ihren eigenen prekären Verhältnissen geschuldet. Was, wenn Max etwas passierte? Sie hatte nichts. Nicht mal verheiratet waren sie. Manche Tage hier oben gefiel sie sich durchaus als die unabhängige Freundin eines Künstlers, die auf dem Berg lebte, weil sie es wollte, nicht weil die bürgerlichen Zwänge in Berlin sie zur Flucht getrieben hatten. Aber genauso oft sehnte sie sich nach einem geordneten Leben, in dem sie länger als ein paar Monate an einem Ort lebten. Sie sehnte sich nach der Normalität, die sie mit Max an ihrer Seite wohl nie bekommen würde. Er pochte immer darauf, dass er als Künstler ja wohl ein Recht auf sein Atelier und seine Unabhängigkeit habe.

Er wollte, dass auch sie unabhängig blieb. Und Käthe begriff in dieser Nacht etwas sehr Wichtiges. Ein Detail nur, aber als sie früh am Morgen nach stundenlanger Diskussion darüber, wie frei Lotte Hattemer tatsächlich in den letzten Tagen und Stunden ihres Lebens gewesen war, ihre Kinder weckte und sich mit ihnen auf den Heimweg machte, wusste sie eines mit Bestimmtheit: Sie würde sich niemals in *diese* Freiheit begeben, in der ihr sogar das eigene Leben egal war. Sie würde sich auch nicht hängenlassen. Sicher, manche Tage war sie müde, gerade der Winter drückte sie manchmal nieder. Aber das konnte sie annehmen, denn sie wusste, nach dem Winter kam der Frühling. Nach der Nacht ein frischer Morgen, an dem nichts mehr so düster wirkte wie wenige Stunden zuvor.

Käthe wusste, dass sie ihr eigenes Glück würde schmieden können – wenn sie sich auf das konzentrierte, was sie am besten konnte. Das hatte sie von ihrer Mutter gelernt und würde es auch ihren Töchtern mitgeben.

Auf sich selbst achten. Für sich selbst einstehen.

Obwohl sie so müde war, dass ihr ständig die Augen zufielen, holte sie den Aquarellkasten, rückte das Zeichenbrett auf ihren Knien zurecht. Die Kinder hatten ein wenig Brot und Milch gefrühstückt und tollten bereits wieder halb nackt über die Wiese vor dem Roccolo. Käthe spitzte den Stift, sie atmete tief durch – und begann zu malen.

Auch wenn sie den Funken noch nicht spürte, von dem Max stets behauptete, er müsse in ihr sein – dadurch, dass sie den Pinsel nicht aufs Papier setzte, würde sie ihn auch nicht entfachen.

9

Monte Verità, Februar 1906

*D*er Winter kam, der Winter ging. Als er sich bereits zurückzog, klopfte er bei Käthes Mutter an und nahm sie mit.

Mit dem Tod zu rechnen und ihm dann tatsächlich zu begegnen, waren zwei so unterschiedliche Dinge, dass Käthe sich bei aller Vorbereitung überrumpelt fühlte. Die letzten Nächte blieb sie bei ihrer Mutter in Ascona. Mimerle und Fifi waren so lange in der Casa Anatta, wo sie von Ida und Henri erstaunlich nachsichtig verwöhnt wurden.

Der Tod war auch Erlösung und Neuanfang zugleich. Als Käthe wenige Tage später am Grab ihrer Mutter stand – nur ihre kleinen Töchter neben sich und Ida Hofmann an ihrer Seite –, begriff sie, dass ihre Zeit hier oben nun zu Ende ging. Sie sagte das zu Ida, als sie sich anschließend auf den Weg zurück zum Berg machten.

»Wohin wollt ihr denn?«, fragte Ida sanft.

»Nach München vielleicht.«

Max schrieb viel von München. Dass es dort ein leichteres Leben sei, dass sie sich in der Anonymität verstecken konnten, weil sie dort nicht jeder kannte. Verlockend, dachte Käthe. Andererseits machte es sie müde, sich immer verstecken zu müssen, nur weil sie Mutter war. Nein. Irgendwann musste auch damit Schluss sein.

»Als anerkannte Künstlerin wirst du sicher dort auch

keine Fragen mehr hören, weshalb Max und du nicht verheiratet seid.« Ida legte für einen Moment den Arm um Käthes Schulter. Sie hatte sich nicht die Mühe gemacht, sich für die Beerdigung so zu kleiden, wie Käthes Mutter es für angemessen erachtet hätte. Käthe zumindest trug Schwarz und hatte auch den kleinen Mädchen zwei Kleider dunkel gefärbt. Sie wusste, ihre Mutter würde nicht aus dem Himmel auf sie herabschauen. Trotzdem hatte sie ihr diesen letzten Liebesdienst erwiesen; sie wusste, es hätte Christiane Simon gefallen, dass die Tochter und die beiden Enkelinnen beim letzten Geleit noch einmal ihrem Wunsch nach Tradition und Regeln entsprochen hatten. Nur nicht auffallen!, das hatte sie Käthe immer mit auf den Weg gegeben.

Und was ist aus mir geworden?, dachte sie fast belustigt. Erst eine Schauspielerin mit zweifelhaftem Umgang, dann die Geliebte eines Künstlers, die nun selbst kurz vor ihrem künstlerischen Durchbruch stand.

Die Aquarelle, die sie wenige Wochen nach Lotte Hattemers Tod nach Berlin zu Max geschickt hatte, hatten ihn begeistert. Sein Brief traf kurz darauf ein: *Käthe*, schrieb er, *was bist Du doch für ein Teufelskerl! Ich wusste, dass es in Dir steckt, die Bilder beweisen es ohne jeden Zweifel!!*

Die Zweifel an ihrem Können waren nicht weniger geworden. Trotzdem schickte sie Max weiterhin alles, was sie aufs Papier brachte, auch wenn ihr das Zeichnen und Malen an manchen Tagen reichlich Kopfzerbrechen bereitete und die Pinselführung schmerzhaft war, weil es ihr fast körperlich widerstrebte, sich dem Malen zu widmen. Es war einfach nicht das, was sie erfüllte. Sie machte es eher aus dem Pflichtbewusstsein heraus, und dass Max selbst darüber in Begeisterungsstürme ausbrach, ließ sie noch mehr zweifeln. Aber sie kannte ihn als einen Mann mit Prinzipien, und dazu gehörte, dass er sie nicht loben würde, wenn ihre Arbeit nichts taugte.

Trotzdem blieb sie auf der Hut.

»Eine kleine Vernissage in München«, überlegte Ida. »Das wäre schön, oder nicht?«

»Ich weiß nicht.« Käthe blieb stehen. Ihr fiel ein, dass sie ja nun bald das Zimmer ihrer Mutter in Ascona räumen musste. Dann alles zusammenpacken, die Reise planen … Sie hätte sich am liebsten einfach hingesetzt, wo sie stand, mitten auf den von der Schneeschmelze in eine Schlammpiste verwandelten Weg, in den ihre Stiefel zentimeterweit einsanken. Plötzlich fühlte sie sich so müde. Keinen Schritt konnte sie noch gehen.

»Aber bevor du gehst, musst du noch eine Puppe für mich machen. Kannst du das?« Ida lächelte. Sie verschenkte die Puppen gern an die Kinder von Freunden, auch wenn Käthe immer wieder betonte, dass sie nicht ewig halten würden. Einige Verbesserungen hatte sie über den Winter vorgenommen, so dass auch ihre Töchter inzwischen Püppchen mit sich herumschleppten, die etwas länger halten würden. Das hoffte Käthe zumindest.

»Ich habe noch einen Rohling, die nähe ich dir noch vor der Abreise«, sagte Käthe gedankenverloren. Doch der kleine Auftrag munterte sie auf. »Kommt«, sagte sie zu ihren Kindern. »Wenn wir uns beeilen, kann ich heute Abend noch ein wenig nähen.«

Schon merkwürdig, ausgerechnet das Nähen, das ihr immer noch so verhasst war, vermochte sie nun zu trösten. Weil sie sich der Mutter damit etwas näher fühlte. Käthe dachte an die Wheeler-Wilson, die immer noch in Berlin in einem Lagerraum stand. Sie würde das gute Stück wohl nicht verkaufen, sondern wollte erst mal sehen, ob sie nicht anderweitig dafür Verwendung fand.

Wenn sie denn eines Tages nach Berlin zurückkehrte, dachte sie.

Berlin war weit weg.

»Es wird mir fehlen, hier bei euch zu sein.«

»Ihr werdet auch fehlen.« Ida wirkte in sich gekehrt. Lottes Tod hatte sie alle verändert. Neuerliche Spannungen zwischen Gräsers auf der einen Seite, Ida und Henri auf der anderen vergifteten die Atmosphäre auf dem Berg. Als Max letzten Herbst länger bei ihnen gelebt hatte, war er manches Mal kopfschüttelnd von seinen Treffen in der Casa Anatta zurückgekehrt. Wenn Käthe ihn fragte, was denn los sei, meinte er düster, nichts sei los mit den Lebensreformern, die seien innerlich schon alle tot. Davon, dass er hier oben seine Künstlerkolonie gründen wollte, war nicht länger die Rede.

10

Monte Verità, Herbst 1907

*L*ange wusste Käthe nicht, ob sie auf dem Berg bleiben wollte. Ob sie nach so vielen Toden hier oben nicht einen anderen Ort für sich suchen sollte. Aber wohin mit ihnen? Es blieben die Kinder, die ihr das Leben in Berlin unmöglich machten. Immer noch hatte sie Angst, man könnte sie ihr wegnehmen, und Max war ihr keine Hilfe. Er weigerte sich weiterhin, seiner Familie von ihr zu erzählen. Käthe war das große Geheimnis in seinem Leben, dabei war sie Teil seines Künstleruniversums. Sie konnte sich kaum vorstellen, dass Max' Bruder Oskar nichts über sie wusste, oder seine Schwester Anna. Von beiden erzählte er bei seinen seltenen Besuchen.

Während sie noch darüber nachgrübelte, wohin sie als Nächstes gehen könnte, blieb sie den Sommer über in Ascona. Weiterhin in ihrem Vogelturm, die Kinder gediehen, und Käthe malte. Wenn sie Geld brauchten, schrieb sie Max. Oder sie nahm Nähaufträge an. Von ihrer Mutter hatte sie doch alles gelernt, was sie wissen musste. Die Arbeit blieb ihr verhasst, doch was sollte sie tun? Das, was sie gelernt hatte, brachte ihr hier oben nicht viel ein. Gelegentlich nahm sie als Unterhaltungskünstlerin an den Gemeinschaftsabenden der Heilanstalt teil, sie trug Gedichte vor oder tanzte in griechisch anmutenden Kleidern zu Idas Klaviermusik. Aber dafür bekam sie kein Geld, das füllte nicht die Bäuche ihrer Kinder.

Sie war dort gelandet, wo sie nie hatte sein wollen – in prekären Verhältnissen, wie ihre Mutter. Käthe hatte gehofft, Max würde ihre Not erkennen und irgendwas tun, um sie daraus zu erlösen, denn aus eigener Kraft schaffte sie es nicht. Aber er tat nichts. Zumindest nicht genug, dass sie sich ganz auf die Kinder konzentrieren konnte. Stattdessen saß sie nachts an der Wheeler-Wilson, die sie sich von Max schließlich doch hatte schicken lassen. Sie nähte, wenn die Kinder schliefen. Sommers lebten sie im Vogelturm, im Winter aber mussten sie nach Ascona ziehen, es ging nicht anders. Zu kalt war es da oben auf dem Berg. Und Käthe hätte wohl verzweifeln können, doch was blieb, war das Strahlen ihrer Kinder, die sich ganz darauf verließen, dass ihre Mutter schon alles zum Guten wenden würde. Und sie liebte es, Mutter ihrer beiden Töchter zu sein; sie war überzeugt, diese beiden Kinder waren das Beste, was ihr im Leben hatte passieren können. Sie beim Aufwachsen zu begleiten und alles zu tun, damit sie eine glückliche Kindheit hatten, war Käthes Antrieb.

Und sie glaubte, es gelang ihr auch. Wenn auch nicht so, wie sie es sich immer ausgemalt hatte. Sie hatte von vornherein gewusst, dass für Max nur eine freie Ehe infrage kam, das hatte er ihr immer gesagt. Umso mehr fühlte sie sich als Gefangene seiner Freiheit.

So blieb es über ein Jahr lang, und in dieser Zeit entwickelte sich ihr zeichnerisches Talent, wie Max stets betonte, in eine »sehr schöne Richtung«. Davon konnte sie die Speisekammer nicht füllen, und ihr wäre es lieber gewesen, sie hätte aktiv etwas zum Lebensunterhalt beitragen können, das ihr zumindest ein Fünkchen Freude gebracht hätte. Aber so blieb sie halbe Nächte wach, trat das Pedal der Nähmaschine und nähte, was auch immer gebraucht wurde. Ida versorgte sie mit Aufträgen, das Sanatorium wuchs, sie brauchten Bettwäsche, Luftkleider und Lufthosen für die Gäste, all diese einfachen Dinge konnte Käthe rasch anfertigen. Es fühlte sich an, als würde ihre Freundin ihr Almosen zukommen lassen, aber Käthe schluckte den Stolz herunter, den konnte sie sich nicht länger leisten.

Im Herbst 1907 erwartete sie wieder Max, und diesmal wappnete sie sich für neuerlichen Streit mit ihm, denn sein letzter Besuch war nicht folgenlos geblieben. Ihr tat das Herz weh, weil sie nicht wusste, ob sie sich darüber freuen durfte oder traurig sein musste, ob sie das Leben mit drei Kindern überhaupt bewältigen konnte? Auch den kommenden Winter würden sie am Lago Maggiore verbringen, zumindest wenn Max nicht anderes plante. Und bisher hatte er nichts derglei-chen verlauten lassen.

Die Begrüßung war stürmisch und liebevoll, als Käthe ihn mit den Mädchen am Fähranleger von Ascona abholte. Maria und Sophie drückten ihrem Vater kleine Wildblumensträuß-chen in die Hand, die sie beim Abstieg vom Monte Verità ge-pflückt hatten; Käthe schmiegte sich an seine breite Brust und erlaubte sich für einen winzigen Moment, die Augen zu schlie-ßen. Sie war so müde von allem. Aber sie wusste, dass Max hier war, würde ihr etwas Kraft schenken, würde ihr auch ein paar Mußestunden gönnen, denn die Mädchen bekamen nie genug davon, mit ihrem Vater zu spielen, und er wiederum liebte es, sich mit ihnen zu befassen, wenngleich er lieber Zeichenstudien von Mimerle anfertigte, die mit ihrem ruhigen Wesen zu seiner Lieblingstochter avanciert war. Vermutlich auch, weil sie brav für ihn Modell saß, während Fifi selten Ruhe gab und immer in Bewegung sein musste.

»Na, du siehst aber aus …« Er strich Käthe eine Strähne aus dem Gesicht.

»Wie seh ich denn aus?«

Er wollte etwas sagen, doch dann schüttelte er nur den Kopf. Später. Wenn die Kinder schliefen.

Aber die waren so selig, ihn wieder bei sich zu haben. Fifi plapperte ohne Unterlass, Mimerle lief neben ihm und hielt in stummem Glück seine Hand. Käthe folgte den dreien; dieser Mann so groß wie ein Baum, den Rucksack auf den Schultern und die beiden kleinen Mädchen an seiner Seite, die bewundernd zu ihm aufblickten. Sie dachte an sein drittes Kind, das unter ihrem Herzen wuchs, und zum ersten Mal, seit sie von der neuen Schwangerschaft wusste, glaubte sie daran, dass irgendwann doch alles gut werde.

•|• •|• •|•

»Wieso hast du nicht aufgepasst?«

»Bitte nicht so laut, Max.«

Er senkte seine Stimme zu einem wütenden Flüstern. Käthe lauschte, doch oben in der Schlafkammer blieb alles ruhig.

»Ich dachte, wir sind uns einig. Kein weiteres Kind. Die beiden Mädchen …«

»Wir sind uns einig?« Sie seufzte. »Für dich mag es ja leicht sein, den Gedanken einfach von dir zu weisen. Aber ich …«

Sie suchte nach den richtigen Worten. »Ich bin einsam, Max.«

»Ein weiteres Kind wird dir dagegen nicht helfen. Es wird abhängig von dir sein und dich noch mehr in andere Abhängigkeiten treiben.«

Sie fragte nicht. Sah ihn nur über das kleine Tischchen hinweg an, das sie sich vor die Tür der Hütte gestellt hatten. Kalt war's hier draußen, sie trug ein wollenes Tuch um die Schultern und eine Decke über den Beinen. »Ich wollte nie unabhängig sein«, sagte sie leise. Senkte den Blick. Er verstand.

»Ich habe dir nie die Ehe versprochen. Du wusstest, unsere Liebe wird immer frei bleiben.«

Frei war aber nur er. Sie war an diesen Berg gefesselt und würde es mit dem dritten Kind erst recht sein. Käthe holte Nähzeug aus dem Korb. Es fiel ihr leichter, mit ihm zu reden, wenn sie dabei ihre Hände beschäftigen konnte. Aber im Moment wusste sie auch nicht, was sie dazu sagen sollte. Außer dass er immer freie Liebe predigte, dann aber doch mit zweierlei Maß ihre Situationen beurteilte. Sie hätte nicht schwanger werden müssen – aber wie hätte sie das denn verhindern sollen?

»Jetzt schmollst du.« Seine Finger trommelten auf den Tisch.

»Gar nicht«, widersprach sie. Tränen stiegen ihr in die Augen; die ersten Monate einer Schwangerschaft machten sie immer so gefühlsduselig, das kannte sie schon von den ersten beiden Malen. Das machte es nicht leichter, mit ihm zu streiten.

»Ich hab's dir doch immer gesagt, Käthe.«

»Ja, und die Gesellschaft liefert dir die beste Ausrede, dass du mich hier allein sitzenlassen kannst. Ich hätte lieber ein Familienleben wie andere auch. Frei oder nicht. Wenn aus deiner Künstlerkolonie hier oben denn nichts wird, müssen wir uns eben etwas anderes überlegen.«

Sie zitterte. Das erste Mal stellte sie Forderungen. Aber es ging nicht anders; ohne ihn hielte sie hier oben vielleicht einen dritten Winter aus. Aber danach? Sie war müde von der Verantwortung, sehnte sich danach, ihn immer bei sich zu haben.

»Was könnte das sein?«

Sie schwieg beharrlich.

Max lachte leise. »Heiraten, ja? Das lässt dir ja keine Ruhe.«

»Wenn es dir nicht so wichtig ist, dann können wir es einfach machen, und gut ist. Mehr nicht. Aber deine Kinder wären dann den Makel los, den die Gesellschaft ihnen weiterhin auferlegt. Das tust du nicht, und ich sowieso nicht. Aber die anderen, die Mehrheit. Sie werden immer auf Sophie und Maria schauen und die Nase rümpfen. Sieh es doch ein, Max! Die Welt ist nicht bereit für deine freie Liebe, und sie lässt es deine Kinder spüren, ihr Leben lang!«

Atemlos hielt sie inne. Sie hatte sich nicht so in Rage reden wollen, und dennoch: Es war genug. Sie hatte das lange genug ausgehalten, sie wollte sich nicht länger von seiner Freiheit gängeln lassen.

»So siehst du das?« Max stand auf. Er streckte sich, zeigte dabei nach oben. »Wir haben es selbst in der Hand. Wenn wir sie nur frei genug erziehen, werden sie ihren Weg gehen. Sieh dich doch an, du bist das beste Beispiel.«

»Aber wenn ich doch unglücklich bin damit!«

Sie verstummten beide. Blickten einander an, voller Liebe, voller Sehnsucht und Schmerz. Ach, dachte Käthe und senkte zuerst müde den Kopf. Sie wusste ja, ändern würde sie ihn in diesem Leben nicht mehr, dafür war er zu sehr von sich überzeugt. Max räusperte sich verlegen.

»Gehen wir ins Bett?«

Sie nickte. Gemeinsam stiegen sie die schmalen Leitern hoch, richteten sich auf dem Matratzenlager unterm Dach ein. Seine Hand stahl sich unter ihre Decke, sie spürte seine Finger erst an ihrem Unterarm, dann tanzten sie behutsam über ihren Bauch. Sie drehte sich ihm zu. Erst küssten sie sich, dann schlüpfte sie zu ihm unter die Decke, und sie liebten sich leise. Käthe wusste, dass sie dadurch nicht versöhnt waren; der Streit würde weiter zwischen ihnen schwelen, und irgendwann mussten sie entscheiden, was sie tun würden.

»Es wird sich nichts ändern, oder?«, fragte sie danach leise ins Dunkel.

Max antwortete nicht. Und das war schon Antwort genug.

11

Monte Verità, April 1908

*W*ie willst du das denn schaffen, so allein?«

»Ach, Ida.«

Käthe dröhnte der Kopf. Sie umfasste ihn mit beiden Händen, stützte die Ellenbogen schwer auf die Tischplatte vor sich. Seit Tagen war sie das erste Mal drüben beim Gemeinschaftssaal. Vorher war sie zu müde gewesen für den Weg den Berg hinauf. Aber bald wurde es besser. Vor Kurzem war sie mit den Kindern zurück in den kleinen Roccolo gezogen, nachdem sie den Winter über unten in Ascona ein Zimmer bewohnt hatten, das ihnen Tag und Nacht zu eng geworden war.

»Ein Wahnsinn.« Ida konnte nicht an sich halten. Sie beobachtete Maria und Sophie, die zwischen den Tischen der Sanatoriumsgäste Fangen spielten. »Da oben willst du es allein auf die Welt bringen? Wie soll das gehen, Käthe?«

»Ich bin doch nicht allein. Mimerle und Fifi sind bei mir.«

»Noch schlimmer. Wie alt ist deine Große, fünf? Wie soll sie dir da denn helfen, wenn es Probleme gibt? Willst du sie etwa mitten in der Nacht den Berg runter zur Hebamme schicken? Die fällt noch in einen der Bäche und ertrinkt, wir haben Schneeschmelze!«

»Es wird schon gehen.« Käthe schloss erschöpft die Augen. Nichts hatte sie auf diese Diskussion mit Ida vorbereitet.

Jetzt kam auch noch Jenny durch den Saal, in den Händen ein Metalltablett mit ihrem Mittagessen. Sie wirkte seltsam verloren, blickte sich nach einem freien Platz um. Käthe hob die Hand und freute sich über Jennys Lächeln.

Sie sieht schlecht aus, dachte Käthe. Aber sie rückte ein Stück beiseite, damit sich Jenny Gräser neben sie setzen konnte. Sie begann, bedächtig zu essen, und sagte nicht viel. Immer noch die alte, stille Jenny.

Immer noch nicht schwanger.

Jennys Blick glitt nur flüchtig über Käthes Bauch.

»Was denkst du denn darüber?«, fragte Ida.

»Über Käthes Geburt auf dem Turm?«

Ach, schau an, dachte Käthe. War sie bei allen Bergbewohnern Gesprächsthema?

»Ich find's gut«, meinte Jenny lapidar.

»Du lieber Himmel«, murmelte Ida.

»Ja, wirklich! Das Kind kommt zur Mutter, wenn sie bereit ist. Genauso ist die Geburt ein natürlicher Vorgang, den Mutter und Kind im Einklang mit der Natur bewerkstelligen können. Das Vertrauen in die erdige Kraft des mütterlichen Körpers ...«

»Um Himmels willen, Jenny!«, unterbrach Ida sie ungehalten. »Weißt du, wie viel bei einer Geburt schiefgehen kann? Käthe könnte verbluten oder das Kind verlieren.«

»Das wird schon nicht passieren.« Käthe wollte nicht länger darüber reden. Was wussten Ida und Jenny schon übers Kinderkriegen? Gar nichts. Lieber wollte Käthe die Fragen, die ihr abends durch den Kopf gingen, wenn sie wach lag oder die letzten Dinge vor der Geburt richtete, schriftlich an die

Hebamme im Dorf richten. So fühlte sie sich besser gerüstet für das Kommende.

»Es war dumm von ihr, das Zimmer im Dorf schon vor der Geburt aufzugeben.«

Während Käthe noch ihren Gedanken nachhing, stritten Ida und Jenny inzwischen verbittert.

»Aber wenn etwas geschieht, wird nicht mal die Hebamme etwas dagegen ausrichten können«, widersprach Jenny. »Die Natur sucht sich ihren Weg, auf die eine oder andere Weise.« Sie wandte sich an Käthe. Ihr Blick durchbohrte sie fast. »Wenn es losgeht, kannst du zu mir kommen. Ich helfe dir durch die schweren Stunden des Wartens. Wenn es allerdings kommt … « Sie verstummte.

Käthe sah, wie Jenny mit sich rang. Natürlich. Ihr musste es ja wie ein Hohn vorkommen, dass sie seit Jahren in Erwartung ihres eigenen Kinds alles tat, während Käthe nun schon zum dritten Mal gesegnet wurde. Dennoch bot sie ihre Hilfe an.

So verabredeten sie es – wenn es losging, schickte Käthe Mimerle zur nächstgelegenen Hütte oder lief selbst mit den Mädchen dorthin, um Bescheid zu sagen. Jenny käme dann und könnte ihr beistehen, außerdem wollten sie auch nach der Hebamme im Tal schicken.

So ist es mir auch lieber, dachte Käthe. Sie hatte es sich nicht eingestehen wollen, aber sie fürchtete die Geburt, ganz allein da oben in ihrem Türmchen. Sie wollte es aber machen, schon deshalb, weil Max sich standhaft weigerte, sie zu besuchen, solange sie in Ascona hauste. Er war der Auffassung, das hübsche Dorf am Ufer des Sees wäre ihm zu eng. Nun, jetzt konnte er wieder zu Besuch kommen, wenn er meinte, da oben im Turm ginge es ihnen besser. Käthe mochte ja selbst nicht, wie sie in Ascona leben mussten – aber hier oben war es auch nur leidlich besser.

.¦. .¦. .¦.

Als die Wehen einsetzten, war keine Zeit, zur nächsten Lufthütte zu laufen und einen der Sanatoriumsgäste dort zu bitten, in der Casa Anatta oder sonstwo Bescheid zu geben. Zumal es mitten in der Nacht war, Mimerle und Fifi schliefen tief und fest.

Käthe schreckte aus dem Dämmer hoch, in den sie seit dem frühen Abend verfallen war, weil sie dachte, das seien harmlose Senkwehen. Nach ihrer Berechnung war's ein paar Wochen zu früh, aber Babys hielten sich genauso wenig an Termine wie an einen noch so ausgefeilten Geburtsplan. Sie tastete im Dunkeln nach der Stiege, kletterte nach unten und musste doch nach jeder Stufe innehalten und lautlos die nächste Wehe veratmen.

Es geht zu schnell, dachte sie, dann: Irgendwas stimmt hier nicht.

Das Gefühl ließ sie nicht los, während sie im Erdgeschoss vor dem Herd alles ausbreitete, was sie für diese Hausgeburt besorgt hatte. Saubere Tücher, eine Matratze, die zum Glück seit Tagen an der Wand lehnte; sie schürte das Feuer und fluchte, weil ihr die Streichhölzer aus den Fingern fielen, weil ihr jedes Mal, wenn sie dachte, das Feuer könnte nun aufflackern, beim Pusten eine weitere Wehe bis ins Kreuz fuhr. Vornübergebeugt stand sie am Herd, starrte in die ersterbenden Flammen und musste heulen, weil sie noch nie solche Schmerzen gehabt hatte.

»Reiß dich zusammen«, murmelte sie. »Das ist nur die Angst.« Sie versuchte, sich auf die Atmung zu konzentrieren. Rief sich das in Erinnerung, was sie von den ersten beiden Geburten noch wusste. Ihr Körper war stark, darauf vertraute sie. Es war nicht die erste Geburt, sie schaffte das. Sie musste ihren Körper nur machen lassen.

Langsam wurde sie ruhiger. Bei jeder Wehe stützte sie sich am Ofen ab. Irgendwann gelang es ihr, wenn auch erst nach einer gefühlten Ewigkeit, das Feuer in Gang zu bringen. Sie lauschte, doch oben blieb alles ruhig. Ihre Töchter verschliefen die ganze Aufregung, obwohl doch vor allem Mimerle fast täglich beteuert hatte, sie wolle unbedingt bei der Geburt assistieren. Käthe war erleichtert, denn das Letzte, was sie gerade brauchte, war eine aufgeregte Fünfjährige, die alle Vorgänge ganz genau erklärt haben wollte.

Es dauerte. Käthe öffnete die niedrige Haustür, blickte über den abschüssigen Hang zu der nächstgelegenen Lufthütte. Zu weit weg, befand sie. Niemals würde sie es rechtzeitig bis dort hinunter schaffen, ehe die nächste Wehe kam. Mit einem Seufzen schloss sie die Tür. Die nächste Wehe folgte auf dem Fuß, als wollte ihr Körper sie daran erinnern, dass es eine schlechte Idee war, nun auch noch im Dunkeln herumzulaufen.

Mit der übernächsten Wehe platzte die Fruchtblase. Käthe hockte sich auf die Matratze, hielt sich am massiven Tisch fest und begann mitzuschieben. So hatte es ihr die Hebamme aus dem Dorf erklärt. »Wenn du nicht mehr kannst, dauert's nicht mehr lang«, hatte sie behauptet. Aber das war eine Lüge, befand Käthe. Sie konnte ja jetzt schon nicht mehr! Wie sollte sie das jetzt aushalten, wenn jede Wehe sie zerriss?

Und dann spürte sie, wie sich etwas in ihr löste. Wie dieses unerträgliche Druckgefühl zwischen ihren Beinen erst noch stärker wurde, dass sie aufschrie. Und dann glitt das Baby leblos aus ihr heraus, aufgefangen von einem Nest aus Tüchern, gefolgt von einem Schwall Blut und Fruchtwasser.

Käthe sank auf die Knie. Sie hob den kleinen Jungen auf – ja, tatsächlich, ein Junge! – der in ihren Armen lag und sich nicht regte. Der sich seltsam kühl anfühlte, obwohl er doch wenige Momente zuvor noch in ihrem Bauch gewesen war ... Käthe blies ihm ihren Atem ins Gesicht.

»Kleiner Mann, da bist du ja.« Noch war sie ruhig. Sie drehte ihn um, hielt ihn an den Füßen und gab ihm einen Klaps auf den Po, wie es die Hebamme damals bei Maria gemacht hatte, die auch so still geboren worden war.

Doch als sie ihn wieder umdrehte, ihn in ihre Armbeuge bettete und auf die feuchte Matratze sank, begriff sie ganz langsam, dass etwas mit ihm nicht stimmte. Der Säugling blieb stumm und kalt. Die Augen geschlossen. Den Mund einen winzigen Spalt geöffnet. Ein winziges bisschen Blut klebte an seiner Stupsnase.

Käthe wiegte ihn in den Armen. Legte zwei Finger auf seine Brust. Sie spürte, was ihr Herz nicht begreifen konnte. Spürte, dass da kein Leben mehr in diesem winzigen Leib war, dass er mit der Geburt gestorben war oder schon Tage davor. Es hatte nichts damit zu tun, dass sie in den letzten Stunden allein gewesen war, denn die Geburt unterschied sich in nichts von den beiden vorhergehenden. Es war nur nicht seine Zeit gewesen. Nicht sein Moment, in die Welt zu kommen. Seine winzige gute Seele hatte sich schon wieder auf den Weg gemacht.

Käthe stieß einen Laut aus, der in ihren Ohren so animalisch klang, dass sie davor erschrak. Sie drückte den kleinen Körper an sich, zog Tücher heran, den Weidenkorb, in dem er hatte schlafen sollen. Darin seine ersten Kleidungsstücke, ein Höschen, Söckchen, Hemdchen, Jäckchen, Windel. Sie wischte ihn gewissenhaft sauber, küsste sein zartes Gesicht und kleidete ihn dann genauso behutsam an wie einst seine Schwestern nach ihrer Geburt. Im sanften Feuerschein wirkte er fast lebendig, und sie hatte es immer noch nicht ganz begriffen, was ihr da gerade passiert war. Sie hatte allein das Kind geboren, sie hatte es allein verloren.

»Ach, Max«, seufzte sie nur. Und dann setzte sie dem Säugling eine Haube auf, küsste ihn auf die Stirn und bettete ihn in ihren Armen. Sie zog eine Decke heran, hüllte sich ein, zusammen mit dem Baby. So blieb sie für den Rest der Nacht mit ihm liegen, als könnte ihre Körperwärme ihn wieder zum Leben erwecken. Dabei weinte sie, denn ihr Körper begriff, dass das Schicksal sich mit ihr einen bitteren Scherz erlaubt hatte. Das Kind war gegangen, und in ihr war nur noch Leere.

Am schwierigsten war es, am nächsten Morgen Mimerle und Fifi davon zu erzählen, dass ihr kleines Brüderchen gestorben war. Käthe fürchtete den Moment, in dem die beiden Mädchen begriffen, was das hieß. Der Tod ihrer Großmutter war schon länger her; Erinnerungen an sie allenfalls Schatten, die durch Käthes Erzählungen von diesem Früher geprägt waren. Und nun die erneute Begegnung mit dem Tod. Wie sollten eine Fünfjährige und eine Dreieinhalbjährige das begreifen, was sie selbst kaum fassen konnte?

Maria kam zuerst, im Morgengrauen rutschte sie auf dem Popo die Stufen herunter. Sie entdeckte ihre Mutter vor dem Ofen auf der Matratze. Käthe setzte sich auf. Sie legte einen Finger auf die Lippen.

»Darf ich es sehen?« Mimerles Augen strahlten. Sie hatte sogleich begriffen, dass das Baby geboren war, obwohl sie es nicht sehen konnte.

»Geh erst nach unten zur nächsten Hütte. Schaffst du das? Es ist schon hell. Lass die Bewohner Ida holen. Schnell.«

Mimerle nickte. An der Tür zögerte sie. Noch verstand sie nicht, warum ihre Mutter sie nicht mal einen kurzen Blick auf das Baby werfen ließ.

Hoffentlich wachte Fifi nicht auf, dachte Käthe. Oben blieb alles still.

Es dauerte auch nicht lange, bis sie draußen Stimmen und Schritte hörte. Das aufgeregte Plappern ihrer Ältesten, dazu Idas dunkle, ruhige Stimme – auch sie voller Freude. Käthe richtete sich auf. Sie rückte das Kissen in ihrem Rücken zurecht, ihre Finger fuhren über die kalte Stirn des Säuglings. Johannes, dachte sie. So hatte sie ihn nennen wollen, und sie brachte es nicht übers Herz, ihm jetzt einen anderen Namen zu geben, als könnte sie sich diesen für ein späteres Kind aufheben.

»Käthe! Du bist ja eine Teufelskerlin.« Mit diesen Worten trat Ida Hofmann ein. »Henri ist direkt unterwegs zum Telegrafenamt, sobald ich ihm mitteile, ob es Junge oder Mädchen ist.«

Käthe blickte sie an. Kein Wort kam ihr über die Lippen,

und auch Ida schien sofort zu begreifen, dass etwas ganz und gar nicht in Ordnung war.

»Käthe?«, sagte sie leise.

»Schick die Kinder fort. Ich kann nicht …«

»Ist Fifi oben?«

Sie nickte.

»Mimerle, hol deine Schwester, ja?« Ida legte nur kurz die Hand auf die Schulter des kleinen Mädchens. Die Fünfjährige nickte ernst. Sie spürte, dass etwas nicht stimmte, doch was es war, begriff sie noch nicht. Später war genug Zeit, ihr alles zu erklären.

»Lauft zu Helmut, er bringt euch zu Henri. Schafft ihr das?«

Ida schob die Mädchen aus der Tür. Erst als sie sicher war, dass die Kinder unterwegs waren, kam sie zurück. Die Tür ließ sie offen stehen. Käthe sah ihre Mädchen Hand in Hand den Hang hinablaufen.

Ida hockte sich neben Käthe. Noch immer versuchte sie nicht, das Baby zu betrachten, sie ließ Käthe alle Zeit der Welt, und auf einmal spürte Käthe eine Flut der Dankbarkeit, die über sie hinwegging. In der sie fast ertrank.

»Er fing einfach nicht an zu atmen«, flüsterte sie.

»Ach Käthe«, seufzte Ida. »Es tut mir so leid.«

Und dann setzte sie sich neben Käthe, sie legte den Arm um ihre Schulter und sah sich den Kleinen an. Mehr nicht. Sie versuchte nicht, ihn zu berühren oder mit ihr zu reden, sie war einfach da und hielt sie fest.

»Was mache ich denn jetzt bloß?«, fragte Käthe irgendwann.

»Wir kümmern uns um euch«, versprach Ida.

12

Ascona, Sommer 1908

Und das taten sie. Ida und Henri, Karl und Jenny, sie waren zur Stelle und kümmerten sich um Käthe und ihre Kinder.

Ida telegrafierte noch am selben Morgen an Max, der zu diesem Zeitpunkt in Wien weilte. Er kam wenige Tage später auf den Berg, doch da hatten sie den kleinen Hannes schon beerdigt. Käthe wusste ja nicht, ob Max überhaupt kommen wollte, und sie ertrug nicht, ewig auf ihn zu warten.

Als er dann vor dem Roccolo stand – nur mit einem Rucksack auf dem Rücken, den er in aller Eile gepackt hatte –, saß Käthe zum ersten Mal seit der Geburt auf der Bank davor, neben sich ihren Nähkorb. Sie hatte ursprünglich Sophie eine neue Puppe versprochen, doch jedes Mal, wenn sie versuchte, dem Puppenkopf ein Gesicht zu sticken, vernebelten Tränen ihren Blick, und sie musste die Handarbeit beiseitelegen. Als sie aufsah, stand Max vor ihr.

Stumm fiel sie ihm in die Arme.

»Käthchen«, flüsterte er. »Es tut mir so leid.«

Mehr nicht. Sie wusste nicht, was genau ihm so leid tat, ob es die Umstände waren, der Tod seines jüngsten Kindes, dass er sie allein gelassen hatte hier oben? Oder alles zusammen und noch mehr?

Diesmal war er gekommen, um zu bleiben. Er kümmerte

sich um Maria und Sophie, als hätte er nie was anderes getan; er holte mittags mit ihnen den Korb mit Speisen, den man im Gemeinschaftssaal täglich für sie zusammenstellte, wenn sie nicht mit den anderen essen wollten. Er spielte mit den Mädchen. Mimerle musste ihm Modell sitzen, er hatte sich in den Kopf gesetzt, eine Statue von ihr anzufertigen; das klappte wohl auch leidlich. Käthe widersprach nicht, obwohl sie wusste, wie schwer es der Kleinen fiel, so lange für ihn still zu sitzen. Max brauchte die Arbeit, sie half ihm, das Geschehene zu verarbeiten. Wie unwirklich es ihm erscheinen musste …

Im Oktober hatte er sich von ihnen verabschiedet, und nun war er zurück, und das Baby, das damals so winzig in ihrem Bauch war, dass man es ihr nicht ansah, war inzwischen gestorben, geboren, begraben.

Die meiste Zeit saß Käthe am Rand und beobachtete ihn. Oder sie ging hinunter nach Ascona. Auf dem Friedhof konnte sie nun zwei Gräber besuchen, die beisammen lagen, das ihrer Mutter und das ihres Sohns.

Sie fühlte sich selbst wie ein Fremdkörper in der Welt und unter Menschen. Was sollte sie mit ihrem Leben nun anfangen? Ohne Baby war da nichts als Leere, gegen die sie nichts ausrichten konnte. Kein Gedanke, den sie zu fassen bekam, hätte ihr Trost sein können.

Auf dem Rückweg vom Friedhof traf sie an einem dieser stillen Sommertage Jenny. Die saß auf einer niedrigen Mauer, in ihren Armen hielt sie etwas, das Käthe auf den zweiten Blick als eine Puppe erkannte, die sie Käthe vor ein paar Monaten unbedingt hatte abkaufen wollen.

Käthe setzte sich zu ihr. Jenny streichelte das Gesicht aus

Stoff, sie blickte verzückt auf das kleine Spielzeug. »Seit ich sie habe, geht es mir besser«, sagte sie leise.

»Sie?«

»Mein Baby. Anna.«

Käthe war zwar durchaus bewusst, dass kleine Kinder ihren Puppen einen Namen gaben, aber dass eine erwachsene Frau ihre Puppe an sich drückte wie ein Baby und auch so darüber sprach, fand sie befremdlich.

»Weißt du, vielleicht komme ich der Mutterschaft nur so näher. Indem ich … « Jenny verstummte. Als würde ihr gerade bewusst werden, dass Käthe vielleicht nicht die Richtige war, um über einen Kinderwunsch zu sprechen. Aber Käthe hielt das aus; sie verstand nun etwas besser diesen Schmerz, dieses Sehnen und Fehlen.

»Machst du noch die Puppen für deine Töchter?«, fragte Jenny.

»Manchmal.« Käthe wusste nicht, warum Jenny fragte.

»Sie sind so … nein, nicht lebensecht. Sie haben keine Schlafaugen, kein modelliertes Gesicht … Sie sind trotzdem lebendig. Als würdest du ein Stück von dir in sie einnähen, ein wenig deine Seele in diese Körper legen.« Jenny lachte. Ihr Blick ging über das Dorf, das sich unter ihnen am Seeufer erstreckte. »Klingt verrückt, nicht wahr?«

»Nicht verrückter als das, was ich in den wachen Nächten denke.«

Es stimmte, dachte Käthe überrascht. Dass sie darauf nicht schon vorher gekommen war. Die Püppchen, die sie in den vergangenen Jahren für Maria und Sophie – und einige andere Kinder in Ascona oder die der Gäste im Sanatorium – genäht hatte, waren immer eine willkommene Ablenkung von den Aufträgen gewesen, mit denen sie ihr Geld verdienen musste. Sich stundenlang mit den Materialien befassen, Ideen austüfteln, wie die aufgemalten Gesichter länger hielten. Und dann die strahlenden Gesichter der Kinder, wenn sie die Puppen das erste Mal in Händen hielten ...

»Deine Puppen sind anders«, fuhr Jenny fort. Sie überlegte. »Sie sind fast lebendig, und dann haben sie noch etwas Kindliches. Nicht so künstlich wie die Porzellangesichter. Nicht so steif, nicht so ... leblos.«

Käthe lauschte. Ihre Worte sagten viel über Jennys Verhältnis zu dem Püppchen in ihren Armen. Doch nicht nur das: Indem Jenny über Käthes Puppen sprach, begriff Käthe selbst erst, wie viel Glück mit ihrer Handarbeit in die Welt kam. Sie ließ Jenny reden, die dabei gedankenverloren die kurzen Wollfäden glatt strich, die Käthe als Haare auf den Kopf geknüpft hatte.

»Wenn du mich fragst, solltest du weniger malen und mehr nähen. Deine Bilder – schön, keine Frage. Dein Talent ist aber eher gewöhnlich, da kann dein Max sagen, was er will. Aber die hier? Die sind etwas Besonderes.«

»Sie sind nur keine Kunst«, wandte Käthe leise ein.

Überrascht sah Jenny sie an. »Wer behauptet das denn?«

Max behauptete das. Und bestimmt jeder andere, den Käthe fragte. Wie konnten so kleine Spielsachen denn Kunst sein? Sie konnte Max' Stimme förmlich hören, abfällig und beinahe entsetzt, weil sie es wagte, etwas so Häusliches als Kunst zu bezeichnen. Kunst, sagte er stets, müsse doch im Menschen etwas auslösen, müsse den Menschen dazu befähigen, in sich etwas zu finden, das bis zu dem Moment verborgen geblieben war …

Käthe saß und schwieg. Sie dachte über Jennys Worte nach, auch über Max' Kritik an ihr; für seinen Geschmack holte sie viel zu selten das Malzeug aus dem Schrank.

Weil es mich nicht erfüllt, dachte sie überrascht. Weil ich mich in dieser Kunst nicht verlieren kann, weil ich da nicht mit mir ringe … Sofort hörte sie Max' Einwand, Kunst müsse auch quälen, sie müsse sich die Bilder abringen, sonst sei es nicht richtig … Aber was, wenn doch keine Künstlerin in ihr steckte? Oder wenn sie eben im Nähen von Puppen ihre Erfüllung fand und nicht, wie Max es wollte, im Malen?

Käthe schlich müde heim und wurde lautstark von ihren Kindern begrüßt, die, von der wärmenden Sonne angelockt, ihre Luftkleidchen abgeworfen hatten und über die Wiese tollten. Max saß vor der Hütte auf Käthes Bank. Als sie sich zu ihm setzte, legte er den Arm um ihre Schultern.

»Die beiden haben wir zumindest«, sagte er leise.

Sie schluckte. »Er fehlt so sehr.«

Max sagte nicht viel, drückte sie nur sanft an sich.

»Max? Was ist, wenn die Puppen meine Kunst sind? Wenn ich in ihnen meine Erfüllung finde und nicht in der Malerei?«

Er dachte nach.

»Ich verstehe schon, du wirst jetzt einwenden, Puppen seien doch keine Kunst. Das ist nur Handwerk, hier eine Naht, dort ein aufgemalter Mund«, fuhr sie fort. Sie merkte, wie sich beim Reden ihre eigenen Gedanken sortierten. »Aber dass man die Naht richtig setzt und den Mund so aufmalt, dass er lebensecht wirkt, damit das Kind im Spiel die Puppe liebt und sich in ihr wiedererkennt, ist ja eine Kunst für sich. Etwas, das man nicht einfach so aus dem Ärmel schütteln kann, denke ich mir.«

»Sprich weiter«, sagte er leise.

»Ich habe darüber nachgedacht. Das Malen, sagst du, soll ich intensiver betreiben, weil du denkst, *das* bin ich. Aber ich bin's nicht, so sehr ich dir auch gefallen möchte.«

Max brummte. Maria lief zu ihnen herüber, verschwand im Roccolo und kam mit ihrer liebsten Puppe wieder raus.

»Ich koch dem Otto 'ne Matschsuppe!«, rief sie.

»Schau dir unsere Töchter an. Wie lebendig sie sind im Spiel.« Käthe zeigte auf das Mimerle, das Otto mit einem Sauerampferblatt den Mund abwischte. »Siehst du, was ich meine?«

»Käthe.« Sie hörte, wie er schnaufte neben ihr. »Du und die Puppen. Das war doch … Bist du sicher, dass sie dir nicht nur Ersatz sein sollen, nachdem … «

»Niemals«, widersprach sie heftig. Nichts konnte ihr den kleinen Johannes ersetzen, Puppen schon gar nicht. Aber natürlich, Max glaubte, sie könne ihren schmerzlichen Verlust nicht von ihrem Werk trennen. Obwohl – musste sie das denn? Sie verschränkte die Arme vor der Brust und rückte ein wenig von ihm ab. »Wenn du meinst, ich mache das nur, weil Puppen mich trösten … «

»Nein, nein. Ach, Herzliebste.« Sanft zog er sie in die Arme, und sie ließ es zu. Sie merkte, dass auch ihn etwas in diesem Gespräch bewegte. Etwas, das er nicht aussprechen konnte. Noch nicht.

»Ich will nur nicht, dass du dich verrennst.«

»Ich verrenne mich doch nicht. Ich muss nur irgendwie Geld verdienen.« Sie fügte nicht hinzu, dass ihre wirtschaftliche Lage prekär wie eh und je war; sie hätte es sich anders gewünscht, jedoch war sie oft zu müde zum Arbeiten.

Für die Puppen bekäme sie vielleicht mehr Geld als für ein paar gesäumte Handtücher und Bettlaken. Und ja, verdammt, wieso durfte die Arbeit mit Puppen sie nicht einfach erfreuen und ihr Hoffnung schenken? Weshalb durfte Kunst nicht auch die Künstlerin trösten? Musste die Kunst sie quälen, war es keine richtige Kunst, hatte sie keinen Wert, wenn ihr das Herz dadurch etwas leichter wurde in dieser schweren Zeit?

Eine andere Frage bewegte Käthe, doch sie fand keinen Punkt, an dem sie darüber hätte reden können. Schon gar nicht mit Max! Der Tod ihres Babys hatte sie für alle Zeiten geprägt, und obwohl jene Nacht vor dem Herd, mit ihrem toten Johannes im Arm, das Schlimmste war, was ihr widerfahren konnte, hatte sie seitdem diese Sehnsucht, die sie vor seiner Geburt nicht gehabt hatte.

Sie wollte noch ein Kind.

»Aber ich sorge doch weiter für dich.«

Sie antwortete nicht. Für sie sorgen und sie zu einem Teil seines Lebens machen, das waren zwei unterschiedliche Dinge, und nach so vielen Jahren war sie es satt, dass Max meinte, er könnte sie aus seinem Leben heraushalten. In der Hinsicht war für ihn vielleicht die Geburt von Sophie ein Segen gewesen, immerhin hatte er sie dann zu ihrem eigenen Schutz wegschicken können. Aber sie konnte doch nicht ewig hier bleiben?

»Solange ich nur brav in Ascona bleibe, oder?« Sie wollte nicht verbittert klingen.

»Käthe. Käthe! Meinst du denn, ich hätte dich nicht viel lieber bei mir in Berlin? Aber dort ist die Welt uns versperrt, und wer mir Böses will, wird es an dir auslassen. Das soll ja auch nicht passieren.«

»Wer sollte so was schon tun?«

»Es gibt Leute, denen es gut passen würde, wenn sie mir eins auswischen könnten.«

Käthe wusste zwar aus Briefen, die sie weiterhin regelmäßig mit Gabriele Reuter wechselte, dass Max so seine Auseinandersetzungen pflegte; mit Max Reinhardt hatte er sich gründlich überworfen, schon vor Jahren. Doch welchen Sinn sollte es haben, wenn er Käthe anzeigte, die zwei uneheliche Kinder aufzog? Was fiel für Max Reinhardt dabei ab, außer dass er Max unendlich viel Ärger bereiten könnte und Käthe ins Unglück stürzen?

»Darum habe ich überlegt«, fuhr Max fort, »ob ich nicht nach München gehe. Dort wurde mir eine Professur angeboten. Und München wäre mal was anderes, was meinst du?«

»München …«

»Und wenn sich wieder ein Kindlein auf den Weg macht …« Er kaute auf den Worten herum, tat sich offensichtlich schwer damit. »Nun, dann findet sich ein Weg. Hier oben, das sehe ich wohl ein, dass du hier nicht auf Dauer glücklich wirst. Auch wenn ich es dir gewünscht hätte.«

Er stand auf. Wieder hatte Max für Käthe entschieden, wie es weiterging, wieder folgte sie seinen Plänen, weil sie ohne ihn nicht wüsste, wohin mit sich und den Kindern. Sie sollte ihm wohl dankbar sein, doch für den Moment empfand sie nicht viel mehr als diese bleierne Erschöpfung. Immerhin – er ließ sie nicht im Stich. Inzwischen war sie so verzweifelt, auch das hätte sie wohl kaum überrascht.

»Und was wird aus meinen Puppen?«

Er blieb unter dem Türstock vom Roccolo stehen. »Die Puppen? Natürlich machst du die. Wenn du sagst, du willst sie machen, statt zu malen, dann ist das so. Wenn du in zwei Monaten lieber zum Malen zurückkehrst oder mehr fotografierst, auch in Ordnung. Kunst sucht sich ihren Weg, wir müssen ihr die Räume lassen. Irgendwas wird schon.«

Das war es, dachte sie, sobald sie allein war. Dass er verstand. Kunst ließ sich nicht erzwingen. Man konnte hart dafür arbeiten, und niemand war ein besseres Beispiel dafür, wie man mit harter Arbeit etwas Großes erschaffen konnte, als Max. Aber es war eben keine Betätigung, bei der man sich morgens mit einem konkreten Ziel hinsetzte und sicher sein konnte, dass es abends vollbracht war.

Das Ziel kannte Käthe nicht. Aber sie wollte sich nun jeden Tag hinsetzen und an ihren Puppen arbeiten, das nahm sie sich fest vor.

·*· Teil 4 ·*·

Puppenkinder

1

München, März 1909

Käthe starrte auf ihre Hände. Sie versuchte, dem Gewirr aus Trikotstoff, abgerissenen Fäden und hervorquellender Füllung irgendeinen Sinn zu geben. Sophie hängte sich an ihren Arm und heulte auf. »Mama, jetzt hast du Karl den Kahlen kaputt gemacht!«

»Scht«, machte Käthe. Abwesend strich sie ihrer Tochter über die Wange. »Das bekommen wir wieder hin, mein Herz.«

Sie saßen am Tisch der kleinen Wohnung in der Münchner Pension Führmann, die Käthe und Max mit ihren Töchtern seit ihrer Übersiedlung nach München bewohnten. Maria kniete auf ihrem Stuhl und kaute auf dem Federkiel, während ihre Füße wippten. Sie versuchte, ein paar Sätze in ihrer Fibel zu lesen, während Sophie ihrer Mutter nicht von der Seite wich. Die Puppe ging ständig kaputt, es war ein Elend. Sie hatte bald keine Stelle mehr, wo sie mit der Nadel ansetzen konnte, um den Stoffkörper zu flicken.

»Ich muss mir was überlegen, Herzchen.«

Sophie verzog das Gesicht, ihr war anzusehen, dass sie kurz davor stand, in Tränen auszubrechen. Tröstend legte Käthe einen Arm um die schmalen Schultern ihrer jüngeren Tochter.

Sie seufzte schwer. Ach, sie wünschte, wenigstens diesen Kummer könnte sie einfach so von ihrer Tochter nehmen. In den letzten drei Jahren hatten sie alle mehr als genug erleiden müssen.

Es war bald Abendessenszeit, und da Max stets pünktlich aus dem Atelier kam, legte Käthe Karl den Kahlen auf den Tisch und stand auf, um sich um die Suppe zu kümmern. Sie schnitt Brot auf, legte es in einen Korb, stellte Teller und Gläser auf den Tisch und wies Maria an, mit ihren Hausaufgaben in die Schlafkammer zu gehen. Nur widerwillig tapste die Ältere mit dem Buch vor der Nase auf Wollsocken nach nebenan. Sophie saß auf einem Stuhl; sie schlug mit den Fersen ständig an die Stuhlbeine, während sie schmollte und die Puppe an sich drückte, deren Haare inzwischen fast vollständig ausgefallen waren – daher auch der Name.

»Lass das bitte«, sagte Käthe leise. Sophie hörte nicht auf sie. Natürlich war ihre Jüngste enttäuscht, weil die Puppe immer noch kaputt war. Es war nicht das erste Mal, dass etwas von Käthe Gefertigtes unrettbar verloren war. Sie ertrug die Traurigkeit in der Miene ihrer Tochter ebenso wenig wie Marias stummes Lesen im Nebenraum. Die Tage wurden ihr lang mit den beiden Mädchen.

War es München oder die Mutterschaft, die all ihre Kraft band und sie an den Haushalt fesselte, weshalb Käthe kaum mehr den Dingen nachgehen konnte, die ihr nicht nur Freude bereiteten, sondern sie auch erfüllten? Sie wusste nicht, wann sie das letzte Mal den Aquarellkasten zur Hand genommen hatte, genauso wenig, wann sie überhaupt eine neue Puppe anfertigen sollte. Oder wie sie es bewerkstelligen könnte, dass diese nicht von Maria innerhalb weniger Monate komplett zerliebt wurde, bis ihr Arme und Beine abfielen und der

Schopf nur noch ein karges Gestrüpp aus Wollfäden war. Das muss doch besser gehen, dachte Käthe.

Max war auch der Ansicht. Diesen Abend kam er früher, und er blieb daheim, statt noch mal loszuziehen und sich mit Freunden zu treffen. Käthe brachte die Kinder ins Bett, während er drüben im Wohnzimmer den Kachelofen anheizte. Vielleicht fürs letzte Mal in diesem langen, dunklen Winter. Als sie zu ihm ging, saß er schon auf dem Sofa, eine Flasche Wein vor sich. »Du willst nichts, nehme ich an?«

»Du kennst die Antwort.«

»Fragen muss ich ja.«

Sie lächelte nachsichtig. Auf dem Tisch lag Karl der Kahle.

»Kannst du sie wieder richten?«

»Diesmal wohl nicht.« Mit einem Seufzen nahm Käthe die Puppe zur Hand.

»Ich sag's dir, Käthe. Immer wieder. Du musst die Puppen richtig machen.«

»Richtig, ach so? Was ist denn deiner Meinung nach *richtig*?« Sie konnte nicht verhindern, dass sie beinahe verbittert klang. So viel hatte sie im letzten Winter versucht, und nichts hatte Bestand. Sie war in eine Sackgasse geraten, und nur weil Max sich klug gab, konnte sie ja nicht von heute auf morgen die perfekte Puppe fertigen.

»Na so, dass sie halten. Länger als zwei, drei Monate. Schau dich doch in den Spielzeuggeschäften um, was dort angeboten wird – die Puppen sind leblos wie eh und je. Aber die halten länger. Deine aber«, fast gewaltsam entriss er ihr Karl, und kurz kam Käthe der Gedanke, dass die Puppen auch deshalb kaputtgingen, weil Max nicht pfleglich mit ihnen umging, woher sollten die Mädchen es denn lernen?, »die sind lebendig. Schau nur auf ihre Gesichter. Auf die zarten Münder. Sogar Ohren und Nasen kriegst du besser hin als die Fabriken mit ihren seelenlosen Porzellanfratzen.«

Achtlos warf er Karl neben sich aufs Sofa. Käthe nahm die Puppe, strich die letzten Haare glatt und drückte sie kurz an sich. Sie wusste, was Max meinte. Aber es fiel ihr schwer zu glauben, dass ausgerechnet sie diejenige sein sollte, die den Kindern dieser Welt die lebensechten Puppen brachte.

Seit letztem Sommer war sie einen weiten Weg gegangen, und vieles hatte sie schon an ihren Puppen verbessern können. Aber verstand Max denn nicht, dass ihr die Kraft fehlte, ihre ganze Energie in das Puppenthema zu versenken?

»Nicht jetzt«, murmelte sie.

»Nicht jetzt, nicht jetzt. Das sagst du seit Monaten.« Er brummelte vor sich hin.

Sie strich nur über ihren Bauch.

»Käthe, die Kunst wartet nicht. Und wenn du schon mit deinen Bildern nichts tun willst, mach wenigstens aus diesem Talent etwas!«, beschwor er sie.

»Der Arzt hat gesagt, ich soll mich nicht aufregen, das schadet mir und dem Kind.«

Max schnaubte. »Keine Aufregung, ach ja? Wo hast du denn Aufregung? Du kümmerst dich um die Kinder, und abends setzt du dich ein paar Stunden hin und grübelst über die Puppen, wie wir die hübsch hinbekommen. Ich helfe dir ja, dann wird's schon gelingen.«

Sie schwieg. Es war nicht das erste Mal, dass sie diese Diskussion führten, und inzwischen machte sich bei Käthe eine schwer erklärliche Müdigkeit breit, sobald Max anfing, sie zu drängen. Er nannte das dann ihre Bockigkeit, aber nein, damit hatte es nun wirklich nichts zu tun. Er selbst betonte immer, wie wichtig es sei, im Schaffen auch auf die innere Stimme zu lauschen und es nicht zu erzwingen. Dann aber trieb er sie gnadenlos an, und sie hatte nun wirklich anderes im Kopf als die genähten Puppen.

Mit der Übersiedelung nach München waren zumindest fürs Erste keine Geldsorgen mehr zu befürchten, da sie nun mit Max zusammenlebten und er für alles aufkam. Was Käthe überraschte, war aber, wie sehr diese neue Abhängigkeit sie belastete. Damit hatte sie nicht gerechnet. Fast schien es, als hätte sie sich in ihren Jahren auf dem Monte Verità darin eingerichtet, ihr eigenes Geld zu verdienen und alle Ausgaben im Blick zu behalten. Jetzt war sie darauf angewiesen, dass Max ihr das Haushaltsgeld aushändigte, was er regelmäßig vergaß, weil solch profane Dinge ihm immer wieder entfielen. Und sie wollte nicht betteln müssen.

Und dann sah er nicht mal, was sie leistete. Das machte sie dann doch wütend, auf so eine stille Art. Weil sie sich undankbar fühlte, wenn sie ihm erklärte, wie schwer es ihr falle, aufs Geld zu warten und selbst nichts beitragen zu können. Dabei sagte er bei jeder Gelegenheit, jetzt müsse sie sich nicht kümmern, sie war bei ihm, nur das zählte.

Es zählte eben nicht nur das.

Und deshalb rückte Max nur zögerlich mit der Sprache heraus. »Das dritte Kind.«

»Was ist damit?«

»Im Juni kommt es?«

»Mehr oder weniger, ja.«

Wollte er sie schon wieder fortschicken?

Aber nein, das Gegenteil war der Fall. Nur war Max Kruse ein Mann von Prinzipien, dem es schwerfiel, diese aufzugeben. Und dieses eine hatte er jahrelang gegen sie verteidigt. Nun aber, da sie nicht mehr davon sprach, weil sie dachte, er werde es sich ohnehin nicht noch einmal überlegen, hatte er genau das getan. Er hatte drüber nachgedacht.

Und er hatte eine Entscheidung getroffen.

»Da wird's das Beste sein, wenn wir vorher zum Standesamt gehen. Damit es offiziell ist.«

»Damit was offiziell ist?« Sie verstand, was er von ihr wollte, aber sie wollte sich noch ein bisschen Zeit erkaufen. Sich vor der Enttäuschung wappnen, dass er vielleicht gar nicht das meinte.

»Na ja.« Er zeigte auf ihren Bauch. »Damit das Baby es nicht in den Papieren stehen hat. Wenn's ein Junge wird.«

Sie blickte ihn lange an. Nur langsam verstand sie. Natürlich. Für einen jungen Mann wäre es nicht gut, wenn in seinen Papieren stände, dass er unehelich geboren war. Vor allem nicht, wenn er zum Militär ging. Aber das war wirklich seine einzige Sorge?

»Und wenn's ein Mädchen wird, lassen wir uns scheiden?«, fragte sie herausfordernd.

Max kniff die Lippen zusammen. Sofort tat ihr die Frage wieder leid. Sie wusste, wie schwer es ihm fallen musste, nach so vielen Jahren über seinen Schatten zu springen. Ihr zuliebe! Es ging nicht um ihn, sondern um sie, schließlich hatte sie es all die Jahre kaum ausgehalten, auf dem Berg auszuharren wegen der beiden Mädchen. Und einem Jungen sollte dieser Makel nun um Gottes Willen nicht anhaften – das hatte Max sich so überlegt.

Käthe wollte Bedenkzeit. Aber sie wusste, die würde sie nicht bekommen. Max wollte sofort eine Antwort, und für ihn gab es nur eine.

»Warum jetzt?«, wollte sie wissen.

Er sah sie lange an. So intensiv. Sie senkte den Blick, starrte auf ihre Hände.

»Weil wir zusammengehören.«

Und weil sie immer noch nichts sagte, fuhr er fort: »Ich habe darüber nachgedacht. Wollte ja nie noch mal heiraten. Aber da bist du, Mutter meiner Kinder. Liebe meines Lebens.« Er schluckte. »Machst es mir jetzt schwer, und verdient hab ich das wohl. Wie verliebt war ich in meinen Gedanken, ohne Ehe könnten wir glücklich sein. Aber nur deswegen musstest du da oben auf dem Berg bleiben, als du mit unserem Sohn schwanger warst. Nur wegen meiner Verstocktheit hast du ihn allein zur Welt gebracht, und ich kann mir gar nicht vorstellen, wie das für dich gewesen sein muss … Es hat dich verändert. Du bist … zielstrebiger. Freier, als ich es je sein könnte. Dich erschüttert nichts mehr. Ich sag etwas, du nickst und machst, als wäre alles nicht mehr so wichtig. Dabei spüre ich deine Liebe in allem, was du tust. Wenn du unsere Töchter versorgst. Wenn du bei mir bist. Aus dir spricht so viel Liebe, so viel Schmerz. Und sieh nur, was du erschaffst.« Er hob etwas hoch. Die kahle Puppe, für die ihr vorhin beim Abwasch die rettende Idee gekommen war. »Du bist eine Künstlerin, Käthe. Du weißt es nur noch nicht. Und …« Seine Miene wurde ganz weich. »Das alles ist kein Grund. Aber ich weiß, die Ehe wird für uns nichts ändern, du wärst genauso streitbar und hättest deinen eigenen Kopf. Dich können nicht mal die Haushaltspflichten dazu bringen, weniger du selbst zu sein. Die Gesellschaft aber, die wird immer einen Unterschied machen zwischen Fräulein Katharina Simon und Frau Professor Käthe Kruse. Ich wünschte, es wäre anders. Du hast das ertragen, klaglos. Nichts hat dich gebeugt. Das haben nicht einmal die Jahre auf dem Berg vermocht, von dem sie sagen, dass er jeden formt. Nein, du bist immer schon du gewesen, wirst es immer bleiben. Darum. Und weil ich mit dir Familie sein will. Weil wir beide für immer zusammen sein werden.«

Das waren viele Worte für ihn. Käthe stand auf, setzte sich auf seinen Schoß und umarmte ihn stumm. Denn sie brauchte keine Worte mehr, er hatte alles gesagt.

Sie gehörten zusammen.

Drei Wochen später heirateten sie in aller Stille und ohne große Feier. So war's Käthe lieber, und Max hatte nichts dagegen. Nun war sie endlich seine Frau, doch sie merkte, wie recht er hatte – die Ehe änderte nichts zwischen ihnen.

Aber wie man ihr künftig begegnete, das änderte sich auf geradezu absurde Weise.

•ı• •ı• •ı•

Es sprach sich herum, dass die junge Frau des Professors Kruse in den Zimmern der Pension Führmann eine kleine Puppenwerkstatt eingerichtet hatte. So kam an einem Morgen im August auch die Gattin von Dr. Leopold Huber die schmale

Stiege herauf, klopfte an und wollte sich die Püppchen anschauen, von denen sie so viel gehört hatte.

Käthe beaufsichtigte gerade die Mädchen beim Aufräumen, während an ihrer Brust das Baby eingeschlafen war, das seit wenigen Wochen ihr Herz ein kleines bisschen geflickt hatte. Hannerl war so ganz anders als der kleine Johannes, aber gerade deshalb hatte sie sich vom ersten Augenblick in Käthes Herz geschlichen. Das Wichtigste aber war, dass bei der Geburt alles gut gegangen war, und die in den frühen Morgenstunden herbeigerufene Hebamme half Käthe über die bangen Stunden hinweg, bis das kleine Mädchen geboren wurde. Alles heil, alle gesund. Nur müde waren sie, auch wenn Hannerl das liebste Baby war. Mit dreien war es ja noch mal was anderes, und Käthe hatte vergessen, wie kräftezehrend die ersten Wochen und Monate bei den beiden Ältesten gewesen waren.

»Sind Sie die Puppennäherin?«

»Die bin ich wohl.«

Frau Dr. Huber blickte in die Ecken. Bestimmt gefiel ihr nicht alles, was sie sah – es gab ein paar Wollmäuse und Staubflocken, wo Käthe eher nachlässig gekehrt hatte, und in einem Waschzuber weichten die Windeln ein. »Nun, ich möchte meinen Kindern zu Weihnachten Puppen schenken. Wie sehen sie denn aus?«

Käthe schickte Maria, damit sie die Puppen holte. Sie bot Frau Huber einen Platz an, die sich sehr vorsichtig auf den Schemel setzte. Dabei blickte sie sich um, als fürchtete sie, der Staub könnte aus den Ecken gekrochen kommen und den Saum ihres modischen dunkelroten Kleids beschmutzen. Behutsam nahm sie den großen Hut ab. Sophie war zur Stelle und lächelte sie an.

»Sie können den Hut ruhig Fifi geben, sie legt ihn auf die Anrichte.«

Käthe wusste, was ihre Besucherin dachte. Alles ein bisschen unkonventionell, ein bisschen zu schmutzig, aber nun ja, was will man machen. In München hatte sich inzwischen herumgesprochen, dass Käthe Kruse die schönsten Puppen anfertigte, doch sie besaß weder ein Ladengeschäft noch eine Manufaktur. Man musste sie zu Hause besuchen und ihr seine Wünsche mitteilen.

Maria trug ein Tablett herein, auf dem drei verschiedene Puppen in hübscher Kleidung auslagen – zwei Mädchen, ein Junge. Alle mit Kleidchen, Hemd und Hose, mit gestrickten Strümpfchen und Mützen.

»Oh!«, sagte Frau Huber verzückt. »Der kleine Matrosenanzug gefällt mir sehr. Und das Kleidchen! Haben Sie auch Dirndl für eine Mädchenpuppe?«

»Das lässt sich einrichten.« Tatsächlich war Käthe bisher noch nicht dazu gekommen, für ihre Puppen Dirndl und Lederhosen zu nähen.

»Ich habe drei Mädchen, denen möchte ich gern Puppen zu Weihnachten schenken. Die sind alle so hübsch, ja.« Frau Huber nickte bekräftigend. Käthe holte ihr Auftragsbuch, wie sie das Schulheft scherzhaft nannte, in das sie alles notierte. Größe, Aussehen, Augen- und Haarfarbe, welche Kleidungsstücke dazu geliefert werden sollten. Sie schrieb gewissenhaft auf, fragte auch nach. Maria und Sophie holten sich schnell ihre Puppen zurück, die nun genug vorgeführt waren. Die

Mädchen setzten sich einfach auf den bunten Flickenteppich zu Füßen der Frauen und spielten ganz vertieft. Hannerl schlief derweil friedlich in dem Weidenkorb, in dem schon vor ihr einst die Schwestern gelegen hatten.

»Brauchen S' eine Anzahlung?«, fragte Frau Huber.

Käthe schloss zufrieden das Heft. »Wären fünf Mark pro Puppe in Ordnung?«

Frau Huber nickte knapp und zückte ihre Geldbörse. Sie bezahlte, Käthe quittierte den Betrag und brachte sie zur Tür. Nachdem die sich hinter der Besucherin geschlossen hatte, atmete sie tief durch. Es fiel ihr zunehmend leichter, die Frauen zu empfangen, ihre Aufträge zu notieren und sich dann in den Abendstunden an die Arbeit zu machen. Ein hübsches Zubrot, das sie da verdiente und das sie zunächst bis auf Heller und Pfennig in die Entwicklung neuer Puppen investierte.

Max hatte recht behalten. Das Puppenmachen war ihre Art, sich auszudrücken. Seit sie nach München übergesiedelt waren, hatte Käthe zudem Freundschaften geschlossen, hatte Frauen kennengelernt, die sich der neuen Reformpädagogik zugehörig fühlten und einen klaren Auftrag darin sahen, Kinderspielzeug nicht als etwas herzustellen, auf das man besonders achtgeben musste. Käthe hatte es ja selbst oft genug bei ihren Mädchen erlebt, wie sie die Puppen in kürzester Zeit abliebten. Und ihr Ziel war es, Puppen zu entwickeln, die einerseits dem künstlerischen Anspruch genügten, den sie an sich selbst hatte, die andererseits aber auch robust genug waren, im kindlichen Spiel einiges auszuhalten.

An diesem Nachmittag sollte noch eine Besucherin zu ihnen kommen. Käthe fegte schließlich doch die Ecken und schickte die Kinder, dass sie sich was Sauberes anzogen. Was nicht verhinderte, dass Maria sich direkt wieder beim Mittagessen mit Apfelmus bekleckerte und Fifi barfuß durch die Räume flitzte und ihr wildes Geheul anstimmte. Besorgt beugte Käthe sich über Hannerls Korb, doch die Kleine war den Lärm gewohnt und verschlief ihn ebenso wie den Besuch.

2

Sind Sie eine echte Gräfin?«, fragte Maria. Seit die Besucherin am Küchentisch Platz genommen hatte, ließen die Mädchen die etwa vierzigjährige Frau nicht aus den Augen, die in einem hellbraunen Rock und weißer Rüschenbluse adrett aussah. Die dunklen Haare trug sie zu einem lässigen Knoten im Nacken.

Käthe wollte ihre Tochter schon rügen, doch die Gräfin hob die Hand, als wüsste sie genau, was Käthe sagen wollte.

»Das bin ich wohl«, sagte sie dann mit ihrer ruhigen, tiefen Stimme. »Hast du dir eine Gräfin etwa anders vorgestellt?«

Mimerle druckste ein wenig herum. »Älter vielleicht«, gab sie dann zu.

Marion Kaulitz lachte herzlich. »Gräfin kannst du doch in jedem Alter sein«, erklärte sie. »Hat die Puppe auch deine Mutti gemacht?« Sie zeigte auf das Puppenkind, das Maria immer mit sich herumschleppte.

Schüchtern nickte die Kleine. Käthe beobachtete, wie ihre Tochter die Puppe übergab und die Gräfin sie sorgfältig in Augenschein nahm. Sie wurde nervös, je länger die Inspektion dauerte, hätte gern etwas gesagt. Darüber, dass sie mit dem Kopf noch nicht zufrieden war oder dass sie hoffentlich mit dem Abguss einer Kinderbüste einen besseren Kopf hinbekam. Sie wollte versuchen, diese mit Stoff zu überziehen und dann mit Wachs übergossen einen besseren Kinderkopf zu entwickeln. Köpfe, immer diese Köpfe, die sie nicht so hinbekam, wie sie es wünschte!

»Die ist sehr gelungen«, sagte die Gräfin schließlich. »Sie arbeiten aber, wie ich sehe, nicht allein am Künstlerischen.«

»Meine Puppen sollen für die Kinder sein. Was bringt eine Puppe mit Porzellangesicht, wenn das Kind so behutsam damit umgehen muss, damit nichts abplatzt oder zerbricht?«

Gräfin Marion nickte nachdenklich. »Da haben Sie wohl recht, Frau Kruse. Diesen Ansatz verfolge ich auch, doch kann ich mich nie so ganz vom Künstlerischen lösen. Das Handwerkliche scheint Ihnen vertraut.«

»Meine Mutter war Näherin.«

Wenn diese Äußerung die Gräfin überraschte, zeigte sie es nicht; sie hob nur kurz die Augenbrauen, bevor sie Mimerle die Puppe zurückgab. Käthe schickte die Kinder zum Spielen.

»Und was haben Sie nun vor?«, fragte die Gräfin. »Möchten Sie ein eigenes Atelier einrichten und dort Ihre Kunst verfeinern?«

Käthe dachte an die Aufträge, die immer häufiger zu ihr kamen. Die künstlerische Beschäftigung einerseits war reizvoll, doch wenn sie sah, wie glücklich ihre Kinder im Spiel mit den Puppen waren, begriff sie, dass mit einem guten Handwerk noch viel mehr erreicht werden konnte. »Wissen Sie«, sagte sie leise. »Ich habe lange Jahre auf dem Monte Verità gelebt. Dort war alles so … der Natur verbunden und einfach. Das wünsche ich mir auch für das Spielzeug der Kinder. Dass es einfache Formen annimmt. Dass es bespielbar ist, ohne Einschränkungen. Dass es auch wilde Momente aushält und die Puppen den Kindern vor allem dazu dienen, sich im Rollenspiel selbst zu erfahren.«

»Aber Sie könnten sich doch auch ganz aufs Künstlerische verlegen.«

»Nein.« Käthe schüttelte entschlossen den Kopf. »Meine Puppen sind zum Spielen da. Das ist ja gerade das Problem. Wie bekomme ich sie so stabil hin, dass sie bespielt werden können?«

Die nächste Stunde verbrachten sie bei Tee und Gebäck mit angeregten Diskussionen über das Puppenhandwerk. Käthe war froh, mit der Gräfin eine Gesprächspartnerin gefunden zu haben, die sich mit diesem Thema nicht nur hervorragend auskannte, sondern sich auch viele Gedanken über beide Seiten des Puppenmachens gemacht hatte – sowohl die Kunst als auch das Handwerk.

»Aber Sie, meine Liebe, vereinen beides. Ihre Puppen sind handwerklich solide und können durchaus künstlerischen Ansprüchen genügen. Ihr Mann muss sehr stolz auf Sie sein.«

»Das hoffe ich«, sagte Käthe leise, dachte aber bei sich: Darum geht es nicht.

Die nächsten Worte der Gräfin rissen sie aus den Gedanken.

»Und wie schön, dass Sie sich vermählt haben. Noch mal meine Glückwünsche. Sonst hätte es wohl schlecht um seine Berufung ans Hoftheater gestanden. Sie verstehen.«

Dabei zwinkerte die Gräfin Käthe zu, als müsste sie das wirklich verstehen.

Aber Käthe starrte sie nur stumm an.

»Ja, ja«, brachte sie schließlich mühsam hervor. Sie hätte gern etwas Kluges gesagt, hielt dann aber lieber den Mund; sie fürchtete, es könnte nur etwas Dämliches dabei herauskommen.

Die Gräfin verabschiedete sich schon bald, und während Käthe den Kaffeetisch abdeckte, das Abendessen vorbereitete und Hannerl stillte, die inzwischen aufgewacht war, begann sie zu überlegen.

München war deutlich moderner als Berlin – zumindest bis zu einem gewissen Maß, denn die »alten« Institutionen beharrten weiterhin auf ihrem konservativen Standpunkt. Und die Worte von Gräfin Marion legten nahe, dass Max ganz eigene Gründe gehabt hatte, warum er Käthe letztlich doch geheiratet hatte.

Es war ihm nicht um sie gegangen, obwohl er das behauptet hatte.

Käthe war inzwischen darüber hinaus, wegen so etwas verletzt zu sein. Trotzdem konnte sie sich einen bissigen Kommentar nicht verkneifen, als er am Abend heimkam und ihr sein Leid klagte. Sein Engagement am Hoftheater, erzählte er, könnte auch nur ein Gastspiel bleiben, dann müssten sie zurück nach Berlin.

»Ach, dann hast du mich umsonst geheiratet?«, fragte sie lauernd.

Max, der sich gerade Bier in den Krug goss – er hatte das Biertrinken in Bayern für sich entdeckt und genoss jeden Abend ein Seidel zur Brotzeit –, hielt in der Bewegung inne. »Was weißt du schon«, meinte er nur.

Nichts wusste sie.

Aber dass sie immer noch verletzt war nach all den Jahren, in denen er sich rundweg geweigert hatte, obwohl es ihr viel bedeutet hätte – und auch ihrer Mutter –, das merkte sie an diesem Abend. Erst als es für ihn um etwas ging. Dass ein zweiter Sohn nicht auch unehelich geboren wurde. Dass seine Chancen am Hoftheater besser standen. Da wollte er dann auf einmal. Es fiel ihr schwer, ihm deshalb nicht böse zu sein.

»Grollst du mir?«, fragte er, als sie sich abends ins Bett legten.

»Ich hab ja, was ich wollte.«

Er kniff die Lippen zusammen.

»Du siehst das falsch«, wandte er ein.

»Dann stell es doch richtig!«

»Würdest du mir denn glauben, dass es mir nicht ums Hoftheater ging oder um unseren zweiten Sohn? Sondern um dich, Katharina?«

Sie lächelte. Selten war's geworden, dass er sie so nannte.

»Du hast so viel auf dich genommen, und ich hielt's nicht aus, dich länger da oben vor der Welt zu verstecken. Und vor der Familie.« Er seufzte. »Ob du's glaubst oder nicht, München liegt bald hinter uns, wir gehen zurück nach Berlin. Doch vorher möchte ich dich mitnehmen nach Hiddensee.«

»Zu deinem Bruder?«

Nun hatte er ihre volle Aufmerksamkeit. Denn seine Familie hatte er immer von ihr ferngehalten, und umgekehrt. Sie wusste wohl von seinen Geschwistern Anna und Oskar – Letzterer versuchte sich auch als Künstler –, und von seiner ersten Frau erzählte er auch manchmal im Nebensatz. Aber nie hatte er ihnen von Käthe erzählt, dabei vermutete sie, dass überall, wo er war, auch seine geheime Familie immer Thema sei. Spätestens seit er vom Mimerle die Büste angefertigt hatte, musste sich doch jeder denkende Mensch fragen, woher er dieses kleine Modell hatte, dem man eine gewisse Ähnlichkeit mit ihm nicht absprechen konnte und das nicht an seine älteren Kinder erinnerte.

»Oskar hat auf Hiddensee ein Anwesen gekauft.« Max lachte. »Eine Burg könnte man meinen. Die Lietzenburg. Er meint, wir sollen kommen. Er will dich kennenlernen. Und die Mädchen.«

»Und danach Berlin?«

Er nickte stumm.

Danach sprachen sie nicht mehr über München und seine Hoffnungen, am Hoftheater an den Ruhm anknüpfen zu können, der ihm einst in Berlin für einen winzigen Moment zuteil geworden war.

»Diese Kulissenschieberei«, sagte er ein paar Tage später, als wollte er das Thema endgültig abschließen, »das war eben nie was für mich. Und nun helfe ich dir mit deinen Puppen.«

3

Hiddensee, September 1909

Mit den Puppen helfen, das führte schon bald zu Streit, weil Max genaue Vorstellungen hatte, die sich aber nicht mit Käthes Handwerk verwirklichen ließen.

Auf Hiddensee wollte sie auch gar nichts von der Arbeit wissen. Sie hatte, seit sie mit siebzehn die Schule verlassen hatte – und im Grunde schon davor, weil sie ihrer Mutter zur Hand gegangen war –, immer gearbeitet. Hatte genäht, auf der Bühne gestanden, ihre Mutter und die Kinder versorgt, zuletzt auch für Max, jedem hatte sie es behaglich machen wollen. Und dann kam sie zur Lietzenburg, und das Erste, was Oskar zu ihr sagte, war: »Nun machst du aber auch mal Ferien, liebe Schwägerin. Max soll die Kinder unterhalten, und du unterhältst dich mit mir.«

Sie wusste gar nicht, was sie erwartet hatte, weder von Oskar noch von der Lietzenburg. Max' Bruder war einige Jahre älter, über sechzig schon, obwohl er Käthe den Altersunterschied nie spüren ließ, als wäre er selbst noch Ende zwanzig. Nachdem er im Holzhandel reich geworden war und sich spät im Leben auch auf die Kunst verlegt hatte, verbrachte er seinen Lebensabend nun hier oben an der Ostsee, wo er sich mit dem wuchtigen Backsteinbau einen Traum erfüllt hatte. Sein einnehmendes Wesen gab Käthe vom ersten Tag an das Gefühl, in der Familie willkommen zu sein. Gerade so, als hätte sie immer schon dazugehört. Umso schmerzhafter war es für sie, dass sie all die Jahre eben nicht dazugehört hatte.

»Jetzt biste ja hier.« Oskar Kruse nahm es gelassen. Er führte sie herum, und schon bald gingen sie auf ausgedehnte Spaziergänge, bei denen sie sich unterhielten. Über so vieles, auch über Max.

»Setzt er dir zu?«, fragte Oskar rundheraus.

»Nein, wieso?«

»Du bist keine von diesen Frauen, die klaglos hinnehmen. Du machst. Ich könnte mir eben vorstellen, dass es für dich schwer ist mit ihm.«

»Ich kannte es ja nie anders«, sagte sie leise.

Aber Oskars Worte brachten sie zum Nachdenken.

Bin ich nicht frei? Habe ich mich von ihm einengen lassen – erst durch die Nicht-Ehe, nun durch Heirat? Einen Fehler würde ich das nicht nennen, aber …?

So schrieb sie an Gabriele. Und die kam zum Ende des Sommers auch nach Hiddensee. Alle kamen her, auf einmal war die Lietzenburg wie jene Künstlerkolonie, die zu gründen Max im Tessin nie geschafft hatte.

»Ist halt mit Meer«, kommentierte Max Reinhardt, als er sich blicken ließ. »Deine Berge kannste behalten, Kruse.«

Käthe blühte auf. Und als Gabriele kam, hatte sie endlich jemand, mit dem sie über Max reden konnte, eine Freundin, die Max genauso viel oder wenig verstand wie Käthe.

»Du hast das schon richtig gemacht«, sagte Gabriele. Sie saßen am Abend allein oben auf der Westterrasse vor Gabrieles Schlafzimmer. Unten auf der zweiten überdachten Terrasse hörten sie die Männer und anderen Frauen lachen, das Klirren von Weinflaschen und Gläsern, Stimmengemurmel. Es wurde bereits frisch, Käthe wickelte sich in ein Schultertuch. Gabriele trug nur eine dünne Bluse, ihr konnte es gar nicht kalt genug sein. Sie genoss es.

»Ist es richtig, alles für den Mann aufzugeben? Du hast das nicht gemacht.«

»Ich hab auch nur ein Kind, nicht drei. Und niemand behauptet, dass ich freier bin als du.«

»Ihm war das immer so wichtig«, murmelte Käthe. »Dass er kein zweites Mal heiraten muss. Dann hat er's getan, weil er dachte, die Umstände zwängen ihn dazu. Nun haben sich die Umstände wieder geändert, und ich weiß nicht … Ich kann ja nicht gehen, dazu liebe ich ihn zu sehr. Er könnte immer noch die Scheidung einreichen, wenn es ihm mit mir nicht passt.«

»Das wird er nicht tun.«

Käthe wäre gern so überzeugt wie Gabriele.

»Also, wie unsinnig wäre das? Sich scheiden lassen mit all den Konsequenzen – vor allem für dich! –, nur damit er behaupten kann, ihr lebt in freier Ehe? Nein, nein. Max ist nicht dumm. Er weiß, was er an dir hat. Du hast ihn immer inspiriert. Wer kann schon sagen, was kommt? Vielleicht inspiriert er bald dich, und dann wirst du ihn überflügeln. Du hast in den vergangenen Monaten so große Fortschritte mit deinen Puppen gemacht, Käthe.«

Käthe winkte ab, doch Gabriele wollte nichts davon hören.

»Mach dich nicht kleiner, als du bist. Deine Puppen erfreuen die Kinder, und wenn es dir gelingt, sie einem großen

Publikum zu präsentieren, bin ich sicher, dass sie auch wirtschaftlich ein Erfolg werden.«

»Wirtschaftlich?« Käthe erschrak. Darüber hatte sie bisher nicht nachgedacht.

»Ja, natürlich. Du musst dich nicht auf Einzelanfertigungen beschränken wie deine Münchner Gräfin. Kunst, na gut. Kunst hat ihre Berechtigung. Aber warum sollten deine Puppen nicht in jedem Kinderzimmer ihren Platz finden?«

Darüber hatte Käthe so noch nicht nachgedacht. Aber die Vorstellung gefiel ihr.

Wem sie natürlich nicht gefiel, war Max.

»Was denn, die Blagen sollen deinen Puppen die Arme ausrupfen und sie zerlieben?«

Käthe lag schon im Bett, Max hatte sich noch mal aufgesetzt, nachdem sie sich geliebt hatten. Käthe war angenehm schläfrig, doch jetzt richtete auch sie sich auf. Das hier war wichtig, sie musste ihren Standpunkt deutlich machen. Kunstvolle Puppen fürs Kinderzimmer? Sie wusste, was Max dachte.

»Sie sollen die Puppen eben nicht zerlieben können! Sie müssten so robust sein, dass die Kinder damit spielen können, wie es ihnen gefällt. Auch mal wild, wieso müssen Kinder immer brav auf einen Porzellankopf achtgeben, der ohnehin irgendwann zerbricht?« Käthe seufzte. »Weißt du eigentlich, wie viele Familien ihren Kindern solche Puppen kaufen, die dann allzu schnell kaputtgehen? Eine neue gibt's nicht, das ist zu teuer. Also spielen die Kinder mit einer kopflosen Puppe. Das ist doch ... « Makaber, wollte sie ergänzen.

»Ja. Ich verstehe«, unterbrach Max sie und runzelte die Stirn. »Ist nur der Kopf das Problem?«

»Ach, alles ist ein Problem«, seufzte sie. »Wirklich, bei jedem Schritt, wenn ich denke, jetzt hab ich's, ist wieder etwas falsch. Und ich wüsste auch gar nicht, wie ich die Puppen unter die Leute bringen soll. Sie suchen mich auf, schon richtig. Aber so komme ich ja nie auf einen grünen Zweig.«

»Willst du das denn?«

Ja, merkte Käthe, das wollte sie. Es ging ihr nicht nur um die Kunst.

»Du hast auch Kopien von deinen Büsten und Statuen anfertigen lassen und damit gutes Geld verdient«, erinnerte sie ihn sanft. »Weißt du noch, die Liebenden? Kaum ein bürgerlicher Haushalt, der sie nicht im Salon präsentieren wollte.«

»Ach, Käthe.« Sie erwartete fast, er würde nun einwenden, dass eine Büste im Salon etwas anderes sei als eine Puppe im Kinderzimmer. Doch er verkniff sich den Kommentar und dachte nach. »Wir könnten gemeinsam daran arbeiten.«

»An den kleinen Gesichtserkern.« Sie lachte, als er sie fragend ansah, und fügte hinzu: »Die Nasen! Das wäre eine gute Idee. Glaub ich.«

So sicher war sie allerdings nicht. Max konnte in seiner Kunst sehr herrisch sein, manche Tage musste sie ihn vor den Kindern abschirmen, und umgekehrt, wenn er sich in ein Problem verbiss und grübelnd in seinem Atelier über Zeichnungen und Plastiken hockte. Sie hingegen musste ihre Arbeit in die Abendstunden verlegen oder dachte darüber nach, während sie Äpfel aufschnitt oder Windeln wechselte. Die Arbeit war in ihren Gedanken präsent, wurde nur ständig von den alltäglichen Anforderungen ihres Lebens mit drei Kindern zurückgedrängt. Etwas, das Max so nicht aushalten musste.

»Morgen machen wir uns direkt ans Werk. Ach was, morgen. Ich setze mich gleich noch mal dran und überlege, wie wir das hinbekommen.«

Wir.

Er sagte das so selbstverständlich, als wäre es nun ein gemeinsames Projekt, das ihnen zu gleichen Teilen gehörte. Käthe spürte, wie sich in ihr Widerstand regte. Auf keinen Fall wollte sie, dass es irgendwann hieß, Max Kruse habe sich auf die Puppenmacherei verlegt – die Puppen, das war ihre Sache, nicht seine!

Doch bevor Käthe noch etwas sagen konnte, hatte Max sich schon von ihr weggedreht, und seine tiefen Atemzüge verrieten ihr, dass er schlief. Natürlich.

Hannerl wachte auf. Käthe beugte sich über den Weidenkorb und hob ihre Jüngste heraus. Während sie stillte, dachte Käthe weiter über die Puppen nach.

Es gab welche, die bestanden komplett aus Stoff, auch der Kopf. Andere wiederum hatten einen Porzellankopf, einen Körper aus Pappmaché, wieder andere bestanden komplett aus Pappmaché bis hin zu dem Kleidchen. Aber ihre Puppen sollten biegsam sein wie Stoffpuppen – nur nicht so behäbig wie der schlenkernde Alptraum Perdita –, der Kopf aber sollte ausdrucksstark sein. Wie konnte das gelingen ohne Schlafaugen und Porzellankopf? Konnte man einen Stoffkopf so gestalten, dass er Ausdruck hatte, etwas Sanftmütiges, das Platz ließ für allerlei kindliche Phantasie …?

·· 4 ··

Berlin, Herbst 1909

Der Puppenkopf war noch Käthes geringstes Problem, wie sie kurz nach ihrer Rückkehr nach Berlin feststellen sollte. Kaum hatte sie sich nach so vielen Jahren zum ersten Mal in der Hauptstadt des Kaiserreichs eingefunden, als sie sich auch schon mit unzähligen Zeitfressern konfrontiert sah. Zahlreiche alte Freunde, die sie jahrelang nicht gesehen hatte, wollten ihr die Aufwartung machen. Mimerle und Fifi war die Stadt fremd, sie mussten sich erst einfinden. Ihre Älteste hatte sehr zu kämpfen, da sie zukünftig auch in Berlin zur Schule gehen sollte, und Max, den das ja alles nichts anging, weil es sich auf die häusliche Sphäre erstreckte – »dein Metier, Herzliebste!« –, verschwand in seinem Atelier zwei Stockwerke tiefer und ließ sie in der kleinen Wohnung in der Fasanenstraße sitzen. Nur abends kam er gelegentlich nach oben zu seiner Familie, ansonsten war das Atelier für ihn wie früher auch die Wohnung, wo er sich ganz in sein Kreativsein versenken konnte.

Es war ein wenig wie vor ihrem Weggang aus Berlin – sie allein mit den Kindern, er machte, was ihm gefiel. Doch Käthe war nicht bereit, sich das länger gefallen zu lassen. Er wollte doch, dass sie sich um das Puppenthema kümmerte – dann sollte er ihr auch den Freiraum ermöglichen, dass sie daran arbeiten konnte.

So kam es, dass sie ihn eines Morgens im Atelier besuchte, ohne Kinder. Er war überrascht, sie hier zu sehen; freute sich aber auch, dass sie da war, und zeigte ihr, woran er derzeit arbeitete. Diesmal war es wieder ein Frauenkörper, der ihm aber nicht gelingen wollte, wie er ihr verriet. »Muss dich wohl mal wieder nackt sehen in deiner ganzen Pracht.«

»Das kannst du gern, wenn du mal wieder nachts bei uns bleiben willst.«

Max brummelte vor sich hin.

»Wo sind die Kinder überhaupt? Lässt du sie allein oben?«

»Maria ist in der Schule, wie es sich für sie gehört«, sagte Käthe. Sie genoss ein wenig, ihn zu ärgern. »Sophie und Johanna sind oben.«

»Allein.«

»Nicht allein.«

Er hob die Augenbrauen, tat ihr aber nicht den Gefallen, sie zu fragen.

»Im Übrigen brauche ich mehr Platz«, fuhr sie fort. »In der Wohnung kann ich unmöglich etwas schaffen, entweder ich räume ein komplettes Zimmer leer, oder überall liegt mein Zeug herum.«

»Ja, darüber wollte ich schon mit dir reden. Aber lass uns erst nach oben gehen. Ich verstehe ja, dass es dir nicht gefällt, wenn ich mich hier einrichte, aber deshalb musst du doch die Kinder nicht im Stich lassen.«

Max ging voran. Ach, auf einmal entdeckte er seine väterlichen Gefühle, dachte Käthe, als sie ihm die Treppen hinauf folgte. Aber sie wusste ja, Max liebte die Mädchen genauso wie sie, nur stand für ihn die Kunst über allem anderen.

Das würde sie nie schaffen, dachte Käthe. Doch sie spürte inzwischen auch den Drang, etwas zu erschaffen. Ihr ganzes Leben drehte sich um die Kinder – und die Puppen forderten nun auch ihren Platz.

»Fifi, nicht!« Kaum hatten sie den Flur der kleinen Dreizimmerwohnung betreten, musste Käthe ihre Tochter einfangen, die mit zwei Puppenbeinen in den Händen johlend durch die Räume rannte. Käthe hielt sie auf und nahm ihr die Beine weg. Aus einem hatte Fifi die Füllung herausgerupft. Käthe schalt sie, dass sie ihre Sachen in Ruhe lassen solle. Sie seufzte. Das war es eben – sie hatte keinen Platz, keine Ruhe für ihre Arbeit.

In der Küche hatte sie die Sachen ausgebreitet. Heute ging es um die Füße, die Käthe aus mehreren Stücken Stoff nähte. Hier nun machte sich ihre ganze Erfahrung bezahlt, all die Jahre an der Seite ihrer Mutter, wenn die ihr erklärte, worauf sie achten musste, wenn sie freihändig ein Schnittmuster erstellte. Bisher hatte Käthe gedacht, das vermittelte Wissen sei ihr abhandengekommen, doch sobald sie Stoff in der Hand hielt, mit Kreide etwas aufzeichnete und zuschnitt, war ihr, als würde ihre Mutter ihr über die Schulter blicken. Sie loben, weil etwas gelang und – viel häufiger – tadeln, wenn sie schludrig arbeitete.

Am Herd stand Birgit.

»Wer ist das?«, wollte Max wissen.

»Birgit. Unser Hausmädchen.«

Die junge Frau drehte sich um. Die Haare trug sie zu einem schweren rötlich blonden Zopf über der Schulter, ihre Hände waren klein und zupackend. Sie überragte Käthe um Haupteslänge, war fast so groß wie Max und verfügte über ein gewinnendes Lächeln und eine Zahnlücke, weshalb sie lispelte.

»Ich wusste nicht, dass wir ein Hausmädchen haben.«

»Dit hat Ihre Frau entschieden, Herr Professor.« Birgit packte seine Hand und schüttelte sie. Auf den Mund gefallen war sie jedenfalls nicht. Das gefiel Käthe. »Bin jetzt fünf Tage die Woche hier, kümmere mich um alles.«

Käthe hakte sich bei ihm unter. »So bleibt mir etwas mehr Zeit für die Puppen«, fügte sie erklärend hinzu.

»Ja, also ... « Max kratzte sich am Kopf. Er schien zu überlegen, ob er etwas dazu sagen sollte – zum Beispiel, dass sie gar kein Geld hatten, um ein Hausmädchen zu bezahlen. Aber Käthe wusste, dass das nur vorgeschoben wäre. Geld hatte er genug. So viel hatte sie inzwischen begriffen, dass er das, was er hatte, ausgab – egal ob für Miete, ein Hausmädchen, eine Lufthütte auf dem Monte Verità oder für irgendwelche Reisen. Sie musste eben Tatsachen schaffen. Für sich einfordern, was sie brauchte.

Und im Moment brauchte sie Entlastung.

»Haste gut gemacht«, meinte auch Gabriele Reuter, die wenige Tage später zu Besuch kam und die neue Wohnung inspizierte. Birgit war mit den Kindern im Hof, Käthe konnte das Lachen ihrer Töchter bis hier oben hören. Gabriele saß am offenen Fenster und rauchte. Zum ersten Mal hatte Käthe das Gefühl, ihre Freundin auf eine Art zufriedengestellt zu haben.

»Dein Gatte schmollt zwar, aber das wird sich geben. Ich kenne ihn.«

»Meinst du? Die letzten Nächte jedenfalls hat er im Atelier geschlafen.«

Gabriele lachte. »Das wird ihm früh genug langweilig. Er wird einsehen, dass du Freiräume brauchst. Kunst entsteht unter Druck, ja. Meine Bücher habe ich nachts geschrieben, während das Kind schlief. Aber das geht nicht ewig gut, und irgendwann fragst du dich, ob das wirklich Kunst ist oder ob du's nicht am besten sofort in den Müll wirfst. Du traust dem eigenen Urteil nicht mehr.«

»Dann sag du mir doch, ob das taugt.« Käthe holte die Puppenbeine hervor und legte sie vor Gabriele aus. Ihre Freundin nahm ein Bein nach dem nächsten, drehte es hin und her, befühlte die Stoffhülle und bohrte einen Finger von oben in die Füllung.

»Na ja, was meinst du?«, fragte sie schließlich. »Du bist die Puppenmacherin.«

»Die Füße kriege ich hin. Aber soll ich die Zehen einzeln …?«

Gabriele wiegte den Kopf. »Geht das denn?«

»Alles ist möglich. Vieles jedenfalls …« Nachdenklich nahm Käthe einen der Füße. Es war nicht leicht, das richtige Maß zu finden zwischen künstlerischem Anspruch und handwerklicher Herstellung. Käthe durfte nicht klein denken, so viel wusste sie inzwischen. Wenn sie es schaffte, eine Puppe zu entwickeln, die ihren und zugleich Max' hohen Ansprüchen genügte, sollte sie zugleich auch so beschaffen sein, dass sie diese immer wieder reproduzieren konnte …

»Also keine Zehen«, beschloss sie.

»Keine Zehen«, bekräftigte Gabriele.

»Weißt du, es geht mir um die Kinder.«

Gabriele lächelte fein. »Dachte ich mir schon.«

Käthe erzählte von ihrer eigenen Puppe damals, die ihr keine Freude bereitet hatte, weil sie so steif war, der Gesichtsausdruck eher schrecklich. Nichts daran hatte sie liebenswert gefunden. »Und das Kleid erst«, seufzte sie. »Lila und rüschig. Aber dankbar musste ich sein, immerhin hatte ich eine Puppe! Weißt du … Wenn eine Familie für ihr Kind das Geld zusammenkratzt, um ihm eine Puppe zu schenken, dann soll es doch *die* Puppe sein. Die eine, die das kleine Mädchen oder der kleine Bub Tag und Nacht mit sich herumschleppt, pflegt und füttert.«

»Na, dass die Buben mit Puppen spielen, wage ich zu bezweifeln. Für die machst du lieber kleine Matrosen und Soldaten«, warf Gabriele ein.

»Soldaten. Bloß nicht.« Käthe schüttelte sich. Sie spürte hier in Berlin eine veränderte Stimmung, man fühlte sich tatsächlich mehr zu allem Militärischen hingezogen, und die kleinen Matrosenanzüge, die vor ein paar Jahren eher selten zu sehen gewesen waren, prägten inzwischen die Kindermode. In München war das anders gewesen, und Ascona konnte schon gar nicht als Vergleich herhalten.

»Wenn's Krieg gibt, kannst du mit Soldatenpüppchen ein Vermögen machen, wart's nur ab.«

»Gott behüte«, murmelte Käthe.

»Also, was sollen die Kinder mit den Puppen anfangen?«

»Sie sollen – Raum bieten für kindliches Spiel. Wenn ich meine Töchter beobachte, mit wie viel Hingabe sie die Puppen pflegen, sie füttern und ankleiden – sie ahmen damit nach, was sie bei mir beobachten. Und das ist gut so, denn sie möchten ja irgendwann auch mal Mutter sein.«

»Oder auch nicht«, warf Gabriele ein.

Käthe warf ihr einen strengen Blick zu, und ihre Freundin hob lachend die Hände. »Nicht jede Frau findet ihr Glück im Häuslichen! Ich sag's ja nur.«

»Aber viele. Oder lass sie einfach spielerisch miteinander interagieren. Mimerle und Fifi spielen so oft Vater, Mutter, Kind, und weil ich ihnen Hannerl nicht als Kind überlassen mag, weil gerade Mimerle so wild sein kann, ist die Puppe ideal. Sie spielen, was sie selbst erleben, verarbeiten es vielleicht auch damit. Seit wir in Berlin sind, spielen sie oft Umzug oder Geburt. Ach, so viele Möglichkeiten bietet eine Puppe, mit der sie ihre eigenen Gefühle auf einer ganz anderen Ebene erlebbar machen.«

»Weise gesprochen, meine Liebe.«

Käthe wollte protestieren, doch Gabriele war schneller.

»Ich meine das ernst! Deine Puppen sind lebendig, das ist so viel wert. Also ja, mach weiter damit! Sei nicht allzu traurig, wenn der Erfolg auf sich warten lässt. Ah, wie lange musste ich oft auf den Erfolg warten, man glaubt es kaum. Das waren harte Jahre.«

»Ich mach ja seit Jahren kaum was anderes«, sagte Käthe leise. Das war ihr auch erst aufgefallen, als sie in Berlin ihre Kisten ausgepackt hatte. In jeder fand sie Puppenhaar, Arme, Beine, halbe Köpfe, Ohren und Nasen aus Wachs, Glasaugen, die sie dann doch nicht benutzt hatte, Garn, Trikotstoff, Nadeln verschiedener Länge und Dicke, Füllung in unterschiedlichen Zusammenstellungen. Es war, als hätte sich bereits in den vergangenen Jahren eine Puppenwerkstatt in ihrem Haushalt eingenistet. Wie hatte sie übersehen können, wie sehr das Puppenhandwerk sie vereinnahmt hatte?

Was nun noch fehlte, war die eine Puppe, die Maßstab sein sollte für alle folgenden. Vorbild für weitere Exemplare. Manchmal erlaubte Käthe sich zu träumen. Vielleicht gab es ja ein Spielzeuggeschäft in Berlin, das ihre Puppen präsentieren würde. Oder die Damen der besseren Gesellschaft empfahlen die Gattin des Kunstprofessors weiter, so wie es schon in München passiert war. Ja, so könnte es gelingen, dachte Käthe verträumt. Vorher aber brauchte sie diesen Prototyp.

Käthe stürzte sich in den folgenden Wochen und Monaten in die Arbeit. Es war schwer für sie, denn auch wenn Birgit sich wunderbar um die Kinder kümmerte, war sie nie gänzlich ungestört. Trotzdem versuchte sie, in den freien Zeiten so viel zu schaffen wie möglich. Zu Max ins Atelier ausweichen konnte sie nicht; er arbeitete wieder an drei verschiedenen Büsten gleichzeitig, er malte wie ein Berserker. Eine große Hilfe war er ihr nicht; sie musste sich mehr oder weniger alles selbst überlegen.

»Bismarck, immer nur Bismarck«, murmelte sie manches Mal. Ach, dass ihm die Bismarck-Statue wichtiger war als ihre kleinen Puppen, irgendwie konnte sie es schon verstehen. Seine Arbeit war eben Kunst, ihre war – nun ja, Kunsthandwerk eben, nicht ganz so groß. Trotzdem regte sich Ärger bei ihr. Warum durfte ein Reichskanzler, der noch dazu längst tot war, mehr Raum in ihrem Leben vereinnahmen, zumal Max sich manchmal tagelang nicht in der Wohnung blicken ließ, während sie sich mit Kindern und Puppenköpfen herumärgerte?

Schließlich hatte sie genug davon. An einem eisigen Novembermorgen stieg sie die Treppen hinunter ins Atelier.

»Max, wir müssen am Kopf arbeiten«, sagte sie in den riesigen Raum hinein.

Doch Max war nicht da.

»Max?«

Er hörte sie wohl, wollte aber nicht preisgeben, dass er hier hinten auf der Ofenbank saß und über Fotografien von Bismarck grübelte. Meine Güte, was hatte ihn nur dazu getrieben, diesen unsäglichen alten Mann nachbilden zu wollen? Ein Wettbewerb, als müsste er auf seine alten Tage irgendwem noch was beweisen. Dabei war er anerkannter Künstler. Ihm fehlte nur die Inspiration für was Eigenes, daher war ihm dieser Wettbewerb um das Bismarck-Denkmal gerade recht gekommen. Wäre doch gelacht, wenn er es nicht schaffte, sich zumindest bis zur Endrunde vorzukämpfen. Selbst wenn er nicht gewann, könnte er so etwas Aufmerksamkeit generieren. Die Leute würden denken: »Ach ja, Professor Kruse, von dem wollten wir uns doch immer schon mal was in die Wohnung stellen.«

Er war es leid, sich Sorgen ums Geld machen zu müssen, aber genau diese hatten sein Leben in den letzten Jahren bestimmt. Nicht nur, weil er Käthe im Tessin unterstützen musste. Oder seine erste Ehefrau, die inzwischen im Engadin lebte. Nein, er musste unbedingt das Atelier halten, selbst wenn er nicht in Berlin weilte, und überhaupt – was sprach dagegen, dass er einen gewissen Lebenswandel pflegte?

Ein Hausmädchen hätte es allerdings nicht sein müssen, fand er. Zumal Birgit ihm suspekt war. Kein Mensch konnte den ganzen Tag so fröhlich summend profanen Aufgaben nachgehen. Was, bitte schön, war so erfüllend daran, Rotkraut zu kochen, Pfannkuchen in Fett auszubacken und Brotteig zu kneten? Immerhin, sie konnte recht gut kochen und backen, zweimal täglich brachte sie ein Tablett zu ihm nach unten und sammelte das dreckige Geschirr wieder ein. Auch für ihn eine Entlastung, er musste nicht mehr nach oben, konnte ganz mit Bismarck verwachsen.

»Hier bist du.«

Er seufzte und hob den Kopf. Käthe stand vor ihm. Sie trug ein helles Reformkleid, locker gegürtet, die Füße steckten in roten Wollsocken, die noch ihre Mutter für sie gestrickt hatte. Mit in die Hüften gestemmten Fäusten sah sie auf ihn herab. Die Haare trug sie im Zopf geflochten und wie eine Krone um den Scheitel hochgesteckt. Und während sie ihn so ansah, wurde ihr Gesichtsausdruck ganz weich und zart.

»Hier bin ich, ja. Immer.«

Käthe seufzte. »Versteckst du dich vor uns?«

Er lachte rau. »Wohl eher vor mir selbst. Magst du dich setzen?«

Sie nickte, und er rückte ein Stück beiseite.

»Immer noch Bismarck?«

»Mh«, brummte er. Es war ihm gar nicht recht, dass sie ihn störte, und das wusste sie auch. Sie saßen eine Weile einfach nebeneinander, während er in den Fotografien blätterte und auf einem Skizzenblock einzelne Gesichtszüge des einstigen Reichskanzlers skizzierte.

»Was für eine Nase«, murmelte er irgendwann in Gedanken verloren.

»Darüber wollte ich mit dir reden.« Immer noch zögerlich, als fürchtete sie seinen Ausbruch. Nicht zum ersten Mal versuchte sie, zu ihm durchzudringen. Die letzten Male hatte er sie rundweg rausgeschmissen, hatte sie angebrüllt, sie solle ihn endlich in Ruhe lassen mit ihren blöden Puppen, niemanden interessiere das. Im Nachhinein hatte es ihm leidgetan, aber er war auch keiner von den Männern, die sich dann einfach entschuldigen konnten, und dann waren es wieder Bismarcks buschige Augenbrauen, mit denen er sich beschäftigen musste, stundenlang.

»Was ist mit Bismarcks Nase?«

Käthe lachte. Auf einmal wirkte sie wieder so jugendlich wie einst, als sie sich kennengelernt hatten; er merkte, dass er dieses Leichte, Fröhliche bei ihr vermisst hatte.

»Nicht die vom ollen Bismarck. Ich rede von meinen Puppen. Ich bekomm's einfach nicht hin, dass diese kleinen Nasen hübsch aussehen, die Ohren nicht wie Henkel und die Münder …« Sie seufzte. »Die Münder! Davon darf ich gar nicht anfangen, die sind schrecklich, Max. Bei anderen Puppen stehen sie offen, es sieht aus, als würden sie schreien. Aber das sollen meine Puppen nicht.«

»Hm. Wie sollen sie denn aussehen?«

Max' Interesse war geweckt. Manchmal war es besser, wenn er sich im Künstlerischen von anderen Aufgaben ablenken ließ; ein Puppenkopf statt Bismarcks Walrossbart, das kam ihm gerade recht. Käthe zog aus der Rocktasche ein paar Skizzen hervor und reichte sie ihm.

»Die sehen aber ernst aus.« Fragend blickte er sie an. »Soll das so?«

Käthe nickte. »Es soll aber nicht zu ernst sein. Ich möchte einfach, dass die Kinder im Spiel ihre eigenen Emotionen in dieses Gesicht hineinlesen können. Wie ein Spiegel.«

»Verstehe«, murmelte er. Doch, das war ein kluger Gedanke. Käthe wälzte viele Ideen. Er sollte nicht so überrascht sein, dass sie klug waren.

Die nächste Stunde verbrachten sie über die Skizzen gebeugt und diskutierten. Es waren vor allem die Gesichtszüge, die Käthe Probleme bereiteten; der Körper, mit Rehhaar ausgestopft, war soweit fertig, bis zu Fingern und Zehen und Grübchen an den Knien. Sie hatte viel Wert auf die Details gelegt, achtete zugleich aber auch darauf, dass die Puppenkörper reproduzierbar waren.

»Du brauchst eine Gussform«, stellte Max schließlich fest. »Damit kannst du unendlich viele Köpfe herstellen.«

Käthe verzog das Gesicht. »Habe ich versucht. Es sieht nie schön aus, sondern wirkt so kalt und leblos. Der Hinterkopf soll weich sein, das geht mit einem Guss nicht, unabhängig vom Material.«

Sie überlegten weiter. Doch sie kamen auf kein schlüssiges Ergebnis. Käthe packte die Zettel wieder zusammen, sie küsste ihn auf den Mund und ließ ihn »mit dem alten Walross« allein.

Sofort fehlte sie ihm.

Die Stunde mit ihr, in der sie gemeinsam an etwas tüftelten – das hatte ihm erstaunlich gut gefallen. Ihm, der sonst jeden sofort vor die Tür setzte, wenn er auch nur bei ihm anklopfte.

Aber zurück zu Bismarck. Er sollte langsam entscheiden, ob er den alten Kanzler stehend oder sitzend präsentieren wollte. Ein sitzendes Denkmal? Kaum vorstellbar. Auf einem Pferd? War Bismarck eigentlich oft geritten in späten Jahren? Es gab Gemälde, die ihn vor Sedan auf dem Rücken eines Pferds zeigten. Jener starke Moment der deutschen Geschichte. Max runzelte die Stirn. Er hielt nichts von Kriegstreiberei. Einen Politiker rückblickend so darzustellen, missfiel ihm – auch wenn er ahnte, dass bei der Auswahl des Siegerentwurfs sicher auch politische Erwägungen eine Rolle spielen würden. Zumal das Denkmal in Bingen stehen sollte, nahe genug an der Grenze zu Frankreich, dass man dort eine subtile Drohung verstehen würde …

Also kein Pferd. Seine Gedanken schweiften wieder ab.

Zum Teufel mit Bismarck! Er musste sich nun etwas für die Puppen einfallen lassen. Käthe hatte in den vergangenen Jahren so eine großartige Vorarbeit geleistet, es wäre schade, wenn sie so kurz vor dem Ziel scheitern würde. Er sah ihr Problem – die Suche nach dem perfekten Kopf – und dass die bisherigen Lösungen sie nicht glücklich machten. Da konnte er schon stolz sein auf sie, dass sie sich nicht mit der erstbesten Lösung zufriedengab. Steckte also doch eine kleine Künstlerin in ihr, wie er es immer vermutet hatte. Nur wie konnte sie die Köpfe so formen, dass sie passgenau waren und den hohen Ansprüchen genügten?

5

Berlin, Sommer 1910

Na, prost Mahlzeit«, kommentierte Max, als er zum Mittagessen die Wohnung betrat. Käthe kam ihm entgegen, bleich wie der Tod, sie wischte sich gerade noch den Mund mit einem Handtuch ab, nachdem sie sich hinten im Badezimmer hatte übergeben müssen. Zum dritten Mal an diesem Morgen. »Hört das irgendwann auf mit der Kotzerei?«

Sie lächelte schwach. Konnte sich kaum das Strahlen verkneifen, da konnte sie noch so oft von Übelkeit geplagt werden. »Das wird schon wieder«, beteuerte sie. Nach den ersten drei Monaten war's ihr doch immer blendend gegangen. Wenngleich sie zugeben musste, dass diese fünfte Schwangerschaft sie von Anfang an mehr beutelte als alle davor.

Sie folgte Max in die Küche, wo Mimerle, Fifi und Hanni bereits am Tisch saßen und geduldig auf ihr Essen warteten. Max legte etwas neben seinen Teller, das er in ein Tuch gewickelt hatte.

»Ist er das?«, fragte Käthe neugierig. Max brummte nur. Ach, sie hätte ihm schon wieder den Bart zausen können vor lauter Ärger über sein ständiges Gebrummel. Aber zugleich war sie aus zwei Gründen glücklich, nein, aus drei sogar, wenn man's genau nahm. Ihr Mann war nicht der Einzige, der zum Mittagstisch etwas mehr beitrug.

Erst aber wurde gegessen. Auf Manieren und gemeinsame Mahlzeiten legte Käthe viel Wert. Während Max seine beiden älteren Töchter fragte, was sie in der Schule gelernt hätten, und wiederholt Mimerle ermahnte, die so munter auf ihrem Stuhl wippte und kippelte, dass der fast umfiel, quengelte die Jüngste, weil sie statt der Suppe lieber Milch an Käthes Brust trinken wollte. Aber mit der erneuten Schwangerschaft hatte sie Schmerzen beim Stillen, und die Milch war fast versiegt. Käthe machte der Jüngsten stattdessen einen Kakao, dann wollten die beiden anderen auch einen, und es dauerte, bis alle satt und zufrieden waren und sie die Mädchen in den Hof schickte zum Spielen.

»Na? Hast du Neuigkeiten?«, fragte Max sie, kaum dass Käthe mit einem Seufzen auf den Stuhl sank. Tage, an denen Birgit frei hatte, merkte sie in letzter Zeit besonders. Vielleicht konnte sie sich gleich mit Hanni ein wenig ausruhen.

»Ich habe einen Brief von der Gräfin bekommen«, platzte es aus ihr heraus. Sie zog den Umschlag hervor und gab ihn Max. Er überflog die Zeilen, doch Käthe konnte nicht still bleiben, sie plapperte weiter. »Stell dir vor. Im Herbst macht das Warenhaus Tietz eine Ausstellung mit Puppen und Spielzeugen, und sie hat Herrn Tietz vorgeschlagen, dass ich dort auch meine Entwürfe präsentiere. Er ist von der Idee sehr angetan. Ist das nicht wundervoll?«

»Tatsächlich«, sagte Max leise. Aber er runzelte schon wieder die Stirn, irgendwas passte ihm nicht in den Kram.

Käthe konnte es sich schon denken. Seit dem Fiasko mit dem Bismarck-Denkmal hatte sie zunehmend den Eindruck, dass ihr Mann in einer schweren Krise steckte. Nichts wollte

ihm gelingen, und er zog sich immer mehr von ihr zurück.
»Das ist ein schöner Erfolg für dich.«

»Für uns.«

Er streckte ihr das in ein Tuch gewickelte Päckchen entgegen. »Vielleicht habe ich auch eine gute Nachricht für dich.«

Käthe wickelte es aus. Ein Puppenkopf kam zum Vorschein, der Hinterkopf weich, das Gesicht hart gepresst durch die Maschine, in deren Entwicklung Max in den vergangenen Monaten so manche Nachtstunde investiert hatte. Sie drehte den Kopf hin und her. Keine Nähte im Gesicht, wie es bei anderen Herstellern der Fall war. Auch kein offen stehender Mund, sondern wie von ihr gewünscht ein halb ernster, halb staunender Ausdruck. Es fehlten nur noch die Bemalungen für Augen, Ohren- und Nasenlöcher, Lippen und ein wenig Wangenrot.

»Nun?«, fragte er. »Genügt das jetzt deinen Ansprüchen?«

Stumm fiel sie ihm um den Hals. Das war es, dachte sie. Das Gesicht für ihre Puppen.

»Ja. Er ist perfekt.« Käthe stand auf und lief ins Zimmer nebenan, in dem inzwischen drei verschiedene Nähmaschinen und ein Arbeitstisch so eng beisammenstanden, dass sie sich nur mühsam zwischen ihnen hindurchquetschen konnte. Sie nahm einen der fertigen Puppenkörper und hielt den Kopf daran. Die Köpfe ihrer Puppen sollten lebensecht, babyhaft und vor allem groß sein, damit das Kindchenschema erfüllt wurde. Die teuren Modepuppen für Kinder waren wie Erwachsene gestaltet, kleine Köpfe, lachende Gesichter, viel zu viel Wangenrot und knallige Lippen. Das war nicht das Richtige, das spürte Käthe. Ihre Puppen sollten dem künstlerischen Anspruch genügen – und das taten sie spätestens, seit sie mit Max gemeinsam die Kopfform entwickelte –, zugleich aber auch weich und anschmiegsam sein.

»Siehst du?« Max war ihr gefolgt. Er schob den Sack mit Rehhaar aus dem Weg, mit dem sie die Körper ausstopfte. Käthe hielt den Kopf in die Halsöffnung und nähte ihn flink mit einer speziellen Nadel rundherum fest. Natürlich noch nicht das Endergebnis, doch es genügte, damit sie gemeinsam die Proportionen abschätzen konnten.

Max umarmte sie von hinten. »Du hast recht«, murmelte er. »Sie sind genau richtig.«

»Die Haare werden aufgemalt wie das Gesicht. Außerdem brauchen sie noch Kleidchen für die Ausstellung …« Käthe hielt inne. Nein, keine Modepüppchen. Es waren Babys für die Kinder, die sie im Spiel versorgten. Babys trugen keine Kleidchen mit Rüschen und Unterröcken. Sie dachte an die Kiste mit Babysachen, die sie auf dem Dachboden eingelagert hatte und schon in wenigen Monaten wieder hervorholen würde. Darin waren vor allem schlichte weiße Baumwollhemdchen, Hosen, gestrickte Socken und Schühchen, gehäkelte Mützchen. So etwas brauchten die Puppen. Sie würde die Kleidung möglichst schlicht halten und ganz in Weiß.

Max beobachtete amüsiert, wie Käthe sich Notizen machte. Die Übelkeit war verschwunden, sie war wieder ganz in ihrem Element. Oh, wie sehr sie es liebte, sich in diese Arbeit zu vertiefen. Sie hätte ewig so weitermachen können, doch jemand klingelte an der Tür, und sie ging nachschauen.

Wie sich herausstellte, war es eine Kundin.

Schon in München hatte Käthe Puppen gefertigt und an private Kundschaft verkauft. Sobald sich ihr Können auch in den Berliner Kreisen herumsprach – woran ihre Freundin, die Gräfin Marion, nicht unbeteiligt war, vermutete Käthe –, kamen immer wieder Damen bei ihnen zu Besuch. Auch wenn sie etwas pikiert von der Enge der Wohnung waren, in der das Künstlerpaar wohnte, waren sie stets aufs Neue begeistert, sobald Käthe ihre Puppen zeigte.

Die heutige Besucherin bildete keine Ausnahme. Baronin Stetten wünschte, ihren Enkelinnen bei ihrem nächsten Besuch in Hamburg Puppen mitzubringen. Käthe präsentierte die neue Puppe und versprach, in zwei Wochen mit dem Auftrag fertig zu sein. Eine Anzahlung von fünfzehn Mark wechselte die Besitzerin, dann verabschiedete sich die Baronin.

»Wo ist denn Ihr Gatte?«, erkundigte sie sich im Hinausgehen.

»Im Atelier, vermute ich.«

»Darf man dem Künstler dort auch mal über die Schulter blicken?«

Käthe lächelte entschuldigend. »Leider nicht. Er möchte nicht gestört werden.«

»Und Sie? Können Sie so arbeiten?«

Käthe lachte. »Wie denn sonst? Mit drei Kindern bleibt mir ja nichts anderes übrig.«

»Bewundernswert. Ich habe früher gern gemalt, als die Kinder klein waren. Nichts Großartiges, ein wenig Aquarell. Was man eben macht, um die Langeweile zu vertreiben. Aber Ihre Arbeit hat da noch eine ganz andere Qualität.«

Die Worte der Baronin gingen Käthe nicht aus dem Kopf. Sie setzte sich auf den Hocker inmitten ihrer Nähmaschinen und begann den neuen Babypuppenkopf an einem der Körper festzunähen. Langeweile vertreiben? Wenn die Baronin wüsste! Ihre wirtschaftliche Lage war derzeit leider alles andere als rosig. Mehrfach schon hatte Käthe mit Max erbittert diskutieren müssen, ob sie sich Birgit noch länger leisten könnten. Es war nicht so prekär wie einst für ihre Mutter und sie, als sie sich von einem Auftrag zum nächsten hatten hangeln müssen und der Bauch manchen Abend leer bleiben musste. Doch Käthe war froh, dass sie diesen Auftrag über drei Puppen bekommen hatte. Sie waren nicht arm, aber sie legte trotzdem jede Mark beiseite, die sie entbehren konnte, falls mal wieder schlechte Zeiten kamen.

Und im Moment fühlten sich die Zeiten alles andere als gut an. Jedenfalls, wenn sie ihren Max ansah, der so hager und verbittert durch die Tage schlich und nächtens selten aus seinem Atelier zu ihr nach oben kam. Wenn sie ihn fragte, hieß es immer, er arbeite an etwas Neuem, sie wusste aber auch, dass ihn sein Scheitern beim Bismarck-Wettbewerb belastete.

Umso mehr freute sie sich über die Apparatur, die Max für sie gebaut hatte und mit der sie zukünftig die Puppenköpfe pressen konnten. Das war ein großer Fortschritt.

•ŀ• •ŀ• •ŀ•

Sechs Wochen später war Käthe sich nicht mehr so sicher, ob sie tatsächlich Fortschritte gemacht hatten. Sie stand vor dem kleinen Bereich im Ausstellungsraum des Warenhauses Tietz, der ihr zugewiesen worden war, und betrachtete die drei Baby-puppen, die sie darin arrangiert hatte.

Bei einer kleinen Runde durch den Saal hatte sie vorhin die Puppen der anderen Künstlerinnen und Künstler bewundert – und war zu dem Schluss gekommen, dass ihre zwar hübsch waren, aber sicher nicht die spektakulärsten.

Max saß auf einer Kiste und versuchte, eines ihrer Puppenkinder anzukleiden. Er stellte sich dabei maximal ungeschickt an, bis sie stumm die Hand ausstreckte und er ihr Puppe und Hemdchen erleichtert zurückgab.

»Du machst dir Sorgen«, stellte er fest.

»Wie soll ich mir keine Sorgen machen?«, gab sie zurück. Sie zog das Hemdchen über den Puppenkopf. Niemand konnte ermessen, wie viel Arbeit sie allein in das Schnittmuster für dieses Kleidungsstück gesteckt hatte. Wie lange sie durch Stoffläden gelaufen und nach dem richtigen Stoff gesucht hatte! Sie schloss die Knöpfe am Rücken. Die Sachen sollten hübsch anzusehen sein, für Kinderhände aber zugleich auch gut zum Spielen. Eine Herausforderung, hatte sie festgestellt, alles musste ja passen.

»Die Konkurrenz ist stark«, sagte sie leise.

»Die anderen sind aber keine Konkurrenz für deine Puppen«, bemerkte Max. Käthe blickte hoch. »Siehst du, wie sie mit Glanz und Flitter ihre Fehler zu kaschieren versuchen? Wir haben das nicht nötig. Deine Puppen sind perfekt, wie sie sind, und mit den weißen Hemdchen und Mützen betonst du nur, dass sie außer Konkurrenz sind. So still und rührend, da braucht es kein Kleid mit Rüschen.«

»Danke«, sagte sie leise. Trotzdem ließ die Verunsicherung sich nicht durch ein paar warme Worte vertreiben. Käthe beugte sich über die Kiste, in der sie die Puppen zwischen Holzwolle und Seidenpapier sorgfältig verpackt in die Ausstellung transportiert hatten.

Sie blickte sich um. Eine ganze Etage im Warenhaus Tietz in der Leipziger Straße war für die Puppen- und Spielzeugausstellung leer geräumt worden, hier würden sich ab morgen schon die Eltern mit ihren Kindern drängen. Es gab einmal die Künstlerpuppen, ein anderer Bereich aber war für von Kindern konzipierte Spielzeuge reserviert, wo die Kleinen ihre eigenen Kreationen zeigen durften.

Heute Abend fand zunächst die feierliche Eröffnung statt, zu der nur geladene Gäste zugelassen waren. Käthe machte sich keine Illusion – ihre Puppen waren anders, aber sie wusste selbst, wie viele Details noch nicht ihren Ansprüchen genügten. In schwachen Momenten hätte sie am liebsten alles abgesagt.

Aber irgendwann musste sie mit den Puppen ans Licht der Öffentlichkeit. Wenn sie wollte, dass mehr Menschen ihr Kunsthandwerk kennenlernten, blieb ihr nichts anderes übrig.

Diesmal war ihr nicht wegen der stetig voranschreitenden Schwangerschaft übel. Als Käthe am Abend den Saal betrat und in ihrer Ecke hinter den aus zwei Kisten gezimmerten Tisch schlüpfte, auf dem sie ein paar Fotopostkarten mit ihren Puppen ausgelegt hatte, wünschte sie, es wäre ein Eimer in Reichweite, falls sie sich vor Aufregung übergeben musste. Sie drückte die Hand auf den Bauch und versuchte, bewusst durchzuatmen. Diese Technik hatte sie auf dem Monte Verità von Ida Oedenkoven gelernt, und zu ihrem Erstaunen verfehlte sie auch heute nicht ihre Wirkung. Plötzlich war sie ruhig und konnte gelassen dem entgegensehen, was auf sie zukam.

Zu den ersten Besuchern ihrer Puppen gehörte ausgerechnet Oscar Tietz, der Inhaber des Warenhauses. Er spazierte durch die Ausstellung und blieb vor ihrer Puppenstube stehen. »Aha«, meinte er nur. Mehr nicht. Er sah sich alles genau an, studierte eine der Babypuppen, die auf dem Boden saß – Käthe hatte die Präsentation simpel gestaltet, sie sah eher aus wie ein Kinderzimmer mit ein paar verstreuten Bauklötzen und Bilderbüchern, dazwischen die Puppen. Andere Aussteller hatten ihre Puppen auf kleine Stühle gesetzt und ihnen winzige Porzellantassen an die Hände geklebt, als würden sie jemals so im Kinderzimmer sitzen.

Käthe faltete die Hände vor dem Bauch und lächelte stumm. Kein Wort kam ihr über die Lippen, und Max war auch nicht da, der im Gespräch ja keine Scheu kannte. Sie aber hätte sich und ihre Puppen in diesem Moment am liebsten versteckt.

»Nun denn.« Herr Tietz nahm eine der Postkarten und studierte den Aufdruck auf der Rückseite, wo Käthe ihre Adresse vermerkt hatte. »Viel Erfolg, Frau Kruse.«

»Danke«, krächzte sie. Sobald Herr Tietz außer Sicht war, sank sie auf einen Hocker hinter den Kisten.

»Sie haben ihm nicht gefallen, oder?«, fragte sie Max, der eine Stunde später kam und dem sie sofort bis ins Kleinste von ihrer Begegnung mit dem Kaufhausbesitzer erzählte.

»Nun mach dich nicht verrückt. Nicht jedem müssen deine Puppen gefallen.«

Doch, dachte Käthe. Ginge es nach ihr, sollten alle Leute ihre Puppen lieben und sie als etwas Besonderes erkennen. Aber zugleich sank ihr Mut, denn schon an diesem Abend scharten sich die meisten Besucherinnen um die spektakulären Ausstellungen der anderen Künstlerinnen.

Gabriele kam mit drei Gläsern Champagner zu Käthe und Max. Als berühmte Schriftstellerin gehörte sie zur Berliner Prominenz, weshalb man ihr eine Einladung geschickt hatte. Sie kannte Käthes Puppen natürlich, schließlich hatte Käthe schon mehr als eine für Gabrieles Tochter angefertigt. Dennoch zwinkerte sie Käthe zu und sagte etwas lauter als nötig: »Das sind aber sehr hübsche Babypuppen, Frau Kruse!«

Einige andere Besucherinnen drehten sich zu ihnen um, erkannten die Autorin oder den berühmten Bildhauer und machten ihre Begleiter auf Käthes Stand aufmerksam. Während Käthe eine der Puppen auf den Arm nahm und Gabriele die Vorzüge aufzählte, näherten sich zwei weitere Frauen, die ihrem Gespräch interessiert lauschten.

»Wollen Sie sie auch mal halten?«, fragte Käthe. Ihre Stimme kiekste, und ihr Herz machte einen Satz. Sie hielt der einen Dame die Puppe hin. Diese gab ihrer Freundin das Champagnerglas und nahm die Puppe behutsam in die Arme. Wie ein Baby wiegte sie sie. Ihre Miene nahm einen zärtlichen, beinahe verzückten Ausdruck an, und sie machte sich die Mühe, die Puppe genauer anzusehen.

»So schöne braune Augen«, sagte sie andächtig. »Gibt es die Puppen auch mit anderen Augenfarben?«

»Selbstverständlich. Es sind bei Einzelanfertigungen auch Modifikationen möglich.« Käthe spürte, wie ihr Herz bis zum

Hals schlug. Die Ausstellung diente nicht zum Verkauf, es ging allein um die Präsentation, und sie hoffte, dass die Besucher sich morgen überhaupt noch an sie erinnern würden.

»Wunderschön«, sagte die Frau und gab ihr die Puppe zurück. Sie schlenderte weiter und unterhielt sich leise mit ihrer Freundin.

Käthe blickte den beiden enttäuscht nach.

»Mach dir keine Sorgen.« Gabriele stellte sich neben sie und legte ihr einen Arm um die Schultern. »Die kommen wieder.«

Gabriele sollte recht behalten. Die Ausstellung wurde für Käthe ein voller Erfolg.

In den kommenden zwei Wochen ging sie jeden Morgen ins Warenhaus Tietz, wo sie dann tagsüber an ihrem Stand auf Kunden wartete. Sie hatte ein in hellgrünes Leinen gebundenes Büchlein bei sich, in das sie alle Einzelaufträge notierte. Schon bald verlor sie den Überblick. Nur eines wusste sie schon bald – ihre erste richtige Puppe war ein voller Erfolg!

Es war ein weiter Weg gewesen von dem mit Sand gefüllten Handtuch mit einer Kartoffel als Kopf bis hin zu dieser Puppe. Und für Käthe war der Weg auch noch nicht zu Ende, sie hatte so viel mehr Ideen!

Doch dann durchkreuzte Max all ihre Pläne. Am letzten Tag der Ausstellung begleitete er sie, blieb aber nicht bei ihr, sondern verschwand für eine Weile. Als er zurückkam, wurde er von zwei Herren begleitet, die sich ihr als Kämmer und Reinhardt vorstellten, von den Puppenwerkstätten Kämmer & Reinhardt im Thüringischen.

»Sie sind also die Künstlerin, von der ganz Berlin spricht. Freue mich sehr, Sie kennenzulernen. Franz Reinhardt mein Name.«

Er reichte Käthe die Hand. Sie zog überrascht die Augenbrauen hoch und blickte an Herrn Reinhardt vorbei zu Max. »Freut mich«, stotterte sie.

Natürlich war ihr der Name bekannt. In Thüringen gab es mehrere Spielzeugfabriken, und Kämmer & Reinhardt gehörte zu den bekanntesten. Die Puppen dieser Firma aber waren in Käthes Augen nicht hübsch. Zu kalt, zu wenig kindlich. Sie entsprachen genau dem, was Käthe für ihre Puppen nicht wollte.

»Ich lasse euch mal allein.« Max zwinkerte ihr zu und fügte an die beiden Männer gewandt hinzu: »Meine Frau ist der geniale Kopf hinter den Puppen. Ich war nur der ausführende Helfer, wenn Sie verstehen.«

Die Herren nickten wissend, lächelten verlegen. Es schien ihnen nicht zu behagen, mit einer Frau in Verhandlungen eintreten zu müssen. Doch nachdem Max sich entfernt hatte, räusperte sich Herr Kämmer.

»Sie werden sich denken können, dass wir an Ihren Puppen interessiert sind, gnädige Frau Professor Kruse.«

Das Herz schlug ihr bis zum Hals. Dennoch versuchte Käthe, nach außen unbeeindruckt zu wirken.

»Tun Sie das? Soso«, sagte sie.

»Die sind einfach mal was ganz anderes.« Herr Reinhardt rieb sich die Hände. »Daher möchten wir gerne mit Ihnen über eine … nun, Kooperation verhandeln. Könnten Sie sich das vorstellen?«

Käthe schwankte. Sie war froh, dass sie sich an der hohen Kiste neben sich festhalten konnte. »Kooperation?«, echote sie.

Herr Reinhardt ergriff wieder das Wort. Ihr fuhr der Gedanke durch den Kopf, dass die beiden Männer schon häufiger Verhandlungen dieser Art geführt haben könnten, so orchestriert wirkte ihr Vorgehen.

»Schauen Sie nur diese hübschen Puppen. Die müssen einem großen Publikum präsentiert werden, Frau Kruse.« Er hob eine der Puppen hoch und betrachtete sie mit gerunzelter Stirn. »Natürlich müsste man noch das eine oder andere optimieren, das sehen Sie sicher auch so. Aber mit Ihrer neuen Technik und dem Stoffkörper könnten Sie, wenn wir es schlau anstellen, große Kundenkreise erschließen. Ich sehe es schon vor mir – ›Puppen nach Käthe Kruse, hergestellt in der Spielwarenfabrik Kämmer & Reinhardt‹.« Er unterstrich die letzten Worte mit einer weit ausholenden Armbewegung.

»Sie könnten dabei auf unsere doppelte Expertise zurückgreifen.« Nun ergriff Herr Kämmer wieder das Wort. »Mein Partner und ich sind seit über zwanzig Jahren im Puppengeschäft. Ich bin als Puppenmacher versiert und habe einige Innovationen entwickelt, unter anderem Wimpern aus Menschenhaar. Außerdem sind unsere Biskuitpuppenköpfe die besten, die es am Markt gibt. Mein Kompagnon Franz Reinhardt hier hat als Handelsvertreter die besten Kontakte zu den großen Warenhäusern im Kaiserreich und über die Reichsgrenzen hinaus bis hin nach Übersee. Sie werden sehen, wenn wir ins Geschäft kommen, werden Sie sich bald keine Geldsorgen mehr machen müssen.«

»Und zudem werden Sie sich ganz auf den Entwurf neuer Puppen konzentrieren können«, fügte Herr Reinhardt hinzu. »Die Produktion und den Verkauf übernehmen wir.«

Das klang fast zu schön, um wahr zu sein. Käthe hätte den beiden Herren gern geglaubt, doch im Moment war sie überfordert von den Möglichkeiten, die sich für sie aus dieser Chance ergaben. Wo war Max? Sie wünschte, er wäre bei ihr, um ihr zu raten. Erwarteten die beiden Herren etwa sofort eine Entscheidung von ihr?

Herr Kämmer schien ihr Unbehagen zu bemerken. Er strich sich über den dunklen Schnauzbart und blickte seinen Kompagnon von der Seite an. Herr Reinhardt ergriff das Wort.

»Sie müssen das nicht heute entscheiden, gnädige Frau.« Er klang schmeichelnd, lächelte aber, als wollte er seinen Worten ein wenig die Dringlichkeit nehmen. »Für dieses Jahr sind wir ohnehin zu spät dran. Aber stellen Sie sich vor, wie Ihre Puppen gemeinsam mit den Charakterpuppen der Firma Kämmer und Reinhardt in den Musterkoffern unserer Vertreter landauf, landab ihren Siegeszug antreten. Sie werden sich in die Herzen der Händler, der Eltern und Großeltern und schließlich in die der Kinder schleichen. Wäre das nicht großartig?«

Er zückte eine Visitenkarte und drückte sie Käthe in die Hand. »Rufen Sie mich an, ja? Haben Sie ein Telefon?«

»Im Atelier meines Mannes …«

»Ja, wunderbar. Besprechen Sie das mit Ihrem Gatten, er klang sehr interessiert.«

Käthe blickte den beiden Männern nach, die sich durch das Gedränge schoben. Was war das denn gewesen?

Dieselbe Frage stellte sie Max, der wenige Minuten später zurückkam. »Ach, sind die Herren schon weg? Seid ihr euch handelseinig geworden?«

Käthe begriff. »Das machst du mit Absicht, richtig? Dass du mir diese Fabrikanten schickst, damit sie mich mit ihren schönen Worten einlullen und ich ihnen das Urheberrecht verkaufe? Steht es so schlecht um uns, Max?«

Ihr Mann antwortete nicht. Er blickte an ihr vorbei zu den anderen Ständen, an denen Künstlerpuppen unterschiedlichster Ausprägung präsentiert wurden, Charakterpuppen mit Biskuitköpfen und Pappmachékörpern, wie Kämmer & Reinhardt sie anboten. Käthe wusste, ihre Puppen waren anders, aber eben auf eine gute Art. Eine, die den Kindern entgegenkam. Sie war nur unsicher, ob die beiden Puppenfabrikanten das auch begriffen hatten. Oder ob es ihnen nur darum ging, eine schnelle Mark zu machen?

Viel wichtiger aber war für Käthe die Frage, was Max im Schilde führte.

»Max! Was ist los, dass du meine Puppen so dringend versilbern willst?«

»Nichts, mein Herz«, behauptete er und legte ihr einen Arm um die Schultern. »Ich dachte nur, als die beiden mich ansprachen, es könnte leichter werden für uns. Ich möchte meine Frau zurück. Und die Wohnung vielleicht auch.«

Käthe starrte ihn an. »Muss es nur um dich gehen?«, fragte sie schärfer als beabsichtigt. »Dass du es bequem hast, darum geht's dir? Ich dachte, dich interessiert, dass ich Künstlerin werde.«

»Das ja auch.« Er ließ den Arm sinken. »Aber wie lang soll

das so gehen? Wir leben mit den Puppen zusammen, statt miteinander, ich hab mich damit abgefunden, würde aber schon lieber mit meiner Familie leben statt in meinem Atelier.«

»Jetzt verdrehst du die Tatsachen.«

Käthe musste an sich halten, dass sie nicht wütend wurde. Immer noch traten Besucher an ihren Stand, stellten Fragen und betrachteten die Puppen. Der falsche Moment für einen Streit mit Max.

»Du warst doch kaum mehr von Bismarck wegzukriegen, und jetzt, wo du verloren hast, willst du, dass wir uns wieder um dich drehen, statt dass du dein eigenes Ding machen kannst. Bist du beleidigt, weil wir so gut ohne dich auskommen?«

Erschrocken schlug sie sich die Hand vor den Mund. Herrje, was hatte sie da gesagt? Max sah sie stumm an. Seine Kiefer mahlten, als müsste er die Zähne zusammenpressen, um ja nichts Falsches zu sagen.

»So siehst du das? Bin ich nicht maßgeblich beteiligt an deinen Puppen? Ohne mich hätten sie bis heute kein richtiges Gesicht. Was ist falsch daran, wenn ich diese Erfindung zu Geld machen will? Wenn du weiter drei, vier Puppen hier und da fertigst, kommen wir doch nie auf 'nen grünen Zweig, dann werden wir ewig rumkrebsen, dafür ist mir die Erfindung doch zu schade! Oder glaubst du, das gehört nun alles dir, nur weil du damit angefangen hast? Ich hab genauso Anteil daran, und ich will, dass wir was draus machen!«

Atemlos hielt er inne. Bevor Käthe zu einer Antwort ansetzen konnte, drehte er sich auf dem Absatz um und stürmte davon. Er schob sich durch die Menge, stieß einen hageren Kerl mit Spitzbart aus dem Weg und verließ den Ausstellungsraum durch eine Seitentür.

Käthe wäre ihm gern gefolgt. Doch gerade drängten sich vier Mütter mit ihren Kindern um ihren Stand, und das kleinste Mädchen nahm eine der Puppen in den Arm und wiegte sie mit einem so verzückten Gesichtsausdruck, dass die Mutter sofort zwei davon bestellen wollte. »Die zweite, falls die erste kaputtgeht«, sagte sie mit einem Augenzwinkern.

»Oh, da müssen Sie keine Bange haben«, war Käthe überzeugt. »An diesen Puppen geht nichts kaputt.«

Doch das hatte sie von ihrer Beziehung zu Max auch immer gedacht, und nun hatten sie geheiratet, waren zurück in Berlin, führten also genau das Leben, das Käthe sich immer gewünscht hatte. Und trotzdem hatte sie nun zum ersten Mal das Gefühl, sie stünde vor einem Scherbenhaufen. Das Schlimmste aber war: Sie stand dort allein, denn Max hatte sie gerade im Stich gelassen.

Nicht mal die Jahre auf dem Monte Verità hatte sie so schmerzhaft empfunden wie diesen Augenblick, der ihr größter Triumph hätte sein sollen.

6

Am Abend schlich sie die Treppe zur Wohnung hoch, unter dem Arm trug sie zwei Schachteln mit Puppen. Die anderen hatte sie in der letzten Stunde der Ausstellung verkauft. Sie hielt nichts davon, nostalgisch an ihnen festzuhalten. In dem Moment waren die neunzig Mark Erlös wichtiger erschienen als der Wunsch, die Puppen daheim auf den Schrank zu stellen, um in vielen Jahren auf sie zu blicken und ihren Enkelkindern zu erklären: »Ja, damals war ich eine Puppenmacherin, aber seht, was aus mir geworden ist.«

Sie war überzeugt davon, dass Max nicht da sein würde. Bestimmt hatte er sich ins Atelier zurückgezogen, seine Höhle, in der er vor sich hin grollen konnte. Doch er saß mit Hannerl auf dem Schoß im Wohnzimmer, schmauchte eine Zigarre, ließ sich geduldig von der Jüngsten den Bart zausen und spielte mit ihr Abzählreime.

»Da bist du ja.« Ganz ruhig sagte er es.

Käthe ließ die Tasche auf den Boden plumpsen und legte die Puppenkartons auf den Couchtisch. Hanni rutschte vom Schoß ihres Vaters und wackelte zum Tisch. Sie blickte fragend zu ihrer Mutter, als wüsste sie nicht, ob sie wirklich in die Schachteln schauen durfte. Doch Käthe ließ die Kleine gewähren.

»Ich habe heute Abend fast alle Puppen verkauft«, sagte

sie leise. »Sechs Puppen zu fünfzehn Mark habe ich noch angeboten, und sie waren so schnell weg. Max, bitte lass uns drüber nachdenken, wie wir sie vertreiben können.«

»Meinen Vorschlag kennst du.«

Sie ließ die Schultern hängen. »Ja, schon. Aber was Herr Reinhardt mir als Vorteil verkaufen wollte – dass sie zusammen mit seinen Biskuitpuppen präsentiert werden –, da sehe ich das Problem. Sie sind eben nicht so fein und zart. Oder zerbrechlich.«

Er musterte sie nachdenklich. »Was schlägst du vor?«

»Wir könnten sie selbst vertreiben.«

Max lachte auf. »Wie stellst du dir das vor? Soll ich mit einem Musterkoffer wie Herr Reinhardt durch das Kaiserreich reisen, guten Tag, Kruse mein Name, kennen Sie schon diese Puppen hier, mir schon klar, schön sind sie nicht …«

»Max, bitte.« Käthe konnte die Tränen kaum mehr zurückhalten. Ach, verstand er denn wirklich nicht, warum ihr Traum zu zerplatzen drohte?

»Lass es uns doch wenigstens versuchen. Mit Kämmer und Reinhardt, meine ich.«

»Und wenn es nicht gelingt?«, fragte sie bang.

»Na, dann verkaufst du die Puppen weiter aus unserer Wohnung raus, mir soll's recht sein«, meinte Max lapidar. »Aber es wird gelingen, das verspreche ich dir.«

•|• •|• •|•

In den nun folgenden Wochen hatte Käthe manches Mal das Gefühl, überhaupt nicht mehr zu Atem zu kommen, denn ständig kamen Briefe und Telegramme aus Thüringen ins Haus geflattert, und das Telefon, das Max auf ihren Wunsch in die Wohnung hatte verlegen lassen – was ihm ganz recht war, merkte sie, so hatte er unten im Atelier wieder seine Ruhe –, stand nicht still. Nicht nur Peter Kämmer und Franz Reinhardt wollten mit ihr sprechen. Auch andere Puppenfabrikanten hatten wohl spitzgekriegt, dass die Künstlerin Käthe Kruse bereit war, die Lizenz an ihren Babypuppen zu vergeben. Immer neue Angebote trafen ein, manche so absurd niedrig, dass Max sie nach einem kurzen Blick darauf mit einem Schnauben in den Ofen warf, manche mit so schwindelerregend hohen Beträgen, dass Käthe dachte, mit ihrer Unterschrift hätte sie für alle Zeiten ausgesorgt. Und nebenher klopfte immer wieder eine der gut gekleideten Damen an ihre Tür, denn es hatte sich auch in den besten Kreisen der Hauptstadt herumgesprochen, was Käthe Kruse anbot. Bald schon konnte sie sich vor Aufträgen kaum mehr retten. Zugleich merkte sie aber, wie die Schwangerschaft sie ermüdete. Oder war es das Leben, das ihr so viel abverlangte? Bisher hatten die Schwangerschaften sie jedenfalls nicht so erschöpft.

»Diesmal wird's ein Junge«, war Max überzeugt. Sie musste lächeln, wenn er das sagte, aber es war ein trauriges Lächeln; der Gedanke an den kleinen Johannes, den sie neben ihrer Mutter in Ascona hatte beisetzen lassen, schmerzte auch nach all den Jahren weiterhin. Vielleicht, dachte sie in diesen Momenten, würde der Schmerz auch nie ganz verschwinden. Die Vorstellung, es könnte ein Junge werden, fühlte sich seltsam an. Aber sie wusste, wie sehr Max sich einen wünschte, und sie hoffte für ihn, dass er recht behielt.

Die Verhandlungen mit Kämmer & Reinhardt zogen sich bis zum Dezember hin, und während Käthe sich fragte, ob es überhaupt zu einem Abschluss kommen würde, war Max frohen Mutes. Er hatte das Zahlenwerk an sich gerissen, telefonierte fast täglich mit Kämmer, der im thüringischen Waltershausen saß. Zu Weihnachten schickte der ihnen eine Kiste mit den, wie er auf der beiliegenden Karte schrieb, *schönsten Puppen aus seiner Produktion*, für jede ihrer Töchter eine. Käthe fand die Puppen scheußlich, sagte aber nichts, sondern ließ Mimerle, Fifi und Hanni aussuchen, welche ihnen am besten gefiel. Die erste ging schon am zweiten Feiertag zu Bruch, weil Hanni allzu enthusiastisch damit auf die Tischkante einschlug.

»Meine Puppen halten das aus«, murmelte Käthe, nachdem sie die Jüngste getröstet hatte, deren Puppe nun ein Loch im Biskuitkopf hatte. Käthe holte eine der Häkelmützchen, die sie für ihre Puppen auf Vorrat machte, und zog sie der neuen Puppe an. Die Mütze rutschte über die Glasaugen, weil die Köpfe der Puppen so viel kleiner waren als Käthes Babypuppen. Sie seufzte. »Siehst du, was ich meine?«

Max sah es nicht. »Deine Puppen sind was ganz Neues«, meinte er. »Kein Wunder, dass sich alle drum reißen.«

So stand es auch in einem Zeitungsartikel. In Momenten des Zweifelns, die Käthe allzu oft heimsuchten – und die, wie Max ihr beständig erklärte, zum Künstlerleben dazugehörten –, zog sie die Zeitschrift *Welt der Frau* hervor, denn darin war ein Vortrag von Adele Schreiber abgedruckt worden, den diese im Rahmen der Ausstellung im Tietz'schen Warenhaus gehalten hatte. Käthe war damals zu sehr mit ihrer eigenen

Aufgabe beschäftigt gewesen und hatte daher die Worte der Frauen- und Kinderrechtlerin nur am Rande mitbekommen.

Die Zukunft wird doch der Puppe, die auch uns Großen gefällt, gehören, besonders, wenn so Vorzügliches darin geleistet wird, wie es die Ausstellung von Frau Professor Kruse zeigte. Diese talentvolle junge Mutter hat für ihre Kleinen Puppen angefertigt, die eine förmliche Revolution der Puppenindustrie darstellen. Puppen, allerliebst, in allen Gliedern ihres Körpers, dass sie die Bewegungen des wirklichen Kindes annehmen, wie immer man sie anordnet.

Daran hielt sie fest. Daran und nicht an den Kommentaren der ach so vornehmen Damen, die nun regelmäßig vor ihrer Tür standen und sie baten, ihnen eine solche Puppe anzufertigen, wie sie sie auf der Ausstellung gesehen hatten.

Käthe gewöhnte sich an die Zweifel der hohen Damen. Eine war besonders hochnäsig; sie brachte zur Abholung der fertigen Puppe, die sie zwei Wochen zuvor bestellt hatte, ihre etwa achtjährige Tochter mit, für die die Puppe gedacht war. Käthe begrüßte die beiden freundlich und bat sie ins Wohnzimmer, das inzwischen mehr einer Puppenwerkstatt glich als einem Wohnraum. Überall standen Kartons mit Zuschnitten, Ballen mit Trikotstoff, ein Sack mit Rehhaar zum Stopfen, Nadelkissen, Zwirnrollen, Knöpfe, halb fertige Gliedmaßen und eine Kiste mit Köpfen, bemalt und unbemalt, durcheinander. Auf der Anrichte saßen die fertigen Puppen, nie mehr als drei oder vier, meist gingen sie schneller weg, als Käthe sie nähen konnte. Das alles noch ergänzt durch zwei verschiedene

Nähmaschinen, Körbe mit Puppenkleidung und zwischendrin ihre eigenen Töchter, für die das wohl ein reines Paradies war.

Die Kommerzienrätin Fuchs war eine schlanke, ätherische Gestalt, mit Hermelinbesatz am Mantel, die Tochter war ihr wie aus dem Gesicht geschnitten, mit dunklen Korkenzieherlöckchen und fast schwarzen Augen. Die Wangen waren von der Winterkälte gerötet, und auf den Mützen schmolzen Schneeflocken, als sie sich im Wohnzimmer umsahen und ihre Schals lockerten.

»Setzen Sie sich doch«, bot Käthe an. Ihr selbst war nicht mehr nach Sitzen zumute, alles andere als langsames Gehen war unerträglich schmerzhaft. Seit Tagen hatte sie Senkwehen, es konnte nun nicht mehr lange dauern.

»Das sind sie also.« Frau Fuchs zeigte auf die aufgereihten Puppen. »Nun, ich hatte sie etwas … hübscher in Erinnerung.«

Käthe kniff die Lippen zusammen.

Die Tochter sah ihre Mutter fragend an, blieb aber stumm. Anni hieß sie, meinte Käthe sich zu erinnern.

»Möchtest du deine Puppe sehen, Anni?«, fragte sie leise. Das Mädchen nickte.

Käthe holte die Schachtel. Jede Puppe bekam von ihr eine kleine Erstausstattung mit. Für diese hatte sie neben Hemd und Hose noch ein Mützchen gestrickt und kleine Schuhe gehäkelt. Alles in Weiß, nur die Socken waren hellblau. »Schau mal, ob sie dir gefällt.«

Die Augen der Puppe waren schwarz, die Haare dunkelbraun. Der Trikotstoff war der hellste, den Käthe hatte finden können, und die Wangen hatte sie leicht rot angemalt, so dass es aussah, als käme auch die Puppe gerade aus der Kälte. Anni betrachtete stumm und staunend das Puppenbaby in der Schachtel, die Käthe mit einem weichen Tuch ausgeschlagen hatte – so sah es aus, als läge es in einem Bettchen.

»Gefällt sie dir?«, fragte Käthe.

Anni nickte. Sie wollte die Puppe herausheben, doch bevor es dazu kam, riss ihre Mutter sie aus der Verpackung.

»Was soll das denn sein?«, fragte sie angriffslustig. »Das sollen diese ach so berühmten Puppen sein? Ich dachte, die hat Glasaugen, Echthaar und Wimpern? Und wieso hat sie keine Gelenke, sie kann ja nicht mal den Kopf drehen!«

Frau Fuchs wollte noch etwas hinzufügen, doch Käthe stand nur auf, nahm der Frau Kommerzienrat schweigend die Puppe aus der Hand und legte sie in Annis Arme. Das Mädchen drückte die Puppe an sich, und damit, so glaubte Käthe, sei das Thema erledigt.

Als es ans Bezahlen ging, zierte sich die reiche Dame allerdings, dabei sollten für sie zwei Mark mehr oder weniger doch keinen Unterschied machen. »Ich weiß nicht«, meinte sie nur.

Käthe sah Anni an, die mit der Puppe schmuste, als wär's ihre allererste – dabei war Käthe überzeugt, dass die Achtjährige schon eine ganze Puppenstube ihr Eigen nannte.

»Also gut.« Die Mutter seufzte ergeben, zählte die Münzen in Käthes Hand.

Als sie verschwunden war, legte Käthe das Geld in die Zigarrenkiste ganz hinten im linken Fach des Vertikos, einem der wenigen Stücke, die sie nach ihrer Rückkehr nach Berlin behalten hatte, die einst ihrer Mutter gehörten. In der Kiste hatte sich einiges gesammelt – wie ein Schatz, den sie hüten musste. Ihr Notgroschen, ihre Lebensversicherung, dass selbst dann noch irgendwas möglich war, wenn alles den Bach runterginge.

An diesem Abend waren Max' Schritte beschwingt, als er die Stufen nach oben in die Wohnung kam. Käthe wusste, er hatte sich am Nachmittag mit Kämmer und Reinhardt getroffen, es war um die letzten Details gegangen, vor allem um ein Detail, nämlich die angemessene Bezahlung.

»Man könnte fast meinen, wir haben mehr Glück als Verstand«, brummte er. Und dann riss er sie in die Arme. »Wir haben's, Käthe! Wir haben es geschafft!« Er hob sie hoch, wirbelte sie herum. »In wenigen Tagen ist der Vertrag zeichnungsreif, heute haben wir die Vereinbarung schon mit Handschlag besiegelt. Wirtschaftliche Not werden wir jedenfalls nicht mehr haben, wenn's läuft, wie wir uns das vorstellen.«

Käthe musste schlucken. Vor allem, weil sie selbst bei der entscheidenden Verhandlung nicht hatte zugegen sein können, doch die Männer hatten ihr immer versichert – allen voran Max –, dass sie sich keine Sorgen machen müsse, niemand werde sie zu etwas zwingen. Sie war durch die Familie gebunden, zudem hatte Max ihr erklärt, solche Vertragsverhandlungen sollten sie nicht belasten, »in deinem Zustand, Herzliebste!«. Trotzdem war es ihr schwergefallen, alles den anderen zu überlassen.

»Erzähl schon!«, drängte sie.

Max aber wollte erst mal eine Flasche Crémant köpfen. Er nötigte Käthe ein Glas auf, obwohl sie fast nie trank; heute aber gab es schließlich was zu feiern. Erst danach rückte er mit der Sprache heraus.

»Zehntausend Mark?« Käthe konnte es nicht glauben.

Max nickte, so vergnügt hatte sie ihn selten erlebt. »Fünf für dich, weil du die Puppen entwickelt hast, fünf weitere für mich, weil ich das Patent auf die Puppenköpfe habe.«

Sie stellte das Sektglas, das sie ohnehin kaum angerührt hatte, auf den Tisch.

»Die Köpfe sind unsere gemeinsame Entwicklung«, sagte sie. Enttäuschung machte sich in ihr breit. Dabei müsste es doch egal sein; ob nun Max oder sie das Geld bekam, spielte keine Rolle. Oder doch?

Ja, doch. Natürlich! Immer noch steckte ihr die Angst ihrer Mutter in den Knochen, es könnte irgendwann zu knapp sein, der Hunger ihnen drohen oder Schlimmeres. Käthe hatte manche Nacht das Schreckensbild vor Augen, wie sie ohne Max die Kinder durchbringen sollte. Wäre es nicht besser, wenn alles auf sie lief?

Andererseits hatte Max ja tatsächlich die Apparatur entwickelt, mit der die Puppenköpfe in Form gepresst wurden. Also stand ihm auch etwas zu – aber genauso viel wie ihr?

»Nu lass mich doch mal ausreden, Käthe. Natürlich sind die Köpfe unser beider Werk. Aber irgendwo mussten wir 'nen Strich machen, und ich bekam das Gefühl nicht los, dass die Herren Geschäftsleute lieber uns beiden denselben Anteil zahlen wollten.« Max grinste verschmitzt. »Außerdem bekommen wir für jede gefertigte und verkaufte Puppe eine Lizenzgebühr über eine Mark. Und die geht ganz allein auf dein Konto.«

Eine Mark für jede verkaufte Puppe. Käthe blieb die Luft weg. Wenn Kämmer & Reinhardt ihr Versprechen einlösten und Tausende Puppen in Umlauf brachten, hieß das für sie …

»Wir haben ausgesorgt, Max«, flüsterte sie.

»Das will ich ja wohl meinen.« Er schloss sie erneut in die Arme. »Na, na. Weinen musste nicht, so schlimm isses auch wieder nicht.«

Ach, wenn er wüsste. Natürlich war es nicht schlimm. Es war das Beste, was ihr in diesem Leben hatte passieren können.

•|• •|• •|•

Als sie eine Woche später mit einem kleinen Jungen niederkam, war Käthes Glück perfekt. Sie sah es daran, wie Max mit dem kleinen Bündel auf dem Arm durchs Schlafzimmer tanzte zu einer Melodie, die nur er hören konnte. Und als sie die beiden beobachtete, im Bett liegend und von der Geburt noch geschwächt, musste sie lächeln und weinen zugleich.

Er wird alt, fuhr ihr durch den Kopf, grau sowieso, aber vor allem waren seine Schritte nicht mehr federnd wie bei dem Achtundvierzigjährigen, den sie vor zehn Jahren kennengelernt hatte. Und sie begriff: Die Puppen waren auch für Max eine Chance. Dass er daran mitverdiente, gab ihm den finanziellen Spielraum, weniger arbeiten zu müssen; die Kunst hatte ihn in den letzten Jahren mehr gequält als beglückt, weshalb er seine ganze Energie in die Puppenkopfmaschine gesteckt hatte. Lieber Puppen als Bismarck! Sie gewöhnte sich an den Gedanken, dass sein Anteil an dieser Entwicklung eben gar nicht so klein war.

Wenige Tage später wurde die Maschine abgeholt; Max beaufsichtigte die Packer, während Käthe weiterhin im Wochenbett war. Sie ruhte sich aus, betrachtete ihr jüngstes Kind. »Kleiner Michel«, flüsterte sie andächtig. Sie hatte das Gefühl, am Ziel ihrer Träume zu sein. Zehntausend Mark, so eine riesige Geldsumme konnte sie sich gar nicht vorstellen. Zum ersten Mal in ihrem Leben glaubte sie, niemals mehr müsste sie um ihre Existenz fürchten oder darum, dass ihre Kinder hungern könnten.

7

Berlin, Frühjahr 1911

Ratlos blickte Käthe sich in ihrem Esszimmer um, das sich in den vergangenen Wochen zunehmend in eine Höhle für Puppenhandwerk verwandelt hatte.

Herr Kämmer überließ nichts dem Zufall. Sobald der Vertrag mit den beiden Kruses unterzeichnet war und er sicher sein konnte, dass dem Erfolg der Käthe-Kruse-Puppen nichts mehr im Wege stand, schickte er drei Frauen zu Käthe. Es waren die Vorarbeiterin Friedel Bertz mit zwei ihrer erfahrensten Mitarbeiterinnen, von denen eine ihre Tochter war. Die drei Frauen richteten sich in der Wohnung ein, als gehörte sie ihnen; sie nahmen Quartier im Atelier und vertrieben Max jeden Abend, nur damit er brummelnd im Wohnzimmer zwischen alledem hocken musste, was im Esszimmer nebenan keinen Platz mehr hatte.

Drei Nähmaschinen, unzählige Kisten und Kartons. Die drei Frauen ließen sich von Käthe die einzelnen Schritte bei der Herstellung ihrer Puppen zeigen. Aber was sie da nun nach Käthes Anweisung produziert hatten, verfügte zwar über perfekte Nähte, aber …

»So geht das nicht.« Käthe seufzte müde. »Sie müssen mir schon zusehen und es mir genau so nacharbeiten, wie ich es mache.«

Frau Bertz verschränkte die Arme vor dem üppigen Busen.

»Also, bei uns in der Fabrik des Herrn Direktor Kämmer läuft das aber anders. Und da sehen unsere Puppen auch nicht so pummelig aus.« Sie wies beinahe anklagend auf die Puppen, mit denen Käthe ihnen hatte zeigen wollen, was sie von ihnen erwartete. »Die da sehen doch nicht wie Puppen aus. Und wieso werden die Köpfe mit Stoff überzogen und sind nicht, wie sich's gehört, doppelt gebranntes Biskuit? Das muss mir auch mal wer erklären.«

Käthe wollte zu einer Antwort ansetzen, doch nebenan meldete sich Michael. Sie hob die Hand.

»Sie warten hier«, sagte sie ganz ruhig. Innerlich aber war sie in Aufruhr. Was fiel den Frauen ein, ihre Arbeit zu kritisieren?

Seit einer Woche nun versuchte sie, den drei Damen aus der Manufaktur zu vermitteln, wie sie die Puppen gern haben wollte. Sie zeigte die Herstellung, sie erklärte, sie erzählte. Die drei saßen um sie herum, beobachteten sie wohl, aber Käthe merkte an den Blicken, die über ihren Kopf hinweg gewechselt wurden, wenn die Arbeiterinnen dachten, Käthe würde es nicht mitbekommen, dass die drei nichts von Käthes Arbeit hielten. Und von den Puppen.

Max kam herein, als Käthe den Kleinen zurück in den Weidenkorb legte. Das Baby war wach und strampelte fröhlich mit den Beinen. Als es seinen Vater entdeckte, der sich über ihn beugte, krähte Michael fröhlich. Zwischen den beiden schien eine besonders innige Verbindung zu bestehen, dachte Käthe.

»Wo willst du hin?«, fragte Max, als sie Richtung Esszimmer ging. »Ist das Abendessen schon fertig?«

Sie blieb stehen. »Wir müssen noch arbeiten. Birgit hat sich ums Essen gekümmert.«

»Und die Mädchen, wo sind die?«

»Auch bei Birgit. Glaub ich. Oder im Hof, spielen.«

Max brummte. Käthe verließ rasch den Raum. Sie hatte keine Lust, sich mit ihm zu streiten, aber sie spürte schon wieder eine dieser Auseinandersetzungen aufziehen, für die sie absolut keine Kraft besaß. Ihr reichten die drei Arbeiterinnen, die kein gutes Haar an ihren Puppen ließen.

Ach ja, die hatten auch keine Perücken, großer Fehler. Käthe musste kichern. Dabei war ihr gar nicht nach Lachen zumute.

»Ich denke, wir haben nun alles gesehen«, meinte Frau Bertz. »Morgen fahren wir zurück nach Waltershausen und werden uns nach Ihren Vorgaben an die Fertigung der ersten Musterpuppen machen. Herr Reinhardt möchte schon bald beginnen, sie zusammen mit unseren hübschen Charakterpuppen anzubieten.« Sie machte eine kurze Pause, ihr Blick ging durchs Esszimmer. »Allerdings fürchte ich, es wird schwierig. Von unseren Puppen mit Biskuitköpfen verkaufen wir jedes Jahr Tausende, wenn Sie sehen könnten, wie viele Kisten da Tag für Tag die Fabrik verlassen! Diese hier ... nun. Sind eher was für Liebhaber. Mit speziellen Vorlieben.« Sie lächelte schmal. »Nichts für ungut, Frau Professor. Sie haben sich bestimmt was dabei gedacht.«

Käthe riss Frau Bertz eine der Puppen aus der Hand. »Habe ich tatsächlich«, sagte sie leise. »Und wenn Sie meinen, dass Sie hier schon alles gelernt haben, muss ich Sie enttäuschen. Das Bemalen der Gesichter, die Kopfpresse – das alles habe ich Ihnen noch nicht gezeigt, oder?«

»Nicht nötig«, erwiderte Frau Bertz. »Wir haben genug gesehen. Morgen reisen wir ab.«

Käthe ließ sie einfach stehen. Ah, sie hatte keine Geduld mehr mit diesen Weibern, die sich in ihrer Wohnung einnisteten und meinten, sie hätten die Puppenmacherweisheit mit Löffeln gefressen.

Im Wohnzimmer nahm sie den Hörer von der Gabel und wünschte, mit der Puppenmanufaktur Kämmer & Reinhardt in Waltershausen verbunden zu werden, jawohl, mit Herrn Peter Kämmer persönlich, bitte. Das Fräulein verband sie.

»Kämmer am Apparat.«

»Sie müssen Ihre Mitarbeiterinnen besser erziehen.«

»Wer spricht denn da?«

Max in seinem Sessel räusperte sich und versteckte sein Grinsen hinter der Zeitung.

»Käthe Kruse hier. Guten Tag, Herr Kämmer.«

»Frau Professor! So eine Freude, von Ihnen zu hören. Haben die Damen Bertz und Konsorten sich bei Ihnen gut eingefunden?«

»Fast zu gut!«, erwiderte Käthe scharf. »Sie lassen kein gutes Haar an meinen Puppenkindern, haben nur zu mäkeln, und statt mir über die Schulter zu schauen, nehmen sie die Sache selbst in die Hand. So geht das nicht, Herr Kämmer. Sie wollen Käthe-Kruse-Puppen, aber wenn Ihre Mitarbeiterin weiter so tut, als hätte sie das Ei des Kolumbus längst gefunden, werden das eher Friedel-Bertz-Puppen. Das kann doch keiner wollen!«

Atemlos hielt sie inne. Hörte sie etwa ein Kichern hinter der Zeitung? Unmöglich. Max machte kein Hehl daraus, dass er zurzeit weder hier noch im Atelier gerne war, Spaß hatte er schon gar nicht, ihm war alles grässlich und schlimm.

»Meine liebe Frau Kruse!« Herr Kämmer klang ehrlich bestürzt. »Also, das war anders geplant, hm. Die drei Damen sind meine besten Puppenmacherinnen, ich habe sie zu Ihnen geschickt, damit sie noch etwas lernen, gerade was die Besonderheiten Ihrer Puppen betrifft, die ja sehr ... speziell sind.«

»Das wollen sie aber nicht. Sie wollen, dass ich ihnen zeige, wie ich es mache, und danach zeigen sie mir, wie es >besser< geht. Aber besser ist eben nicht besser. Die Puppen verlieren dadurch das Charakteristische. Das Lebhafte, Kindliche, auf das ich so viel Wert lege. Das wollen Sie doch erhalten, Herr Kämmer? Oder geht es Ihnen nur darum, meinen guten Namen auf die Puppenschachtel zu schreiben, weil Sie sich davon einen größeren Absatz erhoffen?«

»Nein, nein!« Herr Kämmer schnaufte ins Telefon, und Käthe hielt den Hörer etwas weiter weg vom Ohr, er kam ihr mit diesem Geschnaufe gefährlich nahe. »Nun holen Sie mir doch bitte Frau Bertz an den Apparat, liebste Frau Professor. Ich werde das sofort mit ihr klären.«

Käthe ging nach nebenan und holte die Vorarbeiterin, deren hochmütiges Lächeln etwas unsicher wurde, als sie ihr mitteilte, dass Herr Kämmer persönlich mit ihr sprechen wolle. Ihr Blick ging bang zu Käthe, als sie den Hörer ans Ohr hielt. Käthe konnte nicht verstehen, was der Herr Direktor seiner Vorarbeiterin sagte, doch die wurde erst blass, dann röteten sich ihre Wangen, und sie stotterte nur: »Ja, Herr Kämmer ... nein, nein ... das tut mir leid ... verstehe, Herr Kämmer, ja, so machen wir es.«

Als sie auflegte, drehte sie sich langsam zu Käthe um. Es entsprach nicht Käthes Art, jemanden in die Schranken zu weisen – noch viel weniger, dass sie dafür einen Vorgesetzten bemühte, wie sie es in diesem Fall getan hatte. Doch sie sah in Friedel Bertz' Blick etwas, das bisher darin gefehlt hatte.

Respekt.

»Wir machen alles so, wie Sie wollen, Frau Professor Kruse«, sagte sie leise und senkte den Blick, als fürchtete sie, direkt wieder gemaßregelt zu werden.

»Gehen Sie schon mal nach nebenan. Ich komme gleich.«

Friedel Bertz schlüpfte an Käthe vorbei und zog die Tür hinter sich zu. Durch die angelehnte Tür hörte Käthe sie mit ihren Kolleginnen flüstern.

Max' Zeitung raschelte. Er hüstelte. »Da hast du ihr aber gezeigt, wer die Herrin im Haus ist«, brummte er.

Sie ging zu ihm, setzte sich auf die Armlehne und legte einen Arm um seine breiten Schultern. Den Kopf lehnte sie gegen seinen. »Zu viel?«, fragte sie.

»Ach was, genau richtig. Wenn die Mäuse ihr auf der Nase herumtanzen, muss die Katze eben ein Machtwort sprechen.«

»Ach so, eine Katze bin ich, interessant.«

Er küsste sie. »Du machst das richtig. Stehst für deine Sache ein. Wenn sie das nicht begreifen ... « Er verstummte.

»Was dann?«

»Nichts dann. Sie entlohnen uns mehr als großzügig, es wäre dumm, sich mit ihnen zu überwerfen, nur weil ein paar Kleinigkeiten nicht passen. Auch so werden deine Puppen außergewöhnlich sein.«

»Hoffen wir's«, murmelte Käthe. So ganz überzeugt war sie davon noch nicht.

·|· ·|· ·|·

Nach der Abreise der drei Puppenmacherinnen kehrte Ruhe im Hause Kruse ein. Sie planten ihre Sommerfrische auf Hiddensee. Max' Bruder Oskar hatte sie eingeladen, sie konnten dieselben Zimmer in der Lietzenburg beziehen wie schon in den Jahren zuvor.

Käthe bekam immer noch neue Aufträge für Puppen. Da die Produktion in Waltershausen noch nicht angelaufen war, saß sie weiterhin Tag für Tag über die Nähmaschinen gebeugt, die sie zwischenzeitlich in Max' Atelier gebracht hatten. Es störte ihn nicht, dass sie nun die Maschinen in seinem Heiligsten rattern ließ, im Gegenteil. Er fand Gefallen daran, in seinen Arbeitspausen auf ein Schwätzchen bei ihr vorbeizuschauen. Sie hatte eine Ecke des riesigen Raums mit den Maschinen und all ihren Utensilien vollgeräumt. Michael lag auf einem Lammfell auf dem Boden, spielte mit einer besonders kleinen Puppe, die sie für ihn angefertigt hatte, rollte sich hin und her und krähte vergnügt, sobald er es schaffte, sich auf den Bauch zu rollen. Und krakeelte empört, weil es ihm nicht gelingen wollte, sich zurück auf den Rücken zu drehen. Da unterbrach Käthe die Arbeit, half ihm und setzte sich dann wieder an die Maschine.

Die drei Mädchen wurden von Birgit betreut. Oder sie kamen auf Zehenspitzen ins Atelier, denn das war immer schon ein heiliger Ort gewesen, an dem der Vater Kunst machte. Doch ob es an den glänzenden Aussichten für die Zukunft lag oder ob Max einfach altersmilde wurde – er ließ vor allem die Älteste, Mimerle, nun immer häufiger bei sich sitzen, während er zeichnete. Manchmal saß sie ihm auch Modell. Fifi interessierte sich nur für die Puppen, und Hanni spielte mit Michel.

So könnte es weitergehen, dachte Käthe. Das erste Geld von Kämmer & Reinhardt war eingegangen, und sie hatten sich dafür ein wenig Luxus gegönnt; den Rest legten sie aufs Sparbuch. Immer noch hatte Käthe Angst, irgendwann könnte sie allein dastehen. Als sie Max bat, dass sie ihr eigenes Konto bekam, hatte er gebrummelt, dann aber zugestimmt. »Mein Geld bleibt dann aber auch meins«, hatte er gesagt. Die fünftausend Mark für die Nutzung der patentierten Puppenkopfpresse konnte er ruhig haben – ihr blieb ja auch genug.

Langsam sickerte es in ihr Bewusstsein. Sie war nicht mehr die arme Tochter einer Näherin, der kein anderer Weg offenstand als die Schauspielerei, wenn sie dem Elend entkommen wollte. Sie litten keine Not. Sie konnte ihrer Familie kaufen, was sie brauchten – und manch unnützen Tand obendrauf.

Für den August war angekündigt, dass sie die ersten Puppen aus der Manufaktur zur Ansicht bekamen, doch die Kiste verspätete sich. Sie verschoben ihren Urlaub auf Hiddensee, weil Käthe erst die Puppen sehen wollte. Telefonate gingen hin und her, Herr Kämmer berichtete von unerwarteten Schwierigkeiten, die allerdings inzwischen ausgeräumt seien; Herr Reinhardt vertröstete sie und beteuerte, die Puppen, die er bisher gesehen habe, seien mindestens so schön wie jene, die Käthe letzten Herbst im Warenhaus Tietz der Weltöffentlichkeit vorgestellt hatte. Überhaupt, die Welt. Bei anderen Ausstellungen hatten ihre Puppen inzwischen diverse erste Preise und Goldmedaillen gewonnen; der exzellente Ruf der Käthe-Kruse-Puppen werde direkt nach Markteinführung für eine riesige Nachfrage sorgen!

In Waltershausen war man also guten Mutes, doch Käthe wurde das Gefühl nicht los, dass sich ein Unheil zusammenbraute – eines, bei dem sie keine Fäden in der Hand hielt, das unabwendbar auf sie zustürzte.

Der Tag, an dem die Kiste mit den ersten Puppen kam, war ein heißer Montag im August. Ein Gewitter braute sich über den Dächern von Berlin zusammen, doch die lang ersehnte Abkühlung war noch ein paar Stunden fern. Käthe hätte so gern getanzt, um diese Kiste herum, die Max mit einem Stemmeisen für sie aufhebelte, während ihre vier Kinder sich um sie drängten. Aber das erhoffte Gefühl der Hochstimmung wollte sich nicht einstellen, zu sehr fürchtete sie, es sei missglückt. Sie knibbelte an der Nagelhaut ihres Daumens herum und hoffte, hoffte nur, dass es nicht so schlimm kam, wie sie sich in den schlimmsten Alpträumen ausmalte …

Es kam sogar noch schlimmer. Das, was Max aus der Kiste hob, ähnelte nicht mal im Entferntesten den feinen Puppen, die Käthe den Frauen in ihrer eigenen Wohnstubenwerkstatt gezeigt hatte.

»Das ist ja wie 'ne Karikatur«, meinte Max nur. Er drückte ihr das bläuliche, plumpe Puppenkind in die Hand. »Wollten sie das als Gegensatz zeigen, ›so stellen wir uns das nicht vor‹?« Er durchsuchte noch mal die Kiste, konnte nicht glauben, dass das alles war, was die berühmte Firma Kämmer &

Reinhardt zustande brachte. Doch er förderte nur noch mehr von diesen Puppen zutage. »Das krieg ich auch noch hin.« Er lachte.

Dann merkte er, wie Käthe blass wurde.

»Käthe?«

»Ich muss mich hinsetzen.«

An der Puppe baumelte ein Schild. Um den Hals hatten sie den blau-weißen Bindfaden geschlungen, daran ein Stück Pappe, auf das *Die berühmte Käthe-Kruse-Puppe* gedruckt war.

Sie meinten das tatsächlich ernst.

Hanni griff nach der Puppe, und Käthe ließ ihr Kind; ein Dutzend von diesen Scheußlichkeiten wartete noch in der Kiste auf ihren kritischen Blick. Aber sie wusste schon – aus Hiddensee würde nichts werden, sie müsste nach Thüringen reisen und da einige Dinge klarstellen.

Denn so ging es nicht. Dafür gab sie ihren Namen auf keinen Fall her.

Max schob ihr einen Stuhl unter den Hintern. Sie lächelte ihn dankbar an, sah ihn kaum durch den Tränenschleier. Dabei war das keine Trauer. Wut und Enttäuschung traf es eher.

Was hatten die Näherinnen denn nicht verstanden, als Käthe es ihnen wochenlang immer wieder erklärt hatte? Offenbar gar nichts.

Dick waren die Körper der Puppen, die Beine fühlten sich geradezu aufgebläht auf, wie sie da mit Kapok gestopft waren. Dazu sahen sie bläulich verfroren aus, als hätte jemand sie nackig im Winter vor die Tür gejagt. Das Schlimmste aber waren die dünnen Hälse, auf denen so grässliche semmelblonde Köpfe steckten, die Augen so knallblau, dass es ihr wehtat.

Nein, mit diesen Puppen war wohl kein Staat zu machen.

Und nun ergab es auch Sinn, dass Herr Reinhardt bei ihrem letzten Telefonat vor zwei Tagen, als er ihr den Versand der Puppen ankündigte, herumgedruckst hatte. Auf ihre Frage, ob seine Muster denn bereits erste Bestellungen generiert hätten, war er erst mal ausgewichen und hatte ihr berichtet, wo er sie in den kommenden Wochen vorstellen werde; er nannte die Namen vieler großer Kaufhäuser im ganzen Kaiserreich. Das sollte sie wohl beeindrucken, vor allem aber: ablenken, denn nun, da sie die Puppe in Händen hielt, verstand sie sehr gut, dass die Kunden zögerlich bestellten. Wenn sie es überhaupt taten.

»Wo willst du hin?«, rief Max ihr nach. Käthe stand auf und ging nach nebenan.

»Was denkst du denn? Ich ruf in Waltershausen an. Das sind jedenfalls nicht meine Puppen, was die da in der Fabrik zusammenheften.«

Herr Kämmer klang jovial, als er ihren Namen hörte. Doch er wurde schnell ernst, denn Käthe ließ sich nicht täuschen.

»Sie haben mir die Muster geschickt.«

»Jaaa«, sagte er gedehnt. »Und was denken Sie?«

»Nun, ich denke, Sie und Ihre Mitarbeiterinnen haben nicht verstanden, worum es mir geht.«

»Werte Frau Professor Kruse.« Sie hörte ihn seufzen. »Was gibt es denn daran zu verstehen? Wir alle haben doch nur ein Ziel. Wir wollen ein Produkt erschaffen, das dem eifrigen Kinderspiel standhält. Ist das denn nicht gelungen?«

Die Nähte waren tadellos, so viel musste sie einräumen.

»Und ist es nicht schön, wenn die Püppchen mit kräftigen Farben betont sind? Gerade die Augen ...«

»Die Augen sind das Gruseligste«, unterbrach sie ihn. Die Puppe starrte sie von ihrem Schoß aus an. Sie drehte sie mit dem Gesicht nach unten um. Der Rücken glänzte so speckig blau, dass sie kurz die Augen schließen musste. Kein Wunder, dass niemand bestellte. Die Puppen waren nicht das, was Käthe sich wünschte.

»Ich könnte ...« Sie atmete tief durch, versuchte, die richtigen Worte zu finden. Immer noch saß ihr der Glaube im Nacken, dass sie doch nur eine kleine, ungelernte Künstlerin war, die kaum mehr konnte, als ihre Nähmaschinen zu bedienen; sie war keine Expertin, hatte sich auf die Männer verlassen, deren Metier die Puppen waren. Und nun stand sie da, mit weniger als leeren Händen.

»Wenn ich zu Ihnen nach Waltershausen komme?« Max würde sie gehen lassen, davon war sie überzeugt; er konnte derweil mit den Kindern nach Hiddensee fahren. »Wir schauen uns die Produktion an, ich erkläre Ihnen noch einmal ...«

»Frau Kruse.« Auch Herr Kämmer klang nun alles andere als glücklich. »Sehen Sie es ein. Sie haben da mit Ihren künstlerischen Puppen etwas ganz Besonderes geschaffen. Und wir sind Ihnen dankbar, dass Sie mit uns einen Vertrag geschlossen haben. Aber was wir daraus machen, hier in unseren Waltershausener Werken – das überlassen Sie nur uns. Wir wissen, was den Geschmack der Kundschaft trifft.«

»Aber es trifft ja nicht deren Geschmack!«, begehrte Käthe auf. »Sie sagen selbst, der Verkauf sei eher schleppend ...«

»Ja. Ja … Also bitte, Frau Kruse. Geben Sie den Puppen Zeit.«

Käthe blickte das Puppenkind in ihrem Schoß an. Zeit geben? Wie lange denn noch? Ein halbes Jahr, ein Jahr, zwei? Was, wenn sich danach herausstellte, dass sie so lange gewartet hatte, nur damit die Herren Kämmer und Reinhardt schließlich einräumen mussten, dass ihre Vorstellung von einer industriell gefertigten Puppe nach dem Vorbild der Käthe-Kruse-Puppen nicht verkäuflich war?

»Ich denke, Herr Kämmer«, sagte sie leise, »wir sollten uns mal unterhalten. Persönlich«, fügte sie hinzu.

»Ich komme zu Ihnen nach Berlin«, versprach er.

Käthe legte auf. Sie blieb sitzen. Nebenan tobte Max mit den Kindern, sie hörte ihre Töchter lachen, ihren Sohn fröhlich »papapapapa!« rufen. Sie blickte sich um. Ihr Leben, ihr Wirken – alles drehte sich inzwischen um die Puppen. Was vor Jahren im Tessin mit schlichten, mit Sand gefüllten Säckchen begonnen hatte, war nun so professionell geworden, dass sie dachte, sie könnte es wagen – sie könnte die Produktion aus der Hand geben. An Leute, die sich besser damit auskannten.

Hatte sie etwas übersehen?

Kannte sie sich denn besser aus als die Puppenmacher, die Tausende Puppen im Jahr produzierten und in alle Teile der Welt verschifften? Das hatte sie niemals geglaubt – und deshalb war sie froh gewesen, dass Kämmer & Reinhardt so um sie warben.

Wie sollte es nun weitergehen? Diese Puppen jedenfalls durften niemals so in den Handel kommen. Wenn Herr Kämmer und sie nicht zu einer Einigung kamen, müsste sie wohl darauf drängen, dass sie den Vertrag auflösten.

Und sie die fünftausend Mark zurückzahlte? Käthe schlang die Arme um ihren Oberkörper. Daran hatte sie noch nicht gedacht. Das meiste davon lag auf dem Sparbuch, fast alles sogar. Wenn sie es zurückzahlen musste, würde sie das tun, aber damit riss sie sich selbst jedes Gefühl von Sicherheit, das sie im letzten halben Jahr aufgebaut hatte, wieder aus dem Körper.

Nebenan war es still geworden. Als Käthe aufstand und durch die Tür schaute, bot sich ihr ein idyllisches Bild. Mimerle, die Älteste, las ihren Geschwistern vor. Fifi und Hanni kuschelten sich an sie, Max saß mit Michel auf dem Schoß neben Hanni.

Max.

Sie dachte an die Puppenkopfpresse. Sein Patent, das ihn so beglückt hatte, weil es ihm die Freiheit zurückgab. Dank dieser Erfindung hatte auch er fünftausend Mark bekommen. *Verhungern werden wir nicht.*

Aber sie wäre wieder abhängig. Von ihm, seinem Geld. Wenn sie ihren Teil der Vereinbarung auflösten und Käthe das Geld zurückzahlte, gab es nur noch Max' Geld. Aber konnte sie nur um der Sicherheit willen am Vertrag festhalten? Auch wenn es bedeutete, dass die Puppen ihrem Namen nicht gerecht wurden?

Sie lehnte sich an den Türrahmen. Max blickte auf, sah sie fragend an. Sie schüttelte den Kopf. Nicht jetzt, sollte das heißen. Jetzt wollte sie das Wichtigste in ihrem Leben genießen. Ihre Familie.

Hiddensee, September 1911

Max grollte ihr, das spürte Käthe, als sie wenige Wochen später nachmittags mit dem Dampfer anreiste. Er holte sie nicht persönlich ab, sondern schickte Oskar und die Kinder vor. Und als die Kutsche vor der Lietzenburg hielt, die Kinder übereinander herauspurzelten und nach ihm riefen, war er verschwunden.

»Bestimmt geht er spazieren, Mami«, tröstete Mimerle sie. Ihre Älteste hakte sich bei Käthe unter. Groß war sie geworden, dachte Käthe. Bald neun Jahre alt, die Beine so lang wie die vom Fischreiher, stakte das Mädchen neben ihr her. Sie wusste noch nicht, wie sie mit so viel Größe umgehen sollte.

Max blieb auch beim Abendessen verschwunden.

»Wo steckt er nur?«, murmelte Käthe, als sie spät auf die Südterrasse trat, wo Oskar mit den anderen Feriengästen saß. Es gab Wein und ausgesuchte Käsesorten, Lampions leuchteten bunt unter dem Vordach. Der Wind frischte auf, doch hier oben waren sie geschützt. Die Malerin Henni Lehmann, die auch ihre Sommer in Hiddensee verlebte, war aus Vitte herübergekommen. Käthe setzte sich zu ihr.

»Nimmt er's dir übel, dass du deinen eigenen Kopf hast?«

Die Frage kam von Henni. Käthe lehnte sich leicht gegen die ältere Freundin.

»Sieht so aus. Ich verstehe nur nicht, warum.«

»Na, weil er dich jetzt wieder aushalten muss.« Das kam von Gabriele, die mit ihrer Tochter Lilli, Max und den Kindern vorausgefahren war.

»Sagt er das, ja?« Käthe seufzte. Sie hätte lieber mit Max gesprochen, nicht über ihn. Und sie hätte ihm gern erzählt, was sie in Waltershausen erlebt hatte.

Herr Kämmer hatte sie nämlich zuerst immer wieder vertröstet, er komme schon bald, sehr bald nach Berlin, damit sie über alles reden könnten. Das Joviale wich aber bald einer unwirschen Ungeduld, bis auch Käthe nicht mehr an sich halten konnte. Sie war es leid, auf ihn zu warten, saß zugleich auf gepackten Koffern und bekam keinen klaren Gedanken zustande. Sonst hätte sie sich mit dem Puppenmachen abgelenkt, aber selbst das schenkte ihr keine Freude, solange diese Angelegenheit ungeklärt über ihr schwebte.

Sie reiste kurzerhand ohne Termin nach Waltershausen. Wollte die Sache geklärt wissen, ein für alle Mal. Dort angekommen, traf sie Herrn Kämmer an, der sich nach dem ersten Schreck fast überschlug in seinem Bestreben, die Angelegenheit »zu unser aller Zufriedenheit« zu lösen. Doch er merkte wohl schon bald, dass er bei Käthe auf Granit biss. Zu lange hatte er sie hingehalten, und nachdem er versucht hatte, sie mit einer Führung durch die Fabrik zu beschwichtigen, wo sie Frau Bertz wiedertraf, die mit einem Team aus zwölf Frauen nur Puppen nach ihrem Vorbild schuf, eine hässlicher als die andere … da räumte er am dritten Tag ein, es sei wohl etwas schiefgegangen, denn die Aufträge blieben hinter den Erwartungen zurück. Er empfing sie mit Kaffee und Likör in seinem Büro und rückte nur langsam mit der Sprache heraus.

»Wir sind nicht zufrieden.«

»Was heißt denn das?«, wollte Käthe wissen.

»Es sind nunmehr … ein paar Bestellungen eingegangen. Zu wenig, um ehrlich zu sein. Wir sind ja in Vorleistung gegangen in der Hoffnung, der Name Käthe Kruse und die vielen Preise, die Sie gewonnen haben, würde uns reißenden Absatz bescheren. Aber die Kunden greifen lieber zum Bewährten.«

Käthe wurde eiskalt. Sie wusste wohl, was das bedeutete. Zweierlei: Ihre Zukunft lag sicher nicht in der Partnerschaft mit Kämmer & Reinhardt. Und ihren Namen hatten sie gleich mit ruiniert, einfach weil sie mit den scheußlichen Puppen hausieren gegangen waren. Neben denen wirkten sogar die starren Biskuitköpfe ihrer Verkaufsschlager vermutlich anmutig und schwangen sich zu neuen Rekorden auf.

»Was schlagen Sie vor?«

Herr Kämmer seufzte. Er stöhnte.

»Machen Sie's mir doch nicht so schwer, Frau Kruse. Sie verstehen sicher, dass wir auf den Vertrieb Ihrer Puppen künftig verzichten müssen, wenn sich gar niemand bereit erklärt, sie ins Sortiment aufzunehmen. Was soll ich machen? Kann ja niemanden zwingen.«

»Das sollen Sie auch nicht«, erwiderte Käthe steif. Bloß nicht!, hätte sie am liebsten gerufen. Der Schaden war jetzt schon immens.

»Nun, wir könnten unter gewissen Umständen den Vertrag auflösen …« Er blickte sie erwartungsvoll an. Was er wohl von ihr erwartete? Dass sie anbot, das Geld zurückzuzahlen? Oder dass er Max' Patent zurückgeben konnte?

Käthe war zu beidem nicht bereit. Sie inspizierte ihre Fingernägel. »Sie verstehen sicher, dass ich nicht für meinen Mann sprechen kann«, sagte sie leise. »Was nun mich angeht – wir könnten sicher eine Regelung finden, die beide Seiten zufriedenstellt. Allerdings muss ich Sie warnen. Ich habe durch Ihre Produktion einen großen Gesichtsverlust hinnehmen müssen, außerdem werden nun alle Händler glauben, ich liefere so wenig liebenswerte Puppen. Diesen Schaden werde ich nur mühsam beheben können, wenn Sie verstehen, was ich meine.«

Er senkte den Kopf und schob ein paar Papiere auf dem Schreibtisch vor sich hin und her. Käthe beugte sich vor. Obwohl sie fast nie Alkohol trank, nahm sie das Likörglas. Sie hoffte, dass er nicht das Zittern ihrer Hand bemerkte. Oh, sie bebte innerlich, weil sie noch nie so sehr für sich eingestanden war; noch nie hatte sie versucht zu verhandeln. Das war immer Max' Aufgabe gewesen, und er hatte sie mehr als einmal davor bewahrt, sich unter Wert zu verkaufen.

Aber das hier musste sie allein regeln. In gewisser Weise handelte sie sogar gegen Max' Wunsch, denn seine schlimmste Befürchtung war, Kämmer & Reinhardt könnten auch sein Patent zurückgeben. Das ließe sich anderweitig vielleicht noch mal vermarkten, aber die damit verbundenen Unwägbarkeiten verunsicherten ihn schon wieder.

Herr Kämmer schwieg lange. Dachte er, sie würde nachgeben, wenn er nur lange genug abwartete? Käthe trank das Likörglas aus, knallte es auf den Schreibtisch und erklärte: »Ich zahle Ihnen zweitausend Goldmark zurück, und wir lösen den Vertrag auf.«

Er blickte auf, beinahe erschrocken, dass sie so eine niedrige Summe nannte. »Aber Frau Kruse, ich bitte Sie ...«

»Zweitausend Mark. Ich habe einen guten Ruf verloren, den ich erst mühsam wiederherstellen muss. Ich werde vielleicht auf Jahre nur wenige Puppen verkaufen können, und die Lizenzgebühren aus Ihren Verkäufen gehen mir auch verloren. Ich würde sagen, Sie sind damit noch gut bedient, mein lieber Herr Kämmer.«

Schließlich einigten sie sich auf zweitausendfünfhundert Goldmark. Herr Kämmer versprach außerdem, etwaige Bestellungen, die noch bei ihnen eingingen, gegen eine geringe Vermittlungsgebühr an Käthe weiterzuleiten. Alle neuen Vereinbarungen sollten in einem Addendum des ersten Vertrags festgehalten werden. Max' Erfindung würde Kämmer & Reinhardt weiterhin zur Verfügung stehen. Ob sie diese auch nutzten, bezweifelte Käthe; sie vermutete, dass sich dafür keine Verwendung fand, sobald die Produktion der Käthe-Kruse-Puppen eingestellt wurde. Sie würden wohl weiterhin ihre Biskuitköpfe verwenden.

Aber das war ihr egal. Sie hatte das Bestmögliche aus der Sache herausgeholt. Jetzt wollte sie so schnell wie möglich nach Hiddensee reisen und ihre Kinder in die Arme schließen.

»Aber wieso kriegt Max nun fünftausend Mark und du nur die Hälfte?«, wollte Gabriele wissen, sobald Käthe mit ihrer Erzählung fertig war. »Wäre es nicht fairer gewesen, ihr zahlt beide einen Teil zurück? So bist du schlechter gestellt als er. Dabei hätte er die Puppenkopfpresse ja ohne dich niemals entwickelt.«

Der Gedanke war Käthe bisher noch gar nicht gekommen. »Ich dachte einfach ...«

Ja, sie merkte selbst, dass sie da einem Irrtum aufgesessen war. Dass sie sich selbst kleiner gemacht hatte, indem sie für ihren Mann alles forderte und sich selbst mit den Brosamen begnügte. Aber rasch wischte sie diesen Gedanken beiseite; sie war viel zu glücklich darüber, dass sie aus der Verpflichtung entkommen war, die sie mit Kämmer & Reinhardt eingegangen war.

»War ich zu leichtgläubig?«, fragte sie. »Habe ich mich von den Männern zu sehr einlullen lassen? Sie klangen stets überzeugt von sich und ihrer Manufaktur, ich dachte wohl, sie wüssten, was sie da tun würden.«

»Ach, Liebes.« Henni legte den Arm um Käthes schmale Schultern. »Die Männer tun viel häufiger so, als wüssten sie, was sie da tun. Wenn man sich das erst mal merkt, ist vieles leichter.«

»Sie sind einfach viel besser darin, ihre eigene Mittelmäßigkeit so zu überspielen, dass sie uns wie die Größten erscheinen. Aber wenn du hinter die Fassade blickst, macht es Puff, und nichts bleibt von ihrer angeblichen Großartigkeit.« Gabriele schenkte sich Wein nach. »Wie oft ich an mir gezweifelt habe! Dachte immer, ich sei einfach schlechter als die anderen. Bin ich gar nicht. Männer verkaufen sich nur besser. Und damit will ich nicht die Qualität dessen herabwürdigen, was sie in der Kunst und im Leben zustande bringen.«

Henni blickte sie über den Tisch hinweg an. »Doch, willst du schon ...«, bemerkte sie mit einem Grinsen.

»Ja, haste recht.« Gabriele lachte. »Oh, wie ich mich ärgere, wenn ich zu meinem Verleger komme und er mir das Manuskript von so einem mittelmäßigen Mann als das Beste vorlegt, was diese Saison zu bieten hat! Und ich meine damit ausdrücklich nicht so große Geister wie Thomas Mann. Wo ist der überhaupt? Diesen Sommer nicht auf Hiddensee?«

»Ach, der schreibt schon wieder etwas, das dir Samuel Fischer dann unter die Nase reiben kann.« Henni gähnte. »Venedig. Sie sind dieses Jahr mit der ganzen Familie nach Venedig gereist.«

»Immerhin auch Wasser.« Auch Gabriele konnte ein Gähnen nicht unterdrücken. »Gehst du auch zu Bett, Käthe?«

»Ich möchte noch ein wenig hier sitzen und nachdenken«, sagte sie leise. Ihre Freundinnen verabschiedeten sich.

Es wurde still auf der Südterrasse. Käthe trank ein paar Schlucke Wasser. Sie bewunderte die Selbstverständlichkeit, mit der ihre älteren Freundinnen sich im Künstlerischen verwirklichten und ihren Platz einforderten. So will ich auch werden, dachte Käthe.

Ein erster Schritt war getan. Sobald sie nach Berlin zurückkehrten, würde sie sich darum kümmern, ihre Puppen in größerem Maßstab zu produzieren. Ein paar Aufträge erhoffte sie sich noch von Kämmer & Reinhardt. Was danach kam, nun – sie würde es schon sehen. Bisher war sie mit der Mundpropaganda auch gut gefahren, warum sollte das zukünftig anders sein?

9

Max wollte also weiterhin schlechte Laune verbreiten.

Als Käthe spät an diesem Abend ins Bett schlüpfte, drehte er ihr den Rücken zu. Und als sie morgens aufwachte, war er bereits aufgestanden. Im Frühstückszimmer war er ebenso wenig wie draußen, wo ihre jüngeren Kinder mit den anderen spielten. Mimerle fehlte auch. Gabriele erzählte ihr, die beiden seien zu einem längeren Spaziergang aufgebrochen. Keiner wusste, wann sie zurückkommen würden.

Immerhin Oskar war da. Er saß am Frühstückstisch, mümmelte seine Semmel mit Erdbeermarmelade und raschelte mit der Zeitung, die er sich aus Berlin kommen ließ. Er war bester Stimmung und erkundigte sich, wie ihre Verhandlungen gelaufen seien. Als Käthe ihm davon erzählte, beglückwünschte er sie. »Haste gut gemacht. Kannst stolz auf dich sein, Mädel.«

Käthe lächelte. Dass Max' älterer Bruder sie behandelte, als wäre sie noch ein Backfisch, daran hatte sie sich inzwischen fast gewöhnt. Aber er wirkte tatsächlich, als empfände auch er ein wenig Stolz darüber, was sie erreicht hatte.

Da merkte sie, was ihr fehlte.

Dass Max zu ihr kam und ihr genau das sagte. Wie stolz er auf sie war. Dass er sie bewunderte. Oder wenigstens, dass sie auf sich stolz sein könnte.

Käthe stand auf. »Ich gehe spazieren.«

»Mach nur. Deine Kinder sind glücklich, wir haben ein Auge auf sie.«

Sie lächelte flüchtig. Das Leben in der Lietzenburg war auch deshalb für sie so erholsam, weil sie wusste, dass für die Kinder gesorgt war. Die Köchin verwöhnte die Kleinen, die anderen Gäste störten sich nicht daran, wenn die Kinder mit den Hunden um die Wette Slalom um die Erwachsenen liefen. Jeder hatte sie im Blick, sie waren nie allein. Immer kam jemand zum Trösten, falls sich ein Kind das Knie aufschlug oder Kummer hatte.

Sie suchte den Weg zum Meer. Gar nicht mal, weil sie Max nachlaufen wollte, doch er kam bereits vom Strand herauf, Maria an seiner Seite. Maria, jawohl – das Mädchen mit den langen Beinen war kein Mimerle mehr, auch wenn sie immer ihr Kleines, ihr erstes Kind bleiben würde. Käthe betrachtete ihre Tochter voller Stolz.

»Was ist?«, rief die Neunjährige lachend, als sie Käthe fast erreicht hatte. »Warum so ernst, Mami?«

»Werd mir nur nicht zu schnell groß.« Rasch trat Käthe vor, und ehe ihre Älteste sich entziehen konnte, legte sie eine Hand auf ihre Wange, blickte ihr kurz in die Augen – und ließ sie dann ziehen.

Max war in einigen Schritten Entfernung stehen geblieben. Der Ostwind zerrte an seinem ergrauten Bart. »Du willst reden, nehme ich an.«

»Das sollten wir wohl.«

Er kniff die Augen zusammen, blickte zurück zum Meer. »Wollen wir?«

Es tat gut, mit ihm zu marschieren, denn er legte ein ordentliches Tempo vor. Weglaufen konnte er wohl kaum vor ihren Problemen. Deshalb holte Käthe tief Luft und blieb stehen.

»Du rennst mir zu schnell.«

Seine Augen blitzten. »Sieh an, kann ich dir doch noch den Atem rauben.«

Käthe lachte. Doch sie wurde ernst, denn es ging ums Geld. »Herr Kämmer sagt, du musst ihm nichts zurückzahlen. Er will das Patent wohl nutzen. Irgendwann. Nur nicht mit meinen Puppen.«

»Das tut mir leid. Wie bist du in deiner Sache mit ihm verblieben?«

Käthe erzählte es ihm. Und zu ihrer Überraschung lauschte er aufmerksam, nickte anerkennend, als sie den Betrag nannte, den sie behalten durfte. Sie setzten ihren Weg am Strand fort. »Du hast gut verhandelt«, sagte er zum Schluss.

»Findest du?« Sie bückte sich nach einem Bernsteinsplitter. »Aber ich habe weniger bekommen als du. Mein Ruf als Puppenmacherin …«

»Du wirst sie alle überzeugen. Mach dich nicht klein. Jetzt hast du Startkapital, mit dem du etwas Eigenes aufbauen kannst.«

»Etwas Eigenes …«

»Etwas Großes!«, fügte er hinzu. »Eine eigene Manufaktur für Puppen. Stell dir vor, wie du deine Mitarbeiterinnen unterweist. Diesmal müssen sie auf dich hören, du bist ihre Chefin. Gemeinsam können wir das schaffen.« Er blieb stehen, umfasste ihre Oberarme mit den Händen. Immer noch war in diesen Händen, die so viel erschaffen hatten, erstaunlich viel Kraft. »Stell dir das vor, Käthe! Eine große Werkstatt, und darin meine Maschine, die Frauen an den Nähmaschinen arbeiten nach deinen Vorgaben. Ich spüre da ein Kribbeln. Du nicht?«

Käthe horchte in sich hinein. Doch vergebens. »Da ist nur Leere«, gab sie leise zu. Sie wandte sich ab und ging zurück.

Sie wusste nicht, was sie sich vom Gespräch mit Max erhofft hatte. Schön für ihn, dass er sich über sein Geld freute. Und irgendwie rührte es sie, wie er sie ermutigte. Aber für all die Preise und Goldmedaillen, die ihre Puppen im vergangenen Jahr auf internationalen Ausstellungen gewonnen hatten, konnte sie sich im Moment nichts kaufen. Vielleicht sollte sie das Geld von Kämmer & Reinhardt auch einfach nehmen und nichts weiter damit tun. Es für die Kinder anlegen. Oder aufs Sparbuch übertragen, damit sie keine Angst haben musste, falls ihnen etwas passierte.

»Was willste denn jetzt anfangen mit den Puppen? Nix?« Max klang fast entsetzt. »War das alles für die Katz, oder wie?«

»Mehr als ein paar anfertigen kann ich nicht. Und alles andere …« Die Verantwortung drohte sie zu erdrücken.

Käthe dachte an ihre Mutter. Die hatte irgendwann ihr Lehrmädchen Lies bei sich aufgenommen, hatte sie ausgebildet. Für ein Lehrmädchen Verantwortung übernehmen, das mochte angehen. Aber für ein Dutzend Frauen und deren Familien, weil Käthe ihnen Arbeit gab? Und wie schnell würden dann ihre Ersparnisse dahinschmelzen?

»Was mache ich denn, wenn keiner die Puppen will?«

Max lachte rau. »Dann sorge ich wieder für dich. Habe ich bisher doch immer getan.« Er schloss sie in die Arme, drückte sanft ihren Kopf gegen seine Brust. Sie hörte seinen Herzschlag. Kräftig und beständig. Wie lange wohl noch? Er war ja nun siebenundfünfzig. Wäre er in zehn Jahren noch da? In fünfzehn? Würde er dann noch im Atelier stehen und einen Bismarck verfluchen, der ihm nicht gelang?

Nein. Auf Max durfte sie sich nicht verlassen. Sie wollte sich auf sich selbst verlassen.

Aber woher sollte sie die Kraft dafür nehmen?

10

Berlin, September 1911

*E*rst mal machst du Pause, Käthe.«

Max' Worte. Jeden Morgen. Er stand vom Frühstückstisch auf, klopfte die Krümel aus dem Bart und von der Brust, und wenn sie ihn fragte, was sie denn heute machen solle, meinte er: Pause. Als hielte sie das länger als drei Tage aus. Birgit besorgte weiterhin den Haushalt, Max grübelte und werkelte im Atelier zwei Stockwerke darunter, und Käthe sollte die Hände in den Schoß legen.

»Kann ich nicht!«, widersprach sie.

»Dann ist das wohl so.« Er zuckte mit den Schultern, zugleich grinste er aber schon wieder so, als wüsste er mehr. »Das Künstlern kann man nicht aufhören, wenn man's erst mal angefangen hat, was?«

Die Tür fiel hinter ihm ins Schloss. Sie hörte Hanni singen, Michel krähte fröhlich dazu. Birgit lachte mit den Kindern, Töpfe klapperten. Käthe saß einfach nur am Tisch, blickte auf die Teller und Tassen. Müde, dachte sie. Ich bin so müde, ich kann doch gar nichts schaffen.

Zugleich aber wollte sie so gern. Trotzdem blieb sie sitzen, wie festgenagelt. Sie überlegte, wann sie zuletzt Pause gemacht hatte. Die Hände in den Schoß, nicht nebenher noch tausend Dinge tun. Sie konnte sich nicht erinnern. Max war der Meinung, sie hätte ja erst mal genug getan, finanziell waren sie für den Moment gesichert. »Ruh dich aus« – als könnte sie das!

Als er am Mittag zum Essen hochkam, saß sie schon wieder an der Nähmaschine.

»Schau mal«, sagte sie. »Ich war doch nie so zufrieden mit Händen und Füßen, und jetzt habe ich mir was überlegt. Was meinst du? Wollen wir es mit einer neuen Käthe-Kruse-Puppe auf der Mailänder Ausstellung versuchen? Oder lieber Paris?«

Max schloss sie in die Arme. Wortlos drückte er sie an sich. Dann nahm er ihr die Puppenbeine aus der Hand, an denen sie den Vormittag über gearbeitet hatte.

»Sie sind noch nicht perfekt«, räumte Käthe ein. »Also, da muss ich noch ein bisschen besser werden ...« Sie zeigte ihm, was sie meinte. Die Zehen sollten ausgeformt werden, ohne dass sie zugeschnitten wurden; das gelang ihr, wenn sie zusätzliche Nähte auf die Füße setzte. »Vielleicht mache ich das auch erst ganz zum Schluss, wenn die Füße komplett gestopft sind. Oder ich stopfe sie halb, sonst werden die Zehen zu dick ...«

»Nu sei doch mal still!« Max setzte seine Brille auf. »Dass du deine Kunst immer erklären musst«, murmelte er. »Hat sie gar nicht nötig.«

Sie schwieg, obwohl ihr das wirklich schwerfiel. Nebenan deckte Birgit den Tisch, der köstliche Duft nach Erbseneintopf zog herüber. Käthe merkte jetzt erst, wie hungrig sie war. So sehr hatte die Arbeit sie absorbiert, dass sie gar nichts mitbekommen hatte, was um sie herum vorging.

»Mach weiter damit.« Er gab ihr das Puppenbein zurück. »Das wird groß, Käthe. Glaub doch endlich an dich.«

Aber das fiel ihr so schwer. Andererseits konnte sie auch nicht vom Puppenmachen lassen. Ständig kam ihr eine Idee, manchmal stand sie nachts auf und musste dringend noch etwas notieren oder ausprobieren. Aber dass sie wirklich das Gefühl hatte, das Richtige zu tun – das fehlte noch immer.

Nach Höherem streben, das durfte sie nicht. Sie war gescheitert. Aber einfach alles wegpacken und nicht mehr ans Puppenmachen denken fiel ihr auch nicht ein. Max hatte unrecht – sie war nicht zur Künstlerin geboren, das hier hatte ohnehin nichts mehr mit Kunst zu tun in ihren Augen, es war längst in den Niederungen des Handwerklichen ertrunken.

Und wieso konnte sie es nicht bleiben lassen? Warum notierte sie weiterhin die Wünsche der wenigen Kundinnen, die den Weg zu ihr fanden? Der Strom riss nicht ab. Käthe nähte Puppen, sie kassierte das Geld, dann war sie wieder allein mit ihren Zweifeln. Hätte sie so viel überhaupt verlangen dürfen? Sie legte weiterhin jede Mark beiseite. Die Zigarrenkiste füllte sich, aber sie füllte nicht ihr Bedürfnis nach Sicherheit. Hätte sie doch was anderes gelernt ... Aber wenn sie auch nur andeutete, sie könnte auf die Bühne zurückkehren, wurde Max unwirsch. Die Sache mit Reinhardt, überhaupt die Sache mit dem Theater, das war vorbei. Darüber wollte er nichts mehr hören. Also sollte sie auch nicht darüber reden. Und ohne dass sie nachfragte, meinte er dann eines Abends: »Wie soll das gehen, mit vier kleinen Kindern? Du steckst zwischen den Rollen, kein naives Mädchen mehr, aber noch nicht alt genug für die erwachsene, reife Frau ... Nee. Lass mal. Wir kommen doch rum.«

Dass es ihr nicht darum ging, ob sie »rumkamen«, wie Max es nannte – das verstand er eben nicht. Warum eigentlich? Hatte er nicht lange Jahre von der freien Ehe geschwärmt? Jahrelang hatte sie in Abhängigkeit von ihm gelebt, war drauf angewiesen, dass er ihr Geld schickte, da oben auf dem Berg. Gehungert hatten sie zwar nicht – dafür hatte Ida Hofmann schon gesorgt –, aber leicht war es nicht gewesen. Und das hatte sie ebenso geprägt wie die Jahre als Kind, wenn ihre Mutter nur ein paar Lebensmittel als Ergänzung zur Speisekammer annahm.

Sie wollte was aus sich machen. Aus ihrem Leben. Aber sie scheute den Sprung. Das Auftragsbuch jedoch füllte sich weiterhin, noble Damen aus München, Hamburg, Frankfurt und Köln schrieben ihr mit der Bitte, auch für ihre Kinder Puppen anzufertigen; manche legten direkt das Geld bei, als hätten sie keinen Zweifel daran, dass die ausgezeichnete Käthe Kruse sich ihrer Sache annehmen würde.

»Ich schaffe das nicht mehr«, sagte sie eines Abends betrübt zu Max. Der saß wieder auf dem einzigen freien Sessel im Wohnzimmer; er schien sich damit abgefunden zu haben, dass die Wohnung inzwischen zu einer Werkstatt verkommen war, in die er nur zum Essen und Schlafen kam.

»Dann such dir halt Leute.«

»Was denn für Leute?«

»Heimarbeiterinnen! Frauen, die für dich nähen, was du eben nicht schaffst. Mensch, Käthe! Bist doch sonst nicht auf den Mund gefallen. Das Geschäft wächst dir übern Kopf, da darfst du schon andere Leute beschäftigen. Was meinst du, wie schnell das geht, wenn du erst mal welche hast, denen du das Material mitgibst – und schwups, 'ne Woche später liefern sie dir drei Puppen dafür.«

Käthe zögerte.

»Aber wenn sie das nicht können …?«

»Du zeigst es ihnen.«

Sie dachte zweifelnd an die drei Fabrikarbeiterinnen, die Kämmer & Reinhardt ihr vorbeigeschickt hatten. Das hatte ja nicht geklappt.

»Diesmal wird's anders laufen. Die kriegen von dir das Geld, nicht von so 'nem aufgeblasenen Puppenfabrikanten aus Thüringen. Wenn du nicht zufrieden bist, musst du's nicht abnehmen und ziehst ihnen das Material vom Lohn ab. So einfach ist das.«

»Das kann ich nicht!«, protestierte Käthe.

»Das musst du aber. Nur so lernen sie, wie du es haben willst.«

Darauf kaute sie herum. Nein, vorstellen konnte sie sich das nicht, dass sie armen Näherinnen, die sich von Käthe eine Einnahmequelle erhofften – Frauen wie ihre Mutter gar, die sich und die Kinder allein durchbringen mussten! –, den Lohn kürzte, wenn ihr die Arbeit nicht gefiel.

»Du wirst das nicht machen müssen«, fuhr Max fort. »Oder hat man deiner Mutter mal den Lohn gekürzt?«

Gedanken lesen konnte er immer noch. Sie lächelte, kam zu ihm, kuschelte sich auf seinen Schoß. Max brummte; er mochte es, wenn sie so schmusig war, und ihr half es, ihre Überlegungen in ruhige Bahnen zu lenken.

»Und wenn ich es ihnen erst hier zeige, bevor sie es woanders machen?«

Max knurrte. »Dass noch mehr Weiber hier herumsitzen und mir den Feierabend verleiden?«

»Abends sind sie ja weg.« Käthe zauste ihm den Bart. »Nur für den Anfang, eine oder zwei Frauen, die mir zuarbeiten. Sie schneiden zu, nähen die Körperteile. Ich mache die Köpfe und setze alles zusammen. Kleidchen könnten sie auch nähen … « Schon nahmen die Pläne Gestalt an, und je länger sie darüber nachdachte, umso besser gefiel ihr Max' Idee.

Aber eins nahm sie sich fest vor: Wen sie auch einstellte, sollte gut genug verdienen.

•∤• •∤• •∤•

Schon eine Woche später fingen zwei junge Frauen bei Käthe an. Beide hatten ihren Aushang beim Lebensmittelhändler an der Ecke gesehen, dass sie geübte Näherinnen suchte, die daheim eine eigene Nähmaschine hatten und bereit waren, Käthe zuzuarbeiten. Die ersten drei Tage schauten sie Käthe über die Schulter und probierten sich selbst an den Armen, Beinen, Rümpfen. Sowohl die Jungfer Berta als auch die viel zu früh verwitwete Suse, deren Kinder während der Arbeitszeit mit Michel und Hanni spielten, stellten sich geschickt an, und Käthe ließ sie schon bald ziehen – jede mit einem Karton Auftragsarbeiten, die sie in der kommenden Woche nähen sollten. Sie ließ außerdem an beide Rehhaar zum Stopfen liefern und hoffte nun das Beste.

Die Köpfe fertigte sie selbst an. Zu viel Freude bereitete es ihr, die kleinen Gesichter – jedes ganz individuell – von Hand aufzumalen. Dazu die angedeuteten Haare … ach, es war, als würden die Puppenkinder erst mit ihrem Gesicht einen ganz eigenen Charakter entwickeln. Wenn sie aus der Presse kamen, wirkten alle gleich, und nachdem Käthe ihnen mit Pinsel und Farbe zu Leibe gerückt war, hauchte sie ihnen Leben ein.

Mit Berta und Suse lief es gut. Sie lieferten wöchentlich, was sie in der Zwischenzeit gefertigt hatten, und die Qualität war so, wie Käthe sie brauchte; besser als das, was die Näherinnen bei Kämmer & Reinhardt zustande gebracht hatten. Auf jeden Fall kein Vergleich mit den plumpen Körpern und den merkwürdig verdrehten Gliedern. So war's richtig, dachte Käthe.

Dank ihrer neuen Mitarbeiterinnen schaffte sie es auch, die Aufträge schneller als erhofft auszuführen. Nachdem sie die beiden Näherinnen bezahlt hatte, blieb genug für die Zigarrenkiste.

»Was stört dich nun schon wieder?«, fragte Max dann auch wenige Wochen später, als sie abends im Wohnzimmer beisammensaßen. Käthe brütete über den Büchern, während er sich mal wieder hinter einem seiner Romane verschanzt hatte. Doch wie er selbst so gern von sich behauptete, sein Herz war weich, das ertrug er nicht, wenn's seinem Käthchen schlecht ging.

»Es ist nur …« Sie seufzte und legte den Bleistift auf das Kontorbuch. Auch die Buchhaltung besorgte sie selbst, mochte ihr das auch einiges Kopfzerbrechen bereiten. Max meinte, das solle sie nicht tun; jedenfalls nicht so gründlich, sie sei doch kein Kontorist! Aber für sie musste alles seine Ordnung haben. Seit sie mehr verdiente, musste sie den Überblick behalten.

»Wir haben nur noch ein halbes Dutzend Aufträge. Dann war's das.«

»Na, Weihnachten kommt bestimmt bald.«

Das bezweifelte sie. Wer für Weihnachten Puppen brauchte, hatte diese bereits geordert; durch die verlängerten Lieferzeiten zuletzt hatten viele Kundinnen bereits im Sommer geschrieben.

»Ich könnte Anzeigen aufgeben«, überlegte sie laut. »Aber wenn dann keine Bestellungen kommen, wäre das Geldverschwendung.«

»Oder es kommen zu viele, und du beklagst dich wieder, weil ihr das unmöglich schafft«, brummte Max.

Käthe lächelte. Ach, liebster Max. Er kannte sie zu gut. Die Zweifel waren immer dann am größten, wenn sie fürchtete, sie könnte scheitern. Max sagte, das müsse sie sich abgewöhnen. Sie habe doch ihre Nische gefunden, und für den Augenblick sei die groß genug für sie und ihre zwei Heimarbeiterinnen. Was danach komme, müsse man eben sehen.

Aber das war wohl ihr Problem – sie wollte nicht in der Nische bleiben.

11

Berlin, Oktober 1911

Was sie brauchte, war ein Wunder.

Käthe hatte die letzten Bestellungen versendet; in der Wohnung gab es nur noch ein paar Modelle, Fortentwicklungen der Puppen, die sie im letzten Winter auf Ausstellungen gezeigt hatte. Für den kommenden Winter hatte sie auch wieder die ersten Puppen verschickt. Sie lud Berta und Suse ein, mit ihr bei einer Tasse gutem Kaffee zu überlegen, wie es weitergehen sollte. Das war ihr wichtig; sie wollte hören, ob die beiden sich vorstellen konnten, nächsten Sommer wieder für sie zu arbeiten.

Suse war die Energische, die immer noch mehr Arbeit an sich riss, sobald Käthe nur andeutete, es gebe was zu tun. »Natürlich mach ich weiter! Wann brauchst du mich?«

»Das weiß ich nicht«, sagte Käthe vorsichtig.

»Egal. Sag Bescheid, ich komme und hole, was es zu tun gibt. Bis dahin suche ich mir einfach was anderes.« Sie trank einen Schluck Kaffee. Käthe bemerkte, wie Suses Blick dabei zur Seite auswich, als hielte sie noch etwas zurück. Da begriff sie: dieser überbordende Optimismus, den hatte auch ihre Mutter an den Tag gelegt, wenn sie dringend mehr Arbeit brauchte.

»Kannst du deine Miete bezahlen?«

»Ach, kein Problem!« Suse machte eine wegwerfende

Handbewegung. »Das kriege ich schon hin.« Ihr Blick aber sagte etwas anderes. Und Käthe verstand sie.

»Wie ist es mit dir?«, fragte sie Berta.

Die senkte den Kopf, starrte auf die Kaffeetasse in ihren Händen und flüsterte: »Wird schon.«

Aus dem fröhlichen Kaffeetrinken wurde nichts. Käthe saß zwischen ihren beiden Näherinnen und begriff, dass sie zwar keine Verantwortung für das Wohl dieser zwei Frauen übernommen hatte – aber sie fühlte sich dennoch verantwortlich. Sie wollte ihnen weiterhin Arbeit geben.

Aber versprechen konnte sie nichts.

Müde und aller Illusionen beraubt saß sie am Abend in Max' Sessel. Birgit badete die Kinder in der Küche, während Käthe in ihrem Notizbuch Ideen formulierte. Die Füße unter den Rock gezogen, ein Wolltuch um die Schultern, das einst ihre Mutter für sie gestrickt hatte. Als Max hereinkam, sah er sie an. Nachdenklich. »Dass dir das so zusetzt«, brummte er.

»Was genau?«

Er setzte sich auf den Hocker, und sie legte ihm die bestrumpften Füße in den Schoß. Max massierte sie, und Käthe seufzte wohlig. Sie lächelten einander verschwörerisch zu. »Deine Heimarbeiterinnen.«

»Sie erinnern mich an Mutti.«

»Das denke ich mir.«

Sie schwiegen eine Weile.

»Ich habe überlegt … « Käthe seufzte. »Wenn ich das Geld von Kämmer & Reinhardt nehme. Und dazu … « Sie zögerte. »Die Ersparnisse.«

Max hob die Augenbrauen. »Du hast Ersparnisse?«

Sie lächelte. »Die sind doch kein Geheimnis, oder?«

Er lachte leise. »Natürlich nicht. Jeder braucht ja Freiheiten in der Ehe.«

Sie fragte ihn nicht nach den Freiheiten, die er suchte. Manchmal wachte sie nachts auf, und das Bett war leer und kalt neben ihr. Sie fand ihn dann am nächsten Morgen auf der Chaiselongue im Atelier, immer noch dieselbe, auf der sie sich einst in jenen ersten Winternächten geliebt hatten. Er hatte sie nachts nicht wecken wollen, nachdem er von seinen Ausflügen in die Bars und Clubs der Künstlerszene zurückkam. Ob er dort andere Frauen traf? Sie fragte ihn nicht. Was zählte, war dieses Leben, und er bemühte sich, es nicht durch sein anderes Leben zu kompromittieren. Falls es das gab.

»Also? Was hast du vor?«

Sie atmete tief durch. »Es wäre leichter, wenn mein Auftragsbuch gefüllt wäre. Aber das versuche ich zu ignorieren. Wenn wir weiterhin in diesem kleinen Rahmen produzieren … Und nur liefern, was wir haben … Es würde für die beiden ein gutes Auskommen bedeuten. Und ich … Vielleicht reicht es irgendwann für mehr Näherinnen. Acht oder zehn vielleicht? Wir bräuchten eine Werkstatt … Ach.« Sie klappte die Kladde zu. »Das sind nur so Überlegungen. Spinnereien.«

»Aber du darfst nach den Sternen greifen. Meine Presse steht dir zur Verfügung. Sie ist Teil deines Plans, nicht wahr?«

Sie nickte stumm.

»Da werden wir uns schon einig. Und alles andere – deine Puppen sind beliebt. Erst fordern sie die Kundinnen heraus, sie wissen nichts damit anzufangen, weil sie so viel Raum für Phantasie lassen. Und gerade die Phantasie ist ja vielen abhandengekommen in dieser städtischen, industrialisierten Welt. Aber du kannst ihnen das zurückgeben.« Er beugte sich vor und küsste sie auf den Mund. »Versuch's, Käthe. Versuch es einfach. Und wenn's schiefgeht, hast du immer noch deinen Herzliebsten, der dich aus dem Morast zieht.«

»Danke«, flüsterte sie.

Aber sie hatte sich entschieden: Es musste auch ohne Max und sein Geld gehen.

•†• •†• •†•

»Ein Telegramm für Frau Käthe Kruse!«

Sie wunderte sich nicht, legte das Telegramm auf den Küchentisch und vergaß es direkt wieder. Manchmal kamen eilige Bestellungen aus dem Süddeutschen oder aus Bremen auf diesem Weg zu ihr, weil die reichen Damen nicht gern telefonierten. Und Käthe konnte es nur recht sein, so legte sie die Bestellungen ins Kontorbuch und kümmerte sich später darum.

Michel bekam Eckzähne, und die ärgerten ihn gewaltig. Und mit ihm, der seinen Unmut regelmäßig durch Gebrüll zum Ausdruck brachte, litt die ganze Familie. Käthe trug ihn halbe Tage im Tuch herum, meist auf dem Rücken, wo der Knirps dann erschöpft einschlief. So erledigte sie Haushaltsdinge, sie kochte, sie kümmerte sich. Für die Puppen hatte sie in dieser Zeit keinen Sinn; es war ihr verhasst, in der kreativen Arbeit unterbrochen zu werden, und so mistete sie lieber

Küchenschränke aus oder beaufsichtigte Mimerle und Fifi bei den Hausaufgaben.

Erst als sie den Tisch fürs Abendessen eindeckte, fiel ihr das Telegramm wieder in die Hand. Sie legte es auf Max' Platz, weil sie gerade alle Hände voll zu tun hatte mit Tellern und Besteck und der quengelnden Hanni, die an ihrem Schürzenzipfel hing und um etwas zu essen bettelte.

»Was ist das?« Max setzte sich, er hielt das Telegramm hoch.

»Ach, eine Bestellung nur.« Sie gab Hanni einen Apfelschnitz, reichte auch Michel einen über die Schulter, doch der Kleinste war endlich eingeschlafen. Sie ging nach nebenan, band ihn aus dem Tuch und schaffte es, ihn schlafend aufs Bett zu legen, von Kissen und Decken umgeben, dass er nicht bei der ersten Gelegenheit herauspurzelte. Als sie in die Küche zurückkehrte, hielt Max ihr das Telegramm hin. Hanni jammerte, sie wollte noch mehr Apfel.

»Ich hab jetzt keine Zeit dafür!«, rief sie Max zu.

»Solltest du aber.«

Sein Grinsen. Fast ein bisschen verschmitzt, vor allem aber: stolz. Sie gab Hanni noch ein Stück Apfel, nahm das Telegramm und las.

Danach musste sie sich erst mal setzen.

»Ich verstehe nicht … «

»Dann lies mal vor.« Max verschränkte die Arme vor der Brust. Er lachte. Käthe warf ihm einen bösen Blick zu. Hanni lief auf ihren kurzen Beinchen zum Vater. Er stand auf, wirbelte die Kleine in die Luft, bis sie fröhlich juchzte.

Käthe las vor. »»Wir bestellen hiermit 150 Käthe-Kruse-

Puppen, Liefertermin 8. November, free on board Bremen. F. A. O. Schwarz, New York.‹«

Glauben konnte sie es aber immer noch nicht. Sie blickte zu Max auf, und der strahlte und lachte; er hatte schon verinnerlicht, wofür sie noch ein paar Stunden, ach was, Tage brauchen würde.

»Ich brauche mehr Näherinnen«, seufzte Käthe. Und brach in Tränen aus, so absurd schien ihr diese große Chance. Ein großes Spielwarengeschäft in New York, ach was, das größte dieser Art in den Vereinigten Staaten, vielleicht in der ganzen Welt, bestellte direkt bei ihr diese große Menge! Sollte sie tatsächlich berufen sein, ihre Puppen einem breiten Publikum zu verkaufen?

»Mehr fällt dir dazu nicht ein? Mensch, Käthe!« Max riss sie hoch, in seine Arme, und dann tanzten sie durch die Wohnung, jeden einzelnen Raum durchmaßen sie im Walzerschritt, zwischen ihren Händen das Telegramm, das später unleserlich sein würde – aber egal. Hundertfünfzig Puppen für Amerika, danach tausend für die Welt!

Und da begann Käthe auch daran zu glauben.

Sie war immer Frühaufsteherin gewesen. Ganz anders als Max, der spät in der Nacht die besten Ideen im Atelier ausbrüten und umsetzen konnte.

Am nächsten Morgen stand sie um fünf auf, nachdem sie Michel ein letztes Mal für die Nacht gestillt hatte. Barfuß und im Nachthemd, das Wolltuch um die Schultern, lief sie in die Küche. So leichtfüßig im Dunkeln. Nichts hatte sie mehr im Bett gehalten.

Auf dem Küchentisch das Telegramm. Sie beugte sich darüber, mit einem Lächeln betrachtete sie die verwischten Buchstaben. »Einhundertfünfzig Puppen in vier Wochen«, flüsterte sie. Ein Wahnsinn war das. Sie müsste so viel planen, richten, überlegen, und vielleicht würde sie auch nachts arbeiten, so wie Max, damit pünktlich alle Puppen zur Bahn transportiert wurden. Am 8. November ab Bremen, dann müssten spätestens am 5. November alle Puppen verpackt sein.

Sie zog ihre Kladde heran und begann zu rechnen, wie viele Rohstoffe sie brauchte, wie viel Trikot, wie viele Farben, wie viel Zwirn, Rehhaar zum Stopfen, Strickwolle, Baumwollstoffe für Kleidchen und Schuhe – auch wie viele Heimarbeiterinnen sie nun zusätzlich brauchte, überschlug sie, denn mit Suse und Berta allein würde sie es kaum schaffen. Und die ganze Zeit sang ihr Herz, denn das hier, das war es, was sie machen, was sie sein wollte. Hundertfünfzig Puppen, das hieß auch, dass hundertfünfzig Kinderaugenpaare dieses Jahr zu Weihnachten besonders leuchten würden, und hundertfünfzig Elternpaare würden sich zu dieser Entscheidung beglückwünschen, eine Käthe-Kruse-Puppe gekauft zu haben …

Um sieben Uhr kam Birgit, legte Feuerholz nach, kochte Kaffee und röstete Brotscheiben. Die Kinder wachten auf, löffelten ihre Grütze, die auf dem Herd bereitstand. Käthe küsste Maria und Sophie, bevor sie zur Schule gingen. Hanni kroch auf ihren Schoß und wollte schmusen. Da legte Käthe einfach den Stift hin, machte Fingerspiele mit ihrer Tochter, kuschelte sie und blickte zum Fenster.

So traf Max sie an, der erstaunlich früh auf den Beinen war. Er nahm von dem Kaffee auf dem Herd, brachte ihr auch einen Becher und setzte sich zu ihr.

»Bist du sicher?«, fragte er.

»Ich werde diesen Großauftrag annehmen«, sagte sie leise. »Es kann gelingen.«

Er nickte, schlürfte seinen Kaffee.

»Und dann?«

Sie lächelte. »Wer weiß? Vielleicht wage ich dann den Sprung. F. A. O. Schwarz ist vielleicht nicht der einzige Spielzeughändler, der Interesse an meinen Puppen hat.«

»Tietz klang auch immer sehr interessiert«, bemerkte Max.

»Tietz hat aber über Kämmer & Reinhardt nicht bestellt.«

»Das werden sie, wenn du ihnen das lieferst, was sie immer wollten. Deine Puppen. Nicht das, was die in Waltershausen draus gemacht haben.«

Ja, darum ging es – Käthes Puppen. Das, was von ihrer Hand zu ihrem Herzen ging und immer auch ihr Herz in sich trug. So viel Arbeit hatte sie in diese Puppen investiert, hatte daran geglaubt, dass irgendwann der Moment kam, da sie mehr sein würde als nur die »junge Frau vom Professor Kruse«.

Hier war sie nun. Achtundzwanzig Jahre alt, Mutter von vier Kindern – fünf mit dem kleinen Johannes – und bereit, aus dem Schatten ihres Mannes auf die Weltbühne zu treten.

Hanni rutschte von ihrem Schoß und lief davon. Sie hatte wohl Birgit gehört, der sie tagsüber gern wie ein Schatten bei der Hausarbeit folgte.

»Wollen wir es wagen?«, fragte Käthe.

Max lächelte. »Das hast du doch längst entschieden.«

Sie atmete tief durch. Dann nahm sie das Telegramm und stand auf. Sie würde aufs Postamt gehen und den Amerikanern mitteilen, wie viel hundertfünfzig Käthe-Kruse-Puppen kosten würden.

Und danach machte sie sich an die Arbeit.

Sylvia Frank
Gala und Dalí – Die Unzertrennlichen
Roman
445 Seiten. Klappenbroschur
ISBN 978-3-7466-3872-0
Auch als E-Book lieferbar

»Das Leben ist zu kurz, um unbemerkt zu bleiben.«

Spanien, 1929: Gala begleitet ihren Mann, den Dichter Paul Éluard, in den Fischerort Cadaqués, wo er einen jungen Künstler namens Salvador treffen will, der bald in Paris ausstellen soll. Als Gala den zehn Jahre jüngeren Künstler kennenlernt, ist sie fasziniert von seinem eigenwilligen Auftreten. Er öffnet ihr immer mehr den Blick für seine Welt – und hat dabei nur Augen für sie, Gala. Die aufkeimende Liebe zwischen den beiden bleibt Paul nicht verborgen, und er stellt Gala vor eine Entscheidung. Schweren Herzens beschließt sie, mit ihm und der gemeinsamen Tochter nach Paris zurückzukehren – doch sie kann Salvador nicht vergessen ...

Die bewegende Liebesgeschichte von Gala und Salvador Dalí – ein ungleiches Paar, das alle Widerstände überwindet und sich für ein gemeinsames Leben für die Kunst entscheidet

Regelmäßige Informationen erhalten Sie über unseren Newsletter.
Jetzt anmelden unter: www.aufbau-verlage.de/newsletter

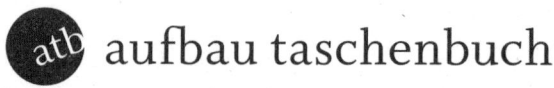

Thérèse Lambert
Alma und Gropius – Die unerhörte Leich-
tigkeit der Liebe
Roman
398 Seiten. Klappenbroschur
ISBN 978-3-7466-3867-6
Auch als E-Book lieferbar

Eine unvergleichliche Amour fou: Alma Mahler und Walter Gropius.

Östereich, 1910: Alma ist mit Gustav Mahler verheiratet, der ihr unter-
sagt, selbst zu komponieren. Als sie den jungen Architekten Walter Gropius kennenlernt, ist es Liebe auf den ersten Blick. Mit Mahlers Tod
scheint der Weg frei für sie, doch Eifersucht und überschäumende Leidenschaft verhindern, dass sie zueinander finden – bis Gropius schwer
verletzt aus dem Krieg zurückkehrt. Sie heiraten, und Gropius findet in
Alma eine brillante Muse und Unterstützerin in seiner Entwicklung zu
einem der großen Architekten der Moderne; sie hofft, bei ihm endlich
emotionale Geborgenheit zu finden. Aber dann muss Gropius zurück an
die Front. Kann die Liebe der beiden der grausamen Schwere des Krieges
standhalten?

Die bewegende Liebesgeschichte der größten Femme fatale ihrer Zeit
und dem Gründer des Bauhaus.

Regelmäßige Informationen erhalten Sie über unseren Newsletter.
Jetzt anmelden unter: www.aufbau-verlage.de/newsletter

aufbau taschenbuch